KB176591

로빈슨 크루소

Robinson Crusoe

Daniel Defoe

로빈슨 크루소

대니얼 디포 지음 | 이덕형 옮김

문예출판사

일러두기

1. 독자들의 편의를 위해서 편집자가 임의로 행을 나누었습니다.
2. 이 책은 1972년 Oxford University Press에서 출간된 *Robinson Crusoe*를 번역한 것입니다.

로빈슨 크루소의 생애와 이상하고 놀라운 모험*

나는 1632년 요크 시에서 태어났다. 우리 집안은 지역사회에서 명문은 아니지만 좋은 가문이었다. 아버지가 독일 브레멘 출신의 외국인이고 처음 정착한 곳이 헐 시기 때문이다. 아버지는 장사로 큰 재산을 모은 후 장사를 그만두고 요크로 와서 살았는데, 그곳에서 로빈슨 가문의 딸인 우리 어머니와 결혼했다. 로빈슨 가문은 지역사회에서 매우 훌륭한 가문이라 나도 어머니 집안 이름을 따서 로빈슨 크로이츠나에르로 불렸다. 그러나 영국에서는 흔히 까다로운 발음은 뭉개버리는 경향이 있었기 때문에 사람들은 그냥 크루소라고 불렀고, 우리도 이제 크루소라고 부르며 그렇게 표기한다. 친구들도 나를 늘 그렇게 불렀다.

나에게는 형이 두 명 있었다. 큰형은 유명한 록하트 대령이 지위하며 플랑드르에 주둔하던 영국 보병연대의 중령이었는데, 뒹케르크 근처에서 스페인과 치른 전투에서 죽고 말았다. 작은형이 어떻게 되었는지 나는 전혀 아는 게 없다. 마치 우리 부모가 내가 어떻게 되었는지 전혀 모르는 것이나 마찬가지다.

나는 셋째 아들이면서 뚜렷하게 어떤 직업을 위한 훈련이 되어

---

*원제: The Life and Strange Surprising Adventures of Robinson Crusoe of York, Mariner

있지 않았기 때문에 일찍부터 내 머리는 어디를 떠돌아다니고 싶은 생각으로 가득 차 있었다. 늙은 아버지는 가정교육과 국가에서 제공하는 무상 교육이 닿는 한도 내에서 나에게 제법 충분한 교육을 했고, 내가 법학을 전공하길 원했다. 그러나 나는 바다로 나가는 것 말고는 어느 것에도 성이 차지 않았다. 이러한 나의 성향은 아버지의 뜻에, 아니 아버지의 명령에 정면으로 어긋나는 것이었고 어머니와 친구들의 간청과 설득도 저버리는 행위였다. 그러고 보니 나의 그러한 성향에는 닥쳐올 비참한 삶으로 나를 곧장 몰고 가는 그 무엇인가가 있는 것 같았다.

현명하고 근엄한 아버지는 미리 알아차린 나의 의도를 포기시키기 위해 진지하고 탁월한 조언을 해주었다. 어느 날 아침 관절염 때문에 마음대로 움직이지 못하는 아버지가 방으로 나를 불러 이 문제에 대해 아주 온화하게 타일렀다. 아버지는 순전히 방랑해보겠다는 이유 말고 집과 고국을 떠나겠다는 이유가 도대체 뭐냐고 물었다. 이 나라에서는 열심히 일하면 제법 이름도 알려지고 큰 재산을 모을 수 있고 인생을 편하고 즐겁게 살 수 있지 않느냐고 말했다. 외국으로 모험을 찾아 떠나는 사람이나 투기로 출세하는 사람, 평범한 길을 벗어난 사업에서 유명해지는 사람들은 절망적인 운세나 의욕에 넘치는 운세를 타고난 사람들이라는 것이다. 그러나 나는 그런 일을 하기에는 너무 아깝거나 한참 모자라는 인물이며, 내가 속한 곳은 중산층이거나 하류층에 속한 상류층이라고 할 수 있으며 바로 그것이 세상에서 가장 좋은 상태, 다시 말해 사람이 행복을 느끼기에 가장 적합한 상태라는 것을 아버지는 오랜 경험으로 안다고 했다. 하류층 인간들처럼 비참과 고난, 노동과 수난에 노출될 필요가 없고 상류층 인간들처럼 자존심, 사치, 야망, 시기심으로 마음고

생을 할 필요가 없다는 것이었다. 그는 중산층이 행복하다는 것은 이거 한 가지만 봐도 안다고 했다. 다시 말해서 모든 사람들이 중산층을 부러워한다는 것, 왕들이 태어나 높은 위치에 있다는 이유로 비참한 결과를 맞은 것을 자주 한탄해왔다는 것, 왕들은 천박함과 위대함이라는 양극단의 중간쯤에 태어나기를 바랐다는 것, 그 현명한 솔로몬 왕도 빈곤이나 부를 갖지 않게 해달라고 기도했을 때 중산층이 참된 복의 참된 기준이라는 사실을 증언한다는 것 등을 보면 알 수 있다는 것이었다.

아버지는 나더러 잘 관찰할 것을 명했다. 즉 인생의 재앙은 상류층과 하류층끼리만 나누어 갖는다는 사실을 나도 알 것이라 했다. 중산층은 재앙을 제일 적게 겪을 것이며 상류층이나 하류층이 겪는 그 많은 인생무상에 접하지 않을 것이라고, 틀림없이 그렇다고 했다. 중산층은 신체적으로나 정신적으로 그 숱한 병과 불안에 시달리지 않는 것과 달리, 상류층은 방탕한 생활과 사치와 낭비에 의해, 하류층은 노동과 생필품 부족과 형편없고 불충분한 식사로 인해 그들이 밟는 생활 방식의 필연적인 결과로 자신들에게 신체적·정신적 병을 몰아온다는 것이었다. 중산층의 생활이 모든 미덕이나 즐거움을 누리기에 안성맞춤이라는 것, 평화와 풍요는 중산층의 하녀라는 것, 절제와 중용, 평온, 건강, 사교, 기분 좋은 온갖 오락과 바람직한 모든 쾌락이 중산층을 향한 축복이라고 했다. 인간들은 이런 식으로 조용히 순탄하게 세상을 헤쳐나가고 편안하게 세상을 벗어날 수 있다는 것이었다. 육체노동이나 정신노동에 시달릴 것도 없고 매일매일 끼니를 위해 노예로 팔려나가지도 않고 영혼에서 평화를 탈취하고 신체에서 휴식을 탈취하는 혼란된 상황으로 시달릴 필요도 없으며, 질투의 감정이나 큰 것을 얻으려고 남몰래 불태우는 야망의 탐욕으로 분노에 찰 필요도 없다는 것, 손쉬운 환경에서 세상을 온건하게 미끄러지듯 통과하며 인생의 쓴맛이 아니라 단맛을 보며 행복을 감지하고 매일매일 경험에 의해 그 행복을 더 어른스럽게 인식하는 법을 터득해야 한다고 했다.

이 말을 하고 나서 아버지는 내 손을 힘주어 잡고는 극히 다정한 어조로 나더러 철없이 굴지 말라고 일렀고, 내가 태어난 환경과 계층이 밀어낸 비참함 속으로 나 자신을 빠뜨리지 말라고 말했다. 또 나는 내가 먹을 빵을 찾아다닐 필요가 없으며, 자신이 나를 잘 보살펴줄 것이며, 방금 나에게 추천한 계층 속으로 안착하도록 노력하시겠다고 했다. 그런데도 내가 그런 세계 속에서 편안하지 못하고 행복하지 않다면 그것은 순전히 내 팔자거나 내 잘못임에 틀림없다는 것, 나에게 해가 될 것을 뻔히 아는 그런 행동에 대해 경고하는 의무를 다했으니 이제 자신으로서도 더 할 일이 없다고 말했다. 한마디로 말해 아버지가 지시한 대로 집에 눌러앉아 자리를 잡는다면 나에게 이로울 여러 가지 일을 다하겠지만, 집을 떠나도록 격려할 만큼 나의 불행까지 돌볼 여력은 없다는 것이었다. 말을 마치기 위해 아버지는 큰형의 이야기를 예로 들었다. 아버지는 형에게도 그 지역 전쟁에 가지 못하도록 지금 나에게 하는 것과 똑같이 진지한 설득을 했다는 것이다. 그러나 그 설득은 먹히지 않았고, 형은 객기를 부리며 전쟁에 가서 결국 죽었다는 것이다. 아버지는 늘 나를 위해 기도할 것이며, 감히 나에게 말하는데, 만일 내가 어리석은 길을 택한다면 하느님은 결코 나를 축복하지 않을 것이며, 내가 다시 일어서도록 도울 사람이 아무도 없을 때 그의 충고를 무시한 것을 뼈저리게 후회할 날이 올 것이라고 말했다.

아버지 말씀의 마지막 부분에는 정말 예언적인 데가 있었다. 그 말대로 되리란 걸 알고 하는 말은 아닐 것이라고 나는 생각했다. 나는 아버지 얼굴 위로 눈물이 주르륵 흐르는 것을 보았다. 특히 죽은 형 이야기를 할 때 그랬다. 또 후회할 날이 올 것이며 나를 도울 사람이 없을 거라는 말을 할 때 아버지는 감정이 복받쳐, 하던 말을 끊고는 가슴이 답답해서 더는 나에게 말할 수 없다고 했다.

아버지의 말씀에 내 가슴은 정말 찡하고 저려왔다. 그렇지 않을 사람이 어디 있겠는가? 그래서 나는 해외로 나돌겠다는 생각을 접고 아버지의 소원대로 집에 남기로 결심했다. 그러나 이걸 어쩌지! 며칠이 지나자 내 결심은 사라지고 말았다. 간단히 말해서 아버지의 끈질긴 요청을 막기 위해 몇 주 집에 있다가 아버지 곁을 떠나 도망치기로 결심했다. 그러나 결심의 첫 열기가 재촉하는 것과 달리 서둘러서 행동하지는 않았다. 어머니가 평소보다 기분이 좋아 보이던 어느 날, 나는 어머니를 잡고 말했다. 내 생각은 전적으로 세상을 구경하는 것에 쏠려 있다는 것, 어떤 일을 해도 끝까지 그 일을 해내지 못할 테니까 아버지의 허락 없이 뛰쳐나가게 하느니보다 차라리 아버지가 허락해주는 것이 좋을 것이라는 것, 내 나이가 벌써 열여덟 살이나 먹어서 어떤 직장의 도제로 들어가거나 변호사의 서기 노릇을 하기에는 너무 늦었다는 것, 설사 수습사원으로 들어간다 해도 수습 기간을 채우지 못하고 뛰쳐나와 바다로 갈 것이 뻔하다고 말했다. 내가 바다로 나가 여행하는 것을 한 번만 허락하라고 어머니가 아버지에게 요청해달라고 부탁했다. 내가 집에 돌아와서 세상 여행이 별게 아니라고 생각되면 다시는 집을 떠나지 않을 것이고, 그 대신 두 배로 열심히 일하여 잃어버린 시간을 메우겠다는 것을 약속하겠다고 말했다.

이 말에 어머니는 펄쩍 뛰었다. 그 일에 대해서는 아버지에게 말해봐야 아무 소용이 없다는 것을 어머니는 다 알고 있으며, 내 속을 뻔히 아는 아버지가 나에게 큰 피해를 가져올 일을 허락해줄 리 없다는 것이었다. 어머니는 아버지와 이야기를 나누고도, 그렇게 친절하고 다정한 말을 듣고도 어떻게 그런 생각을 할 수 있느냐고 했다. 간단히 말해서 내가 자멸을 택하면 어쩔 수 없다는 것이었다. 아버지나 자기한테서 허락받을 생각은 하지 말라고 했다. 자기로서도 내가 파멸로 가는 이 마당에 어쩔 도리가 없으며, 아버지는 반대하지만 어머니는 찬성한다는 식으로 말할 생각도 말라는 것이었다.

어머니는 내 말을 아버지에게 전하지 않겠다고 했지만, 결국 우리가 나눈 대화를 아버지에게 보고했다. 아버지는 큰 걱정을 표하며 한숨까지 쉬면서 어머니에게 말했다. 집에 잠자코 있으면 행복할 텐데. 하지만 외국으로 나가면 녀석은 이 세상에서 제일 비참한 신세가 될 테니 난 도저히 허락할 수 없어 하고 말했다고 했다.

내가 집을 떠난 것은 거의 1년이 지난 후의 일이다. 그동안 나는 직업에 정착하라는 온갖 제안에 계속 고집스럽게 귀를 막았다. 또 내가 하려는 것이 무엇인지 알면서도 기를 쓰고 반대하는 아버지와 어머니에게 그러지 말아달라고 자주 간청했다. 그러던 어느 날 나는 우연히 헐 시에 갔다. 그때만 해도 집에서 도망 나올 생각은 없었다. 그런데 그곳에서 자기 아버지 배를 타고 막 런던으로 떠나려는 친구를 만났다. 그 친구는 나더러 같이 가자고 했다. 뱃사람들에게 흔한 유혹, 즉 공짜로 배 여행을 할 수 있다는 말에 나는 끌리고 만 것이다. 나는 부모님과 의논하지도 않았고 나중에 소식을 듣겠거니 하면서 한마디도 남기지 않고 떠났다. 하느님이나 아버지의 축복은 바라지도 않았고 그때의 정황이나 결과를 고려하지도 않은 채 한 시간 뒤 배에 올랐다. 1651년 9월 1일 나는 런던으로 향하는 배에 올랐다. 내 믿건대, 젊은 모험가의 불운이 내 불운보다 빨리 시작되고 오래 지속된 일은 없었을 것이다. 배가 험버 강을 벗어나자마자 바람이 불고 파도가 무섭게 일기 시작했다. 전에 배를 타본 적이 없는 나의 몸은 지독한 뱃멀미에 시달렸고 마음은 공포로 시달렸다. 나는 그제야 내가 저지른 행동을 심각하게 돌아보기 시작했다. 아버지의 집을 뛰쳐나와 의무를 포기한 나의 악한 행동에 대한 하늘의 심판이 시작되었다고 생각했다. 부모의 좋은 충고, 아버지의 눈물, 어머니의 애원이 머릿속에 생생히 떠올랐다. 아버지의 충고를 경멸하고 하느님과 아버지에 대한 의무를 저버렸기 때문에 나는 양심의 가책을 느꼈다. 사실 그 후에 느낄 양심의 가책에 비하면 아무것도 아니었다.

그러는 동안 폭풍은 더욱 거세졌고 내가 처음 접하는 파도의 키는 점점 높아졌다. 그 후 내가 여러 차례 본 파도에 비하면 아무것도 아니었고, 바로 며칠 뒤의 파도와 비교해도 아무것도 아니었다. 그러나 애송이 뱃사공과 아무것도 모르는 나를 겁주기에는 충분한 파도였다. 파도는 몰아칠 때마다 우리를 삼켜버릴 것만 같았다. 배가 파도의 골짜기랄까 아니면 깊게 파인 웅덩이로 떨어져 들어갈 때마다 영영 다시 떠오르지 못할 것 같았다. 이러한 정신적 고통 속에서 나는 수많은 맹세와 결심을 했다. 이번 항해에서 하느님이 한 번만 내 목숨을 살려주신다면, 다시 한번 마른땅에 발을 디딜 수 있게 해주신다면 나는 곧장 아버지 집으로 돌아가고 살아 있는 동안 두 번 다시 배를 타지 않을 것이며, 아버지의 충고를 받아들여 이런 불행한 일에 휘말리지 않겠다는 맹세요 결심이었다. 이제야 중산층의 삶에 대한 아버지의 말이 얼마나 옳았는지 명확히 알았다. 또 아버지는 얼마나 순탄하고 편안한 삶을 영위했는지, 바다에서 폭풍우를 만날 일도 없고 육지에서 고생할 일도 없었다는 것을 깨달았다. 나는 진정으로 후회하는 탕아처럼 아버지 집으로 돌아가리라고 결심했다.

이러한 현명하고 맑은 생각은 폭풍이 지속되는 동안, 그 뒤 얼마 동안 지속되었다. 다음 날이 되어 바람이 잦아들고 파도가 잔잔해지자 나는 폭풍과 파도에 신경을 덜 쓰기 시작했다. 그러나 나는 그날 온종일 매우 침울했고 아직 뱃멀미가 가시지 않은 상태였다. 어두워질 무렵 날씨가 맑아지고 바람이 완전히 멎었다. 그러자 매혹적인 저녁이 뒤따랐다. 태양은 선명한 모습으로 지더니 다음 날 아침 그런 모습으로 떠올랐다. 바람은 거의 없거나 전혀 없었고 바다 표면은 부드러운 유리 같았고 태양이 그 위로 빛을 쏟는 모습……. 이제까지 본 것 중에서 가장 즐거운 광경이란 생각이 들었다.

그날 밤 잠을 푹 자고 일어나자 이제 뱃멀미도 사라져서, 전날만 해도 그렇게 사납고 무섭던 바다가 순식간에 이렇게 고요하고 유쾌해진 모습을 경이로운 눈으로 바라볼 뿐이었다. 그런데 나의 착한 결심이 지속될까 봐 그랬는지 몰라도 나더러 함께 떠나자고 꾀던 친구가 내 어깨를 치며 말했다. "이봐, 친구야, 바람이 자고 나니 어때? 틀림없이 놀랐겠지? 어젯밤 가벼운 바람이 한 차례 불었을 때 말야." "가벼운 바람이라고? 지독한 폭풍이었어." "폭풍? 이런 바보 같으니! 넌 그걸 폭풍이라고 부르니? 그건 아무것도 아니야. 좋은 선박에 배를 조종할 해역만 충분히 있으면 그 정도 돌풍 따위는 아무것도 아니야. 하지만 넌 애송이 뱃사람이니까 어쩔 수 없구나. 자, 우리 펀치나 한 잔 만들어 마시면서 다 잊어버리자고. 히야, 지금 날씨 끝내주는구나!"

내 이야기의 이 슬픈 부분을 줄여서 말하자면, 우리는 옛날부터 내려오는 뱃사람들의 전통을 따랐고 펀치를 만들어 마시고 취해버린 나머지 이 하룻밤의 악습 속에서 나의 지난 행동에 대한 모든 후회와 반성과 앞날에 대한 모든 결심을 매몰시켰다. 한마디로 말해 폭풍이 가라앉아 바다의 표면이 평탄해지고 고요가 자리잡자, 나의 허둥대던 생각도 사라지고 바다가 삼킬 것이라는 우려와 공포도 잊히는가 싶더니 전에 내가 품었던 욕망의 물살이 돌아왔다. 고난 속에서 내가 한 맹세와 약속은 완전히 잊었다. 실로 반성할 시간이 이따금 있었고 진지한 생각을 할 기회가 내 의식 속으로 비집고 들어오려고 애썼지만 나는 그런 생각을 떨쳐버렸다. 그런 생각은 병이라도 되듯이 그것들을 밀치고 일어나 술과 친구에게 열중했다. 이윽고 나는 그러한 발작의 재발을 극복했다. 나는 그때 그렇게 고개드는 생각을 발작이라고 불렀다.

대엿새가 지나자 양심 따위는 아랑곳하지 않기로 결심한 젊은이답게 나는 양심과 싸워 완벽한 승리를 거두었다. 그러나 다른 시련이 나를 기다리고 있었다. 그런 경우에 늘 그러하듯 하느님은 나에게 변명할 기회도 주지 않은 채 완전히 나를 버리기로 결심한 모양이다. 구원받을 수 있는 기회를 내가 잡으려 하지 않자 아무리 냉혹한 악당이라도 위험에 처했으니 자비를 베푸소서 하고 고백하지 않을 수 없는 일이 벌어진 것이다.

바다에 나간 지 엿새째 되던 날 우리는 야머스 로즈로 입항했다. 역풍이 분 데다 대기의 움직임이 적어서 우리는 그 폭풍 이후 조금밖에 전진하지 못했다. 남서풍이 계속 불어서 우리는 이곳에 닻을 내리고 7, 8일 동안 머무르지 않으면 안 되었다. 그러는 동안 강을 거슬러 올라가려는 배들이 바람을 기다리는 곳으로 유명한 이 항구로 왔다.

그러나 우리는 이곳에 오래 정박하지 말고 강을 거슬러 올라갔어야 했다. 새 바람이 불기 시작하더니 정박한 지 4, 5일째부터 세게 불어닥쳤다. 그러나 이 정박지는 항구만큼 훌륭한 곳으로 여겨졌고, 우리 배는 닻을 제대로 내렸고 배를 묶은 용구도 튼튼했기 때문에 선원들은 별걱정 안 하고 태평했다. 위험을 조금도 두려워하지 않고 뱃사람답게 휴식과 유흥으로 시간을 보냈다. 그러나 8일째 되던 날 아침에는 바람이 거세졌다. 우리는 배를 안정시키기 위해 중간 돛을 내리고 배 구석구석을 단단히 조이는 작업에 참여했다. 정오 무렵이 되자 파도는 그야말로 높아졌다. 몇 차례 파도가 때리자 앞갑판은 물에 잠겼다. 한두 번 닻이 떨어져 나간 게 아닌가 하는 생각이 들었다. 그러자 선장이 제일 큰 닻을 꺼내라고 명령했다. 우리는 닻줄을 최대한 길게 드리운 채 닻 두 개를 앞으로 내리고 정박해 있었다.

이때쯤에는 실로 무서운 폭풍이 몰아쳤다. 이제 선원들 얼굴에도 공포에 질린 표정이 나타나기 시작했다. 배를 보존하는 일이라면 빈틈이 없는 사람들이지만 선장조차 내 옆에 있는 선실을 드나들며 혼잣말하는 것을 나는 몇 차례나 들을 수 있었다. "주여, 우리에게 자비를 베푸소서. 이제 우리는 죽을 겁니다. 모두 망하고 말 겁니다." 모두 이런 식의 말이었다. 이렇게 소용돌이치는 와중에도 나는 배 후미에 있는 선실에 멍하니 누워 있었다. 그때 기분을 설명할 길이 없다. 나는 그렇게 짓밟고 무시하기로 마음먹은 첫 번째 후회를 다시 떠올리지 않을 수 없었다. 나는 처절한 죽음은 나에게서 멀어졌으며 이번 것은 지난번 폭풍과는 전혀 다를 것이라고 생각했다. 그러나 선장이 내 곁으로 와서 우리는 죽을 것이라고 말했을 때 나는 겁에 질리고 말았다. 나는 선실에서 나와 밖을 내다보았다. 나는 그런 처참한 광경은 본 적이 없었다. 파도는 산처럼 높은 것이 3, 4분마다 우리 위로 부서져내렸다. 주변에서 볼 수 있는 것은 비참한 광경뿐이었다. 우리 가까이 떠 있던 배 두 척은 돛대가 갑판 판때기에 잘린 채 물속 깊이 잠겨 있었다. 우리 선원들은 1마일쯤 떨어진 곳에 있던 배 한 척이 침몰했다고 부르짖었다. 닻줄이 끊긴 배 두 척은 정박지를 벗어나 표류하고 있었다. 표류하는 그들에게는 돛대도 없었다. 짐이 가벼운 배들은 파도에 덜 부대끼기 때문에 제일 잘 버텼다. 그러나 그들 중 두세 척은 바람을 향해 가로 돛만 펼친 채 우리 곁을 스쳤다.

저녁 무렵 항해사와 갑판장이 앞돛대를 잘라버리겠으니 허락해달라고 선장에게 간청했다. 선장은 그러고 싶지 않았다. 그러나 갑판장이 그렇게 하지 않으면 배가 침몰할 거라고 우기자 허락했다. 앞돛대를 잘라내자 주돛대가 느슨해지면서 배가 심하게 흔들리는 바람에 그들은 어쩔 수 없이 주돛대도 잘라버려야 했다. 갑판은 이제 허허벌판이 되었다.

나는 풋내기 뱃사람인 데다 전번의 아무것도 아닌 폭풍에도 그렇게 놀랐으니 이런 난리통에 내 꼴이 어땠는지는 누구나 쉽게 판단할 수 있을 것이다. 그러나 이 판국에 나에게 떠오른 생각을 시간적 거리를 두고 회상하건대, 내가 당장 죽게 생겼다는 것보다 오히려 과거에 저지른 잘못과 그 잘못을 뉘우치고도 다시 애당초 품은 결심으로 돌아간 것 때문에 열 배나 큰 공포에 사로잡혀 있었다. 폭풍에 대한 공포에 더해진 이런 생각들 때문에 나는 말로 표현할 수 없는 상태에 빠졌다. 그러나 아직 최악의 사태는 오지 않았다. 폭풍이 계속 무서운 분노를 터뜨리는지 선원들조차도 이보다 심한 폭풍은 본 적이 없다고 했다. 우리 배는 훌륭한 배지만 파도 속에 깊이 잠긴 채 삐걱이고 있었다. 선원들은 이따금 배가 침몰한다고 외쳤다. 침몰이 뭐냐고 물어보기 전에 침몰이라는 것이 무엇인지 몰랐다는 게 이점이기도 했다. 그러나 폭풍이 어찌나 거센지 나는 흔히 볼 수 없는 광경을 보았다. 선장과 갑판장과 다른 선원보다 지각이 있는 선원들이 배가 침몰할 것을 예상하며 기도하는 모습이다. 자정이 되었을 때였다. 이 난리통에 배 밑창을 살피러 갔던 선원 하나가 배에 물이 들어온다고 외쳤다. 어느 선원은 짐칸에 물이 4피트 이상 차올랐다고 말했다. 다음 순간 모든 선원은 펌프가 있는 곳으로 소집되었다. 그 소리에 내 심장은 고동을 멈춘 것 같았다. 나는 앉아 있던 침대에서 뒤로 넘어져 선실로 떨어져 들어갔다. 선원들이 나를 일으키며 전에 아무것도 못했지만 펌프질은 다른 사람들처럼 할 수 있다고 말했다. 그 말에 나는 꿈틀거리고 일어나 펌프로 가서 열심히 일했다. 그러는 동안에 선장은 폭풍으로 정박할 수 없어서 바다 쪽으로 밀려가던, 짐을 적게 실은 석탄 운반선 몇 척이 우리 쪽으로 오는 것을 보았다. 선장은 조난 신호로 대포를 쏘라고 명령했다. 대포 발사가 무슨 의미인지 전혀 모르는 나는 그 소리에 놀라 끔찍한 일이 일어났다고 생각했다. 한마디로 말해서 나는 너무 놀라 기절했던 것이다. 모두 자기 목숨을 걱정하는 때라 아무도 나에게 신경 쓰지 않았으며 내가 어떻게 되든 상관하지 않았다. 그런데 한 선원이 펌프 쪽으로 와서 내가 죽었다고 생각하고 누워 있는 나를 발로 밀었다. 나는 한참 만에 정신을 차렸다.

우리는 계속 물을 퍼냈다. 그러나 짐칸의 물은 계속 불어나고 있었다. 배가 침몰한다는 것은 명백했다. 폭풍이 좀 가라앉았지만 우리 배가 어느 항구에 닿을 때까지 헤엄쳐 가는 것은 불가능했다. 선장은 도움을 요청하는 대포를 계속 쏘도록 했다. 그러자 우리 바로 앞으로 가던 짐을 적게 실은 배가 우리를 돕기 위해 보트 한 척을 용감하게 물에 띄웠다. 그 보트가 극도의 위험을 무릅쓰고 우리에게 다가왔다. 그러나 우리가 보트에 타는 것이나 보트가 우리 배 곁에 대는 것은 불가능했다. 마침내 그쪽 선원들은 우리의 목숨을 구하려고 자기들의 목숨을 걸고 힘차게 노를 저어왔다. 우리 선원들은 밧줄에 부표를 달아 고물 너머로 던졌다. 밧줄은 매우 먼 거리를 날아갔다. 보트의 선원들은 위험을 무릅쓰고 죽을 고생을 하며 쫓아가 밧줄을 잡았다. 우리는 보트를 고물 가까이로 끈 다음 모두 보트에 올랐다. 그러나 우리가 보트에 오르고 나서 저쪽 사람들이나 우리가 저들의 배로 돌아가려는 생각은 헛된 꿈이었다. 보트를 계속 저어 해변 쪽으로 가자는 데 모두 동의했다. 우리 선장이 저쪽 선원들에게 보트를 해변에 대기만 하면 저쪽 선장에게 잘 이야기해 주겠노라고 약속했다. 우리가 탄 보트는 한편으로 노를 젓고 한편으로 물결에 떠밀리면서 윈터튼 곶까지 뻗은 해변을 향해 북쪽으로 전진했다.

우리가 배를 벗어난 지 채 15분도 되지 않아 우리 배가 가라앉는 것을 보았다. 그제야 나는 평생 처음으로 바다에서 배가 침몰한다는 게 무슨 말인지 깨달았다. 내가 인정해야 할 것은 배가 가라앉는다고 선원들이 말할 때 나는 눈을 쳐들 기운이 거의 없었다는 점이다. 왜냐하면 선원들이 나더러 보트에 타라고 말했다기보다 나를 억지로 보트에 구겨 넣던 순간부터 한편으로는 겁도 나고 한편으로는 마음의 공포와 어우러져 앞으로 무슨 일이 닥쳐올까 하는 생각에 심장이 이를테면 속에서 죽어 있었기 때문이다.

이런 상황에서 선원들은 배를 해변으로 대기 위해 노를 저었다. 보트가 파도 마루에 올라가는 순간 해변이 눈에 들어왔다. 우리가 가까이 오면 도와주려고 사람들이 해변을 이리저리 뛰어다니는 것이 보였다. 그러나 우리가 해변에 접근하는 속도는 느리기 그지없었다. 아직 해변에 닿을 수는 없었다. 윈터튼에 있는 등대를 지나 해변이 크로머 쪽으로, 그러니까 서쪽으로 꺾이는 곳에 이르러서야 우리는 해변에 닿았다. 그곳 지형이 강풍을 좀 막아준 덕분이다. 그곳에서 우리는 보트를 해변으로 몰아 어려움이 없진 않았지만 모두 안전하게 뭍에 올랐다. 우리는 걸어서 야머스로 갔다. 그곳의 행정관들은 우리를 조난당한 사람들로 여겨 인정을 베풀었고, 좋은 숙소도 마련해주었다. 상인들과 선주들은 런던으로 가거나 헐 시로 돌아갈 때 쓰라고 충분한 돈을 주었다.

그때 나에게 헐 시로 가서 집으로 돌아가겠다는 분별력이 있었다면 나는 행복해졌을 것이다. 또 아버지는 성경에 나오는 '돌아온 탕아'의 아버지처럼 나를 위해 살찐 송아지를 잡았을 것이다. 내가 타고 나간 배가 야머스 정박지에서 표류하다 사라졌다는 소식을 들은 뒤, 내가 익사하지 않았다는 것을 확인하기까지는 상당한 시간이 걸렸기 때문이다.

그러나 나의 불행한 운명은 무엇으로도 저지할 수 없는 고집으로 나를 다른 곳으로 밀어붙였다. 나의 이성과 안정된 판단력이 집으로 가라고 여러 번 큰 소리로 외쳐댔지만 나에게는 그렇게 할 힘이 없었다. 나는 이런 것을 뭐라고 부르는지 모른다. 또 눈앞에 있는 파멸을 향해 눈을 부릅뜨고 돌진하는데도 우리를 그 파멸의 도구가 되도록 재촉하는 것이 신의 비밀스러운 계시라고 주장하지도 않겠다. 확실히 신의 계시 같은 불가피한 불운의 씨앗, 나로서는 피할 수 없는 비운의 씨앗만이 내 의식의 심층에 자리한 차분한 이성과 설득을 저버릴 수 있게 했을 것이며, 첫 번째 폭풍에서 만난 두 가지 보이는 교훈을 무시할 수 있게 했을 것이다.

전에 내 의지를 강하게 한, 선장의 아들인 내 친구는 나보다 풀이 죽어 있었다. 그 친구가 나에게 처음 말을 걸어온 것은 야머스 정박지에 도착한 지 이삼 일이 지나서였다. 우리는 그 작은 도시의 여러 숙소에 흩어져 있었기 때문이다. 다시 만났을 때 그 친구는 말투도 달라졌고 극히 우울해 보였다. 그는 고개를 내저으면서 어떻게 지냈느냐고 물었다. 또 자기 아버지에게 내가 누구라고 소개하면서 내가 멀리 외국에 가고 싶어서 시험 삼아 이번 항해에 끼어들었다고 말했다. 친구의 아버지는 나를 돌아보면서 매우 심각하고 걱정스러운 어조로 말했다. "젊은이, 자네는 더는 바다에 나가지 말게. 이번 사건은 자네가 뱃사람이 되어서는 안 된다는 명백하고 눈에 보이는 징조로 받아들여야 하네." "선장님, 선장님은 이제 다시 바다로 나가시지 않을 건가요?" "그건 다른 경우야. 이건 내 직업이야. 그러니까 의무기도 하지. 하지만 자네는 이 항해를 시험 삼아 했으니, 자네가 계속 고집을 부린다면 자네에게 어떤 일이 닥칠지 하늘이 그 맛을 보여준 셈이야. 어쩌면 우리에게 닥친 모든 일이 자네 때문이었는지도 모르지. 다시스로 가는 배를 탄 요나처럼 말일세. 말해보게. 자네 하는 일이 뭔가? 뭣 때문에 바다로 나왔는가?" 그래서 나는 내 이야기를 좀 들려주었다. 내 말이 끝나자 선장은 버럭 화를 냈다. 그는 말하기를 이런 불길한 녀석이 내 배에 탔는데 난 도대체 뭘 했단 말인가? 천 파운드를 준다 해도 두 번 다시 나와는 같은 배에 발을 들여놓지 않겠다는 것이었다. 이건 말하자면 배를 잃은 상실감에서 비롯된 그의 정신적 탈선이고 주제넘은 말이었다. 선장은 아주 심각한 표정으로 아버지에게 돌아가라고 타일렀다. 또 하느님의 섭리를 나의 파멸 쪽으로 끌어들이지 말라며 하늘의 보이는 손이 나를 배격하는 모습을 볼 것이라고 말했다. "젊은이, 명심하라고. 자네가 돌아가지 않으면 어디를 가든 재앙과 실망에 부딪힐 걸세. 자네 아버님의 말씀이 자네에게 현실로 벌어지고 말 걸세."

우리는 곧 헤어졌다. 나는 그에게 대답하지 않았고 그와 마주치지 않았기 때문이다. 나는 그가 어느 쪽으로 갔는지도 모른다. 나는 주머니에 얼마간 돈이 있었기 때문에 육로를 이용해 런던으로 갔다. 런던에서도 그랬지만 나는 가는 길 내내 어떤 삶을 살아야 할지, 아니면 집으로 가야 할지 바다로 가야 할지를 놓고 갈등했다.

집으로 가는 것이 최선책이라는 생각이 들었지만 창피해서 그럴 수는 없었다. 이웃들 사이에서 내가 얼마나 조롱감이 될까, 부모님과 다른 사람들을 창피해서 어떻게 대할까 하는 생각이 즉각 떠올랐다. 이러한 경우 마땅히 지침이 되어야 할 이성에 비해 인간, 특히 젊은이들의 일반적인 기질이란 얼마나 모순되고 비합리적인가 하는 생각이 자주 들었다. 다시 말해 사람들은 죄짓는 일은 부끄러워하지 않으면서 뉘우치는 것은 부끄러워한다. 마땅히 바보라고 여겨지는 행동은 부끄러워하지 않으면서 현명한 사람으로 평가될 수 있는 반성은 부끄러워한다.

그러나 이러한 상황에서 어떤 조치를 해야 할지, 어떤 인생 행로를 걸어야 할지 한동안 마음을 정할 수 없었다. 집으로 돌아가는 일은 영 마음이 내키질 않았다. 이렇게 잠시 머무는 동안 내가 얼마

전에 겪은 조난에 대한 기억도 사라졌다. 그 기억이 가시자 아주 조금밖에 남아 있지 않던 집으로 돌아가고 싶다는 욕망도 사라졌다. 마침내 나는 집으로 돌아가겠다는 생각을 집어치우고 항해를 떠나기로 했다.

처음 나를 아버지 집에서 뛰쳐나오게 한 그 사악한 힘, 내 재산을 모으겠다는 세련되지 못하고 어설픈 생각으로 나를 몰아넣은 힘, 아버지의 좋은 충고와 간청과 심지어 명령까지 무시하게 만들 만큼 강력하게 오만함을 심어준 힘, 그 정체가 무엇이건 그 힘은 내 눈앞에 가장 불행한 모험을 펼쳐놓았다. 나는 아프리카 해안으로 가는 배에 탔다. 뱃사람들이 천박한 말투로 말하는 기니행 항해에 나선 것이다.

이 모든 항해에서 정식 선원으로 승선하지 않은 것은 나의 큰 불운이었다. 정식 선원이었다면 일은 좀 힘들었겠지만 평선원의 의무와 직무를 배웠을 테고, 나중에 선장까지는 아니지만 항해사나 해군 장교 자격을 딸 수 있었을 것이다. 늘 더 나쁜 쪽을 택하는 나의 운명은 여기서도 마찬가지였다. 주머니에 돈이 있고 등판에 좋은 옷들을 걸치고 있었기 때문에 나는 늘 신사의 습성을 지닌 채 배에 올랐다. 나는 배에서 할 일이 없었고 아무것도 배우지 않았다.

런던에서 좋은 친구들과 사귄 것이 나의 운명이었다. 그런 일은 당시의 나같이 어설프고 종잡을 수 없는 젊은이들에게는 늘 일어나는 것이 아니었다. 악마는 대개 그런 젊은이들에게 일찍부터 어떤 덫을 놓고 기다린다. 그러나 내 경우는 그렇지 않았다. 나는 처음부터 기니의 해안에 가본 적이 있는 선장과 사귀었다. 선장은 기니에서 큰 성공을 거두었고 다시 기니로 가기로 결심한 사람이었다. 전혀 불쾌감을 주지 않는 나의 대화를 선장은 몹시 좋아했다. 내가 세상을 보고 싶다고 말하자 선장은 자기와 함께 항해를 떠나면 모든 게 공짜라고 했다. 같이 식사하고 벗이 되어주면 된다는 것이다. 내가 어떤 물건을 가지고 간다면 교역이 허락하는 모든 이점을 제공하겠다고 했다. 어쩌면 이번 항해가 나에게 어떤 격려가 될지도 모른다고도 했다.

나는 이 제안을 받아들였다. 정직하고 솔직한 선장과 가까운 친구가 되어 함께 항해에 나섰다. 그리고 모험적인 작은 투자도 했는데, 선장 친구가 정직하게 도와준 덕분에 상당한 이문을 남겼다. 나는 선장이 시키는 대로 장난감과 하찮은 물건들을 사십 파운드어치 정도 가져갔다. 이 사십 파운드는 나와 편지 왕래가 있는 몇몇 친척들의 도움으로 장만한 것이었다. 친척들이 아버지와 어머니한테 아들의 첫 모험에 적어도 그만한 돈은 대주어야 하지 않겠느냐고 설득한 모양이었다.

이 항해는 나의 모든 모험 중에서 성공적이라고 말할 수 있는 유일한 항해다. 그러한 성공은 친구인 그 선장의 성실함과 정직함 덕택이다. 선장 밑에서 나는 수학과 항해 규칙에 대한 유능한 지식을 터득하고 뱃길을 계산하고 관측하는 법을 배웠다. 간단히 말해 선원이면 이해해야 할 몇 가지를 배웠다. 선장은 나를 가르치는 것을 즐겁게 여겼고 나도 배우는 일이 즐거웠다. 한마디로 이 항해는 나를 뱃사람으로 만드는 동시에 상인으로 만들었다. 나는 집을 떠날 때 금가루 5.9온스에 해당하는 영국 화폐를 가지고 있었기 때문에 런던에 갈 수 있었다. 항해를 마치고 돌아올 때는 그 돈이 삼백 파운드로 늘어났다. 바로 이 돈 때문에 결국 나를 완전한 파멸로 이끄는 야심 찬 생각을 품은 것이다.

이 항해에서 나는 불운도 겪었다. 특히 나는 계속 병을 앓았다.

터무니없이 더운 날씨 때문에 심한 열사병에 걸린 것이다. 우리의 주된 물품 거래는 북위 15도밖에 안 되는 해안에서 이루어졌기 때문이다.

나는 기니의 무역업자가 되었다. 불운하게도 내 친구는 영국에 도착하고 곧 세상을 떠났다. 그러나 나는 그 같은 항해를 하기로 결심했다. 지난번 항해에서는 일등 항해사였다가 이제 선장이 된 사람과 함께 배에 올랐다. 이번 항해는 인간이 겪을 수 있는 항해 중에서 가장 불행한 항해다. 나는 지난번 항해 때 새로 모은 돈 가운데서 겨우 백 파운드도 안 되는 돈을 가지고 나머지 이백 파운드는 정직하다고 생각되는 그 친구의 미망인에게 맡겼다. 그 항해에서 나는 끔찍한 불운을 맞았다. 첫 번째 불운은 이랬다. 우리 배는 카나리아 제도로 가고 있었다. 카나리아 제도와 아프리카 해안 사이로 가고 있었다는 말이 더 정확할 것이다. 잔뜩 흐린 어느 날 아침이었다. 살리의 터키 해적이 전속력으로 우리를 뒤쫓았다. 우리는 놀라서 모든 돛을 펼치고 도주하기 시작했다. 그러나 해적들은 점점 우리 쪽으로 가까이 다가왔고 두세 시간 안에 우리를 따라잡을 것이 확실했다. 우리는 싸울 준비를 했다. 우리 배에는 대포 12문과 로그-18이란 대형 포가 있었다. 오후 세 시경 해적은 우리를 따라잡았다. 해적은 실수로 우리 배의 고물이 아니라 선체의 후반부로 다가왔다. 우리는 대포 8문을 그쪽으로 가져가 해적들에게 포탄을 퍼부었다. 해적선은 방향을 돌리면서 화력으로 맞섰고 2백 명 정도가 총을 쏘아댔다. 그러나 우리는 몸을 숨기고 있었기 때문에 한 사람도 총에 맞지 않았다. 해적들은 다시 공격을 준비했고 우리는 방어를 준비했다. 다음 순간 해적선은 우리 배와 나란히 서는가 싶더니 배의 후미부터 해적 육십 명을 우리 갑판에 상륙시켰다. 그들은 순식간에 돛과 밧줄을 자르고 부쉈다. 우리는 소총과 짧은 창과 화약통 등을 동원해 그놈들을 갑판에서 두 번이나 몰아냈다. 그러나 이 이야기의 우울한 부분을 줄여 말하자면 우리 배는 못 쓰게 되었고 세 명이 죽고 여덟 명이 부상을 당했다. 그리하여 우리는 항복하지 않을 수 없었다. 우리는 모두 포로가 되어 무어 사람들이 장악한 살리 항구로 끌려갔다.

그곳에서 내가 받은 대접은 처음 걱정한 것만큼 끔찍하지 않았다. 나는 다른 사람들처럼 그 땅 황제의 궁전까지 끌려가지 않았다. 그 대신 해적 선장이 전리품으로 나를 차지했다. 젊고 민첩하고 부리기 편한 노예로 삼은 것이다. 상인이었다가 처참한 노예로 변한 이 놀라운 상황에서 나는 어쩔 줄 몰랐다. 나는 그제야 비참해질 것이고 나를 도와줄 사람이 아무도 없을 것이라는 아버지의 말이 생각났다. 그 예언은 아주 효율적으로 들어맞았고 이보다 나쁜 상황은 없을 것 같았다. 이제야 하늘의 손길이 나를 덮쳤고 나는 구원받지 못한 채 망조가 든 것이다. 그러나 아! 이건 앞으로 내가 겪어야 할 비참한 일의 시작에 불과했다.

새 주인은 나를 자기 집으로 데려갔다. 나는 그가 다시 바다로 나갈 때 나를 데리고 가리라는 희망을 품었다. 언젠가는 그가 스페인이나 포르투갈 군함에 붙잡힐 거라고, 나는 자유의 몸이 될 거라고 믿었다. 그러나 이러한 나의 희망은 곧 물거품이 되고 말았다. 주인은 바다에 나갈 때면 나에게 자기 집 작은 정원을 돌보거나 노예들이 집에서 하는 고된 허드렛일을 하게 했다. 또 항해에서 돌아오면 선실에서 자며 배를 돌보라고 명령했다.

여기서 나는 탈출만을 곰곰이 생각했다. 그 생각을 실천할 좋은 방법이 없을까 고심했지만 조금이나마 가능성 있는 방법을 찾을 길이 없었다. 나의 생각을 합리적인 것으로 만들어줄 것은 전혀 나타나지 않았다. 같이 의견을 교환할 만한 사람은 아무도 없었다. 동료 노예도 없었고 영국인, 아일랜드인, 스코틀랜드인은 아무도 없었다. 그리하여 2년 동안 상상을 음미하며 즐거움을 얻었지만, 탈출을 시도할 만한 최소한의 격려와 전망은 없었다.

약 2년이 지났다. 자유를 위해 무슨 시도를 해보겠다는 생각을 다시 부채질한 야릇한 상황이 생겼다. 그즈음 주인은 배의 장비를 고칠 생각도 않고 평소보다 오랫동안 집에 머물렀다. 돈이 없어서 그런다는 것이었다. 주인은 일주일에 한두 번, 날씨가 좋으면 더 자주 배에 딸린 작은 보트를 타고 낚시하러 가곤 했다. 그때마다 나와 무어인 소년 하나를 데려가 보트의 노를 젓게 했다. 우리는 주인을 몹시 즐겁게 했다. 특히 내가 낚시를 잘했기 때문이다. 그래서 주인은 때로 반찬거리로 물고기를 잡아오라고 나를 내보냈는데, 그때마다 자기 친척 한 사람과 무어인 소년을 함께 보냈다.

한번은 아주 잔잔한 아침에 낚시하러 나갔다가 지독한 안개를 만났는데, 해변에서 반 리그도 못 가서 해변이 보이지 않는 것이다. 우리는 어디로 가는지 어느 쪽으로 가는지도 모른 채 그날 하루 종일, 밤새도록 죽어라 노만 저었다. 아침이 밝았을 때 우리는 해변이 아니라 바다 쪽으로 더 멀리 나온 것을 알았다. 해변에서 적어도 2리그는 떨어진 거리였다. 무진 애쓰고 위험도 있었지만 우리는 다시 육지에 닿을 수 있었다. 아침이 되자 바람이 시원하게 불기 시작했기 때문이다. 그런데 우리는 모두 배가 고파 죽을 지경이었다.

이번 일로 경각심을 가진 주인은 앞으로는 더욱 조심하겠다고 마음먹었다. 주인은 탈취한 영국 배에서 가져온 대형 보트를 사용하기로 했고 나침반과 비상식량 없이는 낚시하러 가지 않겠다고 했다. 주인은 영국인 노예인 자기 배의 목수를 시켜 바지선처럼 자기 배의 한가운데다 작은 선실을 만들도록 했다. 선실 뒤에는 키를 조종하고 돛대 줄을 보관할 곳을, 앞에는 한두 명이 서서 돛을 조절할 수 있는 장소를 만들도록 했다. 그 보트는 소위 삼각 돛을 달았고 활대는 선실 위로 움직였다. 아늑하고 나지막한 선실에는 주인이 노예 한두 명과 함께 누울 공간이 있었고 음식을 펴놓고 먹을 탁자, 자신에게 적합하다고 생각되는 술이 든 병들, 빵, 쌀, 커피 등을 넣어둘 찬장도 있었다.

우리는 이 보트를 타고 자주 고기잡이에 나섰다. 내 낚시 솜씨가 뛰어났기 때문에 주인은 늘 나를 데리고 갔다. 한번은 놀면서 낚시도 할 겸 주인은 그곳의 유지인 무어인 두세 명과 더불어 이 보트를 타고 나가기로 했다. 주인은 그들을 위해 준비할 것이 많았다. 그래서 밤 시간을 이용해 여느 때보다 많은 식량을 보트에 실어놓도록 했다. 그리고 총 세 자루와 그의 선박에 있던 화약과 탄환을 준비하라고 나에게 명령했다. 낚시도 하고 새 사냥도 할 계획이었기 때문이다.

나는 주인이 분부한 대로 모든 것을 준비했다. 배를 청소하고 깃발과 짧은 밧줄을 꺼내놓고 손님을 맞을 만반의 준비를 해놓았다. 그런데 다음 날 아침이 되자 주인이 혼자 배에 오르더니 손님들에게 갑자기 일이 생겨 낚시를 뒤로 미룬다고 했다. 동시에 주인은 나더러 여느 때처럼 그 친척과 소년을 데리고 바다로 나가 물고기를 좀 잡아오라는 것이었다. 친구들이 집에 와서 먹기로 했으니까 물고기가 잡히는 대로 가져오라고 명령했다. 나는 그렇게 할 준비가 다 되어 있었다.

그 순간 전부터 품었던 탈출하겠다는 생각이 번개처럼 내 머리에 스쳤다. 나에게 마음대로 할 수 있는 배가 생긴 것이다. 주인이 그 자리를 뜨자 나는 낚시가 아니라 항해를 위한 준비로 들어갔다. 어디로 배를 몰고 가야 할지 생각도 해보지 않고 알지도 못하면서 어디든 그 장소를 벗어나는 곳이면 그것이 내가 갈 길이었다.

나의 첫 시도는 주인의 친척인 무어인을 속이는 일이었다. 우리가 배에서 먹을 식량을 좀 가져오라고 말했다. 주인이 먹을 음식에는 손을 대면 안 되지 않겠느냐고 둘러댔다. 그는 내 말이 맞다고 말하고는 바삭하게 구운 비스킷 한 바구니와 신선한 물이 담긴 작은 항아리 세 개를 배로 가져왔다. 나는 주인이 술 상자를 어디에 두었는지 알고 있었다. 병의 모양새로 보아 영국 배에서 전리품으로 얻은 것이 틀림없었다. 나는 무어인이 뭍으로 간 사이에 그 술병들을 보트로 옮겼다. 원래부터 주인이 마시려고 보트에 둔 것처럼 해둘 참이었다. 또 50파운드가 넘는 큼직한 밀랍 덩어리와 밧줄 한 타래, 손도끼, 톱, 망치 등을 배에 실었다. 모두 나중에 꼭 필요한 물건들이다. 특히 밀랍은 초를 만드는 데 쓸 것이다.

나는 또 다른 속임수를 썼는데, 그 무어인은 이번에도 순진하게 넘어갔다. 무어인의 이름은 이스마엘인데, 사람들은 보통 멀리라고 불렀다. 그래서 나도 그렇게 불렀다. "멀리, 배에 주인님 총이 있는데 화약하고 탄알 좀 갖다 주시겠어요? 알카미새를 잡을 수 있을 겁니다. 배의 무기고에 있습니다." "그래, 내 좀 가져오지." 그는 화약이 1.5파운드가량 든 큼직한 가죽 주머니와 탄알이 5, 6파운드 들어 있는 주머니를 가져와 보트에 실었다. 나는 선실에서 주인이 쓰던 화약을 발견했다. 나는 술 상자에서 술이 거의 빈 커다란 술병 하나를 꺼내 술을 다른 병에 붓고 그 속에 화약을 가득 채웠다. 필요한 것이 모두 준비되자 우리는 고기를 잡으러 항구를 떠났다. 항구 입구의 망루를 지키는 사람들은 우리를 잘 알기 때문에 우리에게 주의를 기울이지 않았다. 항구에서 1마일 이상 밖으로 나왔을 때 우리는 돛을 내리고 낚시질을 시작했다. 바람은 북북동쪽에서 불어왔다. 내가 바라는 것과 정반대로 부는 바람이다. 남쪽에서 불어온다면 스페인 해안까지 갈 수 있고 그렇지 못하더라도 카디즈 만까지는 갈 수 있기 때문이다. 그러나 바람이 어느 쪽으로 불든 나는 일단 이 끔찍한 곳에서 탈출한 뒤 나머지 일은 운명에 맡겨둘 생각이었다.

얼마 동안 낚시를 했지만 우리는 아무것도 잡지 못했다. 나는 낚싯바늘에 고기가 걸려도 멀리가 눈치채지 못하도록 낚싯대를 끌어올리지 않았다. 이러다가는 주인님께 갖다드릴 게 없겠으니 더 멀리 나가야 할 것 같다고 멀리에게 말했다. 멀리는 그렇게 해도 해될 것 없다고 생각하여 내 말에 동의했다. 보트에서 우두머리 위치가 된 그는 돛을 올리고 나는 키를 잡았다. 나는 보트를 1리그가량 몰고 나가 낚시를 할 것처럼 보트를 세운 뒤 키를 소년에게 넘기고 멀리 쪽으로 걸어갔다. 나는 멀리 뒤에 있는 무언가를 잡으려는 듯이 몸을 구부린 뒤 순식간에 팔로 그의 허리를 감았다. 나는 그를 바다 속으로 던져버렸다. 그는 금세 물 위로 떠오르더니 코르크 병마개처럼 헤엄쳤다. 그는 건져달라고 애원하며 나를 따라 세상 어디라도 가겠다고 말했다. 마침 바람도 불지 않았고 멀리가 있는 힘을 다해 따라와 금방이라도 보트를 따라잡을 것 같았다. 나는 선실로 들어가 엽총 한 자루를 들고 나왔다. 멀리에게 총을 겨누며 앞으로도 조용히 한다면 해치지는 않겠다고 했다. 그러나 마침 바다가 잔잔하고 너는 뭍으로 돌아갈 만큼 헤엄을 잘 치니 힘껏 헤엄쳐서 해변으로 가라고 말했다. 보트로 다가오면 머리통을 쏴버리겠다고 말하고 나는 자유를 찾아가기로 결심했노라고 했다. 그러자 멀리는 몸을 돌려 육지로 헤엄쳐 갔다. 그는 수영을 썩 잘하기 때문에 쉽게 육지에 닿을 것을 의심치 않았다.

무어인 소년을 물에 빠뜨리고 멀리를 데리고 갔다면 더 좋았을지도 모른다. 그러나 멀리를 믿는 데는 위험이 따랐다. 멀리가 가버렸을 때 나는 무어인 소년 슈리에게 몸을 돌려 말했다. "슈리, 네가 나에게 충성을 바친다면 난 너를 훌륭한 사람으로 만들어주겠다. 그러나 네가 네 얼굴을 쓰다듬으며 나에게 충성하겠다고 맹세하지 않는다면, 마호메트와 네 아버지의 수염에 걸고 맹세하지 않는다면 난 너도 바다에 던질 수밖에 없다." 소년은 내 얼굴을 빤히 바라보며 웃더니 내가 믿지 않을 수 없을 정도로 순진한 어조로 나에게 충성을 다하겠으며 세상 어디든 나를 따라가겠다고 말했다.

수영해 가는 멀리가 우리를 볼 수 있을 때 나는 곧장 바다 쪽으로 방향을 튼 다음 바람이 불어오는 쪽으로 보트를 몰았다. 그들은 틀림없이 내가 지브롤터 해협 쪽으로 간다고 생각했을 것이다. 사실 지각이 있는 사람은 누구나 그렇게 생각했을 것이다. 야만인들이 사는 남쪽으로 배를 몰고 갈 사람이 있겠는가. 그곳으로 가면 흑인 부족들이 카누로 포위한 뒤 죽여버릴 것은 뻔한 일이다. 설사 뭍에 오른다 해도 야생동물이나 더 잔인한 야만족에게 잡아먹힐 것이다.

그러나 저녁이 되어 어두워지자마자 나는 방향을 바꾸어 곧장 남쪽으로 향했다. 동시에 해안선과 가까운 거리를 유지하기 위해 약간 동쪽으로 방향을 틀었다. 꽤 시원한 바람이 불고 바다도 잔잔했기 때문에 이튿날 오후 세 시쯤 처음으로 육지를 보았을 때, 우리는 살리에서 남쪽으로 적어도 1백50마일 정도 떨어진 곳에 와 있다고 믿었다. 사람이 전혀 보이지 않았기 때문에 우리는 모로코 황제의 영토나 그 근처의 다른 왕국을 완전히 벗어난 것으로 믿었다.

그러나 무어인들에게 워낙 많이 놀라고 그들의 손에 다시 잡히면 어떡하나 하는 두려움 때문에 보트를 세우거나 해변으로 올라가거나 닻을 내릴 생각은 없었다. 순풍이 지속되는 바람에 우리는 이런 식으로 닷새 동안 항해했다. 그러자 바람이 남풍으로 바뀌었다. 어떤 배가 우리를 쫓아왔다 해도 지금쯤은 포기했으리라고 결론지었다. 그래서 용기를 내어 해안으로 가서 조그만 강어귀에 닻을 내렸다. 그곳이 무슨 강인지, 어디인지 알지 못했다. 위도가 몇 도인지, 어느 나라인지, 어느 종족이 사는 곳인지 아무것도 몰랐다. 사람 하나 보이지 않았고 만나고 싶지도 않았다. 당장 필요한 것은 마실 물이었다. 우리는 저녁때 이 강으로 와서 어두워지면 곧 육지로 헤엄쳐 간 다음 어떤 곳인지 살펴보기로 했다. 그러나 날이 꽤 어두워지자 종류도 알 수 없는 맹수들이 울부짖고 으르렁대는 무서운 소리가 들렸다. 겁에 질려 죽을 지경이 된 소년은 낮이 될 때까지 해안으로 올라가지 말라고 나에게 간청했다. "알았어, 슈리. 그럼 상륙하지 않겠다. 하지만 낮에는 사자들만큼이나 무서운 사람들을 만날지 몰라." "그럼 총을 쏴서 쫓으면 되잖아요." 슈리는 노예들 사이에서 쓰는 영어로 말했다. 나는 소년이 쾌활한 것을 보고 기뻤다. 그래서 기운을 내라고 주인의 술 상자에서 꺼내온 술을 한 잔 소년에게 주었다. 어쨌거나 슈리의 충고에 일리가 있었기 때문에 나는 그의 말을 따르기로 했다. 우리는 작은 닻을 내리고 밤새 조용히 누워 있었다. '조용히'라는 말을 쓴 것은 한숨도 못 잤기 때문이다. 두세 시간이 지나자 여러 종류의 몸집이 큰 동물들(뭐라고 불러야 할지 모르는)이 해변으로 내려와 물속에 뛰어들어 첨벙거리고 뒹굴며 몸을 식히는 쾌감을 즐겼다. 그 짐승들은 매우 무서운 소리로 울부짖고 짖어댔는데, 그런 소리는 처음 들어봤다.

슈리는 몹시 겁에 질려 있었고 실은 나도 그랬다. 더욱 놀란 것은 거대한 짐승 한 마리가 우리 보트 쪽으로 헤엄쳐 오는 소리를 들었을 때다. 그것의 모습은 보지 못했지만 콧김을 내뿜는 소리로 미루어 엄청나게 거대하고 무서운 맹수 같았다. 슈리는 그것이 사자라고 했다. 내 알기로도 사자인 것 같았다. 가엾은 슈리는 닻을 올리고 노를 저어 도망가자고 소리쳤다. "슈리, 그건 안 돼. 우린 부표가 달린 닻줄을 풀고 바다로 나가기만 하면 돼. 저놈들은 그렇게 멀리까진 쫓아오지 못할 거야." 이 말을 하자마자, 그 짐승이(뭔지는 몰라도) 노 두 개를 합친 거리까지 다가온 것을 감지했다. 나는 좀 놀랐지만 곧 선실에서 총을 가져와 그놈을 쏘았다. 그러자 짐승은 바로 몸을 돌려 다시 해변을 향해 헤엄쳐 갔다.

총소리가 울리자 그것이 해변과 저쪽 육지에 야기한 무섭게 요란한 소리와 울부짖음과 울음소리는 글로 표현할 수 없다. 이 짐승들은 전에 총소리를 들어본 적이 없는 모양이다. 밤에 해변에 오르는 것은 불가능하다. 그러나 낮에 해변에 오르는 것도 문제다. 왜냐하면 야만인 손에 잡히는 것은 사자나 호랑이에게 잡히는 것만큼 끔찍할 테니까. 두 가지 다 위험과 공포는 피장파장이다.

그건 그렇다 쳐도 우리는 물을 얻기 위해 어딘가 육지에 올라야 했다. 보트에는 물이 1파인트도 남지 않은 상태였다. 언제 어디서 물을 얻느냐가 문제였다. 슈리는 항아리 하나를 가지고 상륙하도록 허락해준다면 물을 구해오겠다고 말했다. 나는 소년에게 왜 가기를 원하느냐고, 내가 가고 너는 배에 남아 있으면 왜 안 되느냐고 물었다. 그의 대답에 어찌나 훈훈한 애정이 담겼는지 나는 그 뒤로 영원히 그 소년을 사랑했다. "만일 야만인들이 와서 나를 잡아먹으면 주인님은 도망치세요." "슈리, 우리 같이 가자. 야만인들이 오면 우리가 놈들을 죽이는 거야. 놈들은 너나 나를 잡아먹지 못할 거다." 나는 슈리에게 비스킷 한 개를 주고 주인의 술 상자에서 술을 꺼내 한 잔 따라주었다. 그런 다음 적당해 보이는 해변 가까이에 보트를 댔다. 그리고는 무기와 물을 담을 항아리 두 개를 들고 뭍까지 물속을 걸었다.

야만인들이 카누를 타고 강을 내려올까 봐 우리 보트가 보이지 않는 곳까지 가고 싶지는 않았다. 그러나 슈리는 육지 안쪽으로 1마일가량 떨어진 지점에 낮은 곳이 있는 것을 보고 그곳으로 걸어갔다. 이윽고 슈리가 나에게로 달려오는 것이 보였다. 그가 야만인들에게 쫓기거나 맹수 때문에 겁을 먹은 것으로 생각하고 그를 돕기 위해 달려갔다. 그러나 그에게 가까이 가니 그의 어깨 위에 무언가가 걸려 있었다. 슈리가 총으로 잡은 짐승이었다. 토끼처럼 생겼는데, 색깔이 다르고 발이 길었다. 우리는 매우 기뻤다. 훌륭한 고기였기 때문이다. 가엾은 슈리가 가져온 큰 기쁨은 마실 물을 찾아냈으며, 야만인은 보지 못했다는 보고였다.

나중에 안 일인데, 물을 구하려고 그처럼 고생할 필요가 없었다. 썰물이 빠진 후 우리가 있던 강 조금 위쪽에 깨끗한 물이 있는 것을 발견했기 때문이다. 우리는 항아리에 물을 가득 채우고 우리가 죽인 토끼 고기로 잔치를 벌였다. 그 지역에는 사람 발자국이 전혀 보이지 않았기 때문에 우리는 계속 살펴볼 준비를 했다.

전에 이 해안으로 항해한 적이 있었기 때문에 나는 카나리아 제도와 케이프 버드 제도가 그리 멀지 않은 곳에 있다는 것을 알았다. 그러나 우리가 있는 곳의 위도를 알아낼 도구가 없었거니와 그 섬들의 위도도 기억하지 못했기 때문에 그 섬들을 찾으려면 어디로 가야 할지, 언제 떠나는 것이 좋을지 알 수 없었다. 그렇지 않았다면 나는 지금 그 섬들 중 하나를 쉽사리 찾아냈을 것이다. 그러나 해안을 따라 영국인들이 무역하는 지역까지 가다 보면 틀림없이 무역선을 만날 것이고, 그렇게 되면 구조될 수 있으리란 것이 나의 희망이었다.

최선을 다해 추측해본 결과 현재 내가 있는 곳은 모로코 왕국과 흑인들의 땅 사이에 놓인 곳으로 야수들밖에 없고 사람이 살지 않는 황폐한 지역임에 틀림없었다. 흑인들은 무어인들이 무서워 이곳을 포기하고 더 남쪽으로 내려갔다. 무어인들은 이곳이 황폐한 땅이어서 사람이 살 만한 곳이 못 된다고 생각했을 것이다. 호랑이, 사자, 표범, 그 밖에도 무서운 짐승들이 우글거렸기 때문에 양쪽 모두 이 지역을 포기한 것이다. 무어인들은 이 지역을 사냥터로 썼을 뿐이다. 그들은 군대처럼 한 번에 이삼천 명씩 쳐들어왔다. 실로 해안에서 1백 마일 정도에 걸쳐 낮에는 황폐한 무인 지대만 보였고 밤에는 야수들이 울부짖고 포효하는 소리만 들렸다.

낮에 한두 번 있었던 일인데, 카나리아 제도에 있는 테네리페 산맥에서 가장 높은 봉우리인 피코 봉을 보았다는 생각이 들었다. 그래서 거기에 도달하려는 희망으로 과감히 그리로 보트를 몰기로 마음먹었다. 그러나 두 번 시도해보았지만 역풍이 부는 데다 보트가 너무 작아 높은 파도를 감당할 수 없어서 되돌아오고 말았다. 그래서 처음 계획대로 해안선을 따라가기로 결심했다.

그곳을 떠난 뒤 마실 물 때문에 몇 차례 더 상륙해야 했다. 한번은 이른 아침 지대가 높고 뾰족이 튀어나온 장소에 정박했다. 밀물이 들어오고 있었기 때문에 우리는 육지 쪽으로 깊숙이 들어가 정박했다. 나보다 눈이 좋은 것 같은 슈리가 나를 가만히 부르더니 이 해변을 벗어나는 것이 상책이라고 말했다. "저 언덕 기슭을 보세요. 무서운 괴물이 잠자고 있어요." 그가 가리킨 곳을 바라보았더니 정말 무서운 괴물 하나가 눈에 들어왔다. 해변 쪽으로 무시무시하게 큰 사자가 누워 있었고, 그 언덕의 그림자가 짐승 위로 그늘을 만들어주었다. "슈리야, 네가 뭍으로 올라가 저놈을 죽여라." 내가 말하자 슈리는 놀라서 말했다. "제가요? 녀석이 저를 한입에 먹어 치울 거예요." 저 하나쯤은 한입 거리라는 뜻이었다. 나는 더는 말하지 않고 여기 가만히 있으라고 명령했다. 그러고 나서 거의 머스켓만큼이나 큰 총 한 자루를 꺼내 화약을 채우고 탄알 두 개를 장전한 다음 내려놓았다. 다른 총에 탄알 두 개를 장전하고, 세 번째 총에는 작은 탄알 다섯 발을 장전했다. 나는 첫 번째 총으로 최대한 잘 겨냥해서 사자의 머리를 쏘았다. 그러나 사자가 한쪽 다리로 코를 덮고 있어서 총알은 무릎 근처에 맞아 그 뼈를 부숴놓았다. 녀석은 으르렁거리며 일어나는가 싶더니 곧 다시 쓰러졌다. 그러더니 세 발로 몸을 일으키면서 내가 들어본 적이 없는 무서운 포효를 발했다. 머리통을 맞히지 못해서 좀 겁이 났지만 나는 즉시 두 번째 총을 들어 막 달아나려는 놈을 다시 쏘았다. 머리에 정통으로 맞혔다. 그 짐승은 풀썩 쓰러져 소리도 제대로 지르지 못한 채 살려고 버둥거렸다. 보기에도 통쾌했다. 그러자 슈리도 용기가 나는지 저도 육지에 오르도록 허락해달라고 애원했다. "그래, 마음대로 하거라." 슈리는 물속으로 뛰어들더니 한 손에 총을 들고 한 손으로 헤엄쳐서 뭍에 올랐다. 그 맹수에게 가까이 가더니 귀에 총을 대고 쏘았다. 맹수는 죽었다.

이 짐승은 우리에게 사냥감이지 식량은 아니었다. 아무 쓸모도 없는 것에 화약과 탄알 세 발을 써버린 것이 아까웠다. 그러나 슈리는 그 짐승의 일부를 갖고 싶어 했다. 녀석은 배에 오더니 손도끼를 달라고 말했다. "그건 뭐하게? 녀석의 머리를 잘라내려고요." 그러나 슈리는 머리는 잘라내지 못하고 한쪽 발을 잘라 가져왔다. 맹수의 발이 망측해졌다.

나는 사자 가죽이 우리에게 필요할지 몰라서 가죽을 벗기기로 결심했다. 그래서 슈리와 작업을 시작했는데, 어떻게 해야 할지 모르는 나보다 슈리가 일을 훨씬 잘했다. 그 일에 꼬박 하루가 걸렸다. 우리는 벗겨낸 가죽을 선실 지붕에 널어놓았다. 이틀이 지나자 가죽은 햇볕에 잘 말라서 나는 그것을 담요로 사용했다.

우리는 이 정박지를 떠나서 열흘 내지 열이틀을 남쪽으로 내려갔다. 눈에 띄게 줄어드는 식량을 아껴 먹으며 마실 물을 구할 때를 빼고는 육지에 자주 오르지 않았다. 이때 나의 계획은 감비아 혹은 세네갈 강이라고 부르는 곳, 즉 케이프 버드 부근으로 가는 것이었다. 그곳에서 유럽의 선박을 만나는 데 희망을 걸었다. 그런 선박을 만나지 못한다면 어떤 항로를 택해야 할지 막막했다. 선박을 만나지 못하면 케이프 버드 제도에 속한 섬을 찾아 헤매거나 흑인들 틈에서 죽는 수밖에 없을 것 같았다. 유럽에서 기니나 브라질, 동인도로 가는 배는 모두 케이프 버드나 근처 섬들을 거쳐간다. 한마디로 나는 운명을 이 단일 지점에 맡기고 있었다. 어떤 선박을 만나느냐 아니면 죽느냐 하는 운명이었다.

이런 결심으로 열흘 남짓 항해하는 동안 사람이 사는 육지가 보이기 시작했다. 우리가 지나치는 두세 곳에서 사람들이 물가에 서서 우리를 바라보았다. 그들은 아주 검은 흑인들이었고 옷을 입고 있지 않았다. 나는 해변에 있는 그 사람들에게 가고 싶었다. 그러나 슈리는 나의 훌륭한 상담자였다. "가지 마세요, 가지 마세요." 그러나 나는 그들에게 말을 걸려고 배를 조금 더 해안 가까이로 몰았다. 그러자 그들은 내 쪽으로 한참 달려왔다. 그들은 손에 무기를 들지 않았다. 다만 한 사람이 길고 가는 막대기를 들었다. 슈리는 그것이 창이라며 그들은 정확히 겨냥해서 그것을 멀리까지 던진다고 말했다. 나는 거리를 두고 될수록 손짓 발짓을 해가며 먹을 것이 없느냐고 전했다. 그들은 보트를 세우라고 하면서 약간의 고기를 가져다 주겠다는 신호를 보냈다. 돛의 꼭대기를 아래로 내려 배를 멈추자 그들 중 두 명이 숲속으로 뛰어가더니 30분도 안 되어 말린 고기 두 조각과 자기들 땅에서 생산한 것 같은 곡식을 가져왔다. 우리는 그것이 무슨 고기인지 무슨 곡식인지 몰랐지만 기꺼이 받고 싶었다. 그러나 어떻게 받느냐가 문제였다. 나는 그들 쪽으로 상륙할 용기가 없었고 그들도 우리를 몹시 무서워했기 때문이다. 그러나 그들이 양편 모두 안전한 방법을 생각해냈다. 음식을 해변으로 가져와 내려놓고는 멀찌감치 물러나 있다가 우리가 그 음식을 배에 싣자 다시 우리 쪽으로 다가온 것이었다.

우리는 그들에게 감사하다는 표시를 했다. 그러나 우리에게는 그들에게 보상할 것이 없었다. 바로 그 순간 멋지게 은혜를 갚을 기회가 찾아왔다. 우리가 해변 가까이에 정박한 동안 강력하게 생긴 짐승 두 마리가 나타났는데, 우리 생각에 한 놈이 다른 놈을 산에서 바다 쪽으로 쫓고 있었다. 쫓는 놈은 몹시 화난 것처럼 보였지만 수놈이 암놈을 쫓는 건지, 장난으로 그러는 건지, 아니면 정말 화가 난 건지 알 수 없었다. 또 여기서는 흔히 벌어지는 일인지 아니면 의외의 일인지 알 수 없었다. 나는 드물게 일어나는 일이라고 믿었다. 왜냐하면 저런 맹수는 밤에만 나타나는 것이고, 사람들, 특히 여자들이 몹시 겁먹은 표정을 보였기 때문이다. 창을 든 사람을 빼고는 모두 도망쳤다. 그러나 맹수 두 마리는 흑인들을 덮칠 생각은 전혀 하지 않고 곧장 물로 뛰어들더니 기분 전환을 위해 여기 온 것처럼 이리저리 헤엄치고 다니는 것이었다. 마침내 한 놈이 내 예상보다 가까이 우리 보트로 다가왔다. 나는 그놈을 맞이할 준비가 되었다. 나는 신속히 총을 장전해두었고, 슈리에게도 나머지 총 두 자루에 총알을 장전하라고 명령했다. 그놈이 유효사거리에 들어오자마자 나는 발사하여 머리를 정통으로 맞혔다. 그놈은 곧바로 물속으로 가라앉았다가 이내 다시 솟구쳐 오르더니 살려고 용쓰듯 허우적거리며 곧장 해변으로 헤엄쳐 갔다. 그러나 심한 상처를 입기도 하고 물속에서 숨이 막혔는지 해변에 닿기 직전에 죽었다.

내가 쏜 총소리에 이 가엾은 흑인들이 얼마나 놀랐는지는 표현할 수 없다. 몇몇 흑인들은 공포로 죽을 준비가 되기라도 한 것처럼 아예 바닥에 나자빠졌다. 그러나 흑인들은 맹수가 죽어서 물속에 가라앉은 뒤 내가 가까이 오라는 손짓을 보내자 용기를 내어 해변으로 와서 맹수를 찾기 시작했다. 나는 바닷물이 붉게 물든 것을 보고 맹수가 있는 곳을 알 수 있었다. 내가 밧줄을 던져주자 흑인들은 죽은 맹수를 줄로 묶어 해변으로 끌어올렸다. 그것은 감탄이 흘러나올 정도로 아름다운 점이 박힌 표범이었다. 흑인들은 손을 하늘로 쳐들어 감탄을 표현하면서 내가 무엇으로 표범을 죽였을까 생각하고 있었다.

또 다른 맹수는 불꽃과 총소리에 놀라 먼저 왔던 산으로 곧장 뛰어 달아났다. 그 거리에서는 그 맹수가 어떤 종류인지 알 수 없었다. 나는 흑인들이 표범 고기를 먹고 싶어 한다는 것을 알아차렸다. 그래서 호의의 표시로 그 고기를 먹어도 좋다고 손짓했다. 그들은 무척 고마워하며 곧바로 작업을 시작했다. 칼은 없었지만 날이 서게 깎은 나무 조각으로 우리가 칼을 쓰는 것보다 훨씬 쉽게 표범 가죽을 벗겼다. 그들은 나에게 표범 고기를 좀 건넸지만 나는 사양하면서 당신들이나 먹으라고 일렀다. 내가 가죽을 달라는 손짓을 했다. 그들은 기꺼이 가죽을 주었고 아주 많은 식량을 갖다 주었다. 어떤 식량인지 알 수 없었지만 나는 받았다. 다음으로 나는 물을 좀 달라는 몸짓을 보내고, 항아리 하나를 꺼내 뒤집어서 속이 빈 것을 보여준 다음 가득 채우는 시늉을 했다. 그들이 곧 동료들을 부르자 여자 둘이 흙으로 빚어 햇볕에 말린 것으로 보이는 커다란 동이를 하나 가져와 내 앞에 내려놓았다. 나는 슈리더러 항아리까지 가지고 해변으로 가서 세 항아리에 물을 가득 채우게 했다. 여자들도 남자들처럼 완전한 나체였다.

보잘것없지만 뿌리와 곡식과 물을 받은 뒤 나는 친절한 흑인들과 작별하고 열하루 동안 해안에 가까이 가지 않으면서 항해를 계속했다. 마침내 바다 쪽으로 길게 뻗어 나온 땅이 사오 리그 앞에 전개되었다. 바다가 매우 잔잔해서 그곳까지 가는 데 오래 걸렸다. 그 지점을 돌자 2리그가량 떨어진 맞은편에 육지가 명확히 보였다. 나는 여기가 케이프 버드고 저 섬들은 케이프 버드 제도라고 결론을 내렸다. 내 결론은 거의 정확한 것이었다. 그러나 그 섬들은 상당히 거리가 멀어서 돌풍이 한번 불기만 해도 어느 섬에도 도착하지 못할 것 같았다.

이런 곤경 앞에서 나는 매우 울적해서 슈리에게 키를 맡기고 선실로 들어가 앉았다. 그때 갑자기 슈리가 외쳤다. "주인님! 주인님! 돛을 단 배가 오고 있어요." 어리석은 슈리는 해적이 우리를 잡기 위해 보낸 배라고 생각해서 그처럼 놀란 것이다. 그러나 나는 그들이 우리를 추적할 수 있는 범위를 완전히 벗어났다는 것을 알았다. 선실에서 나와보니 그것은 포르투갈 선박이었다. 흑인들을 실으러 기니로 가는 배 같았다. 내가 관찰한 바로는 그 배는 해안이 아니라 다른 곳으로 가고 있었다. 나는 어떻게든 그들과 얘기해보려고 보트를 될 수 있는 한 바다 쪽으로 몰고 갔다.

있는 힘을 다하여 보트를 몰았지만 그들 가까이로 접근하기는커녕 무슨 신호도 보내기도 전에 배가 멀리 사라질 것 같았다. 돛을 모두 펴고 절망에 빠져 있을 때 다행히 그 배에서 망원경으로 우리 보트를 보았다. 그쪽에서는 우리를 조난당한 배의 보트라고 생각했는지 돛을 내려 속력을 늦추고는 우리가 가까이 오기를 기다렸다. 이것에 용기를 얻은 나는 배 안에 있던 깃발로 조난당했다는 신호를 보내고 총을 한 방 쏘았다. 그들이 총소리는 듣지 못하고 연기만 보았다는 것은 나중에야 알았다. 이 신호를 본 그들은 친절하게 배를 세우고 우리를 기다렸다. 나는 약 세 시간 후 그 배에 닿았다.

그들은 내가 누구냐고 물었지만 포르투갈어와 스페인어, 프랑스어로 물었기 때문에 알아들을 수 없었다. 결국 배에 타고 있던 스코틀랜드 선원이 불려왔다. 그에게 나는 영국 사람이며 살리에서 무어인의 노예로 잡혀 있다가 탈출했다고 말했다. 그러자 그들은 나를 배에 오르라고 하더니 친절하게 받아주었고 나의 모든 짐도 옮겨 실어주었다.

누구나 다 그렇게 믿겠지만, 그렇게 비참하고 거의 희망이 없는 상황에 처했다가 이처럼 구조를 받으니 나의 기쁨은 이루 표현할 수 없었다. 나는 구조의 답례로 내가 가진 모든 것을 선장에게 주겠다고 제안했다. 그러나 선장은 관대하게도 내 물건은 어느 것 하나 가질 생각이 없으며, 브라질에 도착하면 안전하게 돌려주겠다고 했다. "당신을 구한 것은 내가 구조되었을 때의 기쁨을 생각해서 그런 것뿐이오. 언젠가 나도 구조를 받는 처지에 놓일지 누가 압니까? 더욱이 당신을 고국에서 멀리 떨어진 브라질로 데려가면서 당신 물건을 뺏는다면 당신은 그곳에서 굶어 죽을 겁니다. 그렇게 되면 내가 구한 생명을 내가 다시 뺏는 것이 될 거요. 그건 안 되지요. 영국인 양반, 자선을 베푼다는 마음으로 당신을 그곳으로 데려가겠습니다. 그 물건들은 거기서 필요한 것을 사고 고국으로 돌아가는 데 도움이 될 겁니다."

자비로운 선장은 실제 행동도 선장이라는 직함에 맞게 공정했다. 그는 선원들에게 누구도 내 물건에 손대지 말라고 명령했다. 그러고는 그 물건들을 자기가 직접 보관했다. 선장은 항아리 세 개까지 빼지 않고 나의 모든 품목을 적은 명세서를 작성해주었다.

내 보트는 꽤 좋은 것이었다. 선장도 그걸 알아보고 자기가 사서 자기 배에 쓰겠으니 얼마를 주면 좋겠느냐고 물었다. 나는 모든 면에서 나에게 친절하게 대했는데, 어떻게 보트 값을 부르겠냐며 그냥 선장에게 맡기겠다고 했다. 그러자 선장은 브라질에 가서 보트 대금으로 에이트 은화 80개를 주겠다며 약속어음을 써주었다. 또 브라질에 도착했을 때 그보다 더 주겠다는 사람이 있으면 그 차액만큼 더 내겠다는 것이었다. 또 슈리의 몸값으로 에이트 은화 60개를 주겠다고 선장은 제안했다. 그러나 나는 그 돈은 받고 싶지 않았다. 선장에게 그 소년을 넘겨주기 싫어서가 아니라 내가 자유를 얻는 데 아주 충실하게 도와준 소년을 돈을 받고 팔고 싶지 않았기 때문이다. 내가 거절하는 이유를 설명하자 선장은 그런 나의 태도가 정당하다고 고백하며 다른 절충안을 내놓았다. 즉 슈리가 기독교인이 되면 10년 뒤에는 자유를 준다는 증서를 주겠다는 것이었다. 슈리도 선장에게 기꺼이 가겠다고 말했기 때문에 나는 소년을 선장에게 주었다.

브라질까지 항해는 매우 순탄했다. 약 22일이 지난 후 우리는 토도스 로스 산토스 만, 영어로 표기하면 '올-세인츠 베이'라는 곳에 도착했다. 나는 가장 비참한 삶의 조건에서 다시 한번 구원을 받은 것이다. 이제 내가 무엇을 할지 생각해야 했다.

선장이 나에게 베푼 관대한 처사는 두고두고 기억해도 지나치지 않다. 그는 뱃삯을 전혀 받지 않았을 뿐 아니라 표범 가죽 값으로 더컷 금화 20개와 사자 가죽 값으로 금화 40개를 주었다. 그 가죽들은 모두 나의 보트에 싣고 온 것이었다. 선장은 내 물건들을 하나도 빠짐없이 돌려주었고 술 상자, 총 두 자루, 밀랍 한 덩이 — 나머지는 모두 초를 만들었다 — 등 내가 팔고 싶은 것은 모두 사주었다. 나는 가져온 짐을 팔아 에이트 은화 2백20개를 벌었다. 이 밑천을 가지고 브라질에 상륙했다.

브라질에 온 지 얼마 안 되어 선장은 나를 자기처럼 착하고 정직한 사람의 집에 추천했다. 그 사람은 설탕 공장을 갖춘 농장을 의미하는 '인게니오'를 소유하고 있었다. 나는 얼마 동안 그 농장 주인과 같이 살며 사탕수수 재배와 설탕 제조에 대해 배웠다. 그리고 농장주들이 얼마나 잘살며, 어떻게 벼락부자가 되었는지 알게 됐다. 나는 영주권을 얻는 대로 농장주가 되기로 결심했다. 그러나 그동안 런던에 맡겨둔 돈을 가져올 방법을 강구해야 했다. 귀화 서류를 얻어 돈이 있는 대로 아직 개간하지 않은 땅을 될수록 많이 사들였다. 그리하여 영국에서 올 자본금에 알맞은 농장과 주거를 해결할 계획을 세웠다.

나에게 이웃이 하나 생겼다. 웰스는 리스본 출신 포르투갈 사람이며, 부모가 영국인이다. 그는 나와 처지가 매우 비슷했다. 내가 그를 이웃이라고 부르는 이유는 그의 농장이 내 농장 바로 옆에 있었고 서로 죽이 잘 맞았기 때문이다. 내가 재력이 없기는 그와 마찬가지였다. 우리는 2년 동안 다른 것은 못하고 먹을거리만 재배했다. 우리는 차츰 이익을 내기 시작했고 농장도 서서히 틀이 잡혔다. 3년째 되던 해에는 담배를 좀 재배했고, 이듬해에는 각자 사탕수수를 재배할 넓은 땅도 사들였다. 우리는 둘 다 일손이 모자랐다. 나는 슈리를 넘긴 것이 잘못임을 뼈저리게 느꼈다.

하지만 어쩌겠는가! 올바른 일은 한 번도 해보지 않은 내가 이런 잘못을 저질렀다고 해서 그게 무슨 놀라운 일인가. 그냥 그렇게 사는 수밖에 별도리가 없었다. 이제 나는 천성과 아주 동떨어진 일을 했다. 이것은 내가 좋아하는 삶과 정반대였을 뿐 아니라 아버지의 집을 뛰쳐나와 아버지의 훌륭한 충고도 무시하며 살고 싶었던 삶과 전혀 달랐다. 전에 아버지가 내게 권한 중류층 생활이나 하류층에서 상류 정도에 드는 삶이었다. 이런 생활을 계속하기로 마음먹는다면 차라리 집에 머물러, 내가 이제껏 겪은 것 같은 세계 속에서 심신을 탈진하지 않는 것이 좋을 뻔했다. 5천 마일 떨어진 다른 나라 낯선 곳에서 낯선 사람들과 야만인들 틈에서 이렇게 살 바에야 차라리 영국에서 친구들과 지내는 게 낫다고 나는 자주 속으로 중얼대곤 했다. 5천 마일은 그쪽에서 나를 전혀 모르고 내 쪽에서도 그쪽 소식을 절대로 들을 수 없는 거리다.

나는 극도의 후회를 하며 나의 처지를 바라보곤 했다. 웰스 말고는 대화를 나눌 상대도 없었다. 내 두 손으로 하는 노동이 아니면 할 일도 없었다. 나는 아무도 없는 무인도에 유형당한 사람과 다를

게 없구나 하고 중얼거리곤 했다. 자신의 현재 상황을 더 나쁜 상황과 비교할 때 하늘이 두 상황을 바꾸어 경험하게 만듦으로써 자신이 얼마나 행복했는지 깨닫게 한다는 것, 이 얼마나 당연한 일이며 인간은 그것을 당연한 것으로 반성해야 할 일인가. 진짜 황막한 무인도에 내가 곰곰이 생각하던 진짜 고독한 삶이 나의 운명이라는 것은 그 얼마나 정당한 것인지 모른다. 내가 여기 브라질 농장에서 영위하던 삶, 그냥 계속했다면 지독히 번창하여 부자가 될 수도 있었을 그 생활을 진짜 고독한 생활과 비교했다니 지금 생각하면 어이없는 일이다.

농장 경영에 대한 나의 조치가 어느 정도 자리를 잡았을 때 나를 바다에서 구해준 선장이 포르투갈로 돌아가게 되었다. 그 선장의 배는 짐을 싣고 항해 준비를 위해 거의 3개월 동안 브라질에 머물렀다. 얼마 안 되지만 내가 런던에 맡기고 온 돈 이야기를 하자 그는 우정 어린 충고를 주었다. "영국 신사 양반, 런던에서 자네 돈을 가지고 있는 사람에게 리스본의 내가 지시하는 아무개에게 돈을 보내라는 편지를 쓰고 지금 여기서 정식 위임장을 써주게. 그러면 돌아올 때 이 나라에서 이윤이 남을 만한 물건을 사 가지고 오겠네. 그러나 사람이란 어찌 될지 모르는 거니까 자네 자본의 반인 1백 파운드어치만 물건을 주문해서 까짓것 운에 맡겨보세. 그래서 그게 안전하게 도착하면 같은 식으로 다시 물건을 주문하게. 그러면 일이 잘못되더라도 다음에 쓸 수 있는 절반은 남지 않겠어?"

이것은 매우 건전하고 우정 어린 충고였기에 내가 취할 수 있는 최선의 방편이라고 확신했다. 따라서 내가 돈을 맡겼던 선장의 부인에게 편지를 쓰고 포르투갈 선장에게는 그가 바라는 위임장을 써주었다.

나는 그 선장의 미망인에게 나의 노예 생활, 탈출, 바다에서 포르투갈 선장과 만난 경위, 그 선장의 인간성, 나의 현재 상황에 이르기까지 내가 겪은 모험의 전모를 적어 보냈다. 또 내게 돈을 보내는 데 필요한 방법을 모두 알려주었다. 리스본으로 돌아간 정직한 포르투갈 선장은 그곳에 있는 영국 상인을 통해 런던에 있는 한 상인에게 주문서와 함께 내 편지를 전했다. 그것은 거기서 다시 미망인에게 전달되었다. 그러자 미망인은 내 돈을 내놓았을 뿐 아니라 자기 돈을 들여 포르투갈 선장의 선행과 자비에 대한 감사의 표시로 아주 멋진 선물을 선장에게 보냈다.

런던의 상인은 선장이 주문한 대로 영국 상품 백 파운드어치를 사서 리스본의 선장에게 보냈고, 선장은 다시 그 물건들을 모두 브라질에 있는 나에게 안전하게 보내주었다. 그 물건 중에는 내 지시

없이 산 — 사업에는 워낙 풋내기여서 나는 미처 생각하지 못한 — 온갖 종류의 연장, 철제품, 생활용품들이 있었다. 그것들은 나의 농장에 필요한 것이어서 퍽 유용했다.

이 화물이 도착했을 때 나는 행운을 잡았다는 생각이 들었다. 너무 기뻐서 놀랄 정도였다. 나의 충실한 대리인 격인 선장은 런던의 미망인이 사례금으로 보낸 5파운드로 하인 한 명을 6년 계약으로 사서 데려왔다. 선장은 내가 사례금을 주려 하자 한사코 거절했다. 다만 약간의 담배를 받았을 뿐인데, 담배는 우리 농장에서 재배한 것이라 내가 억지로 받으라고 강요했다.

이것이 전부가 아니었다. 도착한 물품은 의복과 포목, 올이 굵은 모직물, 브라질에서는 특히 값이 비싸면서 찾는 사람이 많은 영국 제품이었기 때문에 큰 이익을 남기고 팔 수 있었다. 그래서 그 화물로 원가의 네 배가 넘는 이익을 남겼고, 웰스를 한참 앞질러 내 농장을 키울 수 있었다. 나는 흑인 노예 한 명과 유럽인 하인 한 명을 더 샀다. 선장이 리스본에서 데려온 유럽인 하인 말고 한 명을 더 구한 것이다.

그러나 남용된 번영은 흔히 가장 큰 역경의 지름길이 되는데 내 경우가 바로 그랬다. 다음 해 우리 농장은 대풍년을 맞았다. 내 농토에서 담배만 해도 큰 타래로 50개를 거두었는데, 이것만으로 마을에서 일용품을 사고도 남을 정도였다. 나는 하나가 백 웨이트도 더 나가는 담배 50타래를 잘 말려 리스본에서 배가 오기를 기다리며 보관하고 있었다. 사업이 커지고 재산이 늘어나자 내 머리는 분수에 맞지 않는 계획과 모험으로 가득 찼다. 실로 이래선 아무리 사업에 유능한 사람도 망하기 십상이었다.

그때 내가 처한 위치를 계속 유지했다면 나에게 온갖 행복한 일들이 일어났을 것이다. 그런 행복을 위해 아버지가 그렇게 열정적으로 조용하고 검소한 생활을 권했고, 중산층의 생활이 그런 행복한 일로 가득한 법이라고 현명한 조언을 했으리라. 그러나 나는 다른 생각을 했으며, 나의 모든 불행을 자초하는 고집 센 행동대원이 될 예정이었다. 다시 슬픔에 빠지면 여가를 내어 반성할 과오를 늘리고 있었다. 이 모든 과오는 어디론가 외국을 방황하고 싶은 내 바보 같은 성향에 굳세게 집착하고 그 성향을 추구하는 데서 비롯되었다. 그 과오는 자연과 신의 섭리가 나에게 내리면서 나의 의무를 다하라고 한 삶의 전망과 수단을 잘 따르기만 하면 신상에 유익할 것이 뻔한 인생관과는 정반대로 나간 데서 비롯되었다.

부모한테서 도망쳐 나올 때처럼 나는 현재에 만족하지 못하고, 농장이 부유해지고 번창 일로를 걷는 행복한 길을 마다하고 떠나지 않으면 안 되었다. 사물의 이치가 허용하는 것보다 빨리 출세하려는 성급하고 무모한 욕망을 좇은 것이다. 그래서 나는 인간이 빠져들 수 있는 것 중 가장 깊은 구렁텅이, 아니 어쩌면 인간의 생명과 건강이 견딜 수 있는 것 중에 가장 깊은 구렁텅이로 빠지고 말았다.

그러면 이 부분을 차근차근 이야기해보겠다. 브라질에서 거의 4년이나 살았고 농장이 한창 번성하고 있었으니까 내가 그곳 말을 배웠을 뿐 아니라, 산살바도르 항구의 상인들과도 친해졌다고 상상해도 좋다. 산살바도르는 우리의 항구였다. 나는 그 상인들과 이야기를 나누는 도중에 그들에게 기니 연안으로 갔던 두 번의 여행담을 자주 들려주었다. 그곳 흑인들과 무역하는 방법을 이야기했고 구슬, 장난감, 칼, 가위, 도끼, 유리 등 잡다한 물건들을 주고 사금이나 기니의 곡물, 상아 등을 사는 방법도 말해주었다. 또 브라질에서 부려먹을 흑인들을 대량으로 구입하는 방법도 말해주었다.

그들은 항상 내 이야기를 주의 깊게 경청했다. 특히 흑인을 사들이는 부분에 관심이 많았다. 당시에는 흑인 매매가 자주 벌어지지 않았고, 그나마 스페인 왕과 포르투갈 왕의 허가를 받아 독점적으로 거래되었다. 그래서 수입되는 흑인 수는 적은 데다 값은 엄청 비쌌다.

어느 날 알고 지내는 몇몇 상인들과 농장주와 함께하는 자리에서 흑인 교역에 대해 진지하게 이야기한 적이 있다. 그중 세 명이 이튿날 아침에 나를 찾아와 전날 밤 내가 그들에게 이야기한 것에 대해 깊이 생각해보았노라고 말했다. 그들은 나에게 한 가지 비밀스러운 제안을 하러 왔다. 그들은 비밀을 꼭 지키라고 당부하더니 기니로 갈 배를 준비하기로 결심했노라고 털어놓았다. 그러면서 자신들이나 나나 다 같은 농장주인데 하인만큼 필요한 것이 뭐가 있느냐고 말했다. 그렇다고 흑인들을 들여와 내놓고 사고팔 수는 없으니 흑인들을 이곳으로 몰래 데려온 다음 자기들의 농장에서 나누어 갖자는 얘기였다. 한마디로 나더러 화물 관리인으로 배에 올라 기니에서 무역을 맡아줄 생각이 있느냐고 묻는 것이었다. 그 대가로 나는 자본을 전혀 대지 않아도 노예를 나눌 때 자기들과 똑같은 몫을 주겠다는 제안이었다.

정착하지 못한 사람이나 직접 운영하는 농장, 그것도 농사가 잘되고 전망이 밝은 농장을 갖지 못한 사람에게 이것은 꽤 훌륭한 제안이라고 고백하지 않을 수 없다. 그러나 나는 이처럼 시작하여 자리가 잡혔고 삼사 년만 잘 꾸려나가면 되는 처지였다. 게다가 영국에서 남은 1백 파운드를 받기로 되어 있었다. 얼마 안 되지만 그 돈까지 합치면 당시 재산이 영국 돈으로 3천~4천 파운드는 되었고,

계속 늘어나고 있었다. 내가 그러한 항해를 생각한다는 것은 그런 처지의 인간이 저지를 수 있는 가장 터무니없는 짓이었다.

그러나 자신을 파멸시킬 운명을 타고난 나는 아버지의 훌륭한 충고에도 아랑곳하지 않고 첫 방랑길에 나섰던 것처럼 이번에도 그 제안을 뿌리치지 못했다. 나는 내가 없는 동안 농장을 돌보아주고 설사 내 방식이 엉터리라 하더라도 내 방식대로 농장을 운영해준다면 기꺼이 나서겠다고 말했다. 그들은 그렇게 하겠다고 약속하고 서약서를 썼다. 내가 죽을 경우를 대비해서 농장과 재산 처분에 관한 공식 유언장을 작성했다. 전에 나의 생명을 구해주었던 선장을 전 재산의 상속인으로 정하고 유언장에 따라 내 재산을 그가 처리하도록 했다. 농작물을 수확하여 나오는 돈의 반은 그 선장이 차지하고 나머지 반은 영국으로 보내도록 했다.

간단히 말해서 나는 내 재산을 지키고 농장을 유지하는 데 필요한 모든 조치를 취한 것이다. 내 재산을 지키고 해야 할 일과 해서는 안 되는 일을 판단했을 때 발휘한 그 신중함을 반만 발휘했다면 순조롭게 굴러가고 장차 번창할 것이 틀림없는 사업을 버리고 항해에 나서는 일은 결코 없었을 것이다. 나에게 닥칠 불운을 예상하는 데 필요한 이성은 제쳐두고 뻔한 위험이 도사린 항해에 나서는 일은 없었을 것이다.

그러나 나는 재촉당하는 바람에 이성보다는 내 환상의 명령에 맹목적으로 복종하고 말았다. 그리하여 배를 준비하고 화물을 싣고 동업자들과 항해 계약에 따른 모든 일을 마친 뒤, 1659년 9월 1일, 그 불길한 날에 배에 올랐다. 그날은 바로 8년 전 부모와 헐 시를 떠나던 날이다. 부모의 권위에 반기를 들고 나 자신의 이익만을 위해 바보가 되던 날이다.

우리의 배는 짐을 1백20톤가량 실었고 대포 6문에 선장과 그의 급사와 나를 제외하고도 열네 명이 타고 있었다. 큰 화물은 없었지만 흑인들과 거래하기에 적합한 구슬, 유리 제품, 조개껍데기, 아주 작은 손거울, 칼, 가위, 도끼 같은 물건들을 실었다.

내가 배에 탄 그날 배는 출항했다. 해안을 따라 북쪽으로 가다가 북위 10도에서 12도에 이르면 아프리카 해안으로 향할 계획이었다. 그렇게 가는 것이 당시의 일반적인 해로였다. 지나치게 덥다는 것 말고는 날씨가 여간 좋은 게 아니었다. 우리는 해안선을 따라 곧장 세인트 아우구스티노 봉의 끝자락에 이르렀다. 그곳에서 해안을 멀리하자 육지는 보이지 않았다. 우리는 페르난 드 노로냐 섬을 향하듯이 배를 몰며 크고 작은 섬들을 동쪽에 둔 채 그곳을 지나 북북동 방향으로 뱃길을 정했다. 이렇게 진행하다 보면 약 12일 후에 적도

를 지난다. 우리가 마지막으로 관측한 지점은 북위 7도 22분이다. 바로 그때 격렬한 토네이도, 다시 말해 허리케인이 우리를 덮쳐 우리의 혼을 다 빼앗았다. 허리케인은 남동쪽에서 시작하여 북서쪽으로 불다가 금세 북동쪽으로 방향을 바꿨다. 그 방향으로 자리를 잡은 바람은 기세가 어찌나 맹렬한지 우리는 12일 동안이나 태풍에 밀려 운명과 바람의 분노가 지시하는 대로 실려갈 수밖에 없었다. 말할 필요도 없지만 12일 동안 우리는 날마다 바다가 우리를 삼킬 것을 예상했고, 배에 탄 누구도 자신의 생명을 구할 수 있으리라고 예상하지 못했다.

이러한 조난 중에 폭풍의 공포에 더해서 열사병으로 한 사람이 죽었고, 또 다른 선원 한 명과 급사 아이는 높은 파도에 휩쓸려 배 밖으로 떨어져 사라졌다. 12일째 되는 날, 날씨는 조금 누그러졌다. 선장이 최선을 다해 관측한 바에 따르면 우리는 북위 11도, 경도로는 세인트 아우구스티노 봉에서 서쪽으로 22도가량 떨어진 곳에 있었다. 그래서 선장은 자기가 가이아나 해안에 와 있다고 생각했다. 그곳은 브라질 북부 아마존 강 너머에 있는 지점이며, 흔히 '큰강'이라고 불리는 오라노코 강 하구 쪽에 해당하는 지점이었다. 선장은 어느 방향으로 가면 좋겠느냐고 나에게 의논하러 왔다. 배에 물이 들어오고 부서진 데가 많아서 곧장 브라질 해안으로 돌아가는 게 좋겠다는 것이었다.

나는 분명히 그의 생각에 반대했다. 그가 가진 아메리카 대륙의 연안을 표기한 지도를 검토하고 나서 카리브 제도의 영역에 들어서기까지는 사람이 살고 우리가 도움을 얻을 수 있는 지역이 없다는 결론을 내렸다. 그래서 우리는 바베이도스로 가기로 결정했다. 멕시코 만의 내류를 피해 먼 바다로 나간 뒤 약 15일 동안만 항해하면 쉽사리 그곳에 도착할 수 있기를 바랐다. 배에 탄 우리에게 어떤 도움 없이 아프리카 해안으로 간다는 것은 도저히 불가능했다.

이런 계획 하에 우리는 도움을 받을 수 있는 영국령 섬들 가운데 한 곳에 닿기 위해 북서서쪽으로 방향을 돌렸다. 그러나 우리의 항해 앞에서 다른 운명이 기다리고 있었다. 북위 12도 18분에서 두 번째 폭풍이 우리를 덮친 것이다. 그 폭풍은 지난번과 똑같이 맹렬한 위세로 우리를 서쪽으로 몰아 무역 항로 밖으로 밀어내고 말았다. 그러니까 바다에서 목숨은 건졌다 하더라도 고국으로 무사히 돌아가기보다는 야만인들에게 잡아먹힐 위험에 빠졌다.

바람이 여전히 거세게 부는데 아침 일찍 선원 한 명이 "육지다!" 하고 외쳤다. 이제 비로소 우리가 세상 어느 곳에 와 있는지 알 수 있겠다는 희망으로 모두 밖을 보려고 선실에서 뛰어나왔다. 그 순간, 우리 배는 모래톱을 들이받았다. 배는 멈춰 섰고 파도가 엄청난 힘으로 배를 덮는 바람에 모두 죽었구나 생각했다. 우리는 바다의 거품과 물보라를 피해 좁은 선실로 쫓겨갔다.

이런 상황을 겪어보지 않은 사람이 그러한 환경에 처한 인간들이 겪는 공포를 말로 표현하거나 상상하기란 쉽지 않은 법이다. 우리가 어디에 와 있는지, 어떤 땅으로 밀려왔는지, 섬인지 대륙인지, 사람이 사는 곳인지 무인도인지, 아무것도 알 수 없었다. 처음보다는 약해졌지만 바람의 강도는 여전했기 때문에 기적적으로 바람이 당장 방향을 바꾸지 않는다면 배가 산산조각 나지 않은 채 한참 버텨주었으면 하는 희망조차 품을 수 없었다. 한마디로 말해 우리는 마주 보고 앉아 매 순간 죽음을 예상하고 있었다. 각자 저승에 갈 준비를 하는 것 말고는 할 일이 별로 없었기 때문이다. 그 순간 유일한 위안은 기대와 반대로 배가 아직 부서지지 않았다는 것과 바

람이 잦아들기 시작했다는 선장의 말이었다.

이제 바람이 좀 잦아들었지만 배는 아직 모래톱에 부딪히면서 단단히 박혀 빠져나올 것을 기대할 수 없었다. 우리는 실로 끔찍한 상황에 처했고 어떻게든 목숨을 건지겠다는 생각밖에 없었다. 폭풍이 불기 전에는 고물에 보트 한 척이 있었다. 그러나 보트는 배의 키에 부딪혀 구멍이 뚫리더니 이내 부서지고 밑으로 가라앉거나 바다로 쓸려가 사라지고 말았다. 이제 그 보트에 희망을 걸 수도 없었다. 갑판에 다른 보트 한 척이 있었지만 어떻게 바다에 띄울지가 문제였다. 그러나 이러쿵저러쿵 논쟁할 여지가 없었다. 배는 당장이라도 부서질 것 같았다. 배가 벌써 부서졌다고 누군가가 말하는 것이었다.

이런 난리 속에서 항해사 하나가 갑판에 있는 보트에 달려들어 다른 선원들의 도움을 받아 바다로 내던졌다. 그들은 우리 열한 명을 모두 태우고 우리의 운명을 신의 은총과 사나운 바다에 맡겼다. 폭풍은 많이 약해졌지만 끔찍할 정도로 높은 파도가 해변 쪽으로 몰아쳤다. 네덜란드 사람들이 폭풍이 이는 바다를 '미친 바다'라고 부르는 것도 당연했다.

이제 우리가 처한 상황은 실로 암담했다. 파도가 너무 높아 보트가 뒤집히면 우리는 익사할 것이 분명했다. 돛을 달려고 해도 돛이 없었고, 있다고 해도 아무것도 할 수 없었을 것이다. 우리는 형장으로 끌려가는 죄수처럼 무거운 마음으로 육지를 향해 있는 힘껏 노를 저었다. 해변으로 더 가까이 갈 때 해변에 부딪혀 부서지는 파도로 보트가 산산조각이 날 것임을 우리는 알고 있었다. 그러나 우리는 이를 데 없이 경건한 태도로 영혼을 하느님께 맡겼다. 바람은 우리를 육지 쪽으로 몰아갔고, 우리는 보트를 육지로 끌어가며 파멸을 재촉했다.

보이는 해변이 바위인지, 모래인지, 험한 절벽인지, 모래펄인지, 도대체 어떻게 생겼는지 알 수 없었다. 합리적으로 생각할 때 우리에게 실낱같은 기대를 안겨주는 희망은 우연히 우리가 어떤 만이나 강어귀에 진입하면 바람이 불지 않는 곳에 이르러 잔잔한 파도와 만날 가능성이 많다는 것이었다. 그러나 그런 곳은 전혀 나타나지 않았다. 해안에 가까이 가면 갈수록 육지는 바다보다 무시무시해 보였다.

우리가 약 1.5리그를 저어 갔을 때, 아니 떠밀려 갔을 때 산을 닮은 성난 파도가 보트 후미를 덮쳤다. 분명 최후의 일격을 기다리라는 명령이었다. 한마디로 파도가 분노의 손아귀로 우리를 움켜잡는 통에 보트는 순식간에 뒤집혔다. 우리는 보트에서 이탈했을 뿐만 아니라 각자 분리되어 떨어져나가는 통에 "오, 하느님!"을 외칠 틈도 없었다. 파도가 눈 깜짝할 사이에 우리를 삼켜버렸기 때문이다.

물속으로 잠기면서 내가 느낀 혼란스러운 생각은 어떤 말로도 표현할 수 없다. 나는 수영을 잘했지만 숨을 들이쉴 만큼 파도 밖으로 몸을 치켜올릴 수 없었다. 마침내 파도는 나를 떠밀어, 아니 나를 제 위에 싣고 성큼 단숨에 해변으로 갔다. 다음 순간 파도는 제 기운을 다 써버렸는지 뒤로 물러서면서 나를 거의 마른 땅 위에 내팽개쳤다. 그러나 나는 물을 먹어 반죽음 상태였다. 나에게는 남은 숨도 있었지만 그만큼 정신도 있었다. 내 몸이 예상한 것보다 훨씬 육지 안쪽으로 들어와 있었기 때문에 파도가 다시 나를 잡아챌까 봐 벌떡 일어나 될수록 빠른 걸음으로 육지 안으로 가려고 노력했다. 그러나 파도를 피할 길이 없었다. 큰 야산만 한 파도가 나를 쫓아오는 것이 보였다. 내가 맞서 싸울 수단이나 힘이 없는 무서운 적과 같았다. 할 수 있는 일이란 숨을 죽이고 될수록 몸을 물 위로 유지하며 호흡을 하면서 최대한 빨리 해변 쪽으로 헤엄치는 것뿐이었다. 가장 큰 걱정은 파도에 떠밀려 육지 쪽으로 온 것처럼 파도가 돌아갈 때 다시 바다 쪽으로 밀려 나가는 게 아닌가 하는 점이었다.

다시 나를 뒤덮은 파도 때문에 나는 물속으로 20, 30피트나 가라앉았다. 엄청난 힘이 빠른 속도로 해안 쪽으로 상당한 거리에 내 몸을 운반하는 것을 느낄 수 있었다. 나는 숨을 참고 있는 힘을 다해 더 앞으로 헤엄쳐 가려고 애썼다. 숨을 참느라 가슴이 터지려는 순간 다행히도 잠깐이지만 내 머리와 손이 물 표면으로 솟아오르는 것을 알았다. 그 자세를 유지한 것은 2초도 되지 않았지만 그것은 나에게 큰 안도감을 주고 호흡과 새로운 용기를 주었다. 나는 상당한 시간 동안 다시 물속에 잠겼지만 참을 만했다. 다음 순간 파도가 힘을 소진하고 돌아가기 시작하자 나는 돌아가는 파도를 거슬러 앞으로 헤엄쳐 나가 다시 내 발로 땅을 밟았다. 나는 호흡을 회복하기 위해 잠시 서 있었다. 마침내 물이 바다 쪽으로 움직이자 나는 줄행랑치기 시작했다. 있는 힘을 다해 해안 쪽으로 뛰었다. 그러나 이것

으로 내가 파도의 분노에서 나 자신을 구한 것은 아니다. 파도는 다시 나를 쫓아와 덮쳤다. 나는 두 번 더 파도의 팔에 들렸다가 전처럼 앞으로 운반되었다. 해변은 아주 평평했다.

마지막 두 번은 나에게 거의 치명적인 파도였다. 그도 그럴 것이 파도는 전처럼 서둘러 등을 밀어 나를 육지에 올려놓았다. 아니, 나를 바윗덩어리에 내팽개쳤다. 어찌나 세게 내팽개쳤는지 나는 정신을 잃어 속수무책이었다. 파도는 나의 옆구리와 가슴을 강타하여 내 몸에서 호흡을 다 빼가고 말았다. 그때 당장 파도가 다시 닥쳤다면 나는 파도에 목 졸려 죽었을 것이 틀림없다. 그러나 나는 파도가 돌아오기 전에 힘을 좀 되찾았다. 다시 파도가 나를 뒤덮는 것을 알아차리고 나는 그 바위에 매달리기로 결심했다. 또 파도가 돌아갈 때까지 될 수 있으면 숨을 참기로 결심했다. 이제 육지와 가까운 곳이기 때문에 파도는 전처럼 높지 않았다. 나는 파도가 약해질 때까지 바위에 매달렸다가 다음 순간 다시 달렸다. 그리하여 해변에 아주 가까이 왔기 때문에 다음 파도가 나를 덮쳤지만 나를 바다 쪽으로 끌고 갈 만큼 삼키지는 못했다. 거기서 나는 다시 뛰어 진짜 육지에 도달했다. 몹시 다행스럽게도 해변에는 비탈진 곳이 있어 나는 그리로 올라가 풀밭에 앉았다. 그곳은 위험이 없고 파도가 닿지 않는 곳이었다.

해변에 상륙하여 안전해지자 나는 하늘을 우러러보며 몇 분 전만 해도 희망이 없던 질곡에서 내 생명을 구해주신 것에 대해 하느님께 감사를 드리기 시작했다. 무덤 속에서 구조되었을 때 희열과 황홀함을 말로 표현하기란 불가능한 것이라 믿는다. 목을 밧줄로 옭아매인 죄수가 막 교수형이 집행되려는 순간 집행을 미룬다는 통보를 받을 때 관례적으로 취하는 조치를 이제 이해할 수 있다. 외과의사를 데려와 그 사실을 알리면서 죄수가 피를 흘리게 하는데, 이는 뜻밖의 소식에 기쁨으로 압도되어 죄수가 정신을 잃는 것을 막기 위함이라고 한다.

갑작스런 기쁨은 슬픔처럼 처음에는 당혹스러운 것

나는 두 손을 번쩍 들고 해변을 이리저리 걸어 다녔다. 말하자면 나의 자아는 내가 구조된 것에 대한 명상에 휩싸여 내가 묘사할 수 없는 온갖 몸짓과 동작을 했고 익사한 동료들을 생각했고 나 말고는 살아난 영혼이 하나도 없다는 생각을 해보았다. 그 후로 나는 동료들을 보지 못했으며 테가 있는 모자 세 개와 테가 없는 모자 하나, 짝이 맞지 않는 구두 두 짝 말고는 아무 흔적도 보지 못했다.

나는 좌초된 배 쪽으로 눈을 돌렸다. 부서지는 파도와 물거품이 너무나 요란해서 배는 거의 보이지 않았다. 그 거리가 어찌나 먼지 나는 "주여, 제가 뭍에 오른다는 것이 어떻게 가능했습니까?" 하고 중얼거렸다.

편안한 처지에 놓여 마음을 달랜 나는 어떤 곳에 와 있는지, 다음은 무엇을 해야 하는지 알려고 주위를 둘러보기 시작했다. 그러자 마음의 평온이 가셨다. 한마디로 말해 구조는 되었지만 끔찍한 구조였다. 온몸은 젖었지만 갈아입을 옷도 없고, 갈증과 허기를 달래줄 마실 것이나 먹을 것도 없었다. 배고파 죽거나 맹수에게 잡아먹히는 것 외에는 아무 전망이 없었다. 특히 나를 괴롭히는 것은 살아남기 위해 사냥을 하거나, 나를 죽이고 싶어 할지 모르는 짐승이나 인간에게서 나를 보호하는 데 필요한 무기가 하나도 없다는 점이었다. 내가 가진 것이라고는 주머니칼 하나와 담배 파이프, 쌈지에 든 약간의 담배가 전부였다. 이 사실이 나를 엄청난 고뇌 속으로 몰아넣었기 때문에 나는 잠시 미친 사람처럼 이리저리 뛰어다녔다. 밤이 내 위로 엄습하고 있었기 때문에 그 지역에 게걸스런 야수들이 있다면 내 운명은 어떻게 될지 답답한 마음으로 생각했다. 야수들은 늘 밤에 먹이를 찾아 나서기 때문이다.

그때 머리에 떠오른 처방은 내 근처에서 자라는 잎이 무성하면서도 가시처럼 할퀴는 전나무 같은 어떤 나무에 올라가 밤새 앉아 있는 것이었다. 어떻게 죽을지는 다음 날 생각하기로 했다. 아직 살아남을 전망은 보이지 않았다. 나는 마실 물을 찾으려고 해변에서 1펄롱〔furlong : 길이의 단위로 약 201.71미터〕쯤 되는 곳까지 걸어갔다. 다행히도 물을 찾았다. 물을 마신 다음 허기를 달래려고 담배를 조금 입에 넣고는 그 나무로 갔다. 나무를 타고 올라가, 자다가 떨어지지 않게 자리 잡으려고 노력했다. 호신용으로 곤봉처럼 생긴 짤막한 막대기를 꺾고 나서 자리를 잡았다. 어찌나 피로한지 깊이 잠들고 말았다. 그런 조건에서 어떻게 그럴 수 있나 싶을 정도로 편안한 잠을 잤다. 그런 처지 치고는 그야말로 거뜬한 기분이 되어 눈을 떴다.

눈을 떴을 때는 날이 환히 밝았고 날씨는 맑았으며 폭풍이 잦아들어 바다는 전처럼 요동치지도 않고 부풀어오르지 않았다. 그러나 나를 가장 놀라게 한 것은 부풀어오르는 조류에 의해 우리 배가 좌초한 모래턱에서 밀려 나와 내가 처음에 언급한 바위까지 와 있다는 사실이었다. 내가 파도에 휩쓸려서 타박상을 입은 바로 그 바위다. 우리 배는 내가 있는 곳에서 1마일도 되지 않는 곳에 아직도 똑바로 서 있는 것 같았다. 나는 필요한 몇 가지를 건질 목적으로 배에 오르고 싶었다.

나무 위 호화로운 방에서 내려와 다시 주위를 돌아보았다. 첫 번째로 눈에 들어온 것은 우리 배에 있던 보트다. 그것은 바람과 파도에 떠밀려 내 오른쪽으로 2마일가량 떨어진 육지에 누워 있었다. 나는 보트로 가려고 해변을 따라 갈 수 있는 곳까지 걸었다. 그러나 나와 보트 사이로 움푹 파여 바닷물이 들어온 부위가 있었다. 너비가 반 마일가량 되는 장애물이어서 일단 돌아왔다. 당장 무엇이든 먹고 목숨을 유지할 것을 구하러 난파선으로 가는 게 급했기 때문이다.

정오가 지나자 바다는 매우 잔잔했다. 게다가 썰물이 멀리까지 빠져 배에서 4분의 1마일도 안 되는 곳까지 걸어갈 수 있었다. 여기서 나는 새삼 슬픔에 휩싸이지 않을 수 없었다. 배에 그대로 타고 있었다면 우리 모두 안전했을 것이 분명했기 때문이다. 다시 말해서 우리는 모두 안전하게 이 해안에 도착했을 것이며, 지금처럼 내가 아무 위안도 동료도 없이 외톨이로 남는 비참한 상태에 빠지지 않았을 것이라는 생각이 들었다. 눈물이 쏟아졌다. 그러나 운다고 문제가 해결되는 것은 아니었다. 나는 어떻게든 배에 가기로 결심했다. 날씨가 무척 더워서 옷을 벗고 물속으로 들어갔다. 그러나 배에 이르렀을 때 어떻게 배에 올라야 할지 막막했다. 배가 땅 위에 놓여 물 밖으로 높이 올라간 상태라 붙잡고 기어올라갈 만한 것이 없었다. 나는 헤엄쳐서 배를 두 바퀴나 돌았다. 두 번째 돌 때 조그마한 밧줄이 보였다. 처음에 그것을 못 본 게 이상했다. 앞 닻줄에 낮게 걸린 밧줄을 간신히 잡고 앞 갑판으로 올라갔다. 배의 밑창이 뚫려 짐칸에 물이 가득 찼다. 배는 단단한 모래언덕에 얹혀 뒷면은 모래언덕 위로 솟았고, 앞머리는 거의 물에 닿을 듯 숙인 모습이었다. 그래서 배의 뒷부분은 피해를 당하지 않았고, 그 부분에 있던 것들도 물에 젖지 않은 상태였다. 내가 맨 먼저 한 일은 물건을 찾아내어 무엇은 망가지고 무엇은 말짱한지 가리는 일이었다. 다행히 배 안의 모든 식량은 전혀 젖지 않아 먹을 만했다. 나는 빵 창고로 가서 주머니를 비스킷으로 채우고, 시간을 아끼려고 다른 일을 하면서 비스킷을 먹었다. 큰 선실에서 럼주도 찾아 큰 잔으로 들이켰다. 내 앞에 기다리는 일을 하려면 힘을 솟게 할 술이 몹시 필요했다. 이제 나에게 몹시 필요할 것으로 예상되는 많은 물건들을 싣고 갈 보트만 있으면 된다.

가만히 앉아 없는 것을 갖게 해달라고 기도해봤자 소용없다. 극단적 상황이 나의 응용력을 자극했다. 배 안에는 예비 활대 몇 개와 커다란 원통형 목재 두세 개, 예비 중간 돛대가 한두 개 있었다. 나는 이것들을 가지고 일을 시작하기로 결심하고 내 힘으로 무게를 감당할 수 있는 것들을 될수록 많이 배 밖으로 던졌다. 그러고는 떠내려가지 않도록 밧줄로 하나씩 동여매고 뱃전으로 내려가 그것들을 내게로 끌어온 다음 네 개를 뗏목 모양이 되도록 양끝을 단단히 묶었다. 짤막한 널빤지 두세 개를 가로로 얹으니 그 위로 걸어 다닐 수는 있지만, 널빤지가 너무 가벼워서 무거운 것은 감당할 수 없을 것 같았다. 그래서 다시 목수용 톱으로 중간 돛대를 세 토막으로 잘라 엄청난 노동과 수고로 뗏목에 올려놓았다. 필수품을 얻겠다는 희망 때문에 여느 때 같으면 엄두도 못 냈을 일을 할 힘이 솟았다.

나의 뗏목은 이제 웬만한 무게를 견딜 수 있을 만큼 튼튼해졌다. 다음 문제는 여기에 무엇을 싣고 그 물건을 어떻게 부서지는 파도에서 보호하느냐였다. 그러나 나는 오래 생각하지 않았다. 먼저 모을 수 있는 널빤지를 모두 뗏목에 올려놓았다. 내게 가장 필요한 것이 무엇인지 충분히 생각해놓은 터라, 선원들이 쓰는 궤짝 세 개를 찾아 뚜껑을 열고 안을 비운 다음 뗏목에 실었다. 첫 번째 궤짝에는 빵, 쌀, 네덜란드 치즈 세 통, 우리의 주식이던 말린 염소 고기 다섯 쪽 등 먹을 것을 가득 넣었다. 닭 모이로 쓰던 옥수수도 실었다. 출항할 때 데려온 닭들은 모두 죽었다. 배에는 보리와 밀도 있었는데, 안타깝게도 쥐가 먹어버렸거나 상했다. 마실 것으로는 선장의 짐에 술병이 든 박스가 몇 개 있었는데, 거기에는 과실주가 든 것과 아라크 주 5, 6갤런이 있었다. 그것들은 궤짝에 넣을 필요도, 넣을 자리도 없어서 그냥 제쳐두었다. 이런 일을 하는 동안 밀물이 밀려오기 시작했다. 아직은 물살이 잔잔했다. 그러나 해변 모래 위에 벗어놓은 코트와 셔츠, 조끼가 헤엄쳐 달아나는 것을 안타깝게 지켜봐야 했다. 배로 헤엄쳐 올 때 걸친 것이라고는 무릎이 드러나는 아마포 반바지와 양말뿐이었다. 그러나 오히려 그것이 나에게 옷을 찾도록 만들었다. 많은 옷이 눈에 띄었지만 당장 필요한 것만 챙겼다. 내 눈은 다른 것들을 찾았다. 먼저 육지에서 쓸 연장이 필요했다. 한참을 뒤져 목수가 쓰는 연장 상자를 찾았다. 그것은 나에게 유용하기 그지없는 선물이었다. 그때는 한 배 가득 실은 황금보다 그 연장 상자가 훨씬 가치 있는 것이었다. 나는 그 상자를 통째로 뗏목에 실었다. 안을 들여다보느라 시간을 낭비하지 않았다. 그 속에 담긴 것이 무엇인지 대충 알았기 때문이다.

다음으로 내 관심은 탄약과 무기를 찾는 일이었다. 큰 선실에는 성능이 우수한 엽총 두 자루와 권총 두 자루가 있었다. 나는 이 무기들을 우선 챙기고 뿔로 만든 화약통 몇 개와 탄알이 든 작은 주머니 하나, 녹슨 칼 두 자루도 찾았다. 배 안에는 큰 화약통이 세 개 있었지만 우리의 무기 담당 선원이 그것을 어디에 두었는지 알 수 없었다. 그러나 한참을 뒤져 그것들을 모두 찾아냈다. 두 통은 물에 젖지 않아 말짱했고 세 번째 통은 젖었다. 나는 무기들과 화약통 두 개를 뗏목에 실었다. 이제 짐을 충분히 실었다는 생각이 들어 어떻게 그것들을 가지고 해안까지 갈지 궁리하기 시작했다. 돛이 없는데다 노도 키도 없어서 바람이 살짝 불기만 해도 나의 항해는 끝장날 판이었다.

내 힘을 돋우는 세 가지 요인이 있었다. 첫째, 바다가 잔잔하고 고요하며 둘째, 조류가 해변을 향해 흐르고 셋째, 미미하긴 했지만 바람이 육지 쪽으로 불었다. 보트에 딸려 있던 부러진 노 두세 개와 연장 상자에 들어 있던 연장 말고도 톱 두 개와 도끼 한 자루, 망치를 발견했다. 이런 짐을 모두 싣고 출발했다. 내 뗏목은 1마일 정도는 잘 나갔다. 다만 뗏목은 전날 상륙한 지점에서 약간 떨어진 곳으로 가는 것 같았다. 물이 육지에서 바다로 유입되는 모양이었다. 나는 짐을 내릴 부두로 이용할 수 있을지도 모를 샛강이나 강이 나오기를 희망했다.

내 상상한 대로였다. 앞쪽에 육지가 좀 갈라진 곳이 나타났으며, 강한 조류가 그 안으로 밀려드는 것이 보였다. 나는 뗏목이 그 조류 흐름의 한가운데로 가도록 최선을 다해 조종했다. 그러나 여기서 다시 한번 뗏목이 뒤집히는 사고를 당할 것 같았다. 실제로 그랬다면 억장이 무너졌을 것이다. 그 해안에 대해 아는 것이 하나도 없었기 때문에 뗏목 한쪽 끝은 모래톱에 얹히고, 반대쪽은 떠 있었다. 금방이라도 모든 짐이 물에 떠 있는 쪽으로 미끄러져 물로 떨어질 것 같았다. 나는 등을 궤짝에 대고 있는 힘을 다해 그것이 제자리에 있게 하려고 노력했다. 그러나 죽을힘을 다해도 뗏목을 모래톱에서 밀어낼 수 없었고, 나는 떠받친 자세로 옴짝달싹할 수 없었다. 있는 힘을 다해 궤짝을 떠받치고 약 30분을 버티는 동안 물이 불어 뗏목이 조금 평평해졌다. 잠시 후 물이 더욱 불어나자 내 뗏목은 다시 물에 떴다. 나는 가지고 있던 노를 이용해 뗏목을 모래톱에서 밀어낸 뒤 수로 속으로 들어갔다. 뗏목을 조금 더 위로 몰았을 때 마침내 작은 강어귀에 도착했다. 양편에 땅이 있고 강한 조류가 그 강을 거슬러 올라갔다. 나는 양쪽을 두리번거리면서 뗏목을 댈 만한 곳을 찾았다. 강을 따라 한참 상류로 올라갈 생각은 없었다. 언젠가 바다에 어떤 선박이 지나가는 것을 보고 싶었기 때문에 되도록 해안 가까이에 자리 잡기로 결심했다.

마침내 오른쪽 강가에 좀 들어간 곳이 눈에 들어왔다. 나는 무진 애를 써서 어렵사리 뗏목을 그리로 몰았다. 그곳 가까이에 이르러 노가 강바닥에 닿자 나는 노로 바닥을 밀어 뗏목을 육지에 댔다. 그러나 짐이 또 한 번 물에 빠질 뻔했다. 그곳은 경사가 너무 가팔라서 상륙할 곳이 없었다. 뗏목을 그곳에 대면 방금 전처럼 한쪽은 올라가고 다른 쪽은 내려가 짐이 물에 빠질 위험이 있었다. 내가 할 수 있는 일은 밀물이 넘쳐들 것으로 예상되는 평평한 지점이면서 물가와 가까운 곳에 뗏목을 붙인 다음 노를 닻처럼 물에 깊이 세우고 만조가 되기까지 기다리는 것뿐이었다. 만조가 되었다. 물이 1피트 정도 상승했기 때문에 충분하다는 생각이 들어 평평한 땅 쪽으로 뗏목을 밀었다. 그러고 나서 부러진 노 두 개를 뗏목 양옆 땅에 꽂았다. 이처럼 해놓고 조수가 밀려날 때까지 기다렸다가 뗏목과 모든 짐을 안전하게 땅에 내렸다.

나의 다음 일은 그 지역을 돌아보며 거주할 곳을 찾는 것이었다. 무슨 일이 일어나도 짐을 무사히 보관할 수 있는 곳도 찾아야 했다. 내가 지금 어디에 와 있는지 알 길이 없었다. 대륙인지 섬인지, 사람이 사는 곳인지 아닌지, 위험한 맹수들이 있는지 없는지 아는 게 없었다. 내가 있는 곳에서 1마일 남짓 떨어진 곳에 매우 험준하고 높은 산이 있었다. 그 산은 북쪽으로 뻗은 산줄기를 따라 솟은 여러 산 중에서 다른 산보다 훨씬 높았다. 나는 엽총과 권총 한 자루, 뿔 화약을 들고 주위를 둘러보기 위해 그 산꼭대기로 갔다. 어려움을 무릅쓰고 정상에 오른 나는 내 운명을 자각하고 너무나 마음이 아팠다. 나는 사방이 바다로 둘러싸인 섬에 와 있었다. 멀리 떨어진 암초 몇 개와 서쪽으로 3리그가량 떨어진 곳에 이 섬보다 작은 섬 두 개 말고 육지라고는 전혀 보이지 않았다.

또 내가 있는 이 섬은 황량했고 무인도임에 틀림없었다. 야생동물들은 살고 있지만 아직 한 마리도 보지 못했다. 새들은 많이 보았지만 무슨 새인지 알 수 없었고, 설사 잡는다 해도 먹을 수 있는 것인지 아닌지 알 길이 없었다. 돌아오는 길에 거대한 숲 한쪽 편에 있는 나무 위에 앉은 큼직한 새를 총으로 쏘았다. 이 섬이 창조된 이래 처음으로 울린 총소리였을 것이다. 총을 쏘자마자 숲 여기저기에서 온갖 새들이 무수히 날아오르며 저마다 독특한 소리를 냈지만 익숙한 새소리는 하나도 없었다. 내가 잡은 새는 일종의 매에 속했다. 빛깔과 부리는 매를 닮았지만 매 특유의 발톱이 없고, 썩은 고기 맛이 나서 아무 쓸모가 없었다.

이러한 발견에 만족하고 뗏목으로 돌아와서 짐을 해변에 내리기 시작했다. 그 일로 그날 남은 시간이 다 갔다. 밤이 되자 무엇을 해야 할지 몰랐다. 어디서 자야 할지도 몰랐다. 맹수에게 잡아먹힐까 봐 땅바닥에서 자기 겁났다. 나중에 알고 보니 그렇게 겁먹을 필요는 없었다.

나는 육지로 가져온 궤짝과 널빤지를 이용해 둥근 바리케이드를 만들어 하룻밤을 지낼 일종의 오두막을 세웠다. 그러나 먹을 것은 어떻게 구해야 할지 막막했다. 총으로 새를 쏜 숲에서 산토끼처럼 생긴 짐승 두세 마리가 뛰어나오는 것을 보긴 했다.

나는 배에 유용한 물건들이 아직 많다는 생각을 하기 시작했다. 특히 밧줄이나 돛 같은 물건들이 쓸모 있을 것이다. 그래서 가능하면 다시 배에 가기로 결심했다. 폭풍이 한 번 더 불면 배가 산산조각 날 것이 뻔하기 때문에 필요한 물건들을 배에서 모두 가져올 때까지 다른 일은 미루기로 했다. 나는 위원회를 소집했다. 내 머릿속에서 여러 의견을 대립시켰다는 말이다. 뗏목을 타고 갈지 따져보았다. 그러나 실용성이 없는 것 같아 썰물이 빠지면 지난번처럼 헤엄쳐 가기로 했다. 오두막을 나오기 전에 지난번과 달리 체크무늬 셔츠와 아마포 바지를 입고 가벼운 신발을 신었다.

나는 지난번처럼 배에 올라가서 뗏목을 준비했다. 처음의 경험이 있기 때문에 이번에는 뗏목을 너무 크게 만들지 않았고 짐도 조금만 실었다. 하지만 꼭 필요한 물건들은 빠뜨리지 않았다. 나는 우선 목공실에서 크고 작은 못이 가득 든 주머니 두세 개, 나사식으로 올리고 내리는 스크루 잭 하나, 손도끼 이십여 개를 찾았다. 그러고 나서 무엇보다 유용한 숫돌을 찾았다. 이것들을 안전하게 확보한 다음 포수들이 쓰는 몇 가지 물건을 찾아냈다. 쇠지레 두세 개, 머스켓 총 탄알 상자 두 개, 머스켓 총 일곱 자루와 화약, 작은 탄알이 가득 든 커다란 주머니 등이다. 닻줄 한 타래도 나왔지만 너무 부피가 크고 무거워 뱃전 밖으로 넘길 수가 없었다.

이런 것들 말고도 선원들의 옷을 챙기고 예비 돛 하나와 해먹, 침대와 침구를 찾았다. 이 물건을 모두 두 번째 뗏목에 싣고 무사히 육지에 닿았을 때 마음에 안정이 왔다.

내가 육지를 벗어난 사이에 내 식량을 짐승들이 먹어 치우지나 않았을까 하는 걱정이 앞섰다. 그러나 막상 돌아와보니 무엇이 다녀간 흔적은 어디에도 없었고, 다만 살쾡이처럼 생긴 짐승이 궤짝 위에 앉아 있었다. 내가 다가가자 그놈은 내빼는가 싶더니 이내 우뚝 멈춰 섰다. 그러고는 아주 태연하게 앉아 나하고 사귀고 싶다는 듯 내 얼굴을 빤히 바라보았다. 내가 총을 내밀었지만 총이 뭔지도 모르는 그놈은 아랑곳하지 않고 움직일 생각조차 하지 않았다. 나는 그놈에게 비스킷을 조금 던져주었다. 식량이 넉넉지 않아 그럴 처지는 아니었지만 그놈한테 큰 선심을 쓴 것이다. 그놈은 다가와

냄새를 맡은 다음 비스킷을 날름 먹어치우더니 기분이 좋은지 더 달라는 듯 나를 바라보았다. 고맙기는 했지만 더는 선심을 쓸 처지가 못 되었다. 그러자 그놈은 당당한 걸음으로 그곳을 떠났다.

탄약통은 너무 크고 무거워 통을 열고 탄약을 작은 주머니에 나누어 날랐는데, 이 두 번째 짐을 내린 다음 돛과 적당한 길이로 자른 기둥 몇 개를 이용해 조그만 천막을 만들기 시작했다. 천막을 완성한 후 햇빛이나 비에 닿으면 망칠 수도 있는 물건을 그 안으로 옮겼다. 그러곤 사람이나 짐승이 갑작스럽게 공격할 경우에 대비해 천막을 빙 둘러 빈 통과 궤짝을 쌓아 요새를 구축했다.

이 일을 끝낸 다음 천막 입구 안쪽을 널빤지로 막고 바깥쪽에는 빈 궤짝을 하나 세웠다. 그러고 나서 천막 바닥에 침대를 펴고 머리맡에 단발식 권총 두 자루와 옆에는 장총을 놓아둔 뒤 처음으로 침대에 누웠다. 전날 밤 잠을 제대로 자지 못한 데다 하루 종일 배에서 해변으로 짐을 옮기느라 열심히 일했기 때문에 몸이 무겁고 무척 피곤해서 밤새 조용히 깊은 잠을 잤다.

나는 이제 한 사람이 쓰기에는 세상에서 가장 많은 물품으로 가득 찬 창고를 가진 것이다. 하지만 나는 아직 만족하지 않았다. 배가 저 자세로 서 있는 동안 되도록 많은 것을 가져와야겠다고 생각했다. 그래서 매일 썰물 때마다 배로 가서 이것저것 실어왔다. 세 번째 갔을 때는 삭구를 모조리 챙겨왔다. 작은 밧줄과 밧줄 타래도 보이는 대로 가져왔고, 돛대를 고치는 데 쓰려고 남겨둔 천과 젖은 화약이 가득 찬 통도 가져왔다. 돛이란 돛은 하나도 빠트리지 않고 가져온 셈이다. 돛은 이제 항해하는 데는 쓸모가 없고 천으로만 쓸 수 있기 때문에 나는 돛을 작게 잘라 한꺼번에 최대한 많이 가져왔다.

그러나 더더욱 기쁜 일은 맨 마지막에 일어났다. 이런 식으로 배를 대여섯 번 오고 간 뒤 배에는 더는 쓸모 있는 물건이 없으리라고 생각했을 때 빵이 든 커다란 통, 럼주가 든 작은 통 세 개, 설탕 한 상자, 곱게 빻은 밀가루 한 배럴이 나온 것이다. 물에 젖은 것 말고는 먹을 것이 없으리라고 생각했던 참이라 정말 뜻밖이었다. 나는 상자에서 빵 덩어리를 꺼내어 몇 조각으로 쪼갠 다음 돛을 잘게 자른 천으로 하나씩 싸서 모두 안전하게 육지로 옮겼다.

다음 날 다시 배에 갔다. 손으로 옮길 수 있는 것은 모두 옮겨온 뒤라 이제는 닻줄 차례였다. 쇠톱을 이용해 거대한 닻줄을 손으로 운반할 수 있는 크기로 잘랐다. 그리하여 강삭 두 개와 굵은 밧줄 하나를 얻었다. 철제품을 죄다 모으고 가로 돛의 활대와 뒷돛대의 활대 등 잘라낼 수 있는 나무는 모두 잘라 커다란 뗏목을 만든 뒤 무거운 짐을 싣고 떠났다. 그러나 내 운도 다한 모양이었다. 좁은 뗏목에 짐을 너무 많이 싣는 바람에 움푹 들어간 지형 안으로 들어선 뒤에도 다른 때처럼 쉽사리 뗏목을 몰 수 없었다. 결국 뗏목이 뒤집혀 짐과 함께 물속에 빠지고 말았다. 육지에 가까웠기 때문에 나는 괜찮았지만 짐은 다 잃었다. 특히 매우 유용할 것으로 보이던 철제품을 모두 잃었다. 다행히 밀물이 빠지자 무척 힘들었지만 밧줄은 대부분 건졌고 철제품도 일부 건졌다. 물건을 찾느라 잠수해야 했는데, 그건 몹시 피곤한 일이었다. 그 뒤로도 나는 매일 배에 가서 가져올 수 있는 것은 모두 가져왔다.

어느덧 이 해변에서 지낸 지 13일이 지났고 배에 다녀온 것은 열한 번이다. 그때마다 손으로 옮길 수 있는 것은 모두 가져왔다. 날씨만 허락했다면 배 전체를 조각내서 가져왔을 것이다. 그러나 열두 번째로 배에 갈 준비를 할 때 바람이 불기 시작했다. 나는 간조 때에 맞춰 배에 올랐다. 선실을 샅샅이 뒤진 후라 더 나올 것이 없다고 생각했는데, 서랍이 달린 선반을 하나 발견했다. 한 서랍에서 나는 면도날 두세 개와 큰 가위 하나, 칼과 포크 열두어 개를 발견했다. 다른 서랍에는 유럽 동전과 브라질 화폐, 스페인 에이트 화폐, 금화, 은화 등 모두 37파운드가 들어 있었다.

이 돈을 보자 나는 혼자 빙그레 웃으며 큰 소리로 말했다. 야! 임마, 너는 어디에 쓰는 놈이냐? 넌 나한테 아무런 가치가 없어. 땅에 굴러다녀도 집을 가치도 없는 놈이야. 저 칼 하나만 있어도 너희를 전부 합친 것만큼 가치가 있겠구나. 너희는 아무짝에도 쓸모가 없어. 여기 그대로 있다가 구조할 가치도 없는 쓰레기처럼 바닥으로 가라앉아라. 그러나 다시 한번 생각하고 마음을 고쳐먹어 돈을 모두 돛에서 잘라낸 천으로 쌌다. 그리고 새로 뗏목을 만들 생각을 했다. 뗏목을 준비하는 동안 하늘이 잔뜩 흐리더니 바람이 불기 시작했다. 15분쯤 지나자 육지에서 강한 바람이 불어왔다. 해안에서 바람이 불면 뗏목을 만들어봤자 헛수고가 될 것 같았다. 파도가 일기 전에 서두르지 않으면 아예 육지로 돌아갈 수 없을지도 몰랐다. 나는 물속으로 뛰어들어 배와 모래톱 사이에 있는 좁은 틈으로 헤엄치기 시작했다. 내가 들고 있던 물건들의 무게와 거친 물살 때문에 무진장 힘이 들었다. 바람은 서두르듯 거세졌고 만조가 되기도 전에 폭풍으로 변했다.

다행히 나는 작은 천막으로 돌아와 나의 모든 재산을 안전하게 곁에 둔 채 자리에 누웠다. 밤새 바람이 호되게 불었다. 아침에 밖을 내다보니 배가 온데간데없었다. 나는 좀 놀랐지만 곧 마음의 평온을 찾았다. 나에게 유용할 수 있는 물건을 모두 가져오느라 시간과 노력을 아끼지 않았다는 것, 설사 시간이 더 있었다 해도 배에서 더 가져올 것이 거의 없었다는 생각이 들었기 때문이다.

이제 배와 거기서 가져올 물건에 대해 생각을 접었다. 난파한 배의 잔해가 해변으로 몰려왔지만 쓸모 있는 것은 별로 없었다.

나는 언제 나타날지 모르는 야만족이나 섬에 있을지도 모르는 맹수에 맞서 자신을 보호하는 문제에 온 신경을 집중했다. 어떤 식으로 나를 보호할지, 어떤 종류의 집을 지어야 할지, 땅속에 굴을 파야 할지, 땅 위에 천막을 세워야 할지 많은 생각을 했다. 나는 두 가지 방법을 다 쓰기로 결심했다. 어떤 집을 어떤 식으로 지을지 자세히 설명하는 것은 적절하지 않을 성싶다.

나는 곧 내가 자리 잡은 곳이 집 짓기에 알맞지 않다는 것을 깨달았다. 바다 가까이에 위치한 낮은 습지라 건강에도 좋지 않고, 가까이에 신선한 물이 없었기 때문이다. 그래서 건강에 좋고 편리한 곳을 찾기로 결심했다.

나는 내가 처한 상황에서 나에게 적절하다고 생각되는 몇 가지를 머릿속에 새겨보았다. 첫째 방금 말한 건강과 마실 물, 둘째 햇빛을 가려줄 거처, 셋째 야만인이나 맹수에게서의 안전, 넷째 바다가 보이는 곳 등이다. 하느님의 은총으로 배를 본다면 구조될 기회를 놓치지 말아야 했기 때문이다. 나는 아직 구조될 희망을 완전히 버리지는 않았다.

네 가지 요건에 맞는 장소를 찾아 나선 끝에 나는 어느 산기슭에서 조그만 평지를 발견했다. 이 평지 뒤쪽에는 집의 벽처럼 가파른 바위가 있어서 위쪽의 습격을 당할 염려는 없었다. 그 바위 옆에는 굴의 입구처럼 약간 파인 데가 있었지만 암굴이나 암굴로 이어지는 통로는 없었다.

나는 이 움푹 파인 곳 앞에 있는 평평한 풀밭에 천막을 치기로 결심했다. 이 평지는 폭이 백 야드를 넘지 않았고 길이는 폭의 두 배쯤 되며, 집 앞의 잔디밭 같았다. 풀밭이 끝나는 곳에는 바닷가 저지대로 이어지는 울퉁불퉁한 내리막이 이리저리 흩어져 있었다. 그곳은 산의 북북서쪽에 있어서 해가 남쪽으로 기울어 서쪽으로 올 때까지, 다시 말해서 해가 거의 질 때까지 하루 종일 뜨거운 햇빛을 피할 수 있었다.

천막을 치기 전에 나는 바위 옆 파인 곳 앞의 바위부터 반지름이 10야드가 되게, 즉 지름이 20야드쯤 되게 반원을 그렸다. 이 반원을 따라 굵직한 말뚝을 두 줄로 단단히 박아 기둥처럼 세웠다. 말뚝 꼭대기는 뾰족하게 깎았다. 가장 큰 말뚝이 땅에서 높이가 5피트 반쯤 되었으며 두 줄 사이의 간격은 6인치를 넘지 않았다.

그런 다음 배에서 짧게 잘라 온 밧줄들을 꺼내 첫 번째 줄 말뚝과 두 번째 줄 말뚝 사이에 차곡차곡 쌓았다. 밧줄을 쌓는 도중 2피트 반쯤 되는 높이에 말뚝을 가로누여 기둥에서 삐죽 튀어나오게 하고 그 위에 다시 밧줄을 쌓았다. 울타리는 사람이든 짐승이든 뚫고 들어오거나 넘어올 수 없을 정도로 튼튼했다. 무엇보다도 숲에서 나무를 잘라 이곳까지 옮긴 뒤 땅에 박는 작업에 아주 많은 시간과 노력이 필요했다.

이 장소의 출입구는 문이 아니라 위로 넘어오는 작은 사다리로 했다. 마당 안으로 들어온 다음에는 사다리를 들어 올릴 생각이었다. 그러면 집은 바깥세상과 완전히 차단된 요새가 되어 나는 밤새 편안히 잘 수 있으리란 계산을 한 것이다. 나중에 안 사실이지만, 내가 걱정한 적들 때문이라면 이렇게까지 조심할 필요는 없었다.

이 울타리, 아니 이 요새 안으로 식량과 탄약과 물자 등 내 모든 재산을 옮겼다. 그런 다음 우기에 내리는 폭우를 피할 커다란 천막을 만들었다. 안에는 작은 천막과 더 큰 천막으로 이중 천막을 쳤다. 그리고 그 위에 돛대에서 가져온 커다란 방수 천을 덮었다. 나는 한동안 배에서 가져온 침대 대신 해먹에서 잤다. 그것은 항해사의 것으로 질이 좋았다.

나는 식량과 젖어서는 안 되는 물건들을 모두 천막 안으로 옮겼다. 물건들을 정리한 다음에는 그때까지 뚫려 있던 입구를 막고 아까 말한 것처럼 짧은 사다리를 통해 드나들었다.

이 일이 끝나자 나는 바위에 구멍을 파는 일에 착수했다. 파낸 흙과 돌은 천막 밖으로 옮겨 울타리 안쪽에 쌓았다. 쌓인 흙더미는 높이가 1피트 반 정도여서 천상 테라스 같았다. 이렇게 해서 천막 뒤에 동굴이 생겼다. 나는 그곳을 지하실로 썼다.

그 작업에는 많은 노력이 들었고 완성하기까지 여러 날이 걸렸다. 그래서 시간을 거슬러 올라가 그사이 내 생각을 사로잡은 다른 일들에 대해 이야기해야겠다. 천막을 치고 동굴을 팔 계획을 세울 무렵 먹구름이 잔뜩 끼더니 폭풍우가 몰려왔다. 갑자기 번개가 섬광을 발하더니 곧이어 천지가 무너질 듯한 천둥소리가 들려왔다. 그때 번개에 놀랐다기보다 머릿속에 번개처럼 스치는 한 가지 생각이 있었다. 아, 내 화약! 번갯불 때문에 화약이 모두 폭발할 수 있다는 생각이 들자 가슴이 철렁했다. 총에 쓸 화약은 나 자신을 지키기 위한 것뿐만 아니라 사냥을 위해서도 꼭 필요하다. 화약에 대한 걱정 때문에 나 자신의 안전은 뒷전이었다. 화약이 폭발했다면 누가 나를 해쳤는지도 몰랐을 것이다.

나는 폭풍우가 그치자 집을 짓고 요새를 만드는 일은 제쳐두고 주머니와 상자를 만들어 화약을 조금씩 나누었다. 이제 화약은 일시에 폭발하지 않을 것이고, 멀리 따로따로 놓았기 때문에 한 덩이가 폭발한다 해도 다른 것들은 안전하리라고 기대했다. 이주일 걸려 이 일을 끝내자 모두 2백40파운드의 화약이 백여 포대로 나뉘었다. 물에 젖은 화약통은 별로 위험하지 않을 것 같아서 내가 부엌이라고 부르는 새로 판 동굴에 두었다. 나머지는 습기가 차지 않도록 여기저기 바위틈에 숨긴 다음 조심스럽게 표시해두었다.

이런 일을 하는 동안 틈틈이 시간을 내어 하루에 한 번씩은 기분 전환도 하고 먹을 만한 사냥감이 있는지 알아보려고 총을 들고 밖으로 나갔다. 이 섬이 생산해내는 것을 될수록 많이 익혀두기 위해서였다. 내가 나간 첫날, 이 섬에 염소들이 있다는 것을 발견하고 무척 기뻤다. 그러나 그 기쁨은 곧 실망감을 주었다. 염소들이 너무나 수줍고 예민한 데다 걸음은 어찌나 빠른지 녀석들을 따라잡는 것이 세상에서 가장 어려운 일 같았기 때문이다. 그러나 나는 실망하지 않았으며 기어코 한 마리를 총으로 잡고야 말겠다고 별렀는데, 곧 그 뜻을 이루었다. 나는 염소들이 자주 출몰하는 곳을 알아낸 다음 녀석들을 기다렸다. 그런데 염소들은 바위 위에서 골짜기에 있는 나를 보면 겁을 집어먹고 도망갔지만, 염소들이 골짜기에서 풀을 뜯고 내가 바위 위에 있으면 녀석들은 나를 보지 못했다. 염소들은 눈의 위치 때문에 시선이 아래쪽으로 치우쳐서 자신들보다 위에 있는 사물은 제대로 보지 못하는 모양이었다. 이후 나는 늘 염소가 있는 곳보다 높은 바위에 올라가 어렵지 않게 좋은 목표물을 찾았다. 이 짐승들을 향해 쏜 첫 번째 총알은 암염소를 죽였다. 그 염소 곁에 젖을 먹는 새끼 염소가 한 마리 있어서 마음이 아팠다. 어미가 쓰러지자 새끼는 꼼짝도 않고 서 있었다. 내가 접근하여 어미 염소를 어깨에 메고 집으로 돌아오자 새끼 염소가 졸졸 따라왔다. 나는 어미 염소를 내려놓고 새끼를 두 팔로 안아 울타리 안으로 데려왔다. 그것을 집에서 기를 참이었다. 그러나 새끼는 아무것도 먹지 않았다. 할 수 없이 새끼도 잡아먹었다. 아껴 먹은 덕분에 염소 두 마리로 오랫동안 끼니를 해결했고 식량, 특히 빵을 아낄 수 있었다.

주거지가 정해졌으니 불을 피울 장소와 연료를 마련해야 했다. 내가 이 문제를 어떻게 해결했는지, 동굴을 어떻게 확장했는지, 어떤 편의 시설을 장만했는지는 적당한 때 자세히 이야기하겠다. 여기서 우선 나와 내 생활에 대한 생각을 좀 설명하겠다. 내 생각이 다양했으리라는 것은 당연히 짐작되고도 남을 것이다.

내 생존 조건의 앞날은 암담했다. 내가 이 섬에 던져진 것은 맹렬한 폭풍 때문에 계획한 항로에서 벗어나 아주 먼 거리를 떠내려왔기 때문이다. 즉 무역선들이 다니는 항로에서 몇백 해리는 벗어났다. 나는 이것이 하느님 뜻이며 이 외로운 곳에서 외롭게 죽을 운명이라고 믿을 수밖에 없었다. 이렇게 생각하자 눈물이 흥건히 흘러내렸다. 때로 나는 나 자신에게 통렬히 물었다. 도대체 왜 하느님은 자신이 만든 피조물을 이처럼 완벽하게 망치시는가, 왜 구조될 가망도 없이 철저한 절망에 빠뜨려 이처럼 비참하게 만드시는가, 이러한 삶을 주신 데 감사한다는 것은 비합리적인 게 아닌가 자문했다.

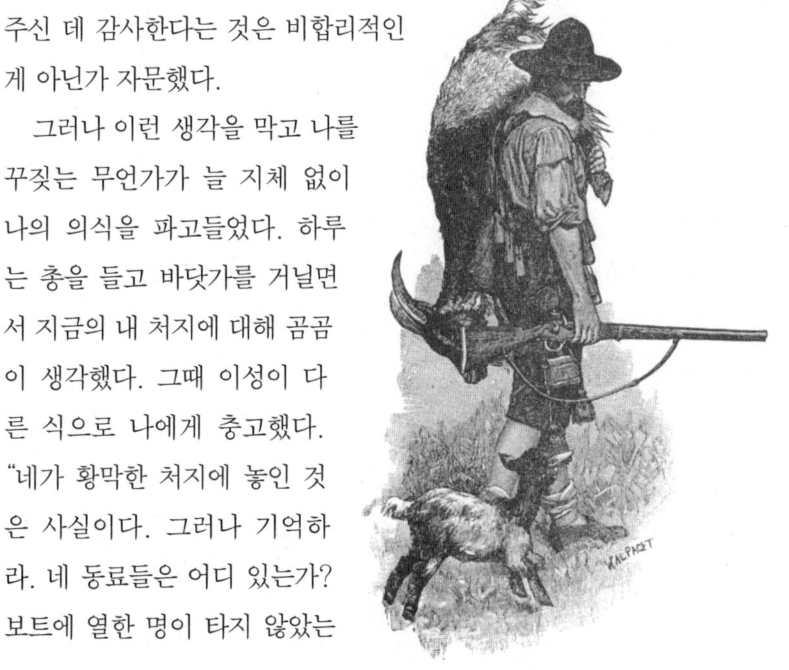

그러나 이런 생각을 막고 나를 꾸짖는 무언가가 늘 지체 없이 나의 의식을 파고들었다. 하루는 총을 들고 바닷가를 거닐면서 지금의 내 처지에 대해 곰곰이 생각했다. 그때 이성이 다른 식으로 나에게 충고했다. “네가 황막한 처지에 놓인 것은 사실이다. 그러나 기억하라. 네 동료들은 어디 있는가? 보트에 열한 명이 타지 않았는가? 열 명은 지금 어디 있는가? 왜 그들은 구조되지 않고 너는 길을 잃기만 했는가? 왜 너 혼자만 뽑혔는가? 여기에 있는 게 나은가, 아니면 저 바다 속에 있는 게 나은가?" 그러자 나는 열 명은 바다에 있다고 대답하듯 바다를 손가락으로 가리켰다. 모든 나쁜 상황은 그 속에 담긴 좋은 면, 그 나쁜 상황에 동반하는 더 나쁜 상황과 함께 고려되어야 한다.

다음 순간 이런 생각이 다시 고개를 들었다. "나는 목숨을 유지하는 데 필요한 물건들을 얼마나 갖추고 있는가? 배가 처음 좌초한 곳에서 이 해변으로 떠내려오지 않아서 배 안에 있던 물건들을 가져올 기회가 없었다면 나는 어찌 되었겠는가? 처음 여기에 왔을 때처럼 생활을 위해 꼭 필요한 물건도 없고 그것들을 마련하거나 구하는 데 필요한 물건들도 없이 살아가야 한다면 내 처지가 어떻게 되었을까?" 특히 나는 나 자신에게 큰 소리로 외쳤다. "총도 탄약도 없고, 물건을 만들 때 쓸 연장도 없고, 옷도 침구도 천막도 덮을 것도 없다면 나는 어찌 되었을까?" 나는 지금 이런 것을 넉넉히 가지고 있었다. 탄약이 떨어져 총을 쏠 수 없어도 잘 살아갈 수 있도록 자리가 잡혔다. 내 목숨이 붙어 있는 한 별다른 불편 없이 살아갈 수 있다는 자신감도 있다. 나는 앞으로 일어날 수 있는 사고에 대비했으며, 탄약이 떨어지거나 내 건강과 체력이 쇠약해질 먼 훗날까지 고려해두었다.

고백하건대 탄약이 단번에 파괴될 수 있다는 생각, 다시 말해 번갯불에 모두 폭발해버릴 수 있다는 생각은 전에는 미처 못했다. 그래서 천둥 번개가 칠 때 번쩍 그 생각이 들어 깜짝 놀란 것이다.

이제 어쩌면 이 세상에서 들어보지 못한 이 조용한 생활에 대한 우울한 이야기를 시작한다. 나는 이 이야기를 처음부터 순서대로 계속하겠다. 내가 계산한 바에 따르면 이 징글맞은 섬에 첫발을 디딘 것은 9월 30일이다. 추분이어서 해가 머리 위에 있었고, 관측을 통해 계산해보니 북위 9도 22분 지점이었다.

섬에 온 지 10일에서 12일이 지났을 때, 노트와 펜과 잉크가 없으면 날짜 가는 것도 모르고 평일과 주일도 구별할 수 없겠구나 하는 생각이 문득 들었다. 그런 사태를 방지하기 위해 큰 기둥에 날짜를 대문자로 새겼다. 그리고 그 기둥을 십자가 모양으로 만들어 내가 처음 도착한 해변에 박은 다음 '1659년 9월 30일에 상륙하다'라고 새겼다. 나는 이 십자 모양 기둥 옆면에 매일 칼로 눈금을 하나씩 새겼다. 일곱 번째 눈금은 다른 눈금의 두 배 길이로 새겼고, 매월 첫째 날은 그보다 두 배 길게 새겼다. 이리하여 시간을 주, 달, 해로 계산하는 달력이 생겼다.

다음으로 이야기할 것이 있다. 여러 차례에 걸쳐 배에서 가져온 물건들 중에 미처 내가 말하지 않은 것들이 있다. 그리 큰 가치는 없지만 그렇다고 전혀 쓸모없지는 않은 것들인데, 그건 펜과 잉크, 종이 말고도 선장이나 항해사, 소총수, 목수 등이 가지고 있던 꾸러미다. 그 속에는 나침반 서너 개, 제도 기구, 시계, 망원경, 해도, 항해 서적 등이 있었다. 내가 원하는 것이든 아니든 나는 이 모든 것들을 그러모았다. 아주 훌륭한 성경책 세 권도 찾았다. 영국에서 온 화물 속에 있던 것을 내가 짐을 꾸릴 때 넣어둔 것이다. 포르투갈어로 된 책도 몇 권 있었는데, 천주교 기도서 두세 권과 다른 책들이다. 나는 그것들을 잘 보관했다. 배에 개 한 마리와 고양이 두 마리가 있었다는 사실도 빠뜨려서는 안 될 것이다. 그 짐승들의 기발한 행적은 적당한 기회에 이야기하겠다. 고양이들은 뗏목으로 실어왔

고, 개는 처음 짐을 육지로 옮기던 다음 날 혼자 배에서 뛰어내려 내가 있는 육지까지 헤엄쳐 왔다. 이 개는 그 후 여러 해 동안 나의 충실한 하인이 되었다. 내가 개에게 바란 것은 무엇을 물어온다든가 나를 따라다니는 길동무가 되어주는 게 아니라 말 상대가 되어주는 것이었다. 그러나 그것은 당치도 않은 소망이었다. 아까도 말했듯이, 나는 펜과 잉크와 종이를 발견해서 아껴 썼다. 두고 보면 알겠지만 잉크가 있는 동안 나는 여러 가지 사건들을 정확히 기록했다. 그러나 잉크가 떨어지자 기록할 수 없었다. 아무리 머리를 짜도 잉크를 만들 방법을 찾을 수 없었기 때문이다.

배에서 긁어모을 것은 죄다 가져왔는데도 잉크가 없어 기록할 수 없다는 이야기를 하다 보니 나에게 많은 것이 부족하다는 생각이 들었다. 잉크도 그중 하나지만 가래, 곡괭이, 삽 등 땅을 파거나 옮기는 데 쓸 도구나 바늘, 핀, 실 등이 없는 게 아쉬웠다. 곧 아마포도 필요하다는 것을 어렵지 않게 깨달았다.

연장이 없으니 내가 하는 모든 일은 더디게 진행되었다. 집에 울타리를 치는 작업을 끝내는 데 거의 1년이 걸렸다. 숲에서 내가 들 수 있는 장작이나 말뚝을 자르고 준비하는 데 많은 시간이 걸렸으며, 집으로 가져오는 데는 훨씬 더 많은 시간이 필요했다. 기둥 하나를 잘라 집으로 가져오는 데 이틀이 걸린 적도 한두 번이 아니다. 셋째 날은 그것을 땅에 박았다. 처음에는 묵직한 나무토막으로 기둥을 박았지만 조금 지나 쇠지레를 생각해냈다. 쇠지레를 사용했어도 기둥을 박는 것은 매우 힘들고 지루한 작업이었다.

그러나 시간은 얼마든지 있었기 때문에 해야 할 일이 지루하다는 것에는 신경 쓸 필요가 없었다. 그 일이 끝나고도 내가 예측할 수 있는 한 다른 할 일이 있는 것도 아니었다. 다른 일이라고 해봤자 매일같이 먹을 것을 찾아 섬을 돌아다니는 것뿐이었다.

내가 처한 환경에 대해 심각하게 생각하면서 현실을 기록하기 시작했다. 이것은 내 뒤에 올 누군가에게 남겨주기 위해서라기보다 내 처지를 매일같이 고민하고 괴로워하는 내 마음을 달래기 위해서였다. 앞으로도 내 운명의 계승자는 나올 것 같지 않았다. 이성이 의기소침한 마음을 다스리기 시작함에 따라 안정을 찾기 시작했고, 좋은 것과 나쁜 것을 구별할 수 있었으며 내 처지를 더 나쁜 상황과 비교해볼 수도 있었다. 그래서 내가 누리는 행운과 불행을 대차대조표를 작성하듯 객관적으로 적어보았다.

나쁜 점 무서운 외딴섬에 던져져 구조될 희망이 없다.
좋은 점 그러나 동료 선원들과 달리 나는 살아 있고 익사하지 않았다.

나쁜 점 이를테면 세상에 홀로 떨어져 비참하다.

좋은 점 그러나 역시 배에 탄 선원 가운데 나 혼자만 죽음을 면했다. 죽음에서 나를 기적적으로 구해준 그분이 나를 이 처지에서 구해줄 수 있다.

나쁜 점 나는 사람들과 동떨어진 외톨이다. 인간 사회에서 추방된 자다.

좋은 점 그러나 먹을 게 없는 불모지에서 굶어 죽지 않고 살아 있다.

나쁜 점 나는 걸칠 옷이 없다.

좋은 점 그러나 옷이 있다 해도 거의 입을 필요가 없는 더운 지방에 있다.

나쁜 점 인간이나 맹수의 공격을 물리칠 방어 수단이 없다.

좋은 점 그러나 아프리카 해안에서 본 것과 달리 맹수가 없는 섬에 떨어졌다. 아프리카에서 조난을 당했다면 어찌 되었을까?

나쁜 점 말을 걸거나 나를 위로해줄 사람이 없다.

좋은 점 그러나 하느님은 놀랍게도 해안 가까이로 배를 보내주셔서 살아 있는 동안 필요한 물건을 구할 수 있게 해주셨다.

전체적으로 보아 세상에서 더 비참할 수 없을 만큼 명확한 시련이 여기 있었다. 그러나 그 안에는 부정적인 것과 감사해야 할 긍정적인 것이 있었다. 나는 이것을 세상에서 가장 비참한 상황을 체험한 사람에게 지침이 되게 하고 싶다. 그런 비참한 상황에도 우리를 위로해주는 무언가가 있다는 것, 좋은 점과 나쁜 점을 기술할 때 대차대조표의 대변 항목(좋은 점)에 끼워 넣을 것이 있다는 지침이 되게 하고 싶다.

이제 내 처지를 고맙게 생각하는 쪽으로 마음을 조금 돌리고 혹시 지나가는 배가 있나 해서 바다를 내다보는 것도 그만두었을 때 나는 나름대로 삶의 방식을 꾸려나가는 데 전념했다. 또 여러 가지 일들을 되도록 쉽게 처리하기 시작했다.

바위 기슭에 천막을 치고 말뚝과 밧줄로 울타리를 만든 집에 대해서는 기술했다. 그런데 울타리는 이제 성벽이라 부르는 것이 낫다. 울타리에 2피트 두께로 뗏장을 입혔기 때문이다. 1년 반이라고 생각되는 기간이 지난 후 성벽과 바위를 잇는 서까래를 세우고 큰 나뭇가지 같은 것으로 지붕을 이었다. 이 섬에서는 연중 어느 특정한 시기에 폭우가 온다는 것을 알았기 때문에 비를 피하기 위한 조치였다.

내 물건들을 어떻게 울타리 안과 집 뒤에 판 동굴 속으로 옮겼는지는 앞에서 말했다. 덧붙이고 싶은 것은 처음에는 이 물건들이 아무렇게나 쌓여 있는 바람에 내 몸을 제대로 움직일 여유도 없었단 점이다. 그래서 나는 굴을 넓히기로 하고 바위를 더 파내기 시작했다. 그 바위는 잘 부서져서 일을 손쉽게 할 수 있었다. 맹수에게서 안전하다는 것을 안 뒤 나는 굴을 오른쪽으로 파기 시작했고, 다시 오른쪽으로 꺾어서 팠다. 일을 마쳤을 때 울타리 요새 밖으로 나가는 문이 하나 만들어졌다. 이것은 천막과 창고를 드나드는 문이 되었을 뿐 아니라 물건들을 쌓아놓을 수 있는 공간으로도 쓰였다.

나는 이제 절실히 필요한 것들, 특히 의자와 탁자를 만드는 일에 매달리기 시작했다. 의자와 탁자 없이는 내가 세상에서 누리는 작은 위안마저 제대로 즐길 수 없었기 때문이다. 탁자 없이는 무엇을 쓰거나 먹거나 다른 여러 가지 일을 즐겁게 할 수 없었다.

그래서 나는 그 일에 착수했다. 여기서 내가 말하지 않으면 안 되는 것이 있다. 즉 이성이 수학의 본질이며 근원인 것처럼 모든 것을 이성으로 이해하고 계산해서 사물을 가장 합리적으로 판단한다면 누구나 시간이 지나면 저절로 모든 기술을 익힐 수 있다는 점이다. 나는 지금껏 연장을 다룬 적이 없었다. 그러나 일하고 응용하고 고안하면서 어느 정도 시간이 흐르자 원하는 것은 무엇이나 만들 수 있었다. 특히 연장만 있다면 그렇다는 말이다. 심지어 연장 없이도 많은 물건들을 만들었다. 어떤 물건은 까뀌와 손도끼만 가지고 만들었다. 아마 누구도 시도해본 적이 없는 방법일 것이다. 그건 한없이 힘들었다. 예컨대 널빤지를 한 장 만들려면 나무 한 그루를 잘라 똑바로 세운 다음 양쪽이 판판하고 얇아질 때까지 패고, 까뀌로 매끄럽게 다듬어야 했다. 물론 이 방법으로는 나무 한 그루로 널빤지 한 장밖에 만들지 못했다. 그러나 달리 방법이 없었다. 게다가 널빤지 한 장 만드는 데 어마어마한 시간과 노력이 들었다. 그러나 내 시간과 노동은 여기서는 워낙 가치가 낮아 어떻게 사용해도 상관없었다.

어쨌든 나는 탁자와 의자를 하나씩 만들었다. 이것들을 만드는 데는 배에서 뗏목으로 옮겨온 널빤지를 사용했다. 그러나 통나무로 직접 널빤지를 만들기 시작하면서부터 그 널빤지들로 큰 선반을 만들었다. 폭이 1피트 반쯤 되는 선반을 동굴 한쪽 벽을 따라 여러 단으로 달아 연장과 못, 철제품 등을 올려놓았다. 손쉽게 쓸 수 있도록 모든 것을 대충 분류하여 자리를 정해준 것이다. 또 바위 동굴 벽에 못을 박아 총과 걸기 좋은 물건들을 모두 걸었다.

누가 내 굴을 보았다면 그곳은 모든 필수품을 정리해놓은 커다란 창고 같았을 것이다. 모든 물건을 손쉽게 쓸 수 있도록 가지런히 정리한 뒤 그 모습을 보면서, 특히 생활필수품이 아주 많다는 것을 새삼 느끼면서 나는 무척 기뻤다.

나는 일기를 쓰기 시작했다. 처음에는 일을 서두른 나머지 마음이 안정되지 않았다. 그때 일기를 썼다면 온통 지루한 얘기만 늘어놓았을 것이다. 예를 들면 틀림없이 이렇게 썼을 것이다.

9월 30일. 물에 빠져 죽지 않고 해변에 도착한 후 나는 하느님께 나의 구조에 대해 감사하지는 않고 배 속에 가득 찬 소금물만 토해냈다. 조금 나아지자 나는 해변을 이리저리 뛰어다니며 주먹을 불끈 쥐고 머리와 얼굴을 때리면서 내 불행을 한탄했다. "나는 끝났어! 나는 끝장이야!" 하고 소리쳤다. 그러다 지쳐 정신을 잃고 쉬기 위해 땅에 눕지 않으면 안 되었지만 맹수에게 잡아먹힐지도 모른다는 두려움 때문에 잠을 잘 수 없었다.

이러고 나서 며칠이 지났다. 배에 가서 가져올 수 있는 모든 것을 가져온 뒤, 나는 지나가는 배가 보일까 싶어 나지막한 산에 올라 바다를 바라보지 않을 수 없었다. 멀리 돛이 보인다는 환상에 사로잡혀 희망을 품고 거의 눈이 멀 정도로 뚫어져라 그곳만 바라보았다. 하지만 배는 없었다. 나는 주저앉아 어린애처럼 울었다. 나의 우둔함으로 이처럼 불행만 커졌다.

그러나 나는 이러한 일들을 어느 정도 극복하고 살림살이와 집을 안정시키고 탁자와 의자도 만들고 주변을 힘껏 정리하고 나서 일기를 쓰기 시작했다. 잉크가 떨어져 도중에 그만둘 수밖에 없을 때까지 계속 쓴 일기를 여기에 소개한다. 그 가운데 특별한 것은 다시 이야기할 것이다.

일기

1659년 9월 30일 불쌍하고 비참한 나, 로빈슨 크루소는 바다에서 폭풍이 무섭게 치는 동안 난파되어 스스로 '절망의 섬'이라고 부르는 이 지겹고 무서운 섬에 상륙했다. 다른 선원들은 모두 물에 빠져 죽었고 나도 거의 죽을 뻔했다.

그날 하루 종일 내가 처한 처참한 환경 속에서 괴로워하며 보냈다. 다시 말해서 음식도 집도 옷도 무기도 도망칠 곳도 없었다. 구조될 가망이 전혀 없다는 절망감에 빠져 죽음 외에는 아무것도 생각할 수 없었다. 밤이 되자 짐승에게 잡아먹히든 야만인들의 손에 죽든 굶어 죽든 간에 맹수들이 무서워 나무 위에서 잤다. 밤새 비가 내렸지만 푹 잤다.

10월 1일 아침에 놀랍게도 배가 밀물을 타고 섬 쪽으로 와 있었다. 배가 부서지지 않고 똑바로 서 있어 한편으로는 마음이 놓였다. 바람이 잦아들면 배에 올라가 살아가는 데 필요한 음식과 물건들을 가져올 수 있으리라는 희망이 생겼기 때문이다. 한편으로는 동료들의 죽음에 대한 슬픔이 다시 밀려왔다. 배에 그대로 남아 있었다면 적어도 지금처럼 물에 빠져 죽지는 않았을 것이다. 선원들이 살아남았다면 배의 잔해로 보트를 만들어 어디론가 갈 수도 있었을 것이다. 이런 생각으로 혼란을 느끼며 하루의 대부분을 보냈다. 마침내 배가 거의 물에 잠기지 않은 것을 보고 배에서 제일 가까운 모래밭까지 가서 거기부터 헤엄쳐서 배에 올랐다. 하루 종일 비가 내렸으나 바람은 전혀 불지 않았다.

10월 1~24일 이 기간은 배에서 가져올 수 있는 것은 죄다 나르면서 보냈다. 물건들은 밀물 때마다 뗏목에 실어 가져왔다. 때때로 맑은 날도 있었지만 비가 많이 내렸다. 그때가 우기였던 것 같다.

10월 20일 뗏목이 뒤집혀 싣고 오던 물건들이 모두 물에 빠졌다. 그러나 수심이 얕은 지점이고 주로 무거운 물건들이어서 썰물 때 대부분 되찾았다.

10월 25일 밤낮으로 비가 내리고 돌풍도 불었다. 바람이 전보다 세게 불자 배는 산산조각이 났다. 썰물 때 부서진 조각이 눈에 띌 뿐 배의 모습은 보이지 않았다. 내가 가져온 물건들이 비에 젖지 않도록 치우고 정리하면서 하루를 보냈다.

10월 26일 집 지을 곳을 찾아 거의 온종일 해변을 돌아다녔다. 밤에 맹수나 인간들의 공격에서 나를 안전하게 보호하기 위해 신경을 집중했다. 밤이 되어서야 알맞은 장소를 찾아냈다. 거대한 바위로 된 산 밑이었다. 거기에 반원을 그려 집의 경계를 표시했다. 그 반원의 경계선을 두 줄의 기둥으로 된 벽이나 요새처럼 튼튼하게 만들기로 했다. 두 줄의 기둥 안쪽에는 케이블로 쌓고 밖은 뗏장으로 쌓기로 결심했다.

10월 26~30일 새로운 집으로 짐을 모두 옮기느라 열심히 일했다. 일하는 동안 이따금 비가 지독히 내렸다.

10월 31일 먹을 것을 구하고 지형을 알기 위해 아침에 총을 들고 섬 안쪽으로 들어갔다. 암염소 한 마리를 죽였는데, 새끼가 집까지 따라왔다. 새끼가 아무것도 먹으려 하지 않아 나중에 새끼도 죽였다.

11월 1일 바위산 아래 천막을 치고 그곳에서 첫 번째 밤을 보냈다. 천막은 될수록 넓게 만들었다. 해먹을 걸 말뚝도 박았다.

11월 2일 궤짝과 널빤지를 모으고 뗏목을 만드는 데 쓴 목재 조각들을 다 모았다. 요새를 만들기 위해 표시한 안쪽에 그 목재로 담을 만들었다.

11월 3일 총을 들고 나가 오리 비슷한 새 두 마리를 잡았다. 그것들은 맛이 좋았다. 오후에는 탁자를 만드는 일에 착수했다.

11월 4일 아침에 일할 시간, 총을 들고 밖으로 나가는 시간, 자는 시간, 쉬는 시간 등 시간 계획을 세우기 시작했다. 비가 오지 않으면 매일 아침 두세 시간 동안 총을 들고 밖으로 나간다. 그런 다음 열한 시까지 일을 하고 식사를 한다. 지독히 더운 12시부터 2시까지는 낮잠을 자고 저녁까지 다시 일을 한다. 이날과 다음 날 일하는 시간은 모두 탁자를 만드는 데 바쳤다. 나는 아직 형편없는 일꾼이었다. 그러나 얼마 지나지 않아 시간과 필요가 나를 완벽한 기술자로 만들었다. 누구나 그렇게 된다고 나는 믿는다.

11월 5일 총을 들고 개와 함께 밖에 나갔다가 살쾡이 한 마리를 잡았다. 가죽은 아주 부드러웠지만 고기는 전혀 쓸모가 없었다. 동물을 죽일 때마다 가죽을 벗겨두었다. 해변에서 돌아오는 길에 여러 종류의 새를 보았지만 무슨 새인지 알 수 없었다. 물개 두세 마리를 보고 깜짝 놀랐다. 아니 겁을 집어먹었다. 무슨 짐승인가 하고 바라보는 사이에 녀석들은 바다로 들어가 도주했다.

11월 6일 아침 산책을 마치고 일을 시작해서 탁자를 완성했다. 마음에 들진 않았지만 얼마 안 되어 더 잘 만드는 방법도 터득했다.

11월 7일 이제 화창한 날씨로 접어들었다. 7~10일, 12일의 일부(11일은 일요일이었다)는 의자를 만드느라 시간을 보냈다. 무진 고생을 하고 나서야 그럴듯한 의자를 만들었다. 사실 그 의자는 내 마음에 들지는 않았고 그걸 만드는 과정에서 몇 번이나 다시 부수고 만들었다.

주의 얼마 안 가서 나는 주일을 지키는 일을 소홀히 했다. 기둥에 주일을 표시하는 작업을 빠뜨리는 바람에 무슨 요일인지 까먹고 만 것이다.

11월 13일 이날은 비가 와서 내 기분이 상쾌해졌고 대지가 식었다. 그러나 곧 천둥과 번개가 뒤따랐다. 화약이 걱정되어 겁을 잔뜩 먹었다. 비가 그친 뒤 화약을 될수록 여러 묶음으로 나누어 안전하게 보관하기로 결심했다.

11월 14~16일 사흘 동안 작고 네모난 궤짝들을 만들었다. 화약을 1파운드, 많아 봤자 2파운드씩 담기 위한 궤짝이었다. 화약을 궤짝에 넣은 다음 되도록 서로 멀리 떨어뜨려 안전한 장소에 두었다.

사흘 중 한 날 고기 맛이 좋은 새 한 마리를 잡았다. 그 새의 이름이 뭔지는 모른다.

11월 17일 이날 나는 물건을 둘 공간을 넓히기 위해 천막 뒤에 있는 바위를 파내는 작업을 시작했다.

주의 이 작업을 위해 꼭 필요한 것이 두 가지 있었다. 즉 곡괭이, 삽, 손수레나 바구니였다. 그래서 작업을 그만두고 필요한 것들을 어떻게 얻을까, 연장을 어떻게 만들까 생각하기 시작했다. 쇠지레로 곡괭이를 대신하기로 했다. 좀 무거웠지만 그런대로 적절했다. 삽이나 가래는 없으면 아무것도 할 수 없을 정도로 반드시 필요한 물건이었다. 그러나 어떤 삽을 만들지는 알지 못했다.

11월 18일 숲을 뒤져 브라질 사람들이 '쇠나무'라고 부르는 나무를 발견했다. 그것이 쇠나무가 아닐지도 모르지만 비슷한 나무였다. 무척 단단해서 그런 이름이 붙은 모양이다. 도끼가 거의 망가질 정도로 두드려 한 토막을 잘랐다. 엄청 무거워 집으로 가져오는데도 정말 힘들었다.

너무 단단한 데다 달리 방법이 없어서 이것을 다루는 데 시간이 많이 걸렸다. 나는 조금씩 깎아 삽 모양으로 만들었다. 손잡이 부분은 영국에서 쓰는 삽과 똑같았지만 끝에 쇠로 된 날을 달지 않았기 때문에 오래 버틸 가망은 없었다. 그러나 이것은 필요할 때마다 제대로 삽 역할을 했다. 이런 식으로 만든 삽은 세상에 없을 것이고, 만드는 데 그렇게 오래 걸린 삽도 없을 것이다.

아직도 부족한 게 있었다. 바구니나 손수레가 필요했다. 바구니는 어떤 수단으로도 만들 수 없었다. 바구니를 만들 만큼 잘 휘는 잔가지가 없었으며, 적어도 아직은 그런 것을 발견하지 못한 상태였다. 손수레는 바퀴를 뺀 나머지 부분은 만들 수 있을 것 같았다. 그러나 바퀴를 어떻게 만들어야 할지, 어디서부터 일을 시작해야 할지 생각이 떠오르지 않았다. 바퀴를 끼울 회전축을 만들 방법이 없었다. 그리하여 나는 손수레를 포기하고, 벽돌 공사를 할 때 일꾼들이 모르타르를 담아 나르는 나무통과 비슷한 물건을 만들었다. 이것으로 동굴에서 파낸 흙을 담아 날랐다.

이것은 삽을 만드는 일처럼 어렵지는 않았다. 그러나 이 일과 손수레를 만드느라 허비한 시간, 삽을 만드는 데 들인 시간은 나흘이나 되었다. 물론 총을 들고 나가는 아침 산책 시간은 포함되지 않았다. 아침 산책을 거르는 경우는 없었고, 먹을 만한 것을 구하지 못하고 집으로 돌아온 경우도 거의 없었다.

11월 23일 연장을 만드느라 다른 모든 일은 중단했다. 연장을 모두 만든 다음 다시 일을 시작했고, 매일 내 힘과 시간이 허락하는 한 일을 했다. 내 동굴을 넓히고 깊게 만드는 데 꼬박 18일이 걸렸다. 그래서 물건들을 널찍한 공간에 보관할 수 있었다.

주의 18일 동안 창고와 부엌, 식당, 지하실로 쓸 수 있을 만큼 넓게 동굴을 팠다. 숙소는 텐트를 고수했다. 그러나 우기가 지속되는 동안 비가 너무 세차게 내릴 때는 습기를 피할 수 없었다. 그래서 나중에는 울타리 안의 나의 장소를 긴 장대로 덮어버렸다. 뗏목을 바위에 기대어 세워놓은 형상이었다. 그러고는 초가지붕처럼 플래그라는 수생식물의 잎과 큼직한 나뭇잎으로 그 위를 덮었다.

12월 10일 동굴 같기도 하고 창고 같기도 한 것이 완성되었다고 생각했는데, 갑자기 — 하긴 너무 크게 만들었다 싶었는데 — 천장 한쪽에서 흙더미가 쏟아졌다. 어찌나 많이 쏟아졌는지 깜짝 놀랐다. 놀란 것도 당연했다. 내가 그 밑에 있었다면 묘를 파는 일꾼을 부를 필요도 없이 무덤이 생길 뻔했다. 그런 재앙을 당하자 나는 다시 엄청난 작업을 벌여야 했다. 무너진 흙을 밖으로 옮겨야 했고, 더욱 중요한 것은 다시는 흙이 무너져내리지 않도록 천장을 기둥으로 괴는 일이었다.

12월 11일 이날도 굴을 고치는 일을 계속했다. 천장에 널빤지 두 장을 대고 기둥 두 개로 받쳤다. 이 일은 다음 날에야 끝났다. 위에 널빤지를 얹은 기둥을 더 세우느라 일주일을 더 소비한 끝에 지붕은 안전해졌다. 기둥들이 열을 지어 들어섰기 때문에 집 안의 칸막이 구실도 했다.

12월 17일 이날부터 20일까지 선반을 만들고 기둥에 못을 박아서 걸어둘 만한 것은 모두 걸었다. 이제 집 안이 좀 질서가 잡혔다.

12월 20일 물건들을 모두 굴 안으로 들여놓고 집을 정돈하기 시작했다. 널빤지를 서랍처럼 만들어 식량을 넣어두었다. 널빤지가 부족해지기 시작했다. 탁자를 또 하나 만들었다.

12월 24일 밤낮으로 많은 비가 내렸다. 나는 꼼짝도 안 했다.

12월 25일 온종일 비가 내렸다.

12월 26일 비가 그쳤다. 대지는 전보다 훨씬 시원해지고 상쾌해졌다.

12월 27일 어린 염소 한 마리를 죽이고, 다리를 맞아 절룩거리는 놈을 잡아 줄에 매어 끌고 왔다. 집에 와서 부러진 다리에 나무를 대고 동여매주었다. 잘 돌본 덕분에 염소는 죽지 않았고 다리도 나아서 튼튼해졌다. 그런데 오랫동안 간호해서 그런지 염소는 길이 들었다. 집 문 앞에 있는 조그만 풀밭에서 풀을 뜯으며 떠날 생각을 하지 않는 것이었다. 나는 생전 처음 길든 동물을 키운다는 생각을 했다. 화약과 총알이 떨어지면 식량을 구할 수 있을 것 같았다.

12월 28~30일 몹시 덥고 바람 한 점 없었다. 저녁에 먹을 것을 구하러 몸을 움직인 것 말고는 밖에 나가지 않았다. 집 안에서 물건을 정리하며 시간을 보냈다.

1660년 1월 1일 아직 무척 더웠다. 그러나 아침 이른 시간과 오후 늦게 총을 들고 밖으로 나갔다. 낮에는 가만히 누워 있었다. 이날 오후 섬 중앙으로 이어지는 계곡으로 멀리까지 들어갔다가 염소가 엄청 많은 것을 발견했다. 놈들은 어찌나 수줍은지 가까이 가기가 어려웠다. 개를 데려오면 저것들을 잡을 수 있는지 시험해봐야겠다고 결심했다.

1월 2일 개를 데리고 나와 염소들에게 달려가라고 명령했다. 그러나 그건 실수였다. 염소들이 모두 개에게 달려들었다. 그러자 개는 위험을 알아차리고 염소들 가까이 접근하려 하지 않았다.

1월 3일 담을 쌓기 시작했다. 누군가가 나를 습격할 것이라는 우려를 떨쳐버릴 수 없었기 때문에 두껍고 튼튼하게 만들기로 결심했다.

주의 이 담에 대해서는 앞에서 설명했기 때문에 이 부분은 일기에서 빼겠다. 다만 담 쌓기를 완성하는 데 1월 3일부터 4월 14일까지 긴 시간이 걸렸다는 점만 밝힌다. 담장은 길이가 약 240야드고 암벽 한쪽 끝에서 맞은편 끝에 이르는 지름이 80야드인 반원 모양이고, 뒤쪽 중간에 동굴로 들어가는 입구가 있었다.

이 기간 동안 나는 매우 열심히 일했다. 비 때문에 며칠씩, 때로는 몇 주일씩 일을 멈추기도 했다. 이 담이 완성될 때까지는 완전히 마음을 놓을 수 없을 것 같았다. 모든 일을 하느라 나는 말로 표현할 수 없을 만큼 고생을 했다. 특히 숲에서 나무를 잘라 옮긴 다음 땅에 박는 일은 정말 힘들었다. 필요 이상으로 담을 크게 만들었기 때문이다.

담을 다 만들고 뗏장을 둘러 이중으로 만들었기 때문에 혹시 누가 섬에 오더라도 집이 있다는 것을 감지하지 못하리라고 굳게 믿었다. 내 생각이 옳았다는 것은 나중에 언급할 큰 사건을 통해 알 것이다.

이 기간 동안 비가 오지 않는 날이면 매일 숲속을 거닐면서 이것저것 유익한 사실들을 알아냈다. 특히 들비둘기의 일종인 것을 발견했는데, 이 새는 나무에 둥지를 짓는 산비둘기가 아니라 바위에 난 구멍에 둥지를 트는 집비둘기 같았다. 나는 새끼 몇 마리를 잡아서 열심히 노력한 끝에 길들이는 데 성공했다. 그러나 이 비둘기들은 다 자라자 어디론가 날아갔다. 먹이를 찾아 떠난 모양이었다. 내겐 비둘기에게 줄 모이가 없었기 때문이다. 그 후에도 나는 종종 비둘기 둥지를 찾아 새끼들을 잡았다. 비둘기 고기는 맛있었다.

집안일을 꾸려가다 보니 여러 가지가 부족한 것을 알았다. 처음에는 그런 물건을 만든다는 것은 불가능하다고 생각했는데, 사실 그 가운데 몇 가지는 끝내 만들지 못했다. 예컨대 고리가 달린 통은 결코 만들 수 없었다. 전에도 말했지만 나에게는 작은 통이 한두 개 있었지만 그것들을 합한 용량을 담을 수 있는 통은 일주일을 시도했지만 끝내 만들지 못했다. 물을 담을 수 있도록 나뭇조각을 잇거나 찰싹 붙도록 할 수 없었기 때문이다. 결국 그것을 포기했다.

다음으로 아쉬운 것은 초가 없다는 사실이었다. 보통 일곱 시 정도, 즉 날이 어두워지자마자 어쩔 수 없이 잠자리에 들었다. 아프리카 모험에서 밀랍 덩어리로 초를 만든 생각이 났지만 밀랍이 없었다. 결국 나는 염소를 죽인 뒤 남은 기름을 모았다가, 햇볕에 구운 진흙으로 된 작은 접시에 올려놓고 낡은 밧줄의 실오라기로 만든 심지를 붙여 램프를 만들었다. 이것은 초처럼 밝거나 오래가지 않았지만 나에게 빛을 주었다. 이런 일을 하면서 내 물건들을 우연히 샅샅이 뒤지던 중 작은 주머니를 발견했다. 이번 여행이 아니라 내가 리스본에서 올 때 닭 모이로 쓸 곡식알을 가득 넣어둔 주머니였다. 얼마 남지 않은 모이는 쥐들이 모두 먹어치우고 주머니에는 곡식 부스러기와 먼지밖에 없었다. 나는 이 주머니를 화약을 나누어 둘 때 쓸 생각이었다. 그 주머니를 쓰려고 안에 있던 곡식 부스러기를 바위 산 밑 담 옆에 털어버렸다.

아무 생각 없이 곡식 부스러기를 버린 것은 큰 비가 내리기 직전이었다. 거기에 내가 무엇을 버린 사실조차 기억하지 못했다. 한 달

쯤 지났을 때 땅에서 푸른 싹이 몇 개 돋는 것이 보였다. 나는 본 적이 없는 어떤 식물이겠거니 생각했다. 그러나 나중에 보니 놀랍게도 유럽에서, 아니 나의 조국 영국에서 나는 보리와 똑같은 푸른 보리 이삭 십여 개가 자라는 것이 눈에 띄었다.

이것을 보고 내가 얼마나 놀라고 생각의 혼돈이 어느 정도였지는 말로 표현하기 불가능하다. 나는 그때까지 신앙심에 기초하여 행동한 적이 없었다. 실로 내 머릿속에는 종교에 대한 개념도 별로 없었고, 내게 무슨 일이 일어나면 그저 우연이라고 혹은 우리가 가볍게 말하듯 하느님을 즐겁게 하는 것이라고 생각할 뿐이지 달리 어떤 의식을 가진 적이 없었다. 그런 일들에 깃든 하느님의 의지나 세상사를 관장하는 하느님의 질서라는 생각은 조금도 하지 않았다. 그러나 그 곡식이 자라는 데 전혀 적절치 않은 풍토에서 어디서 어떻게 왔는지도 알 수 없는 보리가 자라는 것을 보고 깜짝 놀라지 않을 수 없었다. 나는 하느님이 씨도 없이 당신의 곡식을 자라게 하는 기적을 행했다고 생각했다. 그것도 이 황량하고 처참한 장소에서 나를 살아남게 하려고 그런 것이라는 생각이 들었다.

이 일에 감동을 받아 내게 눈물이 쏟아졌다. 자연의 기적이 나에게 일어난 것에 감사함을 느끼기 시작했다. 또 바위 산을 따라 보리와는 다른 식물이 듬성듬성 순을 뻗어 올린 것을 보자 더욱 신기했다. 그것은 벼 줄기로 판명되었다. 아프리카 해안에 갔을 때 본 적이 있어 알아볼 수 있었다.

나는 이 곡식들이 하느님이 나를 도우려는 은총의 유일한 산물이라고 생각했을 뿐만 아니라 이 섬에 틀림없이 곡식이 더 많을 것이라고 믿었다. 나는 곡식을 찾으려고 전에 가본 곳들을 다시 샅샅이 살폈다. 섬 구석구석, 바위 하나하나 전부 뒤졌다. 그러나 더는 곡식을 찾을 수 없었다. 그러던 차에 그곳에 닭 모이 주머니를 턴 일이 문득 생각났다. 그러자 경이로움이 빛을 잃기 시작했다. 이 모든 것이 평범한 일에 지나지 않는다는 사실을 깨달으면서 하느님의 은총에 감사하는 마음도 사라졌다. 그러나 그렇게 신기하고 예기치 않은 기적과도 같은 신의 섭리에 나는 마땅히 감사를 드렸어야 했다. 낟알 10~12개가 마치 하늘에서 떨어진 것처럼 상하지 않고 남아 있도록 한 것, 그 낟알들을 하필, 큰 바위의 그늘진 곳에 버리게 하여 곧바로 싹이 트게 한 것 등은 실로 하느님의 섭리가 만들어낸 작품이라고 할 수밖에 없기 때문이다. 그때 내가 다른 곳에 그 낟알을 버렸다면 보리는 말라 죽었을 것이다.

누구나 아는 일이겠지만 보리를 추수하는 6월 말이 되자 그 보리 이삭을 조심스럽게 보관했다. 낟알을 하나하나 잘 두었다가 다시 심기로 결심했다. 시간이 지나면 빵을 만들 만큼 충분한 양을 얻고 싶었던 것이다. 그러나 4년이 지나서야 비로소 보리를 조금이나마 먹을 수 있었다. 나중에 순서에 따라 언급하겠지만 그때도 아주 아껴 먹을 정도밖에 되지 않았다. 첫해에는 적절한 파종 시기를 지키지 않아서 심은 씨가 모두 죽었다. 건조기 직전에 씨를 파종하는 바람에 움이 트지 않았던 것이다. 시기를 제대로 맞췄다면 싹이 잘 나왔을 것이다. 이것에 대해서는 적절한 때에 말하겠다.

위에서 말했듯이 보리 말고도 벼가 20, 30포기 있었다. 이것도 보리만큼 정성을 들여 보관했다. 쌀의 용도도 나에게 빵이나 음식을 제공한다는 점에서 같은 것이었다. 나중에 나는 쌀을 굽지 않고 요리하는 법을 알아냈다. 이제 일기로 돌아가자. 담을 치는 일을 끝내려고 나는 서너 달 동안 지독히 열심히 일했다.

4월 14일 드디어 담장이 끝났다. 나는 문이 아니라 사다리를 이용해서 담장을 넘어 다니도록 고안했다. 밖에서 보면 내 집이 나타나지 않게 했다.

4월 16일 사다리가 완성되었다. 담장 위로 사다리를 타고 올라간 다음, 사다리를 끌어올려 울안으로 들여놓았다. 이것은 나에게 완벽한 영내가 되었다. 안에는 넉넉한 공간이 생겼으며, 밖에서 담을 넘지 않고는 누구도 나에게 다가올 수 없었다.

담장이 완성된 다음 날, 그동안 노력한 것이 한꺼번에 와르르 무너지고 나도 죽을 뻔한 일이 벌어졌다. 울안에 있는 천막 뒤 동굴 입구에서 바쁘게 일하는데, 동굴 천장과 머리 위 언덕바지에서 느닷없이 흙이 무너져내린 것이다. 굴 안에 세워놓은 두 기둥이 무서운 소리를 내며 부러졌다. 어찌나 무서운지 왜 이런 일이 일어나는지 생각할 수도 없었다. 그냥 전에도 그랬던 것처럼 동굴 천장이 무너지는구나 하는 생각이 들 뿐이었다. 흙 속에 묻힐까 두려워 나는 사다리를 향해 뛰었다. 그곳 역시 안전하지 않다는 생각은 전혀 못한 채 당장 나를 덮칠 것 같은 흙더미만 걱정하며 담을 넘었다. 그러나 단단한 땅에 발을 딛자마자 무시무시한 지진이 일어났다는 것을 깨달았다. 내가 딛고 선 땅이 8분 간격으로 세 번이나 흔들렸다. 지상에서 가장 튼튼하게 서 있다고 여겨질 수 있는 건물이라도 쓰러뜨릴 것 같은 충격이었다. 거기서 1마일 반가량 떨어진 바닷가 커다란 암벽 꼭대기가 평생 들어보지도 못한 굉음을 내며 무너졌다. 바다가 지진으로 사납게 요동치는 것도 감지했다. 지진의 충격은 섬 위보다 바다 속이 강한 것 같았다.

이런 것은 느껴본 적도 없고 또 느껴본 사람과 이야기해본 적도 없었기 때문에 나는 죽은 사람이나 혼이 나간 사람 같았다. 땅이 흔들려서 파도에 시달려 뱃멀미를 하듯 구역질이 났다. 그러나 바위가 무너지는 소리가 나를 깨웠고 혼수상태에서 나를 일으켰다. 그러나 동시에 두려움이 엄습했다. 언덕이 내 천막과 집 안에 있는 물건들 위로 무너져 순식간에 모든 것을 매몰시킬 거라는 생각밖에 할 수가 없었다. 이런 생각이 다시 한번 내 영혼을 짓눌렀다.

세 번째 진동이 끝나고 얼마 동안 진동이 느껴지지 않자 용기가 솟았다. 그러나 산 채로 흙 속에 묻힐까 봐 담을 넘어 들어갈 용기는 나지 않았다. 나는 그대로 땅바닥에 앉아 기가 푹 죽은 채, 어떻게 할지 모르고 비탄에 젖어 있었다. 이러는 동안 내내 나는 진지한 신앙심을 가져보지 못했다. 다만 "하느님, 자비를 내려주소서" 하는 일반적인 기도가 머리를 스쳤을 뿐이다. 그런데 지진의 진동이 끝나자 그런 기도마저 사라졌다.

이렇게 앉아 있는 동안 비가 오려고 벼르는 것처럼 하늘에 구름이 잔뜩 끼며 내려앉았다. 곧 바람이 조금씩 강해지더니 반 시간도 안 되어 무서운 허리케인으로 변했다. 바다는 갑자기 거품과 포말로 뒤덮이고 해변은 부서지는 파도로 뒤덮였다. 나무들은 뿌리째 뽑혔다. 지독한 폭풍이었다. 이렇게 세 시간 지속되더니 바람의 위력은 사그라지기 시작했다. 두 시간이 더 지나자 바람은 잔잔해지고 비가 세차게 내리기 시작했다.

이러는 동안 나는 공포와 절망감에 빠져 땅바닥에 주저앉아 있었다. 그때 갑자기 이 바람과 비는 지진의 결과며, 지진이 그 힘을 소진하고 지나갔으니까 굴로 들어가봐야지 하는 생각이 들었다. 이렇게 생각하자 새삼 용기가 솟구쳤다. 게다가 비도 그 생각을 거들어 나더러 굴로 들어가라고 설득하는 것이었다. 나는 들어가서 천막 안에 앉았다. 그러나 비가 어찌나 세차게 내리는지 천막이 금방이라도 쓰러질 것 같았다. 머리 위로 동굴이 무너져내릴지도 모른다는 공포와 불안감에도 동굴 속으로 들어가야 했다.

폭우 때문에 나는 새로운 작업을 시작해야 했다. 새로 만든 요새를 관통하는 구멍을 하수도관처럼 뚫어 물을 밖으로 나가게 하는 작업이었다. 그렇게 하지 않으면 동굴이 물에 잠길지도 몰랐다. 얼마 동안 굴 안에 앉아 있었지만 지진의 충격이 더 느껴지지 않자 내 마음은 평온을 찾기 시작했다. 나에게 절실히 필요한 용기를 얻기 위해 작은 창고로 가서 럼주를 조금 마셨다. 그러나 그 술이 떨어지면 더 구할 수 없다는 것을 알았기에 늘 그러했듯이 아껴 마셨다.

비는 그날 밤새 내리고 다음 날도 계속되어 밖으로 나갈 수 없었다. 그러나 내 마음이 훨씬 안정을 찾았기 때문에 어떻게 하는 것이 좋은지 생각하기 시작했다. 이 섬이 지진이 자주 일어나는 곳이면 굴 속에 사는 것은 불가능하다는 결론에 이르렀다. 탁 트인 장소에 작은 오두막을 짓는 것에 대해 생각해야 했다. 여기처럼 담을 둘러쳐서 맹수나 야만인의 습격에서 나를 보호해야 했다. 여기에 그대로 머문다면 언젠가 틀림없이 산 채로 묻힐 것이라고 결론지었다.

나는 바위 산의 벼랑 밑에서 다른 곳으로 천막을 옮기기로 결심했다. 지진이 다시 일어난다면 그 절벽이 천막 위로 무너져내릴 것이 분명했다. 4월 19일과 20일, 이틀 동안은 어디로 어떻게 이사할지 궁리하면서 보냈다.

산 채로 묻힐까 봐 편안히 잠을 잘 수 없었고, 밖에서 자는 것도 두렵기는 마찬가지였다. 그러나 주위를 둘러보고 모든 것이 얼마나 가지런히 정리되었는지, 내가 얼마나 유쾌하게 숨어 지냈는지, 위험에서 얼마나 안전했는지 새삼 깨닫자 이사하기가 싫었다.

한편 이사하려면 엄청난 시간이 걸릴 것이고, 새 집을 만들고 이사 갈 만큼 완성할 때까지는 위험을 무릅쓰고라도 이곳에 머물 수밖에 없다는 생각이 들었다. 그래서 나는 전처럼 나무 기둥과 밧줄로 동그랗게 담을 치고 그 안에 천막을 세우기로 결심했다. 천막을 완성하고 이사할 수 있을 때까지 여기서 그대로 살기로 했다. 이때가 21일이다.

4월 22일 나는 결심을 실행에 옮길 방법을 궁리하기 시작했다. 그러나 연장 때문에 난감했다. 나에게는 큰 도끼 세 자루와 손도끼가 많았다. (인디언들과 교역하기 위해 도끼를 가져왔기 때문이다.) 그러나 옹이가 많은 단단한 나무들을 패고 자르느라 도끼는 흠집이 많

았고 날이 무뎌졌다. 회전 숫돌도 있었지만 그것을 돌리면서 연장을 갈 방법이 없었다. 나는 이 문제를 두고 중요한 정치 문제를 다루는 정치가나 사람의 생사를 결정하는 판사처럼 많이 생각했다. 마침내 그 숫돌에 끈을 달아 발로 돌리는 방법을 고안해냈다. 그렇게 하면 두 손을 자유롭게 쓸 수 있었다.

주의 영국에서는 이런 숫돌을 본 적이 없었다. 적어도 그것이 어떻게 쓰이는지 눈여겨본 적이 없었다. 그 후 그것은 영국에서도 매우 흔한 물건임을 알았다. 게다가 내 숫돌은 매우 크고 무거웠다. 그 숫돌을 돌리는 장치를 완성하는 데 꼬박 일주일이 걸렸다.

4월 28~29일 이틀 내내 연장을 갈았다. 숫돌을 돌리는 장치는 썩 잘 작동했다.

4월 30일 오래전부터 남은 빵이 줄어들고 있다는 것을 감지하고 살펴보았다. 그러고는 하루에 비스킷 한 개로 먹을 것을 줄였다. 마음이 몹시 무거웠다.

5월 1일 아침 썰물 때였다. 바다 쪽을 바라보았을 때 유난히 큰 무언가가 해변에 떠 있는 것이 보였다. 그것은 상자 같았다. 가까이 가보니 작은 통 하나와 부서진 배의 잔해였다. 지난번 태풍에 밀려온 것이었다. 난파선 쪽을 바라보니 전보다 물 밖으로 높이 나와 있는 듯했다. 해변으로 밀려온 것은 화약통이었다. 그러나 통에 물이 차서 화약은 돌처럼 단단히 굳었다. 나는 그 통을 해변으로 굴려다 놓았다. 난파선을 조금 더 가까이에서 보려고 모래밭으로 걸어 나갔다.

배에 가까이 가보니 이상하게도 배의 위치가 옮겨진 것을 발견했다. 전에 모래 속에 박혀 있던 앞갑판은 적어도 6피트쯤 올려진 상태였다. 내가 샅샅이 뒤지고 떠난 뒤 곧 파도에 부서져 떨어져 나간 고물은 무언가에 부딪힌 듯 한쪽에 내팽개쳐졌고, 고물 옆에는 모래가 잔뜩 쌓여 있었다. 전에는 그곳에 물이 있어서 수영하지 않고는 4분의 1마일 이내로 다가갈 수 없었는데, 이제 썰물 때면 배까지 걸어서도 갈 수 있었다. 처음에는 무척 놀랐지만 곧 지진 때문에 생긴 일이라는 결론을 내렸다. 배는 전보다 많이 부서졌고 매일 잔해들이 더 많이 해변으로 밀려왔다. 파도의 위력에 산산히 부서지고, 바람과 물의 힘으로 점점 육지 쪽으로 밀려온 것이다.

이번 일로 나는 생각을 바꿔 집을 옮기겠다는 구상을 접었다. 나는 그날 온종일 배 안으로 들어갈 방법을 찾느라 고심했다. 그러나 그런 일은 기대할 수도 없다는 것을 깨달았다. 배 안은 모래로 가득 찼기 때문이다. 그러나 무슨 일이 닥쳐도 절망하지 않는 것을 터득한 나는 배에서 무엇이든 조각을 내어 가져오기로 결심했다. 배에서 얻을 수 있는 모든 것은 이렇게 저렇게 쓸모가 있을 것이라고 결론지었기 때문이다.

5월 3일 톱질을 시작하여 상부 아니면 뒷갑판을 받치고 있다고 여겨지는 대들보 하나를 잘랐다. 그런 다음 모래가 가장 높이 쌓인 부분부터 모래를 최대한 걷어냈다. 그러나 밀물이 들어오는 바람에 잠시 그 일을 멈추지 않으면 안 되었다.

5월 4일 낚시하러 갔다. 그러나 먹을 만한 것은 하나도 잡지 못했다. 낚시에 싫증이 나서 떠나려는 순간, 어린 돌고래 한 마리가 잡혔다. 밧줄로 긴 낚싯줄을 만들었는데, 낚싯바늘은 없었다. 그러나 나는 자주 먹고 싶은 만큼 충분히 물고기를 잡았다. 물고기는 모두 햇볕에 말려 포로 먹었다.

5월 5일 난파선에 가서 일했다. 들보 하나를 또 잘라냈다. 다시 갑판에서 큼직한 전나무 널빤지 석 장을 떼어냈다. 그것들을 묶은 뒤 밀물이 들어올 때 타고 해변으로 돌아왔다.

5월 6일 난파선에 가서 일했다. 배에서 쇠 나사 몇 개와 쇠붙이들을 떼어냈다. 아주 열심히 일했다. 집으로 돌아올 때 어찌나 피곤한지 이 일을 포기할까 하는 생각이 들었다.

5월 7일 다시 난파선에 갔다. 그러나 일할 생각은 없었다. 배는 자체의 무게 때문에 저절로 부서지고 들보들은 부러지고 배 파편들이 떨어져나갈 태세였다. 짐칸은 안이 훤히 보이도록 열렸지만 그 안은 거의 물과 모래로 차 있었다.

5월 8일 갑판을 떼어내려고 쇠지레를 가지고 난파선으로 갔다. 그때 갑판에는 물과 모래가 전혀 없었다. 널빤지 두 장을 떼어 밀물을 타고 해변으로 가져왔다. 쇠지레는 다음 날 쓰려고 그냥 두고 왔다.

5월 9일 난파선으로 가서 쇠지레를 이용해 배의 몸통 속으로 깊숙이 들어갔다. 큰 통이 몇 개 있는 것을 감지했다. 쇠지레로 떼어내려 했지만 떨어지지 않았다. 영국제 납 한 타래를 찾았다. 그것을 움직이게 할 수는 있었지만 너무 무거워서 옮길 수는 없었다.

5월 10~14일 매일 난파선에 갔다. 많은 목재 조각들과 널빤지를 얻었고, 쇠붙이도 2백~3백 파운드 얻었다.

5월 15일 도끼 두 자루를 가지고 갔다. 납 타래에서 한 조각을 잘라낼 수 없을까 시도하기 위해서였다. 도끼 한 자루는 납에 대고 다른 도끼로 내려칠 생각이었다. 그러나 납 타래가 물속으로 1피트 반이나 잠겨 있어 도끼로 칠 수가 없었다.

5월 16일 밤에 바람이 몹시 불었다. 난파선은 파도의 힘에 더 심하게 부서진 것 같았다. 그러나 비둘기를 사냥하려고 숲속에서 많은 시간을 보낸 데다 밀물이 들어와 난파선에 가지 못했다.

5월 17일 저 멀리 2마일 떨어진 해안에 난파선 조각이 보였다. 무엇인가 알아보기로 결심했다. 그것은 뱃머리의 일부였다. 그러나 너무 무거워 가져올 수 없었다.

5월 24일 이날까지 매일 난파선에서 일했다. 고생 끝에 쇠지레로 몇 가지 물건을 떼어냈지만 첫 밀물이 들어오자 통 몇 개와 선원용 궤짝이 물에 떠내려갔다. 그러나 바람이 육지에서 부는 통에 그날은 목재 몇 개와 브라질산 돼지고기가 든 큼직한 통 하나만 육지로 가져왔다. 그러나 소금물과 모래 때문에 돼지고기는 먹을 수 없었다.

6월 15일 이날까지 식량을 얻는 데 필요한 시간을 빼고는 매일 난파선에서 일했다. 이 기간 동안 밀물이 들어오는 시간에는 사냥을 하고, 썰물이 되면 난파선에 가서 일할 준비가 되게끔 시간을 짜놓았다. 이때까지 나는 보트 만드는 방법은 전혀 몰랐지만, 보트 한 척은 족히 만들 수 있을 만큼 많은 목재와 철재를 얻었다. 또 몇 번에 걸쳐 몇 조각씩 잘라낸 덕분에 납판을 거의 백 파운드나 얻었다.

6월 16일 해변으로 내려갔다가 커다란 거북 한 마리를 발견했다. 거북을 본 것은 그때가 처음인데, 이 섬에 거북이 없거나 희귀해서가 아니라 운이 없었기 때문이다. 뒤에 안 일이지만 이 섬의 반대편으로 갔다면 매일 백 마리쯤 잡았을 것이다. 그러나 어쩌면 그 대가를 톡톡히 치러야 했을 것이다.

6월 17일 거북을 요리하면서 시간을 보냈다. 거북의 배 속에서 알이 60개나 나왔다. 거북의 고기는 내 평생 먹어본 음식 중에서 가장 맛이 좋았다. 이 지겨운 섬에 온 이래 염소와 새 말고는 처음 먹어보는 고기였기 때문이다.

6월 18일 온종일 비가 와서 집에 있었다. 이번 비는 차게 느껴졌다. 온몸에 좀 선뜻함을 느꼈다. 내가 알기로 그런 위도에서는 드문 일이었다.

6월 19일 몸이 몹시 아프고 날씨가 추워진 것처럼 몸이 떨렸다.

6월 20일 밤새 자지 못하고 머리가 쑤시고 열이 났다.

6월 21일 몸이 몹시 아팠다. 병은 들었지, 도와주는 사람은 없지, 이 슬픈 처지에 대한 우려 때문에 겁이 나 죽을 지경이었다. 헐시에서 폭풍을 만났을 때 이후 처음으로 하느님께 기도를 드렸다. 그러나 내가 뭐라고 기도하는지, 왜 기도하는지도 알 수 없었다. 머릿속이 혼란 그 자체였다.

6월 22일 몸이 좀 나았다. 그러나 병에 대한 공포에 시달렸다.

6월 23일 다시 몸이 아팠다. 춥고 몸이 떨리고 두통이 심했다.

6월 24일 몸이 훨씬 나아졌다.

6월 25일 지독한 오한이 났다. 그 오한의 발작은 7시간 동안 계속되었다. 한기와 고열에 시달리고 이어 식은땀이 났다.

6월 26일 몸이 좀 나았다. 먹을 음식이 없어 총을 들고 나섰지만 몸에 힘이 없었다. 암염소 한 마리를 잡아 간신히 집으로 가져왔다. 일부는 구워 먹었다. 삶아서 국물을 만들어 먹고 싶었지만 냄비가 없었다.

6월 27일 오한이 지독해서 온종일 자리에 누워 먹지도 마시지도 못했다. 목이 타서 죽을 지경이었지만 일어설 힘도 없고, 마실 물을 들고 올 기운도 없었다. 다시 하느님께 기도를 드렸다. 그러나 정신이 혼미했다. 혼미하지 않았다 해도 나는 워낙 무식해서 무슨 말을 해야 할지 몰랐다. 다만 누워서 울부짖었다. "주여, 저를 굽어살피소서. 주여, 저를 불쌍히 여기소서! 주여, 저에게 자비를 베푸소서!" 하고. 그러고는 두세 시간 동안 아무것도 한 일이 없다고 생각된다. 오한이 가시자 잠이 들었고 밤이 깊어질 때까지 깨지 않았다. 잠에서 깨었을 때 몸이 많이 나아진 것 같았다. 그러나 힘이 없었고 목이 몹시 탔다. 집 안에는 물이 한 방울도 없어서 아침까지 누워 있어야 했다. 그러자 다시 잠이 들었다. 두 번째 잠을 자는 도중 무서운 꿈을 꾸었다.

지진이 지나가고 폭풍이 불 때 내가 앉아 있던 담 밖 앞쪽 땅바닥에 앉아 있었다고 생각된다. 그때 커다란 먹구름 속에서 한 남자가 밝은 불꽃에 휩싸여 내려와 땅 위를 환하게 비추었다. 그 사람은 온통 불꽃처럼 밝아서 나는 그가 있는 방향만 겨우 볼 수 있었다. 그의 얼굴은 말로 표현할 수 없을 정도로 무시무시했고, 언어로 묘사한다는 것은 불가능했다. 그가 두 발로 땅을 밟을 때 전에 지진이 일어났을 때처럼 대지가 흔들리는 것 같았고, 공기는 불꽃으로 가득 찬 것 같아 무서웠다.

그는 땅에 내려서자마자 나를 죽이려고 손에 긴 창 같은 무기를 들고 나를 향해 왔다. 나한테서 좀 떨어지긴 했지만 땅이 비스듬히 솟아오른 곳에 이르자 그는 말했다. 아니 매우 무서운 음성을 들었다는 편이 옳을 텐데, 그 음성의 끔찍함은 표현할 수 없다. 내가 알아들었다고 말할 수 있는 것은 이러했다. "이런 모든 일들을 겪고도 뉘우칠 줄 모르니 이제 너를 죽여야겠다." 그는 이 말과 동시에 나를 죽이려고 손에 든 창을 치켜든 것 같다.

이 글을 읽을 사람은 누구도 이 끔찍한 환상을 맞아 내 영혼이 느낀 공포를 내가 묘사할 수 있으리라고 기대하지 않을 것이다. 꿈을 꾸면서도 이러한 공포는 꿈이겠지 하고 생각했을 정도다. 잠에서 깨어나 한낱 꿈이었다는 것을 안 뒤에도 머릿속에 남은 인상을 말로 표현하기란 불가능했다.

아, 슬프게도 나에게는 신에 대한 지식이 전혀 없었다. 지난 8년간 끊임없이 뱃사람의 사악함을 겪고, 나처럼 극도로 사악하고 신을 모독하는 사람들하고만 대화하다 보니 아버지의 훌륭한 교육을 통해 배운 것은 모조리 잊고 있었다. 그 기간 동안 나는 위로는 하느님을 우러러보고 안으로는 내 삶을 반성해보려는 생각은 한 번도 한 적이 없었다. 선에 대한 욕망도 악에 대한 의식도 없이 영혼의 우둔함에만 사로잡혀 있었던 것이다. 나는 보통 뱃사람 가운데서도 가장 무감각하고 생각 없고 사악한 인간에게 기대할 수 있는 인간, 다시 말해 위험 속에서도 신을 두려워하지 않고 구조되었어도 하느님에게 감사하다는 생각을 전혀 하지 못하는 인간이었다.

내가 그런 인간이라는 것은 과거 이야기를 첨가하면 쉽사리 이해될 것이다. 이제까지 온갖 일을 겪어오면서 나는 그 불행이 하느님의 손길이라거나 내 죄에 대한 벌이라고는 생각해본 적이 없었다. 죄라고 말했는데, 그것은 아버지에 대한 반항이나 지금 당장의 죄를 염두에 둔 것이다. 내 사악한 삶의 방식에 대한 벌이라는 생각도 해보지 않았다. 아프리카의 황량한 해안으로 필사적인 원정에 나섰을 때도 내가 어떻게 될지 한 번도 생각해보지 않았다. 나를 인도해달라거나 나를 에워싼 위험이나 잔인한 야만인은 물론 굶주린 짐승들에게서 지켜달라고 하느님에게 빌어본 적이 없었다. 나는 하느님이나 신의 섭리에 대해 아무 생각이 없었으며 다만 자연의 법칙에 따라, 상식이 명령하는 대로 단순히 짐승처럼 행동했다. 실로 나는 짐승만도 못했다.

포르투갈 선장이 바다에서 나를 구해주고 배에 태워주고 잘 대해주고 공정하고 정직하게 그리고 자애롭게 대접했을 때도 신에 대한 감사는 느끼지 못했다. 다시 조난을 당해 배를 잃고 이 섬에서 익사할 위험에 처했을 때도 후회하지 않았고, 신의 심판이라고도 생각하지 않았다. 다만 나는 재수가 없다고 생각했고, 항상 불행해지도록 태어났다고 자신에게 말했을 뿐이다.

처음 이곳 해안에 도착해서 모든 선원들은 바다에 빠져 죽고 나만 살아남았다는 것을 알았을 때, 일종의 희열과 영혼의 황홀을 느끼며 놀란 것은 사실이다. 신의 은총이 거들었다면 그 희열과 황홀은 신에 대한 진정한 감사로 승화될 수도 있었지만, 그것은 거기서 한 발자국도 나가지 못하고 덧없이 사라지는 기쁨으로 끝나버렸다. "목숨을 구했으니 기쁘다"고 말하는 정도로 끝난 것이다. 다른 사람들은 죽었는데 나를 살리고 유독 나만 골라 목숨을 살려주신 특별한 은혜의 손길을 전혀 생각하지 않았다. 왜 신의 섭리가 이처럼 나한테만 자비로웠을까 묻지도 않은 것이다. 그것은 조난에서 목숨을 유지하고 무사히 상륙해서 보통 느끼는 기쁨, 펀치 술 한 잔에 잊어버리는 기쁨, 상황이 끝나자마자 잊어버리는 기쁨과 동일한 것이었다. 내 삶이 이제까지 그런 식의 삶이었다.

심지어 나중에 깊은 생각 끝에 내 처지를 알았을 때조차, 다시 말해 내가 구조에 대한 희망이나 구원받을 가능성도 없는 사람의 손길이 닿지 않는 이 끔찍한 곳에 던져졌다는 것을 인식했을 때조차 살아갈 수 있다는 전망을 보고 이제 굶어 죽지는 않겠구나 하는 생각이 들자마자 비통한 생각은 모두 사라진 것이다. 그래서 마음의 안정을 찾고 필요한 물건을 보관하고 공급하는 일에 전념했다. 내 처지를 하늘의 심판이라거나 나를 외면하는 하느님의 손길로 여겨 고민하는 일도 없었다. 그런 생각은 거의 내 머릿속으로 비집고 들어오지 않았다.

일기에서 암시한 것처럼 보리가 자라난 일은 처음에 나에게 약간의 영향을 미쳤으며, 그것을 기적적인 일로 생각하는 동안에는 진지한 감동을 주기 시작했다. 그러나 앞에서 언급한 것처럼 기적이라는 생각이 사라지자마자 이 일에서 받은 인상도 사라지고 말았다.

지진의 경우를 말해보건대, 이것은 본질적으로 이보다 무서운 것이 없으며 그러한 일을 혼자서 주관하는 보이지 않는 하느님의 힘을 이보다 직접적으로 보여주는 일도 없는데도 이것에 대한 처음의 공포가 사라지자마자 거기에서 받은 인상도 사라지고 말았다. 나는 승승장구하는 사람처럼 하느님이나 하느님의 심판에 대한 의식이 없었고 지금의 비통한 상황이 하느님의 손길에서 비롯되었다는 의식은 더더욱 없었다.

그러나 몸이 아프기 시작하고 비참한 죽음의 여유로운 그림자가 내 앞에 어른거리고 큰 병에 걸렸다는 무거운 의식 밑에서 용기를 잃고 심한 열병으로 심신이 탈진하자 오랫동안 잠자던 양심이 깨어나기 시작했다. 나는 나의 과거를 꾸짖기 시작했다. 과거의 나는 지독한 사악함을 발휘하며 하느님의 정의감을 자극했기 때문에 하느님은 나를 이렇게 때려눕히고 앙심을 품고 다룬다는 생각이 들었다.

병이 난 다음 날, 아니면 그다음 날까지 이러한 생각들이 나를 짓눌렀다. 고열과 양심의 무서운 질책 속에서 나는 하느님에게 드리는 기도와 비슷한 말을 토해내지 않을 수 없었다. 그러나 나의 바람이나 희망이 담긴 기도라고도 말할 수 없는 것이었다. 그것은 단순히 공포와 절망의 목소리였다. 내 생각에 혼란이 일고 확신하던 것들은 머리에서 삐걱거렸으며, 이 처참한 환경에서 죽음에 대한 공포는 머릿속으로 우려 섞인 증기를 뿜어댔다. 내 영혼이 이렇게 서두르듯 난리를 치는 통에 내 혀가 뭐라고 말하는지 알지 못했다. 그러나 내 입에서 나온 것은 "오, 주여! 저는 얼마나 비참한 창조물입니까? 병이 들어도 도와줄 사람이 없어 죽을 것입니다. 저는 어떻게 되는 겁니까?" 하는 절규였다. 그러자 눈물이 왈칵 쏟아져서 나는 한동안 말을 할 수가 없었다.

이러는 동안 아버지의 훌륭한 충고가 떠올랐다. 또 이 이야기의 초반에 내가 언급한 예언, 즉 내가 이 바보 같은 길로 나간다면 신이 나를 축복하지 않을 것이며 내가 만회하도록 도울 사람이 아무도 없을 때 자기의 조언을 무시한 것을 돌이켜볼 날이 올 것이라는 그 예언이 떠올랐다. 나는 큰 소리로 말했다. "사랑하는 아버지의 말이 옳았다. 하느님의 정의가 나를 심판한 것이다. 나를 도울 사람도 없고 내 말을 들어줄 사람도 없다. 나는 신의 목소리를 거부했다. 행복하고 편하게 살 수도 있었을 삶의 자리에 나를 자비롭게 앉힌 신의 목소리를 거부한 거다. 나는 그런 삶을 알려고 하지 않았고, 그 삶의 축복을 부모에게 배우려고도 하지 않았다. 부모가 내 우둔함을 한탄하도록 내버려두었다. 이제 그 결과를 감당할 사람은 나다. 세상에서 내가 승승장구하도록 하고 모든 것이 편해지도록 하려는 부모의 도움과 조력을 거부했다. 그리하여 이제 맞서 싸워야 할 어려움이 내 몫이 되었다. 내 몸이 지탱할 수 없을 정도로 큰 어려움이다. 나에겐 도움도, 위로도, 충고도 없다." 이렇게 말하고 나서 "주여, 도와주소서. 저는 큰 재난에 처했나이다" 하고 외쳤다.

이것도 기도라고 부를 수 있는지는 모르지만 나의 최초의 기도였다. 여러 해 만에 처음 하는 기도였다. 이제 일기로 돌아가겠다.

6월 28일 잠을 잤기 때문에 몸에 기운이 돌고 발작도 완전히 가셨다. 나는 자리에서 일어났다. 꿈을 꾸고 나서 경악과 공포가 매우 컸지만, 내일 발작적인 열이 다시 찾아들지 모르기 때문에 지금은 아플 때 나에게 힘을 주고 몸을 지탱할 무언가를 손에 넣어야 할 시간이었다. 처음 한 일은 크고 네모난 통에 물을 가득 채우고 침대에서 손이 닿을 만한 거리에 있는 탁자 위에 올려놓는 것이었다. 물의 냉기를 없애기 위해 럼주 4분의 1파인트가량을 붓고 섞었다. 그런 다음 염소 고기 한 점을 가져다가 숯불에 구웠으나 별로 먹을 수

가 없었다. 이리저리 발걸음을 떼어봤지만 너무 힘이 없었고, 내 비참한 처지를 인식하는 순간 슬프고 마음이 무거웠으며, 내일 병이 도질 것이 염려되었다. 밤에는 저녁 식사로 거북 알 세 개를 재 속에 구워 껍데기째 들고 먹었다. 이것이 내가 기억하는 한 내 평생 음식에 신의 축복을 기도한 최초의 음식이었다.

다 먹고 나서 산책하려고 했지만 몸에 힘이 없어서 총을 들 수가 없었다(나는 총 없이 밖에 나간 적이 없었다). 그래서 조금만 산책하다가 땅에 앉아 눈앞에 펼쳐진 바다를 바라보았다. 바다는 고요하고 잔잔했다. 그곳에 앉아 있는 동안 대충 이런 생각이 떠올랐다.

'내가 그토록 많이 보아온 이 땅과 바다는 무엇인가? 어디서 만들어졌는가? 나는 무엇인가? 야생이든 길든 것이건, 인간이든, 야수든 그 모든 다른 창조물들은 어디서 왔는가? 즉 우리는 어디서 왔는가? 틀림없이 땅과 바다, 공기와 하늘을 만든 비밀스런 힘이 우리를 만들었을 것이다. 그 힘은 누구일까?'

그러자 자연스럽게 그 모든 것을 만든 것은 하느님이라는 답이 나왔다. 그러나 뒤이어 이상한 느낌이 들었다. 하느님이 만물을 만들었다면 하느님은 그와 관련된 모든 일을 안내하고 다스릴 것이다. 만물을 창조할 수 있는 권능은 틀림없이 만물을 안내하고 지시할 힘이 있을 것이기 때문이다.

그렇다면 이 거대한 창조의 순환 속에서 하느님이 모르거나 지시하지 않고 일어날 수 있는 일은 없을 것이다. 하느님이 일어나는 모든 일을 안다면 하느님은 내가 여기에 있고, 끔찍한 처지에 있다는 것도 알 것이다. 또 하느님이 모든 것을 지시한다면 지금 내게 일어나는 모든 일도 지시했을 것이다.

이러한 결론을 반박할 논리가 떠오르지 않았다. 그래서 내게 일어난 모든 일은 하느님의 지시였다는 생각이 더욱 강하게 머리를 짓눌렀다. 하느님의 지시에 따라 내가 끔찍한 처지가 되었다는 믿음을 말하는 것이다. 하느님은 나뿐만 아니라 세상에서 일어나는 모든 것을 지시하는 유일한 힘이기 때문이다. 곧이어 다음과 같은 의문이 뒤따랐다.

'하느님은 왜 나에게 이런 벌을 주시는가? 내가 무엇을 했기에 이런 취급을 받는가?'

마치 내가 신을 모독하기라도 한 것처럼 이 질문을 던지는 나를 양심이 제지하고 나섰다. 양심이 목소리를 내어 이렇게 말하는 것 같았다. "이 몹쓸 놈아! 네가 한 짓을 묻기나 해라. 못되게 허비한 네 삶을 돌이켜보아라. 네가 무슨 짓을 했는지 자신에게 물어보아라. 네가 왜 오래전에 죽지 않았는지, 야머스 정박지에서 왜 물에 빠져 죽지 않았는지, 살리에서 해적선의 공격을 받았을 때 왜 죽지 않았는지, 아프리카 해안에서 왜 맹수에게 잡아먹히지 않았는지, 다른 선원들은 모두 물에 빠져 죽었는데 왜 너만 살아남았는지 물어보아라. 네가 무슨 짓을 했는지 물어본 거냐?"

이런 자기반성에 나는 놀란 사람처럼 벙어리가 되더니 아무 말도 할 수 없었다. 아니, 나 자신에게 대답할 말이 없었다. 다만 침울하고 슬픈 마음으로 몸을 일으켜 내 은둔처로 걸어가 잠자리에 들려는 것처럼 담을 넘었다. 그러나 슬프게도 내 생각에 혼란이 일어나 자고 싶지 않았다. 의자에 앉아 램프에 불을 켰다. 어두워지기 시작했기 때문이다. 병이 도지면 어쩌나 하는 우려가 나를 공포로 몰아넣을 바로 그때, 문득 브라질 사람들은 어떤 병에 걸리든 다른 약은 먹지 않고 담배를 약으로 쓴다는 생각이 떠올랐다. 나에게는 잘 건조된 담배 한 타래가 있었다. 아직 잎이 파랗고 다 마르지 않은 담배도 약간 있었다.

나는 궤짝으로 갔다. 하늘이 인도한 것은 의심할 여지가 없었다. 그도 그럴 것이 그 궤짝 속에서 몸과 마음을 치료할 약을 발견했기 때문이다. 궤짝을 열자 내가 찾던 담배와 책 몇 권이 나왔다. 책은 내가 그곳에 간직해둔 것이었다. 나는 전에 말했듯이 성경책 한 권을 꺼냈다. 이제까지 성경을 들여다볼 시간도, 읽을 생각도 없었다. 나는 성경을 꺼내 담배와 함께 탁자로 가져왔다.

병을 고치는 데 담배를 어떻게 이용할지, 담배가 좋은지도 알지 못했다. 어쩌다 우연히 들어맞기를 기대하듯 여러 가지 실험을 시도했다. 우선 담뱃잎 하나를 꺼내 씹어보았다. 처음에는 머리가 어지러웠다. 담배는 파란색이 있었고 독했는데, 나는 담배에 인이 박인 사람이 아니었다. 그래서 이번에는 담배를 럼주에 한두 시간 담가두었다가 잘 때 한 모금 마시기로 했다. 마지막으로 담배를 숯불 덩어리 위에서 태우고는 열기와 숨이 막히는 것을 참을 수 있는 한 코를 연기에 대고 있었다.

이 작업을 하는 동안 나는 성경을 읽기 시작했다. 그러나 담배 연기가 머리를 너무 어지럽히는 통에 그 당시에는 견디고 읽을 수 없었다. 우연히 펼친 성경에서 처음으로 눈에 들어온 구절은 이러했다. "환난 날에 나를 부르라. 내가 너를 건지리니, 네가 나를 영화롭게 하리로다."〔〈시편〉 50장 15절〕

이 구절은 내 처지에 들어맞는 구절이어서 읽는 순간 약간의 어떤 인상을 남겼다. 실은 이때보다 훗날에 가서 강렬한 인상을 주었다. '구원한다'는 말은 나에게 공허한 소리였기 때문이다. 지금 내가 처한 환경에서 구원이란 너무나 멀리 있고 불가능한 일이었기 때문에 나는 이스라엘의 자손들이 먹을 고기를 약속받았을 때 '하느님이 광야에서 식탁을 베푸실 수 있으랴?' 하고 의심한 것처럼 '하느님이 이곳에서 나를 구할 수 있을까?' 하고 말했다. 내가 구조에 대한 희망을 품은 것은 여러 해 뒤의 일이기 때문에 당시 내 생각은 그랬다. 그러나 여하튼 그 구절은 나에게 큰 인상을 남겼기 때문에 나는 자주 그 구절을 생각했다. 밤이 깊어지자 전에 말한 것처럼 담배가 머리를 띵하게 만드는 바람에 졸음이 밀려왔다. 밤에 무엇을 찾을 일이 생길까 봐 굴에 램프를 켜놓은 채 잠자리로 갔다. 그러나 눕기 전에 평생 한 번도 해보지 않던 일을 했다. 무릎을 꿇고 하느님에게 환난 날에 내가 찾으면 나를 구하겠다는 약속을 지키시라고 기도한 것이다. 엉성한 기도를 끝내고 나서 담배를 담가 둔 럼주를 마셨다. 술은 담배 때문에 어찌나 독하고 냄새가 요란한지 삼키기가 어려웠다. 그러고 나서 곧 잠자리에 들었다. 술기운이 곧바로 머리로 올라와서 깊은 잠에 빠졌다. 눈을 떴을 때 해의 위치로 보아 틀림없이 다음 날 오후 3시쯤 된 것 같았다. 아니 지금 생각하면 이튿날 낮과 밤을 잠자고 깬 것은 사흘째 되는 날이 아니었나 싶다. 그렇지 않고는 몇 해 뒤 밝혀진 것처럼 날짜 계산에서 하루가 빠진 것을 설명할 수 없기 때문이다. 내가 적도를 넘나들면서 날짜를 잃었다면 하루가 아니라 여러 날을 잃었을 것이다. 그러나 내 계산으로는 하루가 모자라는 것이 확실한데, 어째서 그런지는 알 수 없었다.

어찌 됐든 잠에서 깨었을 때 몸에 힘이 돌고 가벼워진 느낌이었고, 기분도 살 것 같고 상쾌했다. 자리에서 일어나자 전날보다 강해졌고 속도 나아져 배가 고팠다. 간단히 말해서 다음 날 열의 발작도 없었고 계속 몸이 더 좋아졌다. 이때가 29일이다.

물론 30일도 몸이 성한 하루였다. 총을 들고 밖으로 나갔지만 멀리 가고 싶진 않았다. 흑기러기처럼 생긴 바닷새 한두 마리를 잡아 집으로 가져왔으나, 그걸 당장 먹고 싶지는 않았다. 그래서 거북 알 몇 개를 먹었는데 꽤 맛이 좋았다. 저녁에 전날 효과가 있었다고 생각되는 담배 담근 럼주를 다시 마셨다. 하지만 지난번만큼 많이 마시지 않았고, 담뱃잎을 씹거나 연기를 맡지도 않았다. 그러나 다음 날, 그러니까 7월 1일에는 기대와 달리 몸이 좋지 않았다. 심하지는 않았지만 오한이 찾아올 기미가 보였다.

7월 2일 처음에 한 대로 세 가지 방법을 동원하여 담배로 새 약을 만들었다. 마시는 양을 두 배로 늘렸다.

7월 3일 체력을 완전히 회복하기까지는 그 후 몇 주일이 걸렸지만 열의 발작은 완전히 사라졌다. 이렇게 체력을 회복하는 동안 '내가 너를 구원하리니'라는 성경 구절이 내 마음을 강하게 사로잡았다. 구조받는 것이 불가능하다는 의식이 구원을 기대하지 못하도록 내 마음을 지배했다. 그러나 풀이 죽어 있을 때 한 가지 생각이 떠올랐다. 이 섬에서 이렇게 고생하는 처지에서 구조되는 것에만 몰두한 나머지 이미 받은 구원을 무시하는 게 아닌가 하는 생각이었다. 이를테면 자신에게 이런 질문들을 던졌다. '나는 병에서 구원받지 않았는가, 그것도 멋지게 구원받지 않았는가? 비참하기 이를 데 없고 무서운 처지에서 구원받지 않았는가? 그런 구원에 대해 무슨 생각을 해보았는가? 내가 할 역할을 다했는가? 하느님은 나를 구원해주셨는데 나는 그분께 영광을 돌리지 않았다. 다시 말해서 그것을 구원이라고 말하지도, 감사하게 생각하지도 않았다. 그러면서 더 큰 구원을 기대할 수 있는가?'

생각이 여기에 미치자 가슴이 철렁했다. 나는 당장 무릎을 꿇고 병에서 구해주신 것에 대해 큰 소리로 하느님께 감사했다.

7월 4일 아침에 성경을 들고 신약성경부터 진지하게 읽기 시작했다. 매일 아침저녁 성경을 읽는 것을 일과로 삼기로 했다. 몇 장을 읽는다고 못 박지 않고 읽고 싶은 생각이 지속되는 한 읽기로 했다. 진지한 자세로 성경 읽는 일에 착수한 지 얼마 되지 않아 나는 과거의 내 삶이 얼마나 사악했는지 절실히 깨달았다. 전에 꾼 꿈에 대한 인상이 되살아나고 '이 모든 일을 겪고도 뉘우칠 줄 모르다니'라는 말이 머릿속에서 맴돌았다. 나는 우연히 다음 구절을 읽던 날 나의 죄를 뉘우치게 해주십사 하고 하느님께 진정으로 기도했다. "이스라엘에게 회개함과 죄사함을 주시려고 그를 오른손으로 높이사 임금과 구주로 삼으셨느니라"라는 구절이었다. 나는 성경을 내려놓고 양손뿐 아니라 가슴까지 하늘로 높이 쳐들고 환희에 찬 목소리로 크게 외쳤다. "예수님, 다윗의 아들 예수여, 고귀하신 주의 아들이시여, 구세주이신 그리스도여, 저를 회개하게 하소서!"

진정한 의미에서 이것이 내 평생 처음 올린 기도라고 말할 수 있을 것이다. 내 처지를 이해하고 하느님의 격려의 말씀에 기초한 희망, 즉 진정으로 성경이 말하는 희망을 품고 올린 기도였기 때문이다. 이때부터 나는 하느님이 내 목소리를 들어주신 거라는 희망을 갖기 시작했다고 말할 수 있다.

앞에서 말한 "나를 부르라. 내가 너를 구원하리니"라는 구절도 전과 다른 뜻으로 해석했다. 전에는 구원이라고 하면 내가 처한 포로 같은 신세에서 구조받는 것으로만 생각했다. 사실 크게 보면 나는 그런 처지에 있었고, 이 섬은 세상에서 가장 나쁜 의미의 감옥이었다. 이제 나는 그 구절의 의미를 다른 뜻으로 해석하는 법을 터득했다. 내 과거를 끔찍한 심정으로 돌아보고, 내가 저지른 죄들이 끔찍한 죄였다는 것을 깨닫기 시작하면서 내 영혼은 다른 무엇보다도 평온한 마음을 짓누르는 죄의식에서 벗어나기를 간절히 바라기에 이르렀다. 나의 고독한 삶은 아무것도 아니었다. 그것에서 벗어나게 해달라는 기도는 거의 하지 않았다. 거의 생각도 하지 않았다. 죄의 짐에서 벗어나는 것에 비하면 그것은 전혀 의미가 없었다. 앞으로 이 책을 읽을 독자들에게 꼭 덧붙이고 싶은 말은, 사물의 참된 의미를 깨달으면 죄에서 구원받는 것이 고통에서 구원받는 것보다 훨씬 큰 축복이라는 점이다.

이 부분을 떠나 일기로 돌아가겠다.

내 생활은 여전히 비참했지만 나는 내 처지를 훨씬 편한 마음으로 받아들이기 시작했다. 성경을 꾸준히 읽고 하느님께 기도를 드림으로써 내 생각은 더 높은 차원의 일들로 향해 있었다. 나는 이제껏 알지 못한 내면의 안식을 느꼈다. 건강과 체력을 되찾자 나는 필요한 모든 것을 부지런히 마련하고, 될수록 생활을 규칙적으로 꾸려나갔다.

7월 4일부터 14일까지 나는 주로 총을 들고 산책하며 시간을 보냈다. 병을 앓고 나서 기력을 회복하려는 사람처럼 한 번에 조금씩 산책했다. 나는 상상할 수 없을 정도로 기력이 저하되었다. 내가 적용한 치료법은 완전히 새로운 것이었다. 이런 실험으로 열병을 치료한 예는 아마 없을 것이다. 이 치료법을 써보라고 누구한테 권할 수도 없다. 이 방법으로 발작을 멈추게는 했지만, 그것은 오히려 내 몸을 약하게 하는 데 이바지했다. 한동안 내 신경과 사지가 자주 떨렸기 때문이다.

이번 일로 내가 알아차린 것은 장마철에 밖에 나가는 행위는 건강에 무엇보다 해롭다는 사실이다. 특히 폭풍이나 허리케인을 동반하고 비가 내릴 때가 그러했다. 건기에 내리는 비는 거의 폭풍을 동반하기 때문에 9월이나 10월에 내리는 비보다 훨씬 위험하다는 것을 알았다.

이 불행한 섬에 온 지도 어느덧 열 달이 넘었다. 이 처지에서 구조받을 가능성은 완전히 사라진 것 같았다. 또 이 섬은 사람의 발길이 한 번도 닿지 않은 곳이 분명하다. 집이 내 마음에 들 정도로 안정된 모습을 갖추자 이 섬을 완전히 탐험하여 아직까지 내가 모르는 생산품이 있는지 알아보려는 욕망이 생겼다.

이 섬 자체에 대해 세밀한 조사에 나선 것은 7월 15일이다. 전에

암시했듯이 우선 내가 뗏목을 댔던 강으로 갔다. 거기서 2마일쯤 거슬러 올라갔더니 바닷물이 들어오지 않는 작은 시냇물이 나왔다. 맑고 깨끗한 물이지만 건기라 어느 부분에는 물결을 이루며 흐를 만한 물이 없다는 사실이 감지되었다.

이 냇물의 둑 위에는 사바나, 즉 초원이 많았다. 평평하고 부드럽게 풀로 덮인 초원이었다. 그곳에서 비탈지며 올라간 부분은 물이 결코 넘치지 않는 부분이었는데, 그곳에서는 녹색 담배가 크고 튼튼한 줄기를 뻗어 올리며 자라고 있었다. 다른 여러 식물들이 있었지만 무엇인지 개념도 이해도 불가능했다. 알 수는 없지만 그 자체의 장점이 있는 식물들 같았다.

이런 열대기후에 사는 인디언들이 빵을 만들어 먹는 카사바 뿌리를 찾아보았지만 하나도 발견하지 못했다. 커다란 알로에가 많았는데, 당시에는 그게 무엇인지 몰랐다. 사탕수수 몇 줄기를 발견했지만 야생인 데다 경작된 것이 아니어서 불완전했다. 이번에는 이 정도 발견한 것에 만족하고 집으로 돌아오며, 내가 발견한 열매와 식물의 특징이나 쓰임새를 알아낼 길이 있나 곰곰이 생각했다. 그러나 아무 결론에 도달하지 못했다. 브라질에 있을 때도 별로 관찰하지 않아서 야생식물에 대해서는 아는 것이 별로 없었으며, 조금 알아봤자 지금같이 조난당한 상황에서는 별로 쓸모가 없었다.

다음 날인 16일에도 같은 길로 가보았다. 전날보다 조금 더 멀리 가보았더니 시냇물과 초원이 끝나고 더 울창한 숲이 있었다. 이곳에서 여러 가지 과일을 발견했다. 땅바닥에는 멜론이 굉장히 많았고, 나무 위에는 포도가 달려 있었다. 포도 덩굴이 나무를 뒤덮었고 포도송이들이 절정기를 맞아 매우 탐스럽게 익었다. 이것은 놀라운 발견이어서 나는 기뻐서 어쩔 줄 몰랐다. 그러나 경험을 통해 포도는 조심해서 조금씩 먹어야 한다는 것을 알았다. 전에 바바리에 상륙했을 때 노예로 있던 영국인 여러 명이 포도를 먹고 설사와 고열로 죽은 일이 기억났다. 그러나 곧 좋은 방법이 떠올랐다. 포도를 햇볕에 말려 건포도로 보관하는 것이었다. 그러면 포도가 나지 않을 때도 먹기 좋고, 건강에 좋은 먹을거리가 될 것이라고 생각했다.

나는 그날 저녁 내내 그곳에서 보내느라 집으로 돌아가지 않았다.

집을 떠나 밖에서 잔 것은 이번이 처음이다. 밤이 되자 이 섬에서 보낸 첫날처럼 나무 위로 올라가 잤다. 이튿날 아침 나는 탐험을 계속했다. 남북으로 이어지는 산등성이를 타고 북쪽으로 걸었다. 내려다 보이는 계곡의 길이로 판단해서 4마일 가까이 걸었을 것이다.

이런 행군 끝에 서쪽으로 경사진 탁 트인 공간이 나왔다. 내 옆에 있는 산허리에서 샘솟은 맑은 물이 반대쪽, 즉 동쪽으로 흘렀다. 또 푸르고 싱싱한 나무들이 우거졌다. 모든 것이 한결같은 초록이거나 왕성하게 피어오르는 봄 같았다. 마치 인공으로 식수한 정원 같았다.

이 아름다운 계곡의 사면을 좀 내려가면서 은밀한 기쁨을 맛보며 둘러보았다. 물론 다른 어지러운 생각도 섞여 있었지만 여기 모든 것이 내 것이며 내가 이 땅의 왕이요 주인이라는 생각이 들었기 때문이다. 이 섬을 통째로 가져갈 수만 있다면 영국 장원의 영주처럼 내가 이 땅을 상속한 소유자가 될 것이라고 생각했다. 이곳에는 코코아, 오렌지, 레몬, 시트론 나무들이 많았지만 모두 야생이라 열매가 얼마 달리지 않았다. 적어도 당시에는 그랬다. 그러나 내가 딴 라임 열매는 맛도 좋고 영양분도 풍부했다. 나는 나중에 그 즙을 물에 타서 몸에 좋고 무척 시원하고 상쾌한 음료수로 만들었다.

이제 그 과일들을 따서 집으로 운반하는 많은 일감이 생겼다. 나는 곧 다가올 우기에 대비해서 포도와 라임, 레몬을 저장할 창고를 만들기로 결심했다.

이 일을 위해 포도를 한곳에 쌓고 다른 곳에 그보다 작은 더미를 쌓았다. 또 다른 곳에 라임과 레몬을 큰 무더기로 쌓았다. 그러고 나서 각 과일을 몇 개씩 가지고 집으로 돌아갔다. 나머지는 이곳으로 다시 오는 길에 상자나 자루를 가져와서 집으로 운반할 작정이었다.

WAL PAGET

이렇게 운반하느라 사흘을 보내고 집으로 돌아왔다. 이제 텐트와 동굴을 집이라고 불러야 했다. 포도는 집에 도착하기도 전에 풍부한 맛과 즙의 무게를 못 이기고 터져서 상했기 때문에 아무짝에도 쓸모없었다. 라임은 말짱했지만 가져온 양이 얼마 되지 않았다.

7월 19일 다음 날 작은 자루 두 개를 만들어 수확한 과일을 집으로 가져오기 위해 그리로 갔다. 나는 포도 더미 앞에 이르렀을 때 깜짝 놀랐다. 쌓아놓았을 때 그렇게 싱싱하던 포도가 여기저기 흩어지고 짓밟혔을 뿐 아니라 상당한 양이 사라지고 없었다. 나는 근처에 있는 야생동물들이 한 짓이라고 결론을 내렸지만 어떤 짐승인지는 알지 못했다.

포도는 쌓아놓을 수도 없고 자루에 넣어 가져갈 수도 없었다. 그렇게 하면 다 파괴되고 한편으로는 자체의 무게 때문에 뭉개지기 때문이다. 나는 다른 방도를 택했다. 포도를 많이 따서 나뭇가지에 널어 햇볕에 말리기로 한 것이다. 라임과 레몬은 내가 등에 질 수 있는 만큼 짊어지고 운반했다.

집으로 돌아와서 그 계곡의 풍요로움을 생각하니 가슴이 벅차도록 기뻤다. 쾌적한 환경에 물가지만 폭풍이 불어도 안전하고 숲이 있어서, 나는 이 섬에서 제일 나쁜 장소에 집을 지었다는 결론에 도달했다. 나는 집을 옮기는 일을 생각하기 시작했다. 그래서 가능하면 그 풍요로운 계곡에 지금 사는 곳만큼 안전한 곳을 찾아보겠다고 생각했다.

이 생각이 계속 머릿속을 맴돌았다. 그곳의 쾌적함이 나를 유혹했기 때문에 얼마 동안 그 생각만 해도 유쾌했다. 그러나 더 깊이 생각해보니, 지금 있는 바닷가가 유리한 점이 있었다. 나를 이곳으로 데려온 것과 똑같은 불운이 다른 사람에게도 일어나 이 같은 장소로 누군가가 밀려올지도 모르는 일이다. 그런 일이 실제로 일어날 가능성은 거의 없을지라도 섬 한가운데 있는 산과 숲에 나를 가둔다면 스스로 족쇄를 채우는 꼴이 되어 구조될 수 있는 기회를 영원히 놓치고 말 것 같았다. 나는 무슨 일이 있어도 이사해서는 안 될 처지였다.

그러나 이 장소에 반했기 때문에 나는 나머지 7월의 뒷자락을 그곳에서 보냈다. 생각 끝에 집을 옮기지 않기로 결심했지만, 그 대신 그곳에 작은 오두막을 지었다. 오두막과 약간 거리를 두고 튼튼한 울타리를 둘렀다. 내 손이 닿을 만큼 높이 기둥을 박고 이중으로 울타리를 친 다음 그 사이에는 곁가지들로 채웠다. 이곳에서 나는 아주 편히 쉴 수 있었고, 때로는 이삼 일씩 머물기도 했다. 드나들 때는 항상 사다리를 썼다. 이제 나는 시골 별장과 해변의 집을 가졌구나 하는 생각이 들었다. 이 작업은 8월 초까지 이어졌다.

새로 울타리를 치고 그 노력의 성과를 즐기기 시작했으나 우기가 시작되어 나는 바닷가의 집에 꼭 붙어 있어야 했다. 산속 별장도 원래 집처럼 돛을 자른 천을 잘 펼쳐서 천막을 친 것이지만, 폭우를 막아줄 언덕이나 폭우를 피할 동굴이 없었다.

앞에서 말한 것처럼 나는 8월 초순경에 오두막 짓는 일을 끝내고 즐거운 시간을 갖기 시작했다. 내가 널어둔 포도가 햇볕에 잘 말라서 맛있는 건포도가 된 것을 발견한 것은 8월 3일이다. 그것들을 나무에서 걷기 시작했다. 나는 그렇게 한 것을 퍽 다행으로 생각했다. 곧 우기가 닥치면 포도가 상할 것이고, 그렇게 되면 나는 가장 훌륭한 겨울 양식을 잃기 때문이다. 건포도는 포도송이로 치면 2백 송이가 넘었다. 건포도를 나무에서 걷어 대부분 집 안의 동굴로 옮겨

놓자마자 비가 오기 시작했다. 그러니까 8월 14일부터 10월 중순까지 많든 적든 매일 비가 내렸다. 때로는 폭우가 쏟아져 며칠 동안 굴에서 꼼짝도 할 수 없었다.

우기 동안 식구가 늘어나는 바람에 나는 무척 놀랐다. 고양이 중 한 마리가 없어져서 나는 걱정을 하고 있었다. 녀석이 도망갔거나 죽은 줄로 생각했다. 그 후 아무 소식도 없었다. 그런데 놀랍게도 8월 말경에 새끼 세 마리를 데리고 집으로 돌아왔다. 이 사건은 내가 도둑고양이 한 마리를 쏴서 죽인 적이 있기 때문에 더욱 신기한 일이었다. 나는 그것이 유럽의 고양이와는 전혀 다른 종류라고 생각했다. 그러나 새끼 고양이들은 어미 고양이와 똑같은 집고양이였다. 내가 데려온 고양이는 둘 다 암컷이기 때문에 매우 이상하다는 생각이 들었다. 그런데 이 고양이 세 마리가 새끼를 어찌나 많이 낳던지 나는 해충이나 야생동물들처럼 놈들을 죽이거나 될 수 있는 한 집 밖으로 쫓아버려야 했다.

8월 14일부터 26일까지 그칠 줄 모르고 비가 내리는 통에 밖에 나갈 수 없었다. 나는 비를 많이 맞지 않게 각별히 주의했다. 이렇게 갇힌 동안 식량이 쪼들리기 시작했다. 그래서 두 번 밖으로 나가는 모험을 무릅썼다. 어느 날 나는 염소 한 마리를 잡았고 마지막 날, 그러니까 26일에는 커다란 거북 한 마리를 잡았다. 거북은 내게 큰 횡재였다. 그래서 나는 식단을 이렇게 짰다. 아침 식사로는 건포도 한 줌, 점심에는 불행히도 수프나 스튜를 만들 집기가 없어서 구운 염소 고기나 거북 고기 한 조각, 저녁 식사는 거북 알 두세 개로 정했다.

비 때문에 동굴에 틀어박혀 있는 동안 나는 매일 두세 시간씩 동굴을 넓히는 작업에 매달렸다. 한 방향으로 조금씩 파 들어가자 결국 언덕의 바깥 면으로 뚫고 나오게 됐다. 그 구멍을 문으로 이용했다. 그러니까 담 밖에서도 이 구멍으로 들어올 수 있어서 나는 그 길로 드나들었다. 그러나 그 구멍이 열려 있어 불안했다. 전에는 완전히 막힌 공간이었지만 이제 거기가 열려 있어 내 몸이 노출된 것 같았고, 어떤 것이 나를 공격할 수 있게끔 무방비 상태라는 생각이 들었다. 그러나 두려워해야 할 산 동물은 없는 것 같았고, 섬에서 내가 본 것 중 제일 큰 동물은 염소였다.

9월 30일 이제 이 섬에 상륙한 지 불행한 1주년이 되었다. 기둥에 새긴 눈금을 헤아려보니 365일 동안 이 해안에 머문 것을 알 수 있었다. 나는 이날을 종교적인 의식을 위해 배정하고 엄숙한 금식일로 정했다. 가장 겸허한 자세로 무릎을 꿇고 땅바닥에 엎드려 하느님께 죄를 고백하고, 하느님의 나에 대한 의로운 판결을 받아들였다. 예수 그리스도를 통해 나에게 자비를 베풀어달라고 기도했다. 열두 시간 동안 물 한 방울 마시지 않았다. 해가 진 다음에야 비스킷 한 개와 포도 한 송이를 먹고 그날을 시작했듯이 그날을 끝맺고 잠자리에 들었다.〔여기서 일기가 끝난 것으로 보인다〕

나는 그동안 내내 안식일을 지키지 않았다. 종교에 대한 의식이 없었기 때문에 얼마 지나서는 금을 좀 길게 그어 안식일을 표시함으로써 주일 단위로 묶는 일을 생략했던 것이다. 그래서 무슨 요일인지도 모르고 지냈다. 그러나 위에서 말한 것처럼 날짜를 셈하여 만 1년이 된 것을 안 뒤로는 눈금을 주 단위로 나누어 칠 일째마다 안식일을 따로 표시할 수 있었다. 나중에 보니 그 계산에서 하루나 이틀을 빼먹었다.

그 후 얼마 안 되어 잉크가 달리기 시작하여 더 아껴 써야 했다. 매일 비망록을 작성하는 일은 빼고 내 삶에서 가장 특기할 사건들만 적는 데 만족해야 했다.

이제 우기와 건기가 규칙적으로 도래하는 것을 알았다. 따라서 그 시기에 대비하기 위해 두 시기를 분할하는 요령을 터득했다. 이것을 터득하기까지는 온갖 경험을 동원했다. 지금 내가 언급하려는 실험은 이제껏 한 실험 중에서 가장 실망스런 것이었다. 전에 말했듯이 저절로 싹이 튼 것으로 착각하고 감탄한 보리와 벼 이삭을 저장해두었다. 벼 이삭이 30포기, 보리가 20포기쯤 되었다고 기억한다. 우기가 지난 후 해가 내 위치에서 볼 때 남쪽으로 자리 잡았기 때문에 파종할 적기라고 생각했다.

나는 나무 삽으로 땅 한 뙈기를 정성스럽게 파 엎고 그것을 두 필지로 나눈 다음 씨를 뿌렸다. 그러나 씨를 뿌리는 도중 문득 한꺼번에 다 뿌리면 안 되겠다는 생각이 들었다. 나는 파종의 적기를 잘 몰랐기 때문이다. 그래서 씨앗을 3분의 2만 뿌리고 한 줌씩 남겨두었다.

나중에 보니 그것이 천만다행이었다. 이번에 심은 씨는 하나도 싹이 트지 않은 것이다. 건기가 뒤이어 오는 바람에 씨를 뿌린 후 땅이 비를 전혀 맞지 않아 식물의 성장을 도울 물기가 없었다. 씨앗들은 우기가 오기까지 전혀 싹을 내밀지 않다가 우기가 돌아오자 마치 갓 뿌린 씨처럼 자라났다.

처음 뿌린 씨가 자라지 않은 것은 가뭄 때문이라는 것을 쉽사리 깨달은 나는 다시 한번 시도해보기 위해 축축한 땅을 찾아 나섰다. 그래서 새 오두막 근처의 땅을 파고 나머지 씨앗을 2월 춘분 직전에 심었다. 이 씨앗들은 우기인 3, 4월 동안 물을 공급받아 멋지게

싹트더니 풍성하게 자랐다. 그러나 내가 가진 씨앗이 얼마 되지 않았고 그마저도 다 뿌리지 않아서 전체 수확량은 쌀, 보리가 각각 5리터 남짓이었다.

그러나 이런 실험을 통해 나는 농사일을 터득했고, 파종할 시기가 언젠지 정확히 알았다. 이제 매년 두 번 파종과 수확을 예상했다.

곡식이 자라는 동안 나중에 도움이 될 한 가지 발견을 했다. 우기가 끝나고 날씨가 안정되기 시작하는 11월경 나는 계곡의 오두막으로 갔다. 몇 달 동안 비워두었지만 모든 것이 제자리에 있었다. 내가 만든 이중 울타리는 튼튼하고 온전했을 뿐 아니라 근처의 나무를 잘라 박은 말뚝에는 가지가 돋아 길게 자랐다. 버드나무 윗가지를 치고 첫해가 지나면 가지가 나오는 만큼의 길이로 자란 가지들이었다. 말뚝으로 잘라 쓴 그 나무가 무슨 나무인지는 모르겠다. 이 어린 나무들이 자라는 모습은 놀랍고도 기쁨을 안겨주었다. 나는 가지치기를 해서 그것들이 될수록 똑같은 크기로 자라도록 유도했다. 3년이 지나자 나무들이 얼마나 멋진 모습으로 자랐는지 믿을 수 없을 정도였다. 그리하여 울타리는 지름이 25야드 정도의 원이지만 나무들 — 이제 그것들을 나무라고 불러도 무방할 것이다 — 은 울타리를 뒤덮어서 건기 내내 거기서 거주할 수 있게끔 완전한 그늘을 만들어주었다.

그래서 나는 기둥을 조금 더 잘라다가 나의 집 담장 주위에도 반원 모양 울타리를 만들기로 결심했다. 내가 처음으로 지은 집을 이야기하는 것이다. 나는 처음 만든 담장에서 8야드쯤 간격을 두고 두 줄로 그 나무, 즉 말뚝을 박아 울타리를 만들었다. 그 나무들은 곧 자라 처음에는 내 집의 멋진 가리개가 되더니 나중에는 방어벽 역할도 했다. 앞으로 순서가 되면 이것에 대해 이야기하겠다.

이제 나는 이곳의 1년이 유럽에서처럼 여름과 겨울로 나뉘는 것이 아니라 우기와 건기로 나뉘는 것을 알았다. 이것은 대략 다음과 같다.

2월 후반~4월 전반 우기. 태양이 춘분점 위나 근처에 있다.
4월 후반~8월 전반 건기. 태양이 적도 북쪽에 있다.
8월 후반~10월 전반 우기. 태양이 돌아오고 있다.
10월 후반~2월 전반 건기. 태양이 적도 남쪽으로 기운다.

우기는 바람이 부는 것에 따라 길어지기도 하고 짧아지기도 했지만 대략 위처럼 관측되었다. 비 올 때 밖에 나가는 것이 몸에 좋지 않은 결과를 가져온다는 것을 경험으로 터득한 후, 밖에 나가지 않기 위해 미리 신경 써서 식량을 준비했다. 대기가 습한 달에는 될수록 집 안에 틀어박혀 있었다.

우기에도 할 일이 많았다. 그런 일들을 하기엔 이때가 안성맞춤이었다. 힘든 노력과 응용력을 발휘하지 않고는 얻을 수 없는 많은 일들을 하기에 좋은 기회였다. 특히 나는 바구니를 만들어보려고 여러 방법을 시도했지만, 그러기 위해서 모은 잔가지들은 너무 잘 부러지는 바람에 쓸모가 없었다. 나는 어렸을 때 아버지가 살던 읍내의 바구니 만드는 집에서 사람들이 바구니 제품을 만드는 것을 재미있게 구경했다. 그것이 지금에 와서 나에게 큰 도움이 되었다. 소년들이 흔히 그렇듯이 주제넘게 일을 돕겠다고 나서면서 바구니 만드는 법을 자세히 관찰하며 때로는 일손을 도와주기도 했다. 이런 식으로 바구니 제조법을 완전히 익혔기 때문에 지금 필요한 것은 재료뿐이었다. 그때 내가 말뚝 재료를 잘라낸 나무의 잔가지가 어쩌면 영국의 버드나무나 수양버들이나 고리버들 가지처럼 질길지도 모른다는 생각이 들었다. 그래서 그 가지를 시험해보기로 결심했다.

따라서 다음 날 내가 이름 붙인 시골 별장으로 가서 그 나무의 잔가지를 좀 꺾었다. 그 가지들은 내가 바라던 만큼 적합한 것이었다. 그래서 다음번에는 잔뜩 꺾어오려고 손도끼를 들고 갔다. 거기에는 그 나무가 많았기 때문에 나는 금세 많은 가지를 꺾었다. 이것들을 울타리 안에다 널어 알맞게 말린 다음 동굴로 가져왔다. 여기에서 다음 우기 동안 바구니를 잘 만들려고 열심히 일했다. 흙을 나르기 위한 바구니라든가 형편이 되는 대로 여러 가지 물건을 운반하거나 넣어두기 위한 바구니를 만들었다. 예쁘게 마무리하지는 못했지만 내가 바라는 용도를 충족시켰다. 그 후 나는 바구니 없이는 못 살았으며, 바구니가 낡으면 더 만들었다. 특히 곡식 수확량이 많아질 때를 대비해서 자루 대신 곡식을 담을 튼튼하고 깊은 바구니를 만들었다.

이 어려움을 극복하고 엄청난 시간을 소모한 뒤 나는 아직도 필요한 두 가지 물건을 만들어볼 궁리를 하기 시작했다. 액체를 담을 그릇이 없었다. 럼주가 거의 가득 찬 술통 두 개와 유리병 몇 개가 있을 따름이었다. 유리병 몇 개는 보통 크기였고, 몇 개는 물이나 술을 담는 데 쓰는 네모난 병이었다. 나에게는 배에서 가져온 거대한 솥 말고는 무엇을 끓일 냄비 같은 것이 없었다. 그 솥은 너무 커서 국을 끓이거나 고기를 삶을 수 없었다. 또 하나 갖고 싶은 물건은 담배 파이프였으나 그것을 만드는 것은 불가능했다. 그렇지만 결국 그것도 만들 방법을 고안해냈다.

나는 여름 내내, 즉 건기 내내 울타리에서 두 번째 줄에 말뚝을 박는 일과 바구니 만드는 일을 했다. 건기가 끝나자 또 다른 일이 생겼다. 이건 예상했던 것보다 훨씬 많은 시간을 잡아먹었다.

앞에서 섬 전체를 몹시 보고 싶다고 말했다. 그래서 시냇물을 거슬러 올라가다가 오두막을 지은 곳까지 이르렀다. 그곳에서는 섬 맞은편에 위치한 바다가 훤히 보였다. 이제 나는 그곳 해변까지 가기로 결심했다. 그래서 총과 손도끼와 평소보다 많은 화약과 탄알을 가지고 개와 함께 나섰다. 주머니에는 비스킷 두 개와 건포도를 두둑이 채웠다. 내 오두막이 위로 보이는 계곡을 지나자 서쪽으로 바다가 눈에 들어왔다. 날씨가 청명해서 멀리 있는 땅이 보였다. 육지인지 섬인지는 알 수 없었지만, 높이 솟은 땅이 서쪽에서 서남서쪽으로 무척 길게 뻗어 있었다. 내 짐작으로 이곳에서 15~20리그쯤 떨어진 것 같았다.

그곳이 세계의 어느 부분인지 알 수 없었다. 저곳은 내 생각으로는 아메리카 대륙의 일부임에 틀림없는 것 같았다. 내가 관찰을 통해 결론 내린 바로는 스페인의 식민지 같기도 했다. 야만인들이 살아서 거기에 가보았자 지금보다 나쁜 처지에 빠질 것 같았다. 그래서 나는 만사를 최선의 방향으로 이끈다고 믿고 받아들이기 시작한 하느님 뜻에 따르기로 했다. 말하자면 그런 생각으로 마음을 가라앉히고 그곳에 가고 싶다는 헛된 소망으로 자신을 괴롭히는 일은 그만두었다.

그리로 가보겠다는 생각은 접었지만, 저것이 스페인 땅이라면 틀림없이 언젠가는 배가 어느 쪽으로든 통과하는 모습이 보일 것 같았다. 그렇지 않으면 그곳은 스페인령과 브라질 사이에 있는 야만인의 땅이다. 그곳의 야만인들은 가장 악독하기로 유명했다. 그들은 손아귀에 들어오는 인간을 죽여서 게걸스럽게 먹어치우는 식인종이다.

이런 생각을 하며 나는 한가롭게 앞으로 나아갔다. 지금 내가 걷는 쪽이 내 집이 있는 쪽보다 훨씬 쾌적했다. 꽃과 풀로 장식되고 아름다운 나무들로 가득 찬 대초원이 펼쳐졌다. 앵무새가 많이 눈에 띄었다. 나는 한 마리를 잡아 가능하면 길들여 말을 가르치고 싶었다. 한참 고생한 끝에 어린 앵무새 한 마리를 잡았다. 막대기로 때려 기절시켰다가 회복된 후 집으로 가져왔다. 그러나 몇 년이 지나서야 그놈이 말을 하게 할 수 있었다. 나는 앵무새가 아주 다정하게 내 이름을 부르도록 가르쳤다. 사소하지만 그 후에 일어난 일은 나름대로 매우 즐거운 일이 될 것이다.

이번 여행은 무척 즐거웠다. 낮은 저지대에서 산토끼로 보이는 동물들과 여우들을 발견했는데, 그 동물들은 내가 전에 만난 것들과는 전혀 달랐다. 그것들을 몇 마리 죽였지만 먹고 싶지는 않았다. 먹을 것이 부족하지 않았기 때문에 공연한 모험은 할 필요가 없었다. 맛이 좋은 것들도 부족하지 않았다. 염소와 비둘기, 거북이 있는 데다 포도가 더 있었다. 런던의 레든홀 시장도 사람 수에 비례해서 따진다면 나보다 훌륭한 식탁을 차릴 수는 없을 것이다. 비록 내 식당은 한심했지만 음식이 부족하기는커녕 넘치고 맛이 일품이어서 감사할 이유가 충분했다.

나는 이번 여행에서 하루에 2마일 이상은 나아가지 않았다. 무엇인가 발견할까 싶어서 이리저리 돌아다녔고, 가본 곳을 다시 가기도 했다. 그래서 밤을 지내기로 결심한 곳에 닿았을 때는 몹시 피곤했다. 나는 밤이면 나무 위에서 쉬기도 하고, 한 나무와 다른 나무 사이의 땅에 한 줄로 말뚝을 박아 나를 에워싸게 하여 어떤 야생동물도 내 잠을 깨우지 않고는 나에게 접근할 수 없게 했다.

이 해변에 오자마자 내가 이 섬에서 가장 형편없는 곳에 집터를 잡았다는 것을 알고 깜짝 놀랐다. 이곳 해안은 수많은 거북으로 덮여 있었던 것이다. 내가 자리 잡은 저쪽 해안에서는 1년 반 동안 세 마리밖에 눈에 띄지 않는 것과는 대조적이었다. 또 이곳에는 수많은 새들이 있었다. 어떤 것들은 본 적이 있지만, 어떤 것들은 전혀 본 적 없는 것들이었다.

기분 내키는 대로 새들에 총질을 할 수 있었지만 나는 화약과 총알을 아꼈다. 더 좋은 식량이 되는 염소를 잡겠다는 생각이 앞섰기 때문이다. 섬의 이쪽에는 더 많은 염소들이 있었지만, 지대가 평평하고 사방이 트여서 산 위에 있을 때보다 내 모습이 염소들의 눈에 띄었기 때문에 그것들에게 접근하기란 훨씬 어려웠다.

고백하건대 이 지역이 내 집이 있는 쪽보다 훨씬 쾌적했지만, 이리로 이사할 마음은 전혀 없었다. 나는 내 집에 인이 박여서 그곳이 더 편했다. 여기 와 있는 동안 줄곧 집을 떠나 여행하는 느낌이었다. 나는 해안을 따라 동쪽으로 걸었다. 짐작컨대 12마일가량 왔을 때 해변에 표시를 남기기 위해 커다란 기둥을 세웠다. 이제 집으로 돌아가야겠다는 결론을 내렸다. 다음 여행 때는 내 집에서 동쪽으로 행로를 잡아 섬의 저쪽 편으로 갈 예정이었다. 그렇게 되면 한 바퀴 돌아서 이 기둥으로 올 것이다. 이 이야기는 때가 되면 다시 하겠다.

집으로 돌아갈 때는 올 때와 다른 길을 택했다. 섬 전체를 한눈에 쉽사리 그릴 수 있었기 때문에 지형을 살피며 걸으면 집을 찾지 못하는 일은 없을 것으로 생각한 것이다. 그러나 그것은 착각이었다. 2, 3마일가량 왔을 때 나는 아주 큰 계곡 안으로 내려갔다. 그런데 그곳은 산으로 둘러싸이고 산에는 숲이 우거져 집으로 가는 방향이 어느 쪽인지 알 길이 없었다. 해가 방향을 가리켜주기는 하지만 그날 그 시간의 해의 위치를 알지 못하면 해도 소용없었다.

운이 나쁘려니까 하필 그 당시의 사나흘간은 내가 이 계곡에 들어온 시점에 안개가 잔뜩 끼여 해를 볼 수 없었다. 나는 불안해서 이리저리 헤매다가 결국 해변으로 돌아와 내가 세워놓은 기둥을 발견했다. 그런 다음 왔던 길로 돌아가는 쉬운 길로 집으로 갔다. 날씨가 더워서 총과 탄약, 손도끼와 여러 물건들이 아주 무거웠다.

이 여행에서 같이 간 나의 개가 어린 염소를 급습했다. 나는 뒤쫓아가 그것을 잡고 산 채로 구해냈다. 될수록 그놈을 집으로 데려오고 싶었다. 전부터 새끼 염소를 한두 마리 잡아 가축으로 키우면 화약과 총알이 떨어진 뒤에도 염소 고기를 먹을 수 있으리라 생각했기 때문이다.

나는 이 작은 동물 목에 띠를 매고는 늘 가지고 다니던 밧줄로 만든 끈으로 끌어당겼다. 좀 힘은 들었지만 오두막에 와서 가둬놓았다. 그 염소를 그곳에 놓아둔 채 한 달 이상 비운 집으로 돌아가고 싶어 걸음을 재촉했다.

그리운 집으로 돌아와 해먹에 누웠더니 어찌나 편안한지 그 기분을 말로 표현할 수 없었다. 일정한 거처도 없이 떠난 이번 여행은 어찌나 불편했는지 나의 집은 그 여행에 비하면 완벽한 안식처였다. 집 안의 모든 것이 나에게 안정감을 주었기 때문에, 이 섬에 머무는 것이 내 운명인 한 다시는 집을 떠나 멀리 가지 않겠다고 결심했다.

집에서 일주일 동안 지내면서 긴 여행의 피로를 풀고 몸을 재충전했다. 그 일주일은 대부분 앵무새가 살 새장을 만드는 어려운 일에 바쳤다. 이제 앵무새는 완전히 길들어 나와 꽤 친해지기 시작했다. 그때 오두막의 둥근 울타리 속에 가둬놓고 온 불쌍한 새끼 염소가 생각났다. 나는 가서 집으로 데려오거나 음식을 주기로 결심했다. 그곳에 가보니 새끼 염소는 그대로 있었다. 밖으로 도망가지는 못했지만 먹을 것이 없어서 거의 굶어 죽기 직전이었다. 나는 나가서 나뭇가지와 덤불 줄기를 닥치는 대로 잘라 염소에게 던져주었다. 다 먹이고 나서 전처럼 끈을 매어 끌고 오려고 했다. 그러나 그놈은 너무 굶주린 나머지 아주 온순해져서 끈으로 묶을 필요도 없었다. 개처럼 나를 따라왔다. 내가 계속 먹이를 주었더니 새끼 염소는 아주 귀엽고 온순해져 사람을 따랐다. 그리하여 그때부터 식구가 되어 영영 나에게서 떠나지 않았다.

이제 추분을 기점으로 하는 우기가 찾아왔다. 나는 이 섬에 도착한 9월 30일을 작년처럼 엄숙한 자세로 맞았다. 벌써 2주년이 되었고 구조될 가망은 처음 이 섬에 도착한 때와 마찬가지로 전혀 없었다. 나는 하루 종일 나의 고독한 처지에 수반된 하느님의 여러 은총을 겸허하게 감사했다. 그런 은총이 없었다면 나의 고독한 처지는 끝없이 비참했을 것이다. 자유로운 인간들의 사교나 세속적인 온갖 쾌락이 있을 때보다 이처럼 고독한 환경에서 더 행복해질 수 있다는 것을 가르쳐주신 하느님께 겸허하고 마음에서 우러나는 감사를 돌렸다. 하느님은 자신을 드러냄으로써, 자신의 은총을 나에게 전달함으로써 고독한 상태에서 맛보는 여러 가지 결핍과 인간들과의 사교 부족을 충분히 메워주셨다. 하느님은 나를 지탱하고 위로하고 격려하여 지상에서는 하느님 섭리에 의존하게 하고, 저세상에서는 하느님이 영원히 곁에 있으리라는 희망을 갖게 하셨다.

이처럼 모든 여건이 비참했음에도 내가 현재 영위하는 삶이 사악하고 저주받고 혐오스러운 과거의 내 삶보다 얼마나 행복한지 비로소 깨닫기 시작했다. 이제 나의 슬픔과 기쁨도 바뀌었고 욕망 자체도 바뀌고 성향과 관심도 방향을 바꿨다. 내가 느끼는 기쁨도 이 섬에 처음 왔을 때나 지난 2년 동안 느낀 것과는 완전히 다른 새로운 것이었다.

전에는 사냥하거나 지형을 살피러 밖에 나가면 나를 에워싼 숲과 산과 황야에 대해 생각했고, 무인도에서 구조될 가망도 없이 바다라는 영원한 감방에 갇힌 죄수가 된 내 처지를 생각하면 갑자기 고통이 엄습하고 심장이 멎는 것 같았다. 마음이 더없이 평온하다가도 이런 생각이 폭풍처럼 터져 나오면 나는 두 주먹을 움켜쥐고 어린애처럼 울곤 했다. 때로는 일을 하다가도 이런 생각이 들면 그 자리에 주저앉아 한숨을 쉬며 한두 시간 동안 멍하니 땅만 내려다보기도 했다. 이런 현상은 나에게 몹시 해로웠다. 차라리 눈물을 터뜨리거나 말로 속에 있는 것을 뱉어내면 고통이 사라지고 슬픔도 제풀에 꺾여 가라앉을 것이다.

그러나 이제는 새로운 생각으로 나 자신을 단련하기 시작했다. 나는 매일 하느님 말씀을 읽으며 그 말씀의 위안을 현재 내 상황에 적용했다. 어느 날 아침 슬픔에 북받쳐 성경을 폈을 때 다음 구절이 나왔다. "내가 결코 너희를 버리지 아니하고 너희를 떠나지 아니하리라." 나는 이 구절이 하느님이 나에게 이르신 말씀이라고 생각했다. 신과 인간에게서 버림받은 내 처지를 슬퍼하는 바로 그 순간에 그 구절이 어째서 그런 식으로 나에게 다가왔을까? "세상 모든 사람들이 나를 저버린다 해도 하느님께서 나를 버리지 않는다면 그게 무슨 나쁜 결과가 될 수 있으며 문제가 되겠는가? 반대로 내가 온 세상을 얻는다 해도 하느님의 은총과 축복을 잃는다면 그에 비할 손실이 있는가?" 하고 나는 혼잣말을 했다.

이 순간부터 내가 속으로 내린 결론은 이 세상 어떤 특정한 상태보다 고독하고 버림받은 지금 이 상황에서 더 행복할 수 있다는 것이었다. 이런 생각으로 하느님이 나를 이곳으로 보내신 것에 감사를 드릴 참이었다.

그 생각을 하는 순간 무언지 알 수 없지만 어떤 것이 내 머리를 후려쳤다. 나는 하려던 감사 기도를 감히 입 밖에 내지 못했다. 오히려 나는 큰 소리로 말하고 있었다. "너는 어째서 위선자가 되려 하느냐? 네가 만족하려고 아무리 애써도 이곳에서 구조되기를 진심으로 바라면서 네 처지를 감사하는 척하다니!" 나는 감사 기도를 멈췄다. 그러나 소리 내어 말하지는 못했지만 나는 이곳에 온 것에 대해 하느님께 감사했다. 또 하느님의 섭리가 아무리 고통스러운 것이라 해도 과거를 돌이켜보고 그 사악함을 슬퍼하고 뉘우치도록 내 눈을 뜨게 해주신 것에 감사했다. 나는 전에는 한 번도 성경을 읽은 적이 없었다. 그러나 영국에 있는 내 친구를 시켜 다른 물건들 틈에 내가 부탁하지도 않은 성경책을 넣게 하고, 나중에는 난파선에서 이 성경책을 찾아내도록 지시하신 하느님께 내 속에 있는 영혼이 감사를 드리는 것이었다.

이런 자세로 3년째 되는 해를 시작했다. 첫해를 이야기할 때처럼 이해에 일어난 특정한 일을 자세히 설명하지는 않겠다. 하지만 전체적으로 말해 게으름을 피운 적은 거의 없으며, 몇 가지 매일 처리해야 할 일에 따라 규칙적으로 시간을 나누어 활용했다고 말할 수 있다. 첫째, 하느님을 향한 의무를 행하고 성경을 읽는 일이다. 하루에 세 번 따로 시간을 할애해서 성경을 읽었다. 둘째, 총을 들고 식량을 구하러 밖으로 나갔다. 비가 오지 않을 때는 대개 오전 세 시간이 이 일에 소요되었다. 셋째, 식량으로 잡았거나 죽인 짐승들을 정리하고 말리고 보관하고 요리했다. 이 작업을 하는 데 하루 일과 중 많은 시간이 필요했다. 해가 중천에 뜬 한낮에는 너무 더워서 밖에 나갈 수 없다는 것도 고려해야 했다. 그때는 저녁 네 시간 정도가 집 안에서 일할 수 있는 시간이었다. 이따금 사냥하는 시간과 일하는 시간을 바꿔 오전에 일하고 오후에 총을 들고 밖으로 나갔다.

이처럼 일할 시간은 적은 데다 일은 말할 수 없이 어려웠다는 점을 덧붙이고 싶다. 연장도, 도움도, 기술도 없었기 때문에 내가 하는 모든 일은 내 시간에서 많은 부분을 축냈다. 예컨대 굴 안에 설치하고 싶은 긴 선반을 만드는 데 필요한 널빤지 한 장을 깎느라 꼬박 42일이 걸렸다. 두 사람이 연장과 톱으로 톱질을 하면 아마 반나절이면 나무 한 그루로 널빤지 여섯 장은 만들 수 있었을 것이다.

내 경우는 이러했다. 잘라서 쓰러뜨려야 할 나무는 큰 나무여야 했다. 왜냐하면 내게 필요한 널빤지는 넓은 것이기 때문이다. 이런 나무를 잘라 쓰러뜨리는 데 사흘이 걸렸고, 가지들을 쳐내어 통나무 한 토막을 내는 데 이틀이 더 걸렸다. 이루 말할 수 없이 여러 번 패고 잘라서 쓰러진 통나무를 토막으로 만든다. 마침내 그것은 움직일 수 있을 만큼 가벼워진다. 그 토막을 돌려서 한 면을 평평하고 매끈하게 만들어 이 끝에서 저 끝까지 널빤지처럼 되면 뒤집어 나머지 한 면을 깎는다. 마침내 두께가 3인치 정도 되는 판때기가 나온다. 이제 양면이 판판하다. 그 한 가지 일에 뭐 그리 대단한 노력이 들겠냐고 하는 사람도 있겠지만, 그 일과 다른 일을 하는 데 정말 많은 노력과 인내가 필요했다. 내가 특별히 이 일을 언급한 것은 이런 사소한 일에 왜 그렇게 많은 시간이 걸렸는지 밝히기 위해서다. 도움을 받으며 연장으로 했으면 별것 아닐지 모르는 일도 혼자서, 그것도 두 손만 가지고 하면 이렇게 엄청난 노동과 시간이 필요하다.

그러나 사정이 이런데도 나는 인내와 노력으로 많은 일을 해냈다. 여건상 내가 할 필요가 있는 모든 일은 다음에 전개될 것이다.

11월과 12월이 되어 나는 보리와 쌀의 수확을 예상하고 있었다. 내가 곡식을 재배하려고 거름을 주거나 갈아엎은 땅은 넓지 않았다. 앞에서 말한 것처럼 보리와 쌀의 씨앗은 각각 5리터도 안 되는 양이었다. 건기에 파종했다가 몽땅 잃었기 때문이다. 그러나 이번에는 제대로 수확하기를 기대했다. 그런데 갑자기 다시 한번 곡식을 잃을 위험에 빠졌다. 방어하기 힘든 몇 가지 적들이 있었기 때문이다. 우선 염소들과 내가 산토끼라고 부르는 짐승들이 달콤한 새 잎의 맛을 보고는 밤낮을 가리지 않고 밭에 침입해서 싹이 나오기

무섭게 바싹 뜯어 먹는 통에 싹이 순으로 뻗어날 시간이 없었다.

밭 둘레에 울타리를 치는 것 말고는 다른 방법이 없었다. 이 작업에 무진 고생을 했다. 그것은 빨리 해야 할 일이기 때문에 더욱 힘들었다. 그러나 경작 면적이 곡식의 양에 맞게 좁았기 때문에 약 3주 만에 울타리를 완벽하게 칠 수 있었다. 낮에는 내가 짐승들에게 총을 쏘았고, 밤에는 입구 말뚝에 개를 매놓고 밤새 그곳을 지키며 짖게 했다. 그러자 얼마 후 짐승들은 나타나지 않았고 곡식은 무럭무럭 자라 곧 이삭을 맺기 시작했다.

그러나 전에는 곡식이 잎을 내미는 동안 짐승들이 나를 망치더니 이삭이 나올 무렵이 되자 이번에는 새들이 나를 망치려 들었다. 곡식이 어떻게 자라는지 보려고 밭으로 나갔을 때, 이름 모를 수많은 새들이 내 곡식을 포위한 것이 보였다. 새들은 내가 돌아갈 때를 기다리듯 지켜보는 것 같았다. 나는 늘 총을 가지고 있었기 때문에 당장 놈들을 날려 보냈다. 그런데 내가 총을 쏘자마자 곡식 사이에서 새들이 작은 구름을 이루며 날아올랐다. 난생처음 보는 광경이었다.

이것은 나에게 큰 충격이었다. 며칠 안 가서 새들이 내 모든 희망을 삼켜버릴 판이었다. 그렇게 되면 곡식을 전혀 재배할 수 없고 나는 굶어 죽을 것이다. 어찌 해야 할지 알 수 없었다. 나는 밤낮으로 망을 봐서라도 가능하면 잃지 않겠다고 결심했다. 우선 어느 정도 피해를 당했는지 알려고 밭에 들어갔다. 놈들이 꽤 많이 망쳐놓긴 했지만, 그들이 먹기에는 이삭이 너무 파래서 피해는 그리 크지 않았다. 남은 것들만으로도 훌륭한 수확을 거둘 수 있을 것 같았다.

나는 총알을 장전하고 밭 근처에 머물렀다. 그러다가 그곳을 떠나면서 근처 나무에 앉은 그 도둑들을 쉽사리 볼 수 있었다. 도둑들은 내가 그곳을 떠나기를 기다리는 것 같았다. 아니나 다를까, 놈들은 내가 그곳을 떠나 놈들 시야에서 내 모습이 사라지자마자 하나씩 곡식으로 날아들었다. 어찌나 화가 나던지 더 많은 새들이 내려앉을 때까지 기다릴 수 없었다. 지금 저들이 먹는 곡식 한 알은 결과적으로 내 빵 한 개에 해당한다. 그리하여 울타리까지 와서 다시 총을 발사하여 세 마리를 잡았다. 이것이 내가 바라던 일이었다. 그 세 마리를 영국에서 악명 높은 도둑을 처형하듯, 다른 새들에게 겁을 주기 위해 줄에다 목을 매달았다. 이것이 그렇게 훌륭한 효과를 발휘할 줄은 상상도 못했다. 새들은 곡식 근처에 오지 않았을 뿐만 아니라 그 섬의 이쪽 지역을 포기하고 달아났다. 죽은 새들이 허수아비가 되어 매달려 있는 동안 근처에서 새들을 전혀 볼 수 없었다.

말할 것도 없이 나는 이 일이 무척 기뻤다. 1년의 두 번째 추수기인 12월 말경 나는 곡식을 수확했다.

불행하게도 나에게는 곡식을 벨 낫이 없었다. 하는 수 없이 배에서 가져온 무기 가운데 날이 넓은 칼로 낫을 만들었다. 첫 수확은 얼마 되지 않아서 베는 데 그다지 어려움이 없었다. 나는 내 식으로 이삭만 싹둑 잘라 내가 만든 바구니에 담아 운반했다. 그런 다음 손으로 비벼서 껍질을 벗겼다. 수확을 끝냈을 때 씨앗 반 줌으로 쌀 2부셸가량, 보리 2부셸 반 이상을 수확했다. 저울이 없었으니 다 내가 짐작한 수량이다.

그러나 이 수확은 나에게 큰 격려가 되었다. 머지않아 빵을 만들어 하느님을 기쁘게 할 것을 예상했다. 그러나 나는 다시 혼란에 빠지고 말았다. 곡식 알갱이를 어떻게 가루로 만들지, 어떻게 씻어서 덩어리로 나눌지, 덩어리로 나누었다 해도 그것으로 어떻게 빵을 만들지, 빵 모양으로 만들었다 해도 그것을 어떻게 구워야 할지 몰랐다. 또 곡식을 많이 저장해서 식량을 안정적으로 확보하고 싶었다. 나는 이번에 수확한 것은 하나도 먹지 않고 모두 다음 파종기에 쓰기로 했다. 그리고 그동안 곡식으로 빵을 만든다는 큰 숙제를 풀기 위해 연구와 작업에 매달리기로 결심했다.

이제는 빵을 위해 일한다고 해도 지나친 말이 아니었다. 이것은 좀 신기한 일이기도 하면서 이것에 대해 생각해본 사람은 별로 없다고 믿기는 일이지만, 빵 한 조각을 만들고 마무리하는 데는 준비하고 반죽하고 굳히고 간하는 등 여러 가지 자질구레한 일이 필요하다.

완전히 자연 상태로 떨어진 나는 이런 일들 앞에서 매일 좌절했고, 전에 말했듯이 예기치 않게 손에 들어온 낟알 한 줌을 가지고도 매 시간 좌절감이 증가하는 것을 느꼈다.

나에게는 땅을 갈 쟁기가 없었고, 땅을 팔 가래나 삽이 없었다. 전에 말했듯이 나무로 가래를 만들었기 때문에 이 문제를 극복했지만, 그것은 나무로 된 삽에 불과했다. 그것을 만드느라 여러 날을 소비했지만 쇠가 달리지 않아서 곧 날이 닳아버리는 바람에 일은 더 어려워지고 일의 성과는 더욱 형편없었다.

그러나 나는 이 모든 것을 참아냈다. 인내심을 발휘하며 기꺼이 일을 계속했고 형편없는 일의 성과도 참아냈다. 씨를 뿌린 뒤에도 써레가 없어 크고 무거운 가지를 끌고 다니며 갈퀴질이나 써레질이라기보다 그냥 땅을 긁고 다닐 수밖에 없었다.

곡식이 자라고 있거나 다 자란 뒤에는 울타리를 치고 곡식을 지키고 풀을 매거나 수확하고, 다시 그것을 건조해 집으로 운반하고 탈곡하여 껍질을 제거하여 저장하기까지 얼마나 많은 도구가 필요했는지 모른다. 게다가 곡식을 빻을 방아와 가루를 내릴 체, 빵을 만들 이스트와 소금, 빵을 구울 화덕이 필요했다. 그러나 앞으로 이야기하겠지만 나는 이런 기구도 없이 이 모든 일을 해냈다. 곡식이 있다는 것은 나에게 측량할 수 없는 위로와 이점이었다. 이 모든 일은 힘들고 지루했지만 어쩔 도리가 없었다. 나는 시간을 거의 낭비하지 않았다. 시간을 나눠놓았기 때문에 하루 일정표에 따라 일정한 시간만 이런 일에 할애했다. 또 곡식 수확량이 많아질 때까지 빵을 만들지 않기로 결심했기 때문에, 내가 마음 놓고 이용할 수 있는 곡식을 생산하는 데 필요한 모든 작업을 가능케 해줄 연장들을 얻기 위해 다음에 이어지는 반년을 그 노력과 발명에 바쳤다.

그러나 우선 나는 더 많은 땅을 준비해야 했다. 이제 1에이커 이상의 땅에 뿌릴 씨가 있었다. 이 일을 하기에 앞서 삽을 만드는 데 일주일이 걸렸다. 다 만들었지만 마음에 들지 않는 삽이었다. 너무 무거워서 그것을 사용하려면 노력이 두 배 필요했다. 그러나 나는 그것으로 일을 끝마쳤다. 마음 내킬 때마다 둘러볼 수 있을 만큼 집에서 가까운 땅 두 필지에 씨를 뿌렸다. 그러고는 전에 숲에서 잘라 세운 말뚝에서 자라난 나뭇가지로 훌륭한 울타리를 둘러쳤다. 이 울타리도 자라서 1년 후면 고칠 곳도 없는 멋진 울타리가 될 것이다. 이 일을 하는 데 꼬박 석 달이 걸렸다. 그 기간은 대부분을 우기여서 내가 밖으로 나갈 수 없는 시간이었기 때문이다.

비가 와서 밖에 나갈 수 없을 때는 다음과 같은 일을 찾았다. 늘 이야기하는 바지만, 나는 일을 하는 동안에도 앵무새에게 이야기하고 말을 가르치는 일로 기분 전환을 꾀했다. 서둘러 그놈에게 이름을 가르쳤더니 마침내 그놈이 큰 소리로 '폴' 하고 제 이름을 발음하는 것이었다. 그 말은 이 섬에서 처음으로 내 입이 아닌 다른 입으로 말한 소리였다. 그래서 이 말을 가르치는 것은 나의 일이 아니라 내 일의 능률을 높여주는 수단이었다. 이제 나에게는 손으로 해야 할 큰 일이 있었다. 나는 질그릇을 만들기 위해 오랫동안 여러 가지 방법을 강구하던 참이었다. 몹시 필요한 물건인데 어떻게 만들지 도무지 알 수 없었다. 그러나 이곳은 기온이 높기 때문에 진흙만 찾아낼 수 있다면 햇볕에 말려 튼튼하고 단단한 질그릇을 만들 수 있을 것 같았다. 그릇에 담아두어야 하는 것들, 특히 마른 것들을 보관하고 다루기 편할 것이다. 곡식이나 곡식 가루를 보관하는 데 그런 그릇이 필요했기 때문에 나는 항아리처럼 똑바로 세워놓고 물건을 담을 수 있는 그릇을 되도록 크게 만들기로 결심했다.

이런 그릇을 만들기 위해 내가 얼마나 여러 가지 우스운 방법을 택했는지 들으면 독자는 나를 가엾게 여기거나 비웃을 것이다. 얼

마나 괴상하고 엉터리에다 못생긴 물건을 만들었는지, 진흙 반죽이 제 무게를 이기지 못하고 움푹 들어가거나 반대로 불쑥 나온 것이 얼마나 많았는지, 너무 빨리 밖에 내놓아 햇볕에 지나치게 말라 쪼개진 것이 몇 개며 다 마른 뒤나 마르기도 전에 옮기다가 깨뜨린 것이 몇 개인지 결론적으로 나는 진흙을 힘겹게 찾아 파내고 반죽을 하고 집으로 가져와 빚는 등 두 달 동안 온갖 고생을 한 끝에 못생긴 진흙으로 된 물건 두 개를 만들어냈을 따름이다. 차마 항아리라고 부를 수도 없다.

두 물건이 햇볕에 잘 말라 단단해졌을 때 나는 조심스럽게 들어서 커다란 바구니에 넣었다. 그 바구니는 내가 항아리가 깨지지 않도록 일부러 만든 버들가지 바구니였다. 나는 항아리와 바구니 사이의 틈바구니에 볏짚과 보릿짚을 꽉 채웠다. 이렇게 하면 항아리는 늘 건조한 상태를 유지할 것이므로 마른 곡식과 곡식을 빻으면 생기는 곡식 가루를 담아둘 생각이었다.

큰 항아리를 만드는 데는 실수가 많았지만 작은 그릇을 만드는 데는 꽤 성공적이었다. 둥글고 작은 단지들, 납작한 접시들, 주전자와 작은 질그릇 등 손이 가는 대로 만들었는데, 햇볕에 말리자 이상할 정도로 단단히 구워졌다.

그러나 이 모든 것이 내 목적을 충족시킨 것은 아니다. 내 목적은 물을 담을 수 있고 불에도 견디는 질그릇이었는데, 그 어느 것도 그 조건을 충족시키지 못했다. 그러다가 얼마 후 고기를 요리하려고 꽤 큰 불을 피웠다. 요리가 다 되어 고기를 꺼내려는데, 내가 만든 질그릇에서 깨져나간 조각이 불 속에 있는 것이 보였다. 그 조각은 돌처럼 단단하고 타일처럼 붉었다. 그것을 본 나는 놀랐지만 기분이 좋았다. 깨진 조각을 저렇게 구울 수 있다면 그릇을 통째로도 구울 수 있을 거라는 생각이 들었다.

이제 어떤 그릇을 굽기 위해서는 불을 어느 정도로 조절할지 연구하기 시작했다. 나는 도자기 기술자들이 사용하는 가마가 뭔지도 몰랐고, 납으로 자기에 광택을 내는 법도 몰랐다. 도자기를 굽는 데 사용할 납은 나에게도 조금 있었다. 나는 큼직한 옹기 세 개와 단지 두세 개를 쌓아놓고 그 둘레에 장작을 쌓은 다음, 그 아래 깜부기불을 놓고 불을 지폈다. 새 장작을 계속 넣으며 그릇 둘레와 그릇 꼭대기까지 불길이 올라가게 했다. 마침내 불길 속에서 그릇들이 아주 붉게 달아올랐다. 그릇들은 전혀 깨지지 않는 것을 관찰할 수 있었다. 그릇들이 벌겋게 달아오른 것을 보고 불 속에 대여섯 시간 그대로 두었다. 마침내 그릇 중 하나가 녹아내리는 것을 발견했다. 진흙 속에 섞여 있던 모래가 고열에 녹은 것이다. 그대로 두면 겉이 유리로 변했을 것이다. 그래서 나는 붉은빛이 가시기 시작할 때까지 불길을 점점 약하게 한 다음 불길이 너무 빨리 약해지지 않도록 밤새도록 지켜보았다. 아침이 되자 멋진 그릇이라고는 할 수 없지만 꽤 쓸 만한 옹기 세 개와 단지 두 개를 얻었다. 모두 바라던 것만큼 단단히 구워졌다. 그중 하나는 녹아버린 모래 덕에 전체가 유리처럼 광택을 발했다.

이 실험이 끝나고 어떤 질그릇이든 필요하면 만들 수 있었다는 것은 말할 필요도 없다. 그러나 질그릇의 모양에 대해서는 말할 필요가 있겠다. 누구나 짐작할 수 있겠지만 내 질그릇은 정말 볼품없었다. 아이들이 장난으로 진흙 파이를 만들거나 반죽하는 법을 전혀 배우지 않은 여자가 파이를 만드는 식으로 만드는 방법밖에 몰랐기 때문이다.

내가 만든 그릇이 불길에 견딜 수 있다는 것을 알았을 때의 기쁨은 사소한 일에서 느끼는 어떤 기쁨과도 비교할 수 없었다. 나는 그 그릇들이 식을 때까지 참지 못하고 고기를 조금 끓여보려고 그릇 하나에 물을 담아 다시 불에 올려놓았다. 물은 잘 끓었다. 오트밀을 원했지만 새끼 염소 고기 한 점에 맛있게 만드는 데 필요한 몇몇 재료들을 넣어 맛있는 수프를 만들었다.

나의 다음 관심사는 곡식을 빻을 돌절구를 얻는 일이었다. 방앗간을 만드는 일로 말하면, 두 손만 가지고 그 완벽한 기술에 도달한다는 것은 꿈도 못 꿀 일이었다. 이 욕구를 충족시킬 방도를 전혀 알아낼 수 없었다. 세상일 가운데 내가 가장 자격이 없는 일은 돌 깎는 일이었다. 게다가 그런 일을 할 수 있는 연장도 없었다. 움푹 파서 돌절구를 만들 수 있는 큼직한 돌을 찾으려고 여러 날을 보냈다. 파낼 수도, 깎아낼 수도 없는 단단한 바위 말고는 아무것도 찾을 수 없었다. 아니면 강도가 부족한 모래 바위뿐이었다. 모래 바위는 무거운 공이의 무게를 견디지 못할뿐더러 모래가 섞이지 않게 하면서 곡식을 빻을 수 없다. 나는 돌을 찾느라 많은 시간을 낭비하고 나서 그 일을 포기했다. 대신 단단하고 큼직한 나무 둥치를 찾기로 결심했다. 그것은 훨씬 쉽게 발견할 수 있었다. 내 힘으로 겨우 움직일 수 있는 나무토막을 도끼와 손도끼로 둥글게 다듬어 우선 절구의 겉모양을 만들었다. 뒤이어 브라질 인디언들이 카누를 만들 때 하는 식으로 나무 가운데를 불로 지져 갖은 노력 끝에 절구 모양을 완성했다. 이런 다음 흑단이라고 부르는 단단한 나무로 아주 무거운 공이를 만들었다. 이런 식으로 다음 추수에 대비하여 도구를 마련해놓고 곡식을 빻아 가루로 만들고 빵을 구울 예정이었다.

다음에 닥친 어려움은 왕겨와 껍질을 걸러내어 밀가루를 얻기 위한 체를 만드는 일이었다. 체 없이 빵을 만든다는 것은 불가능했다. 생각만 해도 극히 어려운 일이었다. 그것을 만드는 데 꼭 필요할 것 같은 재료, 즉 가루를 통과시킬 고운 천이 없었기 때문이다. 그리하여 나는 몇 달을 속수무책으로 보냈다. 정말 어떻게 할 도리가 없었다. 범포는 넝마 조각 말고는 남은 것이 없었다. 염소 털이 있었지만 그것으로 천을 짜거나 실을 빼는 방법을 몰랐다. 그런 방법을 알았다 해도 작업할 연장이 없었다. 결국 나는 해결책을 발견했다. 배에서 가져온 선원들의 옷 중에서 캘리코로 만든 목도리가 몇 개 있는 것이 생각났다. 이것들을 사용하여 작은 체 세 개를 만들었는데 제법 쓸 만했다. 나는 이것들을 몇 년 동안 체로 이용했다. 그 후 어떻게 했는지는 때가 되면 이야기하겠다.

빵을 굽는 것이 다음으로 고려해야 할 일이었다. 곡식을 얻었을 때 어떻게 빵을 만들 것인가 하는 문제였다. 첫째 이스트가 없었다. 이스트를 얻을 방법이 없었기 때문에 그것에 대해서는 그다지 신경을 쓰지 않았다. 그러나 오븐에 대해서는 정말 고심하지 않을 수 없었다. 결국 오븐을 두고도 실험을 했다. 나는 널찍하면서도 깊지 않은 질그릇을 몇 개 만들었다. 지름 2피트에 깊이 9인치가 넘지 않는 질그릇으로, 이것들을 전에 다른 것을 만들 때처럼 불에 구워 따로 보관했다. 빵을 굽고 싶을 때는 화덕에 불을 세게 피웠다. 화덕은 내가 만든 네모난 타일 몇 개로 덮여 있었다. 네모라고 했지만 그것들은 네모가 아니었다.

장작이 타서 빨간 숯이 되면 화덕 위로 끌어내어 타일 부분을 덮게 했다. 거기서 화덕이 뜨거워질 때까지 두었다가 다시 숯을 모두 치우고 반죽 덩어리들을 그 위에 놓았다. 다시 질그릇들을 뒤집어 그 위에 덮었다. 그런 다음 질그릇 가장자리에 숯불을 놓아 계속 열을 가했다. 이리하여 세상에서 가장 훌륭한 오븐에서 구운 것과 진배없는 나의 보리빵을 구워냈다. 나는 얼마 안 있어 덤으로 일급 과자 제조 기술자가 되었다. 다시 말해 나는 쌀로 몇 가지 과자와 푸딩을 만들었다. 그러나 파이는 만들지 못했다. 새와 염소 고기 말고는 파이를 만드는 데 필요한 재료가 아무것도 없었기 때문이다.

이런 일을 하다 보니 3년째 되던 해가 훌쩍 지나갔다고 말해도 독자들은 놀랄 필요가 없다. 이런 일을 하는 동안에도 새로운 수확을 하고 농사일을 해야 했기 때문이다. 추수기가 되면 곡식을 거두어 조심스레 집으로 운반하여 이삭을 따서 커다란 바구니에 담았다가 시간을 할애하여 손으로 문질러 껍질을 벗겼다. 도리깨질할 마루도, 연장도 없었기 때문이다.

곡식 재고가 늘어나자 더 큰 창고가 필요했다. 수확량이 엄청나게 늘었던 것이다. 보리가 약 20부셸에 쌀은 그보다 많거나 비슷했다. 빵도 떨어진 지 오래되었기 때문에 이제 곡식을 아끼지 않기로 결심했다. 나는 한 해에 필요한 곡식이 어느 정도인지 알아서 1년에 한 번만 파종하기로 했다.

대체로 쌀과 보리 40부셸이면 1년 동안 충분한 곡식이라는 것을 알았다. 그래서 매년 지난해에 뿌린 씨만큼 뿌리기로 결심했다. 그 정도 양이면 빵을 비롯해서 내게 필요한 식량을 충분히 얻을 수 있으리라는 희망에서였다.

이런 일들을 하는 사이사이에, 맞은편 해안에서 본 육지의 모습이 여러 번 내 머리를 스쳤다. 그 육지에 가서 사람이 살면 내 존재를 더 먼 곳까지 알릴 방법을 찾고, 결국 탈출할 방법을 찾을 수 있지 않을까 하는 희망을 품은 것이 사실이었다.

그러나 그런 생각을 하는 동안 육지에 가는 일이 얼마나 위험한지는 전혀 고려하지 않았다. 야만인들 손에 떨어질지도 모른다는 생각, 그러니까 아프리카의 사자나 호랑이보다 흉악한 야만인들의 존재에 대해 생각하지 않았다. 그들에게 잡히면 십중팔구 살해되거나 잡아먹힐 것이 분명했다. 카리브해 연안에 식인종이 산다는 이야기는 들은 적이 있었다. 위도를 따져보면 나는 바로 그 해안에서 멀리 떨어져 있는 게 아니었다. 설사 그들이 식인종이 아니라 해도 그들에게 잡힌 유럽인들처럼 나도 죽음을 당할지 모를 일이었다. 그 유럽인들은 열 명이나 스무 명씩 같이 있었지만, 나는 달랑 혼자인 데다 방어 수단이 거의 없는 처지였다. 정말이지 이 모든 것들을 잘 생각해야 했는데, 나중에야 생각나는 것이었다. 처음에는 아무런 무서움도 느끼지 못한 채 그곳에 가볼 생각에만 골몰했다.

하인 슈리와 억센 돛이 달린 큰 보트, 즉 아프리카 연안을 1천 마일 이상을 항해한 보트가 있으면 좋겠지만 다 부질없는 생각이었다. 그래서 우리 배에 딸려 있던 보트를 가서 보고 싶었다. 전에 말한 것처럼 그 보트는 처음 조난당했을 때 폭풍 때문에 육지로 밀려왔다. 보트는 처음 밀려온 자리에 거의 그대로 있었다. 그러나 바람과 파도로 거의 뒤집힌 채 모래 둔덕 위에 놓여 있었고, 그 자리로는 물도 들어오지 않았다.

그것을 수리해줄 일손이 있어서 다시 물에 띄울 수만 있다면 보트는 제 역할을 해냈을 테고, 브라질까지도 쉽사리 돌아갈 수 있을 것 같았다. 그러나 그 보트를 뒤집어 바닥을 밑으로 가게 세울 수 없는 것은 이 섬을 들어 움직일 수 없는 것과 같다는 사실을 예측했어야 하는데 그러지 못했다. 나는 숲으로 가서 지렛대와 굴림대를 만들어 가지고 왔다. 할 수 있는 데까지 해보자는 마음이었다. 보트를 뒤집어 제대로 세우기만 하면 부서진 곳을 고쳐서 훌륭한 배로 만들 수 있을 것이고, 쉽사리 바다로 나갈 수 있으리라고 생각했다.

나는 수고를 아끼지 않고 이 결실도 없는 고역에 매달렸다. 내 생각에 3, 4주를 그 일에 소모한 것 같다. 결국 내 힘으로는 보트를 들어 올릴 수 없다는 것을 깨닫고 보트 밑을 파서 그것이 뒤집히도록 하려고 했다. 가라앉으면서 제자리를 잡도록 나무토막을 밑으로 밀어넣기도 했다.

그러나 별짓을 다 해도 보트를 다시 움직일 수 없었고 그 밑으로 들어갈 수도, 물 쪽으로 움직일 수도 없었다. 나는 보트에 건 희망은 포기했지만, 육지로 가려는 모험에 대한 욕망은 줄어들기는커녕 더 증가했다.

결국 연장이나 다른 사람들의 도움 없이 열대지방 원주민들이 하는 것처럼 큰 통나무로 카누를 만드는 것이 가능하지 않을까 하는 생각을 했다. 이것은 가능할 뿐 아니라 쉬운 작업이라는 생각이 들었다. 그것을 만들겠다고 결심하고, 내게 인디언들보다 편리한 연장이 있다고 생각하니 무척 기분이 좋았다. 그러나 내가 인디언들보다 훨씬 불리한 조건에 놓였다는 생각은 미처 하지 못했다. 카누를 만들어도 함께 바다로 움직일 일손이 없었다. 이것은 인디언들이 연장이 없어서 겪는 그 어떤 불편함보다 훨씬 극복하기 어려운 문제였다. 나에게 닥칠 문제란 이러했다. 숲속에서 거대한 나무를 골라서 고생 끝에 그것을 베어 넘겼다고 하자. 그리고 가진 연장으로 깎고 다듬어서 바깥쪽을 카누 모양으로 만들고, 태우든지 깎아내든지 해서 안쪽을 카누 모양으로 파내어 보트를 완성했다고 치자. 이런 작업이 모두 끝나더라도 나는 보트를 그곳에 그대로 두어야 한다. 그것을 물에 띄울 도리가 없었다.

보트를 만드는 동안은 그런 상황이 벌어질 것을 조금도 예상하지 못했을 거라고 생각하는 사람들도 있을지 모르지만, 나는 보트를 바다로 가져갈 방법을 당초에 생각했어야 했다. 그러나 그것을 타고 바다로 나가는 데만 정신이 팔려 배를 어떻게 육지에서 벗어나도록 옮길지는 한 번도 생각해보지 않았다. 나에게는 배를 바다에서 45마일〔약 72킬로미터〕 운전해 가는 것이 육지에서 보트를 45패덤〔깊이의 단위. 주로 바다의 깊이를 재는 데 쓰며 약 1.83미터〕 옮기는 일보다 훨씬 쉬운 일이었다.

나는 정신이 온전한 사람치고는 가장 바보스럽게 배 만드는 일에 돌입한 것이다. 감당할 수 있는 일인지 아닌지 결정하지도 않고 계획만으로 혼자 들떠 있었다. 보트를 해변까지 가져가 물에 띄우는 일에 따르는 어려움을 전혀 떠올리지 않은 것은 아니다. 그 일에 대한 의혹이 고개를 들 때마다 "우선 만들어놓고 보자. 만들어놓고 나면 그럭저럭 해결될 거야" 하는 바보 같은 대답을 나 자신에게 하면서 의혹을 불식했다.

이것은 매우 터무니없는 짓이었다. 그러나 배에 대한 열정적인 환상이 압도하는 바람에 나는 일을 시작했다. 나는 삼나무 한 그루를 쓰러뜨렸다. 예루살렘에 사원을 지을 때 이렇게 큰 나무가 솔로몬 왕에게 있었을까 하는 의문이 생길 정도로 큰 나무였다. 그루터기 바로 윗부분의 지름이 5피트 10인치, 22피트 높이의 끝부분 지름이 4피트 11인치였다. 여기서부터 나무가 조금씩 가늘어지다가 가지로 갈라졌다. 이 나무를 자르는 데 끝없는 노력이 필요했다. 밑동을 도끼로 자르고 베는 데 20일이 걸렸다. 그 후 14일을 더 소비하여 말할 수 없는 고역 끝에 도끼와 손도끼로 크고 작은 가지와 넓게 우거진 꼭대기 부위를 쳐냈다. 나무를 깎고 다듬어 물에 똑바로 뜨도록 배 밑창처럼 모양을 만드는 데 한 달이 걸렸다. 다시 나무 안쪽을 파고 깎아 진짜 배 모양을 만드는 데 거의 석 달이 걸렸다. 불은 쓰지 않고 나무망치와 끌로 힘든 노력 끝에 이 작업을 해냈다. 마침내 멋진 카누 모양 보트가 만들어졌다. 그 보트는 족히 스물여섯 명을 태울 만큼 커서 내 짐을 모두 실을 수 있었다.

이 작업이 끝났을 때 나는 극도의 기쁨을 만끽했다. 내 평생 나무 한 그루로 만든 카누치고 이보다 큰 것은 본 적이 없다. 팔이 빠질 정도로 수없이 두드려댄 결과다. 남은 일은 이 보트를 바다로 끌고 가는 것뿐이었다. 내가 그 보트를 물까지 가져갔다면 의심할 것 없이 이제까지 시도된 것 중에서 가장 미친 항해를 시작했을 테고, 말도 안 되는 일을 벌였으리라.

그러나 그 보트를 바다로 가져가려는 모든 시도는 실패하고 말았다. 그래도 끝없는 고생이 이어졌다. 그곳에서 바다까지는 1백 야드도 넘지 않았다. 그러나 물까지 가는 도중에 오르막길이 있었다. 이 장애물을 없애기 위해 나는 땅을 파서 내리막길로 만들기로 결심했다. 이 일을 시작하면서 엄청난 고생을 했다. 구조가 눈에 보이는데 누구라도 고생을 마다하겠는가? 그러나 그 작업을 끝내고 문

제를 해결했는데도 사정은 전과 다름없었다. 해변에 있는 배에 속했던 보트처럼 이 카누도 조금도 움직일 수 없었다.

그리하여 나는 카누부터 바다까지 거리를 측정했다. 카누를 물까지 옮길 수 없다는 것을 알았으니 바닷물을 카누로 옮겨올 운하를 파기로 결심했다. 까짓것, 나는 이 작업을 시작했다. 작업으로 돌입한 초반에 계산을 했다. 얼마나 깊고 넓게 파야 하는지, 흙이나 돌을 얼마나 파내야 할지 따져보았더니 일손이라고는 달랑 나 혼자라는 것을 감안할 때 이 공사를 마치려면 10년에서 12년이 걸린다는 계산이 나왔다. 해변이 높은 지대에 있어서 가장 높은 곳은 적어도

20피트 깊이까지 파야 할 것 같았다. 그래서 이 계획도 마지못해 포기해야 했다.

이번 일은 나를 몹시 슬프게 했다. 이를테면 비용도 계산해보지 않고, 일을 끝낼 수 있는 힘이 있는지 정확히 판단하기도 전에 어떤 일을 시작하는 것은 어리석은 짓임을 뒤늦게 깨달은 것이다.

한참 이 일을 하는 사이, 이 섬에 온 지 만 4년이 지나갔다. 나는 여기 상륙한 기념일을 전과 다름없이 경건하고 편안한 마음으로 지켰다. 나는 하느님 말씀을 꾸준히 공부하고 독실하게 실천하고 하느님 은총을 받아 예전과는 다른 깨달음을 얻었다. 나는 다른 사물관을 가졌다. 세상은 이제 멀리 있는 것으로 보였고, 나와 아무 상관없는 곳이 되었다. 세상에서 기대할 것도 없고, 내 쪽에서 세상에 바랄 것도 없었다. 한마디로 세상은 나와 아무런 관계가 없고, 앞으로도 영원히 아무런 관계를 가질 것 같지 않았다. 나는 세상을 마치 내세에서 바라보듯 바라보았다. 한때 그곳에 살았지만 떠나온 곳 정도로 바라보았다는 말이다. 그래서 나도 아브라함이 부자에게 말한 것처럼 말할 수 있었다. "너희와 우리 사이에 큰 구렁텅이가 놓여 있다."

무엇보다도 나는 이 세상 모든 사악함에서 벗어났다. "육욕도, 물욕도, 허영도 없었다." 누릴 수 있는 것이 모두 내게 있으니 남부러울 것이 없었다. 나는 이 땅 전체의 주인이며, 마음 같아서는 내가 소유한 이 나라 전체의 왕이며 황제라고 부를 수도 있었다. 경쟁자도 없고 적도 없었다. 통치권과 지배권을 두고 나와 다툴 자도 없었다. 배 한 척에 가득 실을 곡식도 재배할 수 있지만 그럴 필요가 없었다. 나는 혼자 먹기에 충분한 양만 농사지으면 되고 거북도 많지만 필요할 때 한 마리씩만 잡으면 충분했다. 함대를 만들어도 족할 넉넉한 목재도 있었다. 함대를 만들면 그 배에 가득 실을 포도주나 건포도를 만들 수 있을 정도로 포도도 넉넉했다.

내가 쓸 수 있는 것만이 가치 있는 것이었다. 먹을 것이 충분하고 필요를 충족시킬 것이 있는데, 더 있어봤자 무슨 소용이 있겠는가? 내가 먹을 수 있는 양보다 많이 사냥한다면 개나 벌레가 먹어치워야 할 것이다. 내가 먹을 수 있는 이상 곡식을 심는다면 결국 다 썩어버릴 것이다. 내가 잘라 쓰러뜨린 나무들은 땅에서 썩었다. 땔감 외에는 쓸 데가 없었다. 땔감이라고 해봤자 음식을 요리하는 것 말고는 아무짝에도 쓸모가 없었다.

한마디로 말해서 사물의 본성과 그것에 대한 체험은 나에게 올바른 생각을 갖도록 명했다. 즉 이 세상에 있는 모든 좋은 것들은 우리에게 쓸모가 있는 한에서만 가치가 있다는 사실이었다. 남에게 줄 만큼 쌓아봤자 우리가 사용할 수 있는 이상은 누릴 수 없다는 사실이었다. 세상에서 아무리 욕심 많고 재물을 움켜쥐는 구두쇠라도 내 처지에 놓이면 탐욕이라는 악덕을 고칠 수 있을 것이다. 나는 어떻게 써야 할지 모를 정도로 많은 것을 가졌다. 내가 갖지 않은 물건들 말고는 더 바랄 여지가 없었다. 나한테 없는 것들은 몹시 필요한 것이지만 사소한 것들이었다. 나에게 금화와 은화가 36파운드가량 들어 있는 돈주머니가 있다고 전에 암시한 적이 있다. 아! 얼마나 귀찮고 유감이고 쓸모없는 것이 거기 자빠져 있는지 모른다. 그것으로 할 일이 전혀 없었다. 그 돈을 한 움큼 주고 담배 파이프나 곡식을 빻을 기구를 사고 싶다는 생각이 자주 머리를 스쳤다. 아니 영국산 순무와 당근 씨 반 푼어치, 완두나 강낭콩 한 줌, 잉크 한 병을 살 수 있다면 그 돈을 몽땅 내놓았을 것이다. 하지만 그 돈은 내게 아무 소용도, 이익도 없었다. 서랍 속에 처박힌 채 우기가 되면 동굴의 습기로 곰팡이만 슬 뿐이었다. 서랍에 다이아몬드가 들어 있었다 해도 마찬가지였을 것이다. 쓸모가 없었으니 그것들은 나에게 아무 가치가 없었을 것이다.

이제 나는 생활을 정신적으로나 육체적으로 처음보다 훨씬 쉽게 만들었다. 나는 자주 감사하는 마음으로 식사에 임했고, 이 광야에 식탁을 마련해주신 하느님 섭리를 찬양했다. 내가 처한 상황에서 밝은 면을 더 많이 보고 어두운 면은 덜 보는 법도 배웠다. 또 내게 없는 것보다 내가 누리는 것을 생각하는 법을 터득했다. 이것은 때로 내가 말로 표현할 수 없는 비밀스러운 위안을 주었다. 하느님이 주신 것을 편안한 마음으로 즐길 줄 모르고 하느님이 주시지 않은 것을 탐하느라 불만에 가득 찬 사람들에게 나와 같은 마음을 심어주기 위해 이 점을 강조하는 것이다. 우리에게 없는 것에 대해 불만을 갖는 것은 우리가 가진 것에 대해 감사하는 마음을 갖지 못한 데서 비롯된다고 생각한다.

또 다른 생각은 나에게 큰 도움이 되었다. 그 생각은 나처럼 조난당한 사람에게 분명히 큰 도움이 되리라 믿는다. 그 생각이란 현재의 내 처지를 내가 처음에 예상한 처지와 비교해보는 것이다. 다시 말해 자비로운 하느님이 우리 배를 해안 근처에서 난파시키지 않았을 경우 틀림없이 벌어졌을 일과 비교해보는 것이다. 놀라운 하느님의 명령으로 육지 가까이에서 난파되었기 때문에 나는 배에 갈 수 있었을 뿐 아니라, 나의 안녕과 편안한 삶을 위해 배에서 육지로 물건들을 가져올 수 있었다. 그렇지 않았다면 일하기 위한 연장도, 내 몸을 지킬 무기도, 사냥할 화약과 총알도 전혀 없었을 것이다.

배에서 아무것도 얻지 못했다면 내가 어떻게 행동했을지 머릿속에 생생하게 그리느라 몇 시간이고, 아니 며칠이고 소비했다. 물고기와 거북 말고는 아무 음식도 얻을 수 없었다면 어떻게 되었을까? 그것들을 발견하기 훨씬 전에 굶어 죽었을 것이다. 설사 죽지 않았다 해도 나는 완전히 야만인처럼 살았을 것이다. 어떤 책략을 써서 염소나 새를 잡았다 하더라도 가죽을 벗기고 배를 열어 가죽과 내장에서 살을 분리하지 못한 채 짐승처럼 이빨로 물어뜯고 손톱으로 찢어 먹어야 했을 것이다.

이런 생각을 통해 나는 하느님의 은총을 더욱 절실하게 깨달았고, 모든 고난과 불운에도 아랑곳하지 않고 현재의 처지에 커다란 감사를 느꼈다. 이 부분 역시 불행을 당하면 "어떤 고통이 내 고통에 비할 수 있겠는가!" 하고 말하기 잘하는 인간들에게 권하고 싶다. 그들은 하느님 결정에 따라 어떤 사람의 경우가 얼마나 더 나쁜지, 그들의 경우가 얼마나 더 나빠질 수도 있었는지 생각해야 한다.

희망을 가지고 마음을 위로하게끔 나를 도운 또 다른 생각이 있다. 그것은 현재의 처지를 내가 당해야 마땅한 상태, 그래서 하느님의 손길에서 당연히 기대할 수 있는 상태와 비교하는 것이었다. 나는 하느님을 전혀 알지 못하고 무서워하지도 않는 끔찍할 삶을 살아왔다. 아버지와 어머니는 나를 잘 교육했지만 하느님에 대한 종교적인 경외감을 심어주고 나의 의무가 무엇이며 인생의 본질과 목적이 나에게 무엇을 요구하는지 일찍부터 깨닫게 하는 것은 거부했다. 그러나 아! 나는 일찍부터 뱃사람의 생활에 빠져들고 만 것이다. 늘 눈앞에 공포를 두고도 하느님에 대한 공포를 전혀 느끼지 못하는 뱃사람의 생활에 빠졌다. 일찍부터 뱃사람의 생활에 빠지고 그들과 어울리는 바람에, 내가 품은 쥐꼬리만 한 신앙심은 동료들의 비웃음과 위험을 멸시하는 강심장에 의해 날아가고 말았다. 나와 같은 부류 말고는 아무와도 이야기할 기회가 오랫동안 없었고, 선한 것이 나 선한 경향이 있는 어떤 이야기를 들을 기회가 오랫동안 없었기 때문에 죽음을 경시하는 견해가 나의 습관이 되고 말았다.

선한 것에 대한 의식이 전혀 없었고 나라는 존재가 무엇인지, 어떤 존재가 될지 전혀 의식하지 않았다. 그래서 살리에서 탈출하고 포르투갈 선장의 도움을 받아 브라질에 정착하고 영국에서 화물을 받은 것 등 굉장한 구원을 받았을 때도 마음속으로나 입 밖으로 "하느님 감사합니다"라고 말한 적이 없었다. 가장 지독한 조난을 당했을 때도 하느님에게 기도하거나 "주여, 저에게 자비를 베푸소서"라는 말조차 하지 않았다. 아니 욕을 퍼부을 때나 신을 모독할 때 외에는 하느님의 이름을 들먹인 적이 없었다.

앞에서 언급했듯이 사악하고 무감각한 과거 때문에 나는 몇 달 동안 이렇게 자기반성을 하며 보냈다. 주위를 둘러보고 내가 이 섬에 온 이래 하느님이 내린 각별한 은총들이 무엇이었는지 생각하고, 하느님이 나를 관대하게 대접했다는 것을 깨달았다. 하느님은 죄로 인해 내가 받아 싼 벌보다 훨씬 가벼운 벌을 주셨을 뿐만 아니라 필요한 많은 것을 마련해주셨다고 생각하자, 나의 뉘우침이 받아들여지고 하느님께서 앞으로 나에게 자비를 베풀 것이라는 희망이 생겼다.

이렇게 생각하면서 현재 내가 처한 환경에서 하느님 뜻에 따르고 내 처지를 진심으로 감사하기로 결심했다. 아직 살아 있는 나는 내 죄에 상응하는 벌을 받지 않을 것을 깨닫고, 불평해서는 안 된다고 생각했다. 나는 이 장소에서 기대할 자격도 없는 많은 자비를 누렸다. 그러니 내 처지를 불평하기는커녕 기뻐해야 마땅했다. 몰려든 기적만이 가져올 수 있었을 일용할 양식에 매일 감사 기도를 드려야 했다. 내가 이제껏 먹고산 것은 엘리야가 까마귀를 시켜 양식을 대주신 것과 같은 기적, 아니 수많은 기적 덕분이라는 것을 알아야 했다. 또 이 세상에 사람이 살지 않는 지역 가운데서 이 섬보다 살기 좋은 곳을 대라고 하면 나는 그 이름을 댈 수 없었을 것이다. 한편으로 보면 이 섬에는 나를 괴롭히는 인간들의 접촉도 없었고, 생명을 위협하는 잔인한 늑대나 호랑이 같은 게걸스런 짐승도 없었고, 자칫하면 목숨을 빼앗을 독이 있는 생물이나 나를 잡아먹을 야만족도 없었다.

한마디로 내 삶은 한편으로는 슬픈 생활이었지만 한편으로는 자비의 삶이었다. 나는 지금 이 처지에서 하느님의 은총과 배려를 느끼는 것이 하루하루의 위안이 되는 것 말고는 내 삶을 편안한 삶으로 만들기 위해 아무것도 더 바라지 않았다. 이렇게 마음을 바로잡자 나는 초연해지면서 더는 슬프지 않았다.

이제 여기 온 지도 꽤 오래되었기 때문에 요긴하게 쓰려고 배에서 육지로 가져온 많은 물건들도 다 떨어졌거나 거의 동이 난 상태였다.

앞에서 언급했듯이 잉크는 얼마 후 거의 동이 났다. 그래서 조금씩 물을 타서 썼고, 나중에는 아주 희미해져서 글씨를 써도 검은색이 종이에 거의 나타나지 않았다. 잉크가 있는 동안 그달 중요한 사건이 일어난 날들을 기록해놓았다. 지나간 날짜들을 처음으로 계산하다가 신의 뜻으로 나에게 닥친 여러 일들 사이에 날짜 면에서 신기한 우연의 일치가 있다는 것을 알았다. 내가 운명의 날이나 행운의 날 같은 미신을 믿는 성격이었다면 아주 대단한 호기심을 가지고 바라볼 만한 우연의 일치였다.

우선 관찰된 것은, 내가 바다로 나가려고 아버지와 친구들을 저

버리고 헐 시로 도망친 날과 살리의 해적선에 붙잡혀 노예가 되던 날이 같은 날짜였다. 또 야머스 정박지에서 조난당한 배에서 탈출한 날과 몇 해 뒤 보트를 타고 살리에서 탈출한 날도 같은 날짜였다.

내가 세상에 태어난 날이 9월 30일인데, 26년 뒤 바로 그날 나는 기적적으로 목숨을 건져 이 섬에 도착했다. 그러니까 나의 사악한 삶과 고독한 삶은 똑같은 날짜에 시작된 것이다.

잉크가 떨어진 다음 이어서 떨어진 것은 빵이다. 빵이라고 했는데, 그것은 배에서 가져온 비스킷을 말한다. 나는 이 비스킷을 최대한 아껴 먹었다. 1년 이상 하루에 한 개씩 먹었는데도 내가 곡식을 얻기 전 거의 1년 동안은 빵 없이 지냈다. 그러니까 내가 곡식을 얻은 것에 감사하는 마음을 갖는 것은 당연한 일이었다. 앞에서 말했지만 이 일은 거의 기적이었다.

옷들도 지독히 해지기 시작했다. 리넨은 다른 선원들의 옷 궤짝에서 찾아낸 체크무늬 셔츠 몇 벌이 전부였다. 셔츠 이외에 다른 옷은 대부분 걸치지 않았기 때문에 그 옷들은 잘 보관되었다. 배에 탄 선원들의 옷 중에서 셔츠 30, 40벌을 찾은 것이 나에게 큰 도움이 되었다. 두툼한 선원용 외투도 몇 벌 남았지만 너무 더워서 입을 수가 없었다. 사실 날씨가 더워서 옷을 입을 필요도 없었지만, 그렇다고 완전히 벗고 다닐 수는 없었다. 아니 그러고 싶었지만 그러지 않았다. 아무도 없이 나 혼자였지만 벗고 다니겠다는 생각은 할 수가 없었다.

완전히 벌거벗고 다닐 수 없었던 이유는 옷을 걸쳤을 때보다 완전히 벗었을 때가 햇볕의 열기를 견디기 어려웠기 때문이다. 햇볕 때문에 자주 피부에 물집이 생겼다. 하지만 셔츠를 걸치면 바람이 옷 안으로 솔솔 기어들어 벌거벗었을 때보다 두 배는 시원했다. 같은 이유로 햇볕이 내리쬐는 밖으로 나갈 때는 반드시 모자를 썼다. 모자를 쓰지 않으면 뜨거운 햇볕이 머리에 곧바로 내리쬐어 두통을 견딜 수가 없었다. 모자를 쓰면 두통이 금세 사라졌다.

이런 여러 가지를 감안하여 옷이라고 불러도 되는지 모를 누더기 몇 벌로 뭔가 입을 것을 만들어볼 생각을 했다. 내가 가진 조끼도 다 해지고 말았다. 배에서 가져온 커다란 외투와 내가 가지고 있던 그 밖의 재료로 재킷을 만들 수 있나 없나 실험해보고 싶었다. 그래서 나는 옷 만드는 일, 아니 깁는 일을 시작했다. 워낙 형편없이 만들었기 때문이다. 그러나 이럭저럭 새 조끼 두세 벌을 만들었고, 그것들로 오랫동안 버티기를 희망했다. 반바지는 오랜 시간이 지나서까지 형편없는 한 벌을 만들었을 뿐이다.

내가 잡은 모든 짐승의 가죽을 보관해둔다는 말을 한 적이 있다. 나는 그 가죽들을 펴서 나뭇가지에 걸어 햇볕에 말렸다. 그렇게 함으로써 일부는 너무 마르고 뻣뻣해져서 별 쓸모가 없었지만, 일부는 아주 요긴하게 쓸 수 있었다. 이 가죽으로 제일 처음 만든 것은 머리에 쓸 큰 모자다. 털이 있는 쪽을 바깥으로 가게 해서 모자가 비에 젖지 않도록 했다. 이 모자는 매우 잘 만들었기 때문에 완전히 가죽만으로 윗도리와 무릎이 터진 바지를 한 벌씩 만들었다. 두 가지 다 헐렁하게 만든 것은 추위보다는 더위를 막는 게 목적이었기 때문이다. 그 옷들이 정말 볼품없었다는 점을 시인하지 않을 수 없다. 나는 목수로서도 시원치 않았지만 재봉사로서는 더 낭패였다. 그러나 그런 옷을 입고도 잘 꾸려나갔다. 밖에 나갈 때 혹시 비가 와도 바깥쪽에 털이 있는 조끼와 모자 덕분에 내 몸은 거의 젖지 않았다.

그 뒤 나는 우산을 만드는 데 많은 시간과 수고를 들였다. 우산

은 꼭 필요한 물건이라 반드시 하나 만들어야 했다. 나는 브라질에서 우산 만드는 것을 본 적이 있다. 항상 날씨가 더운 그곳에서는 우산은 매우 유용한 것이었다. 이곳은 적도와 가까워서 브라질보다 더우면 더웠지 덜하지 않았다. 게다가 나는 밖에 자주 나가야 하기 때문에 햇볕뿐만 아니라 비 때문에라도 우산이 꼭 필요했다. 이 일에 많은 노력을 쏟았으며, 오랜 시간이 흘러서야 비로소 가지고 다닐 만한 우산 같은 것을 만들었다. 만드는 요령을 발견했구나 싶은 뒤에도 두세 개를 망치고야 마음에 드는 우산 하나를 만들었다. 그럭저럭 작동되는 우산을 만든 것이다. 가장 어려운 문제는 우산을 접는 일이었다. 우산을 펼 수만 있고 접을 수 없다면 머리 위에 계속 펴고 다녀야 하는데, 그럴 수는 없었다. 결국 앞에서 말한 것처럼 이 난국을 해결해주는 우산을 만들었는데, 털 있는 쪽을 바깥으로 해서 가죽도 덧씌워 차양처럼 비도 막고 햇볕도 아주 효과적으로 차단했다. 그래서 가장 뜨거운 날에도 이전의 제일 시원했던 날보다 편안하게 걸어 다녔으며, 우산이 필요 없을 때는 접어서 팔 밑에 끼고 다녔다.

나는 이처럼 아주 편안한 생활을 영위했으며, 전적으로 하느님 뜻에 따르고 모든 것을 하느님 처분에 맡김으로써 평온한 마음을 유지했다. 이리하여 나의 삶은 사람들과 어울리는 삶보다 나은 것이 되었다. 사람들과 대화하지 못하는 신세를 한탄할 일이 생기면 나 자신에게 묻곤 했다. '내 생각과 대화하는 것은 희망에 불과할지 모르지만, 하느님과 절규하듯 대화하는 것이 세상에서 인간들의 사교가 베푸는 최고의 기쁨에 비해 못하다는 말인가?' 하고 자문했다는 말이다.

그 후 5년 동안 특별한 일이 있었다고는 말할 수 없지만, 나는 전과 다름없이 같은 장소에서 같은 자세로 같은 궤도를 좇으며 살았다. 해마다 보리농사와 쌀농사를 짓고, 건포도를 만들었다. 그것들은 1년 치를 미리 준비해서 충분히 비축했다. 매년 하는 이러한 노동과 매일 총을 들고 사냥을 나가는 일 말고 힘을 쏟은 일이 하나 있었다. 카누를 만드는 일이었는데, 그것도 마침내 끝내버렸다. 그리하여 폭 6피트에 깊이 4피트의 운하를 파서 거의 반 마일 떨어진 강으로 그것을 옮겼다. 카누를 어떻게 물로 가져가 띄울지 생각하지 않고 너무 크게 만든 첫 번째 카누는 그 자리에 놓아두고 다음에는 더 현명하게 굴어야 한다는 교훈으로 삼았다. 카누를 만들 적당한 나무를 찾지 못했고, 아까 말한 반 마일보다 물에 가까운 장소를 찾지 못했는데도 일이 가능하다는 것을 알고 포기하지 않았다. 그리하여 다시 세월이 2년 가까이 흐르는 동안 카누를 만드는 일에 노력을 아끼지 않고, 결국 배를 타고 바다로 나갈 희망에 부풀어 있었다.

나의 작은 카누가 완성되었지만 애초에 세운 계획, 즉 40마일 이상 떨어진 육지로 가는 모험에는 걸맞지 않았다. 나는 카누가 너무 작다는 것을 깨닫고 육지를 향한 모험은 더는 생각하지 않았다. 그러나 보트가 생긴 이상 섬을 한 바퀴 돌아볼 계획이 떠올랐다. 앞에서 설명했듯이 나는 육지를 가로질러 섬 맞은편에 가본 적이 있다. 짧은 여행에서 발견한 것들이 그 해변의 다른 부분을 보고 싶게 만든 것이다. 이제 보트가 생겼으니 섬을 돌아 항해하고 싶은 마음뿐이었다.

이 목적을 위해 나는 신중하게 숙고하여 모든 것을 준비했다. 보트에 작은 돛대를 세우고 배에서 잔뜩 가져온 돛 조각을 이용해 돛을 만들어 달았다.

돛대와 돛을 달고 시험 운항을 해보았더니 보트가 제법 잘 나갔

다. 나는 식량과 생필품, 탄약 등을 비나 파도에 젖지 않은 건조한 상태로 보관하려고 보트 양쪽 끝에 작은 보관함을 하나씩 만들었다. 또 보트 안에 총을 보관할 좁고 기다란 홈을 파고, 총이 물에 젖지 않도록 홈 위에 덮개를 달았다.

나는 고물에 있는 디딤대 위에 돛대처럼 우산을 꽂았다. 우산은 머리 위에 펼쳐져 차일처럼 햇볕을 차단했다. 이런 모양으로 나는 배를 타고 이따금 바다로 나갔지만, 강물에서 멀리 나가지는 않았다. 그러나 나는 이 작은 왕국의 이모저모를 보겠다는 열망에 못 이겨 순회 여행에 나서기로 결심했다. 항해를 위해 보트에 먹을 것을 실었다. 보리 가루로 만든 빵(이것은 빵이라기보다 과자라고 불러야 옳다) 스물댓 개, 내가 자주 먹는 볶은 쌀을 가득 넣은 항아리 하나, 럼주가 든 작은 병, 염소 반 마리, 사냥을 조금 더 하기 위한 탄약과 총알, 게다가 선원들의 궤짝에서 가져온 외투 두 벌 등을 실었다. 그 외투는 전에 말한 것인데, 밤이 되면 하나는 깔고 하나는 덮을 참이었다.

이 섬을 지배했건, 이 섬에 감금되었건 어느 쪽으로 보아도 상관없는 세월이 흐른 여섯 번째 되는 해의 11월 6일, 나는 항해에 나섰다. 이 항해는 내가 예상한 것보다 오래 걸렸다. 섬 자체는 크지 않았지만 동쪽 해안에 이르자 거대한 암초들이 일부는 바다에 잠기고, 일부는 물 밖으로 솟은 채 2리그 이상 뻗어 나왔기 때문이다. 그 너머로는 모래부리가 반 리그 이상 펼쳐져서 이 암초들을 피하려고 바다 안쪽으로 상당히 돌아가야 했다.

암초를 처음 발견했을 때 나는 이 계획을 포기하고 돌아가려고 했다. 바다 안쪽으로 얼마나 나가야 할지 몰랐고, 무엇보다 어떻게 돌아올지 몰랐기 때문이다. 그래서 나는 닻을 내렸다. 배에서 가져온 부러진 쇠갈고리로 만든 일종의 닻이었다.

보트를 안전하게 세운 다음 총을 들고 해변으로 가서 암초들을 한눈에 볼 수 있는 언덕으로 올라갔다. 그곳에서는 암초를 전부 볼 수 있었기 때문에 모험을 계속하기로 결심했다.

내가 서 있는 언덕에서 바다를 보았을 때 강한 조류, 아니 격류가 동쪽으로 흐르면서 심지어 그 암초가 있는 지점까지 오는 것을 깨달았다. 나는 어떤 위험이 닥칠 것을 알고 조류를 더 자세히 관찰했다. 그 격류에 휘말렸다가는 거센 힘에 밀려 다시는 섬으로 돌아올 수 없을 것 같았다. 이 언덕에 올라오지 않았다면 그런 사태가 벌어지고야 말았을 것이다. 같은 조류가 섬 맞은편에서도 흐르고, 그쪽 조류는 더 먼 바다로 빠져나가고 있었기 때문이다. 게다가 해변 바로 밑에서는 강한 소용돌이가 있는 것이 보였다. 내가 해야 할 일은 첫 번째 격류에서 빠져나오는 일이었다. 그런데도 곧 소용돌이에 휘말릴 것이 분명했다.

그러나 나는 여기에서 이틀 동안 머물러 있었다. 바람이 동남동쪽, 즉 조류의 흐름과 반대 방향으로 불어 암초가 깔린 주변에 심한 파도가 일었기 때문에 해변과 너무 가까이 항해하는 것은 안전하지 않았고, 해변에서 너무 멀리 떨어져 항해하는 것도 조류 때문에 안전하지 않았다.

사흘째 되던 날 아침, 밤 동안에 바람이 잦아들어 바다가 잔잔해졌다. 나는 모험에 나섰다. 그러나 나는 모든 경솔하고 무식한 항해사들에게 보여주어야 하는 경고감이었다. 그 지점으로 나오자마자 해안에서 보트 길이만큼도 떨어지지 않았을 때 나는 수심이 몹시 깊은 곳에 들어와 있었다. 물레방아를 돌리며 쏟아지는 물살 같았다. 그 물살이 굉장한 힘으로 내 보트를 한참 끌고 가는 바람에 내가 할 수 있는 일은 고작 그 물살의 가장자리에 머무르는 것뿐이었다. 그러나 그 물살이 나를 왼쪽에 위치한 소용돌이에서 멀리 밀어내는 것을 발견했다. 나를 도와줄 바람 한 점 없었다. 내가 노를 저어 할 수 있는 일은 아무것도 없었다. 이제 죽었구나 생각하고 포기하기 시작했다. 조류는 섬 양쪽으로 갈라져 흐르고 있었는데, 몇 리그만 가면 다시 합쳐질 것이다. 그렇게 되는 날이면 나는 꼼짝없이 먼 바다 쪽으로 휩쓸려 떠갈 수밖에 없었다. 그것을 피할 방법은 없었다. 죽음 말고는 아무 전망도 없었다. 파도가 잔잔했으니 바다 때문이 아니라 굶어 죽을 판이었다. 나는 해변에서 겨우 들어 올릴 수 있을 정도로 큰 거북 한 마리를 잡아 보트에 던져 넣었던 터였다. 또 커다란 항아리에 마실 물을 가득 담아왔지만 적어도 1천 리그에 걸쳐 해변도, 육지도, 섬도 없는 망망대해로 떠내려가는 마당에 그것들이 다 무슨 소용 있겠는가?

신의 섭리는 인간이 빠질 수 있는 가장 비참한 상태를 아주 쉽사리 더 비참하게 만드실 수 있다는 것을 깨달았다. 쓸쓸하고 외로운 나의 섬이 세상에서 가장 유쾌한 장소라는 생각이 들었고, 내가 바라는 유일한 행복은 다시 그 섬으로 돌아가는 것이었다. 나는 섬을 향해 두 손을 뻗은 채 간절히 소망했다. "오, 행복한 무인도여, 내 다시는 너를 보지 못하겠구나! 오, 불쌍한 인간아, 넌 지금 어디로 가느냐?" 고마워할 줄도 모르는 나 자신을 꾸짖고 고독한 처지를 원망한 나 자신을 꾸짖었다. 그 섬으로 돌아갈 수만 있다면 어떤 대가라도 치르겠다고 생각했다. 우리는 반대 처지가 되어보지 않고는 자신의 처지를 제대로 알지 못하는 모양이다. 자신이 지금 누리는 것을 잃어야 그 가치를 깨닫는 모양이다. 나의 사랑하는 섬(이제는 나한테 그렇게 보였는데)에서 망망대해 속으로 거의 2리그나 밀려와 다시는 돌아갈 수 없는 극도의 절망감에 빠졌을 때 내가 느낀 공포는 상상도 못할 것이다. 그러나 나는 기운이 모두 빠질 때까지 열심히 노를 저어 보트를 될수록 북쪽으로 향하게, 즉 소용돌이가 있는 조류가 흐르는 쪽으로 몰았다. 정오가 가까워져서 해가 정점을 지났을 때 얼굴에 약한 미풍이 감지되었다. 남남동쪽에서 불어오는 바람이다. 그러자 약간 용기가 생겼다. 30분 정도 지나자 바람이 약간 강해졌다. 이 무렵에는 이미 섬에서 겁나게 먼 거리에 와 있었다. 좀 흐리거나 안개가 낀 날씨였다면 나는 내 섬이 아니라 엉뚱한 쪽으로 가버렸을 것이다. 보트에 나침반이 없어서 섬으로 가려면 어떻게 보트를 몰지 몰랐을 것이다. 그러나 날씨가 계속 맑았기 때문에 나는 다시 돛대를 세우고 돛을 펼친 다음, 조류에서 벗어나기 위해 될수록 북쪽으로 보트를 몰았다.

돛대와 돛을 세우고 보트가 앞으로 나가기 시작하자 조류의 흐름이 곧 바뀔 것을 알았다. 강한 조류가 있는 곳은 물이 흐르기 때문이다. 그래서 물이 맑아진 것을 보고 조류가 약해지고 있다는 것을 알았다. 동쪽으로 반 마일 정도 떨어진 곳에 파도가 부딪히는 암초들이 보였다. 이 암초들 때문에 조류가 다시 둘로 갈라졌다. 둘로 나뉜 물살 중 더 큰 물살은 암초들을 북동쪽으로 하고 남쪽으로 흘렀고, 또 다른 물살은 암초에 부딪히며 튕겨 나와 강한 소용돌이를 일으키다가 북서쪽으로 힘차게 흘러갔다.

교수대에 오르다가 집행유예를 받았거나 죽이려고 대드는 도둑들의 손에서 구출되었거나, 이와 비슷한 극한 상황에 처해본 사람들은 이때 내가 느낀 기쁨이 어떤지 알 것이다. 나는 기꺼이 암초에 부딪혀 소용돌이를 일으키며 섬 쪽으로 돌아가는 역류 속으로 보트를 몰았다. 바람까지 시원하게 불어 나는 기분 좋게 돛을 펼치고 바람을 맞으며 강한 조류와 소용돌이를 타고 보트를 몰았다.

나는 이 소용돌이에서 생긴 역류를 타고 내가 왔던 길을 되돌아 섬 쪽으로 1리그 가까이 전진했지만, 그곳에서 처음에 조류가 나를 밀어온 것보다 약 2리그 더 북쪽으로 갔다. 그리하여 내가 섬에 가까이 왔을 때는 섬의 북쪽 해안, 그러니까 내가 출발한 곳 반대편에 와 있었다.

이 조류와 소용돌이의 도움으로 1리그 정도 더 전진하자 물살도 힘을 다했는지 보트가 움직이지 않았다. 그러나 나는 보트가 두 조류 사이에 끼여 있는 것을 알았다. 다시 말해서 내 보트를 거세게 몰아내던 남쪽의 조류와 반대쪽으로 1리그가량 떨어진 곳에 위치한 북쪽 조류 사이, 섬으로 향하는 길을 따라 바닷물은 어느 쪽으로도 흐르지 않았다. 바람은 여전히 나에게 유리했다. 그리하여 나는 아까처럼 빠른 속도는 아니지만 곧장 섬을 향해 보트를 몰았다.

오후 네 시경이 되었다. 섬에서 1리그도 채 떨어지지 않은 곳에 이르렀을 때 이 재앙을 불러온 암초들이 남쪽으로 뻗어 있는 것이 보였다. 그리고 전에 말한 것처럼 조류를 더 남쪽으로 흐르게 하는 반면 북쪽으로 역류를 만드는 것이 보였다. 역류는 무척 강했지만 보트가 가는 길을 직접 방해하지는 않았다. 나는 곧바로 서쪽으로 가고 있었고, 역류는 거의 똑바로 북쪽으로 흘렀다. 보트는 새로 불기 시작한 강풍을 타고 북서쪽으로 비스듬히 역류를 헤쳐나갔다. 한 시간쯤 지나자 육지에서 1마일도 떨어지지 않은 곳에 이르렀다. 여기부터는 물이 잔잔해서 나는 곧 육지에 닿았다.

해변에 오르자 나는 무릎을 꿇고 나를 구해준 하느님께 감사를 드렸다. 나는 보트를 타고 섬을 탈출하려는 생각을 접어두기로 결

심했다. 가지고 있는 먹을거리로 배를 채운 뒤 어떤 나무들 밑에서 보아두었던 작은 후미에 보트를 정박시켰다. 나는 항해의 고역과 피로로 탈진하여 잠에 빠졌다.

이제 보트를 타고 어느 길로 가야 집으로 가는지 알 길이 없었다. 많은 위험을 겪었고 이곳 사정을 잘 알기 때문에 온 길로 돌아갈 생각은 없었다. 반대쪽(서쪽)에 무엇이 있을지 알 수 없거니와 더는 모험을 하고 싶지 않았다. 그래서 다음 날 아침 해안을 따라 조금 더 서쪽으로 항해하면서 나의 전함을 안전하게 놓아둘 만한 후미를 찾아보기로 결심했다. 필요하면 언제든지 보트를 다시 쓰기 위해서였다. 해안을 3마일 정도 훑다 보니 1마일가량 앞쪽에 아주 좋은 후미가 있었다. 그 후미를 따라가자 폭이 점점 좁아지면서 작은 시냇물이 나왔다. 마치 내 보트를 정박시키려고 일부러 만든 부두처럼 보트를 대기에 적절했다. 나는 보트를 안전하게 세우고 육지에 올라 여기가 어디쯤 되는지 알아보려고 주위를 둘러보았다.

이곳은 전에 내가 걸어서 여행할 때 들른 곳에서 멀지 않은 곳이라는 것을 알 수 있었다. 나는 다른 것들은 그대로 두고 총과 뜨거운 햇볕을 가려줄 우산만 들고 행군을 시작했다. 어려운 항해를 한 뒤라 이 길은 너무나 편하게 느껴졌다. 저녁 무렵 내 오두막에 도착했다. 모든 것이 내가 떠날 때와 같았다. 전에도 말한 것처럼 내 시골 별장은 가지런히 정리되어 있었다.

나는 담장을 넘어가서 팔다리를 쉬게 하기 위해 그늘에 누웠다. 무척 고단해서 금세 잠이 들었다. 내 이야기를 읽는 독자들이 판단하기에도 깜짝 놀랄 일이 일어났다. 내 이름을 몇 차례나 부르는 목소리에 깬 것이다. "로빈, 로빈, 로빈 크루소, 불쌍한 로빈 크루소, 어디 있느냐? 로빈 크루소, 어디 있느냐? 어디 갔다 왔니?"

그날의 초반부는 노를 젓느라 피로했고 후반부는 지상을 걷느라 피곤해서 어찌나 깊은 잠에 빠졌던지 나는 잠에서 완전히 깨어나지 않았다. 비몽사몽간에 나는 누군가가 나에게 말을 거는 꿈을 꾸고 있다고 생각했다. 그러나 '로빈 크루소, 로빈 크루소'라는 소리가 되풀이해서 들려오자 결국 잠에서 완전히 깼다. 처음에는 잔뜩 겁을 먹고 불안감에 휩싸여 두리번거렸다. 그러나 내 눈이 완전히 열리자마자 앵무새 폴이 울타리에 앉아 있는 것이 보였다. 나를 부른 것은 폴이라는 것을 금방 깨달았다. 나는 그렇게 탄식하는 어조로 앵무새에게 말하며 가르치곤 했다. 그 새는 내 말을 완벽하게 배웠고, 내 손가락에 앉아 부리를 내 얼굴에 바짝 대고 "불쌍한 로빈 크루소! 어디 있지? 어디 갔다 왔니? 어떻게 여기 왔니?" 하고 내가 가르친 말들을 하는 것이었다.

그러나 그게 앵무새고, 다른 사람이 있을 리 없다는 것을 깨달은 뒤에도 마음의 안정을 찾는 데 한참 걸렸다. 우선 앵무새가 어떻게 여기까지 왔는지 알 수 없었다. 왜 다른 데로 가지 않고 계속 이곳에 있었는지 궁금했다. 그러나 정직한 폴 말고는 다른 인간이 여기 있을 리 없다는 결론을 내리고 더는 신경 쓰지 않았다. 나는 손을 내밀며 "폴" 하고 이름을 불렀다. 사교적인 폴은 여느 때처럼 내 엄지손가락에 앉더니 계속 재잘댔다. "불쌍한 로빈 크루소! 어떻게 여기까지 내가 왔느냐고? 내가 어디 갔다 왔느냐고?" 녀석은 나를 다시 만나 기쁜 모양이었다. 나는 앵무새와 함께 집으로 돌아왔다.

상당한 기간 바다를 돌아다닐 만큼 돌아다녔으니, 이제 여러 날 동안 가만히 앉아 내가 겪은 위험을 돌이켜보며 할 일이 있었다. 그 보트를 이 섬의 내가 사는 쪽으로 옮길 수만 있다면 얼마나 좋을까 생각했다. 내가 돌아본 동쪽 해안을 생각하면 보트를 가져오는 일은 불가능할 것 같았다. 그 해안을 생각만 해도 가슴이 내려앉고 피가 싸늘하게 식는 것 같았다. 나는 섬 반대편에 대해 아는 게 없었다. 그쪽도 동쪽 해안에서처럼 조류가 거세게 밀려온다고 가정하면, 먼젓번 겪은 것과 같이 섬 근처에서 조류에 휩쓸려 떠내려갈 위험이 닥칠 것이다. 이런 생각이 들자 나는 몇 달 동안 고생해서 제작하고 바다에 띄우느라 만들 때보다 고생한 보트를 없애고도 안달하지 않기로 했다.

이러한 기분으로 나는 1년 가까이 지냈다. 짐작할 수 있겠지만 나는 매우 의젓하고 은퇴한 사람 같은 생활을 영위했다. 내 처지에 대해서도 마음이 평온했고 하느님 뜻에 자신을 맡기면서 위안을 얻었다. 사람들과 사귈 수 없다는 것 말고 나는 모든 면에서 극히 행복한 생활을 한다는 생각이 들었다.

이 기간 동안 생필품을 만드는 솜씨는 무척 향상되었다. 연장이 얼마 없다는 것을 고려하면 나는 이따금 자신을 훌륭한 목수라고 생각했다.

그릇 만드는 기술은 예기치 않게 완벽한 경지에 이르러, 회전축으로 그릇을 만드는 방법을 고안했다. 그 방법이 훨씬 쉽고 좋은 방법이라는 것을 알았다. 전에도 둥근 물건을 만들어보았지만, 모양새가 정말 지저분하기 이를 데 없었다. 무엇보다도 내 솜씨에 스스로 감탄하고 기뻐한 물건은 담배 파이프다. 비록 볼품없고 투박한 데다 다른 질그릇처럼 불에 벌겋게 구워 만든 것이지만, 단단하고 연기도 잘 빨렸다. 담배를 많이 피우는 나도 무척 만족스러웠다. 부서진 배에도 담배 파이프가 여러 개 있었지만, 처음에는 이 섬에 담배가 없다고 생각했기 때문에 가져올 생각을 하지 못했다. 그런데 나중에 배를 다시 뒤져봤을 때에는 담배 파이프가 하나도 남아 있지 않았다.

나뭇가지로 바구니를 엮는 기술도 장족의 발전을 해서 여러 가지 궁리 끝에 필요한 바구니를 많이 만들었다. 비록 아주 멋진 바구니는 아니지만 물건을 담아두거나 옮기는 데는 편리했다. 예컨대 염소를 죽이면 일단 나무에 걸어 가죽을 벗기고 잘게 토막 낸 뒤, 바구니에 담아 집으로 가져왔다. 거북도 비슷했다. 배를 가르고 알을 꺼낸 뒤, 살점을 한두 점 먹을 만큼 잘라 바구니에 넣어 집으로 가져오고 나머지는 버렸다. 속이 깊고 큰 바구니는 곡식을 담아두는 데 썼다. 곡식이 마르면 손으로 비벼 껍질을 벗긴 다음 말려서 커다란 바구니에 보관했다.

이제 화약이 상당히 줄어들었다. 화약은 나로서는 다시 메울 수 없는 물건이다. 그래서 화약이 떨어지면 어떻게 할지, 다시 말해 염소를 어떻게 잡아야 할지 심각하게 고민했다. 앞에서 말한 것처럼 나는 이 섬에 온 지 3년째 되던 해에 암염소 새끼 한 마리를 가축으로 키웠다. 그래서 숫염소 한 마리를 잡고 싶었다. 그러나 암염소는 그 뜻을 이루기 전에 늙어버렸다. 나는 도저히 그 염소를 죽일 수 없었다. 염소는 마침내 수명을 다하고 죽었다.

이제 이 섬에 온 지 11년째로 접어들었다. 전에 말한 것처럼 화약이 줄어들고 있었기 때문에 함정이나 덫을 이용해 염소를 잡는 기술을 연구하기 시작했다. 새끼를 밴 암놈을 산 채로 잡고 싶었다. 먼저 양을 잡을 덫을 만들었다. 내 미끼로 양들이 그 덫에 여러 번 걸려들었지만 나에게는 줄이 없었고, 언제나 덫이 부서지고 미끼만 날린 것이 발견되었다.

결국 나는 함정을 파기로 결심했다. 그리하여 염소들이 풀을 뜯으러 다니는 길목에 커다란 함정을 몇 개 파고 그 위에 나무로 엮은 덮개를 덮은 뒤 움직이지 않도록 무거운 것을 올려놓았다. 처음 몇 번은 올가미를 놓지 않고 보리 이삭과 쌀만 놓아두었다. 발자국 모양으로 보아 염소들이 그리로 들어가서 곡식을 먹는다는 것을 쉽게 알 수 있었다. 어느 날 밤 나는 올가미 세 개를 설치했다. 그러나 이튿날 아침에 가보니 올가미는 그대로 있고 먹이만 온데간데없었다. 나는 보통 실망한 게 아니다. 그래서 올가미를 좀 고쳤다. 구체적으로 어떻게 고쳤는지는 말하지 않겠다. 아침에 가보니 올가미 하나에 늙은 숫염소 한 마리가 걸렸고 다른 올가미에는 수놈 하나, 암놈 둘, 이렇게 새끼 염소 세 마리가 있었다.

늙은 염소는 내가 어떻게 할 수 없었다. 어찌나 사나운지 함정 속에 있는 그놈에게 갈 수 없었다. 나는 함정 속에 들어가서 그놈을 산 채로 끌어내고 싶었다. 이놈을 죽일 수는 있지만 그렇게 해서 내가 얻는 것은 아무것도 없었다. 그놈을 놓아주었더니 녀석은 놀라서 정신없이 도주했다. 나는 배고픔은 사자도 길들일 수 있다는 사실을 잊었다. 사나흘 동안 먹을 것을 주지 않고 그 자리에 내버려두었다가 물과 곡식을 조금씩 주었다면 그 늙은 염소도 새끼 염소들처럼 길들일 수 있었을 것이다. 염소는 잘 키우면 무척 영리하고 기르기 쉬운 동물이기 때문이다.

그러나 그때는 잘 몰라서 풀어줄 수밖에 없었다. 나는 새끼 염소들을 꺼내 한 마리씩 새끼줄에 묶고 좀 힘은 들었지만 세 마리 모두 집으로 끌고 왔다.

새끼 염소들은 꽤 오랫동안 아무것도 먹으려 들지 않았다. 그러나 달콤한 곡식을 조금 던져주었더니 그 유혹에 끌려 길들기 시작했다. 화약이나 총알이 떨어졌을 때 염소 고기를 먹으려면 가축으로 기르는 수밖에 없다는 것을 깨달았다. 그때가 되면 집 주위에 양떼처럼 많은 염소를 기를 수 있을 것이다.

그때 길들인 염소는 야생 염소와 따로 두어야 한다는 생각이 떠올랐다. 그렇지 않으면 다 자란 뒤 산으로 도망칠 것 같았다. 이것을 방지하려면 적당한 땅에 울타리나 말뚝으로 담장을 둘러 안에서 밖으로 뛰쳐나가지도 못하고, 밖에서 안으로 침입하지도 못하게 만드는 수밖에 없었다. 이 일은 두 손으로 하기에는 엄청난 작업이지만 꼭 필요한 일이었다. 맨 먼저 할 일은 먹을 풀과 마실 물이 있고 햇볕을 가릴 것이 있는 장소를 찾아내는 일이었다.

그러한 울타리를 두른 목장에 대해 잘 아는 사람들이 내가 적절한 장소라고 찾아낸 곳에 말뚝을 박는 모습을 보았다면, 나를 아무 생각도 없는 사람으로 생각했을 것이다. 그곳은 평평하게 트인 목초지로, 식민지에서 사바나라고 부르는 곳이었다. 그곳에는 깨끗한 물이 솟아나는 샘이 두세 곳 있었고, 한쪽 끝에는 숲이 우거졌다. 사람들은 내가 이곳을 어떻게 울타리로 둘러칠지 알았다면 비웃었을 것이다. 나는 이곳에 적어도 2마일 정도 되는 울타리를 칠 계획이었다. 이 계획이 터무니없는 것은 울타리의 규모가 커서가 아니다. 울타리 길이가 10마일이라 해도 나에게는 그 일을 해낼 만한 시간이 충분했다. 내가 미처 생각하지 못한 것은, 그 정도로 넓은 울타리라면 그 안에서 염소들이 마치 온 섬을 뛰어다니면서 노는 것처럼 거칠어질 거라는 점이다. 그래서 염소들을 잡는 것이 아예 불가능할 정도로 넓은 공간이 생기고 만다.

울타리를 치는 일에 착수하여 약 50야드 진행되었을 때 이런 생각이 들었다. 나는 곧 일을 멈추고 처음부터 다시 생각했다. 그래서 길이 1백50야드에 폭 1백 야드쯤 되는 울타리를 치기로 결심했다. 이 정도면 당장은 내가 잡을 수 있는 염소들을 가둘 수 있을 것 같았다. 염소가 늘어나면 그때 가서 울타리를 넓히기로 했다.

이렇게 신중하게 행동하며 용기를 가지고 일에 착수했다. 첫 울타리는 석 달 정도 지나 완성되었다. 그때까지 나는 새끼 염소 세 마리를 울타리 안에서 가장 좋은 곳에 매어두고, 나에게 익숙하도록 가까이에서 풀을 뜯게 했다. 그리고 자주 보리알이나 쌀알을 한 줌씩 가져다 내 손으로 먹였다. 울타리가 완성되고 그 안에 염소들을 풀어놓았더니 녀석들은 내 뒤를 졸졸 따라다니면서 곡식을 달라고 매매 울어댔다.

이것이 내 목적을 만족시켰다. 1년 반가량 지나자 염소들은 새끼를 포함해서 모두 열두 마리가 되었다. 2년이 더 지나자, 내가 먹으려고 잡은 몇 마리 말고도 마흔세 마리가 되었다. 그 후 나는 염소 우리를 다섯 군데 더 만들었다. 그리고 마음대로 염소를 넣었다 뺐다 할 수 있는 축사를 몇 개 지었고, 이쪽 우리에서 저쪽 우리로 드나들 수 있는 문도 달았다.

이게 전부가 아니었다. 나는 원할 때 먹을 수 있는 염소 고기뿐만 아니라 우유도 얻었다. 이건 전혀 생각지 못한 것이었다. 염소젖을 얻을 수 있다는 뜻밖의 사실에 얼마나 기쁘고 놀랐는지 모른다. 이제 나는 우유 짜는 장치를 만들어 많은 때는 하루에 우유 1, 2갤런을 얻었다. 자연은 모든 피조물에게 먹을 것을 줄 뿐 아니라, 먹을 것을 어떻게 사용해야 하는지도 가르쳐준다. 그래서 염소젖은커녕 소젖 한번 짜본 적 없는 데다, 버터나 치즈를 만드는 것도 본 적이 없는 내가 버터와 치즈까지 만들었다. 물론 수많은 시행착오를 겪었다. 그 후로는 버터나 치즈가 떨어진 적이 없다.

우리의 위대한 창조주는 다 파괴되어 없어진 것처럼 보이는 상황에서조차 자신의 피조물에게 얼마나 자비로운가! 가장 쓰디쓴 신의 섭리마저 어쩌면 그리 달콤하게 만드시며, 지하 감옥이나 보통 감옥에 처박힌 신세에 대해서조차 신을 찬양할 이유를 주시지 않는가! 처음에는 굶어 죽을 수밖에 없는 곳으로 보이던 이 황야에 나를 위해 얼마나 풍요로운 식탁이 펼쳐졌는가!

내가 몇 안 되는 식구들과 함께 앉아 식사하는 것을 보면 아무리 무뚝뚝한 사람이라도 웃음 지을 것이다. 이 섬의 왕이며 주인인 내가 앉아 있었다. 나는 내 백성의 삶을 좌지우지한다. 그들의 목을 매달 수도 있고 잡아끌 수도 있고, 자유를 주거나 뺏을 수도 있었다. 그네들 사이에 반란은 있을 수 없었다.

하인들이 시중을 드는 가운데 왕처럼 혼자서 식사하는 내 모습을 보라! 앵무새 폴은 내가 가장 좋아하는 귀염둥이라도 된 것처럼 나

에게 말을 걸 수 있는 유일한 존재다. 자손을 불릴 짝을 찾지 못한 채 늙어 노망이 든 개는 늘 내 오른쪽에 앉았다. 고양이 두 마리는 각각 한쪽 탁자 끝을 차지하고 앉아, 내가 특별히 아낀다는 표시로 음식 부스러기를 던져주기를 기다린다.

그런데 이 고양이 두 마리는 내가 처음 이 섬에 도착했을 때 배에서 데려온 고양이들이 아니다. 그것들은 다 죽어서 내가 이 근처에 묻어주었다. 그런데 둘 중 한 놈이 종류를 알 수 없는 짐승과 짝짓기를 해서 새끼를 여러 마리 낳았다. 그중 두 마리가 지금 내가 길들여 데리고 있는 이 고양이들이다. 나머지 새끼들은 숲속으로 도망쳐 나중에 큰 골칫거리가 되었다. 놈들이 심심하면 우리 집으로 기어 들어와 내 것을 약탈했기 때문이다. 마침내 나는 놈들에게 총질을 하여 꽤 여러 마리를 죽이지 않을 수 없었다. 결국 놈들은 모두 어디론가 사라졌다. 나는 이렇게 동물들과 함께 풍요롭게 살았다. 나는 사람들과 교제하는 것 말고는 아쉬울 것이 없었다. 그러나 얼마 후에는 식구들이 너무 많아졌다.

전에 말했듯 나는 더는 위험을 무릅쓰고 싶지 않았지만 버려둔 보트를 어떻게 써먹을까 안절부절못했다. 어느 때는 가만히 앉아서 보트를 가져올 방법을 궁리하기도 하고, 어느 때는 보트 없이 지내는 것에 만족하기도 했다. 하지만 이상하게도 지난번 항해 때 해변의 지형과 조류의 흐름을 살펴보러 올라간 언덕에 자꾸 가고 싶은 마음을 억제할 수 없었다. 이 성향은 내 속에서 하루같이 증폭되었다. 결국 나는 바닷가를 따라 그곳에 걸어가보기로 결심하고 길을 나섰다. 영국에서 누군가 이때의 내 차림새를 보았다면 기겁을 했거나 웃음을 터뜨렸을 것이다. 나는 자주 내 모습을 훑어보려고 멈춰 섰는데, 그런 차림으로 요크셔를 가로질러 여행하는 내 모습을 그려보면서 빙그레 웃지 않을 수 없었다. 우스운 내 모습을 스케치해보면 다음과 같다.

나는 염소 가죽으로 만든 크고 높고 볼품없는 모자를 썼다. 모자 뒤에는 축 늘어진 덮개를 달았는데, 햇볕도 가리고 비가 목으로 흘러드는 것을 막기 위함이었다. 이곳 기후에서는 비가 옷 밑으로 들어와 살이 젖는 것보다 기분 나쁜 일은 없었다.

또 염소 가죽으로 만든 짧은 윗도리에 허벅다리 중간쯤까지 내려오는 스커트를 입었다. 무릎이 나오는 반바지도 길이는 그만했고, 숫염소 가죽으로 만든 것이었다. 염소 털이 양쪽으로 다리 중간까지 늘어져 마치 판탈롱처럼 보였다. 양말이나 신발 같은 것은 걸치지 않았다. 대신 옛 그리스나 로마의 비극 배우들이 신던 반장화, 그러니까 뭐라고 불러야 옳을지 모를 그런 것을 만들어 신었는데, 그것은 내 다리 위에서 덜렁덜렁 흔들렸다. 그 양쪽에는 끈이 달려 있었는데,

볼품없기는 다른 옷들과 마찬가지였다.

또 나는 염소 가죽을 말려서 만든 넓은 벨트를 둘렀다. 버클 대신 같은 재료로 만든 가죽끈 두 개로 벨트를 접합했고, 벨트 양옆에는 칼꽂이 같은 것을 하나씩 달고 칼 대신 톱과 손도끼를 끼웠다. 벨트가 하나 더 있었는데, 그렇게 넓지는 않았지만 몸에 매는 것은 같은 방식이었다. 그 벨트는 어깨에 멨다. 내 왼팔 밑 그 벨트의 끝자락에는 염소 가죽으로 된 주머니가 두 개 달려 있었는데, 한쪽에는 화약을 넣고 다른 쪽에는 총알을 넣었다. 등에는 바구니 하나를 지고 어깨에는 총을 메고, 머리 위에는 염소 가죽으로 만든 볼품없고 커다란 우산이 있었다. 그러나 우산은 총 다음으로 꼭 필요한 물건이었다. 내 얼굴 색깔은 흑백 혼혈아 색깔만도 못했다. 적도에서 위도로 따져 19도도 채 떨어지지 않은 곳에 살면서 얼굴에는 전혀 신경도 안 쓰는 사람에게 기대할 수 있는 색깔이었다. 한때 4분의 1야드〔20센티미터 정도〕 이상 자라게 내버려둔 턱수염은 이제 가위와 충분한 면도날 덕분에 짧아졌다. 다만 입술 위의 수염은 계속 길렀는데, 이슬람교도들의 구레나룻 모양으로 다듬었다. 살리에서 터키인들이 그런 식으로 수염을 기르는 것을 본 적이 있는데, 무어인들은 그런 식으로 수염을 기르지 않았다. 구레나룻이라고 부를 수도 있고 콧수염이라고 부를 수도 있는 이 수염은 그 위에 모자를 씌워도 될 만큼 길지는 않았지만, 영국에서라면 사람들이 기겁을 하고도 남을 길이였고 모양새 또한 망칙했다.

그러나 이 모든 것은 그렇고 그런 것이었다. 봐줄 사람도 없으니 외모가 뭐 그리 대단한가. 그래서 그 이야기는 여기서 접겠다. 이런 차림으로 나는 새로운 여행에 나서 대엿새 동안 집을 비웠다. 처음에는 해변을 따라 내가 처음 만든 보트를 세워둔 곳으로 가서 바위 언덕에 올랐다. 이제 돌볼 보트도 없고 해서 도중에 육지를 가로지르는 지름길을 찾아 그 언덕에 이르렀다. 보트를 타고 가다 피해야 했던 암초들이 보였다. 그런데 먼젓번과 달리 바다가 너무 잔잔하고 고요해서 깜짝 놀랐다. 잔물결도 동요도 조류도 없었다. 다른 암초가 없는 장소 같았다.

이건 이해할 수 없어서 이상하다는 생각이 들었다. 밀물과 썰물의 교차 때문에 일어나는 현상이 아닐까 싶어 한동안 관찰하기로 했다. 이윽고 어찌 된 영문인지 확신이 섰다. 서쪽에서 발원한 썰물이 육지의 어느 큰 강에서 해안으로 흘러드는 물줄기와 합쳐져 이 조류를 만드는 게 틀림없었다. 그런데 거센 바람이 서쪽에서 불어오느냐 북쪽에서 불어오느냐에 따라 이 조류는 해변으로 가까이 오기도 하고 멀어지기도 하는 게 틀림없었다. 근처에서 저녁까지 기다렸다가 다시 바위 언덕으로 가보니 썰물이 일고 지난번처럼 다시 강한 조류가 흐르는 것이 역력히 보였다. 다만 그 조류는 전보다 해변에서 반 리그 정도 멀리 흐르고 있었다. 지난번에는 조류가 해변 가까이 흐르는 바람에 내 보트가 휩쓸렸지만, 다른 때라면 그렇지 않았을 것이라는 생각이 들었다.

이러한 관찰이 나에게 안겨준 확신은 밀물과 썰물을 관찰하기만 하면 내 보트를 쉽사리 섬 반대편으로 가져갈 수 있다는 것이었다. 그러나 막상 그 생각을 실천에 옮기려니 전에 겪은 위험이 생각나서 겁이 덜컥 났다. 그 생각은 다시는 하고 싶지 않았다. 반대로 나는 또 다른 결심을 했다. 힘은 더 들겠지만 더 안전한 길이었다. 다름 아니라 카누 한 척을 새로 만드는 일이었다. 그리하여 섬 이쪽과 저쪽에 각각 한 척씩 놓아두는 것이었다.

내가 이 섬에 농장 두 개를 가지고 있다는 것은 독자들도 기억할 것이다. 하나는 암벽 아래 담을 둘러친 나의 작은 요새, 즉 천막이 있는 곳이다. 뒤에는 동굴을 파놓았다. 굴 안에 다시 굴을 더 파서 방이 여러 개가 되게끔 확장한 굴 말이다. 그 방에서 가장 건조하고 큰 방에는 요새의 담 밖으로 나가는 출입구, 다시 말해 담장이 암벽과 이어지는 지점보다 바깥으로 통하는 출입구가 있었다. 이 방에는 전에 얘기한 대로 질그릇과 커다란 바구니 열대여섯 개가 가득 놓여 있었다. 하나에 대여섯 부셸은 담을 수 있을 정도로 큰 바구니들 속에는 먹을 것, 특히 곡식을 저장했다. 줄기에서 그냥 짤막하게

잘라낸 이삭 형태로 있는 곡식과 손으로 껍질을 비벼서 벗긴 곡식이 담긴 바구니가 있었다.

담장은 전에 말했듯이 긴 나무토막, 즉 기둥으로 되어 있었는데, 이제 그 가지들이 나무처럼 자라 굉장히 크게 벌어져서 누가 봐도 그 너머에 집 같은 게 있다고는 생각지 못했을 것이다.

내 거처 근처, 그러니까 섬 안쪽으로 좀 들어간 낮은 지대에는 경작지 두 필지가 있었다. 그곳에서 나는 계절에 따라 논밭을 갈고 씨를 뿌려 수확기에 곡식을 거두어들였다. 곡식이 더 필요하면 경작지를 넓히기만 하면 되었다.

이것 말고도 나에게는 시골이 있었다. 이제 그곳에도 꽤 괜찮은 농장이 생겼다. 처음에는 그곳에 시골집이 있었다. 시골집이란 내 표현에 불과하다. 그런데 나는 그 시골집을 계속 수리했다. 사다리를 안쪽에 두고 울타리가 늘 같은 높이로 있도록 계속 가지를 쳐준 것이다. 처음에는 나뭇가지에 불과하던 울타리는 이제 우람하고 튼튼한 나무로 자랐다. 늘 가지를 쳐준 덕분에 울타리는 옆으로 퍼지며 무성한 나무로 성장하여 갈수록 멋진 그늘을 만들었다. 그게 내 마음에 큰 위안이 되었다. 울타리 한가운데는 기둥을 여러 개 세우고 돛을 펼쳐 늘 천막 구실을 하게 했다. 이 천막은 고치거나 바꿀 필요가 없었다. 이 천막 밑에는 내가 죽인 짐승 가죽으로 만든 소파를 놓아두었다. 소파 위에는 난파한 배에서 가져온 선원들의 침구에 달려 있던 모포나 망볼 때 입던 큼직한 외투를 깔았다. 나는 요새를 비울 일이 생길 때마다 이 시골집에 와 있었다.

나는 이 시골집 가까이에 염소를 칠 마당, 그러니까 울타리로 두른 공간을 만들었다. 이 공간에 울타리를 만드느라 상상할 수 없는 노력이 들었다. 나는 염소들이 빠져나갈까 봐 빈틈없는 울타리를 만드느라 신경을 곤두세우고 일했다. 무한한 노동으로 울타리 바깥쪽에 작은 말뚝을 촘촘히 박았더니 이것은 울타리라기보다 울짱이 되었다. 손을 집어넣을 틈도 없었다. 다음 우기가 지나자 가지들이 훌쩍 자라 성벽처럼 튼튼한 담이 되었다. 실로 어떤 담보다 튼튼한 벽이 되었다.

내가 게으르게 살지 않았으며, 편안한 생활을 하는 데 필요하면 몸을 아끼지 않고 일했다는 것을 이 울타리가 증언할 것이다. 길들인 짐승을 먹인다는 것은 내가 이곳에 사는 한, 그게 40년이 되더라도 고기와 우유, 버터, 치즈를 주는 살아 있는 창고를 갖는 것이라고 나는 생각했다. 또 가축들을 늘 손 닿는 곳에 두는 일은 가축을 한곳에 모아둘 울타리를 완벽하게 만드는 일이었다. 이런 식으로 울타리를 어찌나 튼튼하게 만들었는지 작은 말뚝들이 자라기 시작하자 너무 촘촘히 심어놓은 기둥 때문에 얼마쯤은 다시 뽑아내야 했다.

나는 이곳에 포도도 재배했다. 포도를 재배한 것은 주로 겨울에 먹을 건포도를 저장하기 위해서다. 건포도는 내 식단에서 가장 맛있는 음식이었으므로 나는 늘 정성 들여 포도를 보관했다. 건포도는 기분을 좋게 하는 음식일 뿐 아니라 약이 되며 건강에 좋고 영양도 많고 원기를 주었다.

시골집은 내 요새와 보트를 둔 곳 중간쯤에 있었는데, 보트가 있는 곳으로 갈 때는 대개 여기에 머물렀다. 나는 자주 보트 있는 곳에 가서 보트에 있는 물건들을 잘 정리해두었다. 때때로 기분 전환을 위해 보트를 타고 바다로 나갔지만 해변에서 돌을 던져 닿을 거리를 벗어나는 위험한 항해는 하지 않았다. 조류나 바람, 다른 돌발사건으로 나도 모르게 휩쓸려 나갈 것을 염려했기 때문이다. 그런

WAL PAGET

데 나의 삶에 새로운 국면이 다가오고 있었다.

어느 날 정오쯤에 있었던 일이다. 보트로 가다가 사람의 벗은 발자국 하나를 보고 깜짝 놀랐다. 발자국은 모래 위에 아주 선명하게 찍혀 있었다. 나는 벼락을 맞은 듯, 귀신에 홀린 듯 그 자리에 서 있었다. 귀를 기울이고 주위를 돌아보았지만 아무 소리도 들리지 않았고 아무것도 보이지 않았다. 좀 더 멀리까지 살펴보려고 비탈진 곳으로 가보기도 하고, 해변을 아래위로 돌아다녔지만 마찬가지였다. 그 발자국 외엔 아무 발자국도 볼 수 없었다. 나는 발자국이 더 있는지 보려고, 아니면 혹시 잘못 본 게 아닐까 싶어서 다시 그 자리로 가보았다. 그러나 의심할 여지가 없었다. 발가락, 발꿈치, 발의 모든 부위가 정확히 찍혀 있었다. 그것이 어떻게 거기 왔는지 알 수 없었고, 상상도 할 수 없었다. 수많은 생각 끝에 나는 넋이 나간 사람처럼 요새로 돌아왔다. 발로 딛는 땅이 느껴지지 않았고 극도의 공포에 싸여 발걸음을 옮겼다. 두세 발자국 뗄 때마다 뒤를 돌아보았고, 덤불과 나무를 사람으로 착각하기도 하고, 좀 떨어진 거리에 있는 나무 그루터기를 사람이라고 상상하기도 했다. 겁먹은 상상력이 별의별 모습을 만들어내고, 순간순간 머릿속에 터무니없는 생각들이 어찌나 요란하게 떠오르는지 말로 표현할 수 없었다.

이런 일이 있은 뒤 나는 집을 나의 성이라고 불렀는데, 성으로 돌아오자 쫓기는 사람처럼 도망치듯 집 안으로 들어갔다. 이때 처음 계획한 대로 사다리를 타고 들어갔는데, 문이라고 부르는 암벽에 있는 출입문으로 들어갔는지도 기억할 수 없다. 그 당시뿐만 아니라 심지어 다음 날 아침에도 기억하지 못했다. 겁에 질려 덮개 속으로 도주하는 토끼나 땅굴 속으로 몸을 숨기는 여우보다 두려움에 떨며 나의 은거지로 도주한 것이다.

그날 밤 한숨도 자지 못했다. 나를 겁먹게 한 대상에게서 멀리 떨어질수록 불안감은 더 커졌다. 이것은 그러한 상황의 본질에 반대되는 것이며, 특히 공포에 질린 모든 피조물들이 일반적으로 표출하는 현상과 반대되는 현상이었다. 그러나 발자국에 대해 나 스스로 만든 공포심에 어찌나 당황했는지, 거기서 멀찌감치 도망쳤는데도 머릿속에 자꾸만 무시무시한 것들이 떠올랐다. 때로는 그것이 악마임에 틀림없다는 환상에 빠졌고, 이성도 이런 환상을 거들었다. '악마가 아니라면 무엇이 사람의 모습으로 이곳에 올 수 있단 말인가? 저것을 태우고 온 배는 어디 있단 말인가? 다른 발자국은 어디 있는가? 사람이 이곳에 오다니 그것이 어떻게 가능한가?' 그러나 다음 순간 다음과 같은 생각이 들었다. '악마가 인간의 탈을 쓰고 그곳에 왔다가, 할 일이 없어 발자국만 남기고 갔단 말인가? 내가 그 발자국을 본다는 보장도 없으니 그렇게 할 이유도 없지 않은가?' 이렇게 생각하자 다른 식으로 의문이 생기면서 어안이 벙벙했다. 악마가 나한테 겁을 줄 작정이었다면 발자국 하나를 남겨두는 것 말고도 얼마든지 좋은 방법이 있었을 것이라는 생각이 들었다. 섬 맞은편에 사는 내가 만에 하나 볼까 말까 한 곳에, 게다가 거센 바람 한번 불면 파도가 몰려와 완전히 씻겨나갈 모래밭에 발자국을 남겨둘 만큼 악마가 단순하지는 않을 것이라는 생각이 들었다. 이 모든 게 이치에 맞지 않을 뿐만 아니라 우리가 흔히 믿어온, 악마는 교활하다는 생각에도 어긋나는 것이었다.

이런 여러 가지 생각 끝에 나는 그것이 악마의 발자국인지 모른다는 불안감을 떨쳐버릴 수 있었다. 그러나 나는 곧 그것이 더 위험한 피조물, 즉 이 섬 맞은편 육지에 사는 야만인이라는 결론을 내렸다. 아마 카누를 타고 바다로 나왔다가 조류나 역풍 때문에 이 섬까지 밀려왔을지 모른다. 그런데 내가 처음 이 섬에 왔을 때처럼 이 무인도에 머물기가 싫어서 다시 바다로 나갔을지도 모를 일이었다.

머릿속으로 이러한 생각을 하면서, 내가 그때 그 근처에 있지 않았던 것을 속으로 감사했다. 그들이 내 보트를 보지 못한 것도 감사하게 생각했다. 내 보트를 보았다면 이곳에 누군가 산다고 결론을 내리고 나를 널리 수색했을지도 모를 일이다. 다음 순간 혹시 그들이 내 보트를 발견하고 여기에 사람이 있다는 것을 알아차렸을지도 모른다는 끔찍한 생각이 내 상상력을 자극했다. 그렇다면 그들이 다시 이곳에 나타나 나를 잡아먹을지도 모를 일이다. 설사 내가 그들 눈에 발각되지 않는다 해도 그들은 나의 목장을 찾아내고 내 곡식을 모두 망쳐놓고 길들인 염소 떼를 가져갈 것이다. 그러면 나는 결국 아무것도 없어 굶어 죽을 것이다.

이런 두려움 앞에서 나의 종교적인 희망과 하느님에 대한 믿음은 모두 사라졌다. 그 희망과 믿음은 하느님의 선의를 감지한 놀라운 체험에 바탕을 둔 것이었다. 이제까지 나를 기적적으로 먹여살려주신 하느님의 선의로 이룩된 식량을 이제 그분의 권능으로도 지킬 수 없을 것 같았다. 나는 나의 안이한 사고방식을 꾸짖었다. 나는 해마다 다음 수확기까지 먹을 정도만 파종했다. 땅에 서 있는 곡식을 내가 즐기지 못하는 사고가 일어날 리 만무하다고 생각했기 때문이다. 자신을 꾸짖으며 앞으로는 2, 3년 치 식량을 미리 준비하여 무슨 일이 일어나도 빵이 없어 굶어 죽지는 않겠노라고 결심했다.

인간의 삶이란 섭리가 그리는 얼마나 야릇한 무늬인가! 인간의 감정은 어떤 비밀스런 샘에서 솟는 것이기에 환경이 바뀌면 곧 그 자체도 바뀌는 것일까! 우리는 오늘 사랑하는 것을 내일은 미워한다. 오늘 추구하는 것을 내일은 버린다. 오늘 바라는 것을 내일은 두려워한다. 아니 생각만 하고도 몸을 떤다. 바로 이런 현상이 그때 내게 가장 생생한 모습으로 나타났다. 나는 인간 사회와 격리되는 것을 나의 유일한 고통으로 생각했다. 홀로 끝없는 바다에 둘러싸여 인간에게서 격리된 채 스스로 침묵의 생활이라고 부른 삶을 살 수밖에 없는 저주를 받은 게 나라고 생각했다. 인간들과 함께 살 가치도 없는 인간, 하느님의 피조물과 함께 살 가치도 없는 인간이 바로 나라고 생각했다. 다른 인간을 보면 죽었다가 살아난 것이며, 하느님의 구원 다음가는 축복이 되는 사람이 바로 나였다. 그런 내가 이제 사람을 본다는 생각만으로도 벌벌 떨어야 하다니, 조용히 나타나 섬에 발자국을 남긴 사람의 그림자만 보고도 땅속으로 숨고 싶은 심정이 되다니!

인간의 삶이란 이렇게 일관성이 없는 것이다. 처음의 공포를 어느 정도 떨쳐낸 뒤 나는 여러 가지 묘한 생각을 떠올렸다. 이것은 무한히 지혜롭고 자비로운 하느님이 나를 위해 미리 결정하신 삶이라고 생각했다. 나는 이 모든 일에 담긴 하느님의 지혜가 목표하는 것이 무엇인지 예견할 수 없는 것처럼 하느님의 통치권에 트집 잡을 수 없다고 생각했다. 나는 그의 피조물이기 때문에 하느님은 스스로 옳다고 생각하시는 대로 나를 다스리고 처치할 절대적 권리가 있다는 생각이 들었다. 게다가 나는 하느님을 화나게 한 피조물이기 때문에 하느님은 나에게 적절하다고 생각하시는 대로 어떤 형벌이든 내릴 심판권이 있다고 생각했다. 그분께 죄를 지었으니 그분의 화풀이를 순순히 받아야 마땅하다고 생각했다.

다음으로 떠오른 생각은, 정의롭고 전능하신 하느님이 나를 벌주고 고통을 주는 것이 옳은 처사라고 생각하신 것처럼 나를 구원하실 수도 있다는 점이었다. 하느님이 그렇게 하는 것이 옳다고 생각하시지 않는다 하더라도, 자신을 전적으로 하느님 뜻에 맡기는 것이 의심할 여지 없는 나의 의무라고 생각했다. 하느님에게 희망을 걸고 기도하고, 그날그날 하느님이 지시하고 이끄는 대로 묵묵히 따라가는 것이 나의 의무라고 생각했다.

이러한 생각들이 몇 시간, 아니 며칠 동안 나를 사로잡았다. 아니 그야말로 여러 주일도 모자라 여러 달 동안 나를 사로잡았다. 이번에 내가 한 사색은 나에게 각별한 효과를 선사했다. 어느 날 이른 아침, 나는 침대에 누워 야만인들이 나타나면 어떤 위험이 닥칠까 하는 생각에 빠져 불안하기 그지없었다. 바로 그때 이런 성경 구절이 머리에 떠올랐다. "환난 날에 나를 부르라. 내가 너를 건지리니 네가 나를 영화롭게 하리로다."

나는 당장 명랑한 마음으로 침대에서 일어났다. 마음이 편안해졌을 뿐만 아니라, 계시와 용기를 얻어 하느님께 나를 구원해달라고 간절히 기도했다. 기도를 마치고 성경을 펴서 읽기 시작했다. 내 앞에 처음 나타난 구절은 "너는 여호와를 기다릴지어다. 강하고 담대하며 여호와를 기다릴지어다"[〈시편〉 50장 15절]였다. 이 말씀이 나에게 준 위로는 말로 표현할 수 없다. 나는 이 말씀에 응답하듯 감사하는 마음으로 성경을 내려놓고 더는 슬퍼하지 않았다. 적어도 그 순간만은 그랬다.

숙고와 우려와 반성으로 보내던 어느 날, 문득 이 모든 것이 나의 망상에 지나지 않을지도 모른다는 생각이 들었다. 그 발자국은 내가 보트를 떠나 해변을 걸어올 때 남긴 내 발자국일지도 모른다. 그렇게 생각하자 약간 신이 났다. 그래서 모든 것이 망상이었다고 자신을 설득하기 시작했다. 그건 바로 내 발자국이며, 보트로 갈 때

그 길로 간 것처럼 올 때도 그 길로 왔을지도 모른다고 자신을 타일렀다. 또 내가 어디를 걸어 다녔는지, 어디를 걸어 다니지 않았는지 확실히 알 수 없다고 생각했다. 그것이 진짜 내 발자국이라면 나는 귀신과 유령 이야기를 지어내려다 정작 자신이 제일 많이 겁먹는 바보 노릇을 한 셈이다.

나는 용기를 내어 다시 밖으로 조금씩 나가보기 시작했다. 사흘 밤낮을 성 밖으로 나가지 않아서 굶어 죽을 지경이었다. 집 안에는 보리 과자 조금하고 물밖에 없었다. 게다가 염소 젖도 짜주어야 했다. 이 작업은 내가 저녁때 기분 전환을 위해 하는 것이었다. 며칠 동안 젖을 짜지 않아 염소들은 큰 고통과 불편을 느끼고 있었다. 실제로 어떤 염소들은 신체 이상이 생겨 젖이 거의 말라붙고 말았다.

그것은 내 한쪽 발이 찍은 발자국일 따름이며, 나는 내 그림자에 놀랐다고 하는 게 타당하다는 믿음으로 마음을 굳게 먹고 밖으로 나오기 시작하여 염소들 젖을 짜러 시골집으로 갔다. 그러나 얼마나 겁을 먹고 걸었는지, 얼마나 자주 뒤를 돌아보았는지, 여차하면 바구니를 내려놓고 걸음아 나 살려라 도망치려고 만반의 준비를 했는지 보았다면 누구나 나를 악귀에 시달리거나 방금 전까지 두려움에 시달린 사람이라고 생각했을 것이다. 사실 나는 그랬다.

그러나 2, 3일 동안 이렇게 나다니고도 아무것도 보지 못했기 때문에 나는 점점 더 대담해졌고, 그것은 정말로 내 상상이었다고 생각하기 시작했다. 그러나 다시 그 해변에 가서 그 발자국에 내 발을 맞추어보고 크기가 일치하며, 내 발자국이라고 확신할 정도로 비슷한 점이 있는지 보기 전에는 완전히 마음을 놓을 수 없었다. 그러나 그곳에 가보니 내가 보트를 세워둘 때 그 근처 해변을 걸어 다녔을 리가 없다는 것이 확실히 드러났고, 내 발로 그 발자국의 크기를 재어보았더니 내 발이 발자국보다 훨씬 작았다. 이 두 가지 사실 앞에서 내 머리는 새로운 상상으로 가득 찼고, 나는 다시 우울해졌다. 나는 오한에 걸린 사람처럼 몸이 선뜻해지면서 떨었다. 한 명이든 여러 명이든 어떤 인간이 이 해변에 왔다고 믿으면서 집으로 돌아왔다. 간단히 말해 이 섬에는 사람이 살고 있으며, 내가 알지 못하는 사이에 기습 공격을 당할지도 모를 일이었다. 그러나 나의 안전을 위해 어떤 방도를 취해야 할지 알 수 없었다.

아! 사람들은 공포에 사로잡히면 얼마나 우스꽝스러운 결심을 하는가! 이성이 그들을 구원하려고 제공하는 수단을 활용하기는커녕 포기하고 만다. 나는 목장 울타리를 부수고 길들인 가축들을 숲 속으로 쫓아버려야겠다고 생각했다. 적들이 가축이나 그와 비슷한 것들을 잡으러 이 섬에 자주 출몰하지 못하게 하기 위해서다. 다음으로 밭 두 필지를 갈아엎는 바보스런 짓을 하는 것이다. 그들이 그곳에서 곡식을 발견하고 섬에 더 자주 출몰하지 않게 하기 위해서

다. 그러고는 시골 오두막과 내 천막을 없애는 것이다. 그러면 그들은 사람이 사는 흔적을 보지 못할 테고, 사람을 찾아내려고 이 섬을 더 뒤지지 않을 것이라고 생각했다.

집으로 돌아온 첫날 밤 이런 것들이 내 궁리의 주제였다. 한편 내 마음을 사로잡던 걱정들이 다시 밀려왔다. 나는 전처럼 우울했다. 이처럼 눈에 보이는 위험보다 위험에 대한 공포심이 만 배는 무서운 법이다. 또 우리가 걱정하는 재앙보다 그것을 걱정하는 마음의 짐이 훨씬 더 무거운 법이다. 그러나 무엇보다 더 나쁜 것은 이번에는 전과 달리 체념에서 위안을 얻을 수 없었다는 점이다. 나는 마치 블레셋 사람들이 공격해올 뿐 아니라 하느님이 자신을 버렸다고 원망하던 사울과 같았다. 전처럼 방어와 구조를 위해 나의 근심을 하느님께 호소하고 그분의 섭리에 몸을 맡겨 마음의 안정을 찾는 방법이 이번에는 통하지 않았다. 그랬다면 이 새롭고 놀라운 상황 속에서 적어도 조금 더 명랑한 마음으로 버틸 수 있었을 것이다. 어쩌면 조금 더 결단성 있게 대처할 수 있었을 것이다.

나는 혼란스런 생각으로 밤을 꼬박 새웠다. 그러나 아침이 되자 잠이 들었다. 머리가 어지럽고 피곤한 데다 용기도 탈진하여 깊은 잠에 빠졌다. 눈을 떴을 때 잠들기 전보다 마음의 안정을 느꼈다. 그리하여 차분하게 생각하기 시작했다. 자신과 치열한 논쟁 끝에 더없이 쾌적하고 비옥하며, 내가 본 것처럼 육지에서 떨어지지도 않은 이 섬이야말로 내가 생각한 것처럼 완전히 버려진 땅이 아니라는 결론을 내렸다. 지금 이 섬에 사는 사람은 없지만 이 섬을 목표로 오든, 거센 바람에 떠밀려 할 수 없이 오든, 가끔 보트를 타고 오는 사람도 있을 수 있다.

나는 지금까지 여기서 15년을 살았는데, 사람의 그림자나 모습은 한 번도 본 적이 없다. 설사 언젠가 사람들이 밀려왔다 해도 그들은 이곳이 살기에 부적절하다고 생각한 나머지 서둘러 이곳을 떠났을 것이다.

위험한 상황이 벌어질 가능성이 가장 높은 것은 섬 맞은편의 육지 사람들이 바다를 헤매다가 우연히 이 섬에 오는 경우다. 그들이 표류하다 이 섬까지 왔다면 그들의 의지와는 상관없는 일이었을 것이다. 그래서 그들은 될 수 있는 한 빨리 떠났을 것이다. 어쩌다 해변에서 하룻밤을 묵었다면 조류의 도움을 기대하고 날이 밝기를 기다렸을 것이다. 그러니까 나는 야만인들이 육지에 오르는 것을 볼 경우 안전하게 몸을 숨기는 일만 생각하면 된다.

한 가지 뼈저리게 후회되는 일은 굴을 너무 크게 파서 요새와 암벽이 맞닿은 곳 너머에 출입구를 만들어놓은 것이다. 그래서 이 문제를 깊이 생각한 끝에 지금 있는 담장 바깥쪽으로 좀 떨어진 곳에 같은 반원 모양으로 담장 하나를 더 쌓기로 했다. 앞에서 언급했듯이 12년 전 두 줄로 나무를 심은 곳인데, 그때 나무를 꽤 빽빽하게 심었기 때문에 나무들 사이에 말뚝만 몇 개 더 박으면 더 촘촘하고 튼튼해지고 머지않아 새 담장이 완성될 예정이었다.

이렇게 해서 이중 담장이 생겼다. 바깥쪽 담장은 목재, 낡은 밧줄 그리고 담장을 튼튼하게 할 것으로 기대되는 모든 것으로 폭을 넓게 만들었다. 또 팔이 들어갈 만한 구멍을 일곱 개 만들었다. 담장 안쪽은 동굴에서 파낸 흙을 계속 쌓아 10피트 두께로 만든 뒤 발로 밟아 단단히 다졌다. 일곱 개의 구멍에는 내가 배에서 찾아 육지로 가져온 머스켓 일곱 자루를 걸어놓았다. 나는 이 총들을 대포처럼 배치하고 마치 대포 받침대처럼 그 총들을 고정하는 틀을 만들었다. 그래서 총 일곱 자루를 이 분 안에 모두 발사할 수 있었다. 이 담장을 끝내는 데 고달픈 한 달이 걸렸는데, 그때까지 나는 마음을 놓을 수 없었다.

이 일을 마친 다음, 나는 담장 바깥쪽 땅에 사방으로 고리버들같이 생긴 나무 기둥을 많이 심었다. 이 나무들이 썩 잘 자란다는 것을 알았기 때문에 거의 이만 그루는 심은 것처럼 생각됐다. 나무들과 담장 사이에는 큰 공간을 두어 나는 적들을 잘 볼 수 있고, 바깥쪽 담장에 접근하려는 적들은 그 어린 나무들 속에서 몸을 숨길 수 없도록 했다.

2년이 지나자 작은 나무가 빽빽이 들어선 관목림이 생겼고 오륙년 후 내 집 앞은 숲이 되었는데, 나무들이 어찌나 울창하고 건장한지 몸 하나 빠져나갈 수 없을 정도였다. 어느 누구도 그 숲 너머에 집은커녕 어떤 것이 있다고 상상할 수 없었을 것이다. 그 숲에는 길을 내지 않았다. 드나들기 위해 내가 고안한 방법은 사다리 두 개를 이용하는 것이었다. 사다리 하나는 바위 한편의 우묵하게 들어온 곳에 놓고, 그 위쪽으로 다른 사다리를 놓았다. 그러니까 두 사다리를 치우면 어느 누구도 내 쪽으로 넘어올 수 없었다. 설사 넘어온다 해도 여전히 내 담장의 바깥쪽에 있을 뿐이었다.

이처럼 나는 나를 보호하기 위해 인간의 신중함이 제시하는 모든 조치를 했다. 그런 조치를 한 것이 전혀 터무니없는 헛수고가 아니었다는 것은 나중에 알 것이다. 당시에는 막연한 두려움에서 그렇게 했을 뿐, 어떤 일을 예상한 것은 아니었다.

이런 일을 하는 동안 다른 일을 소홀히 하지 않았다. 나의 작은 염소 떼들이 큰 걱정거리였다. 염소들은 언제고 내 손에 넣을 수 있는 식량 공급원이었다. 화약과 총알을 쓸 필요가 없을뿐더러 야생동물을 사냥하는 피곤한 작업을 하지 않고도 염소들에게서 넉넉한 식량을 얻을 수 있었다. 그래서 이것들이 주는 이점을 잃기 싫었고, 처음부터 다시 길들이며 키우고 싶지도 않았다.

오래 생각한 끝에 이 문제를 해결하여 염소들을 그대로 간직할 두 가지 방법을 고안했다. 하나는 다른 적당한 곳을 찾아 지하에 동굴을 파고 밤마다 염소 떼를 굴 안에 넣는 것이다. 다른 방법은 두세 군데에 거리를 두고 작은 우리를 만들어 한 곳에 여섯 마리 정도씩 나누어놓는 것이다. 이렇게 하면 우리 하나가 온통 화를 입는다 하더라도 적은 시간과 노동으로 복구할 수 있다. 많은 시간과 노력이 들겠지만 나는 그게 가장 합리적인 계획이라고 생각했다.

따라서 나는 이 섬에서 가장 후미진 지역을 찾느라 얼마간 시간을 소비했다. 그리하여 정말 내 마음에 드는 으슥한 곳을 발견했다. 그곳은 울창한 숲속 한가운데 위치한 좀 습기가 많은 빈터였다. 섬 동쪽에서 집으로 돌아오다가 길을 잃을 뻔한 그곳이다. 3에이커에 달하는 빈터가 숲으로 둘러싸여서 거의 자연적인 울타리가 만들어진 셈이었다. 그래서 전에 만드느라 고생한 다른 필지에서와 달리 그리 많은 노력이 필요치 않았다.

나는 곧바로 이곳에서 일을 시작했다. 한 달도 채 되지 않아 울타리가 어느 정도 만들어졌고, 처음보다 많이 순해진 염소들을 안전하게 가둘 수 있었다. 나는 지체하지 않고 어린 암염소 열 마리와 숫염소 두 마리를 이곳으로 옮겼다. 어린 염소들을 그곳에 들인 채 마무리 작업을 계속해서 다른 곳처럼 튼튼한 울타리를 만들었다. 그러나 마무리 작업을 천천히 쉬면서 하는 바람에 시간이 꽤 많이 걸렸다.

나는 순전히 사람 발자국을 발견한 데서 생긴 불안감 때문에 이 모든 고생을 한 것이다. 다시 말해 나는 아직 누가 이 섬 가까이 오는 것을 보지 못했다. 이런 불안 속에 산 것이 2년이 되었으며, 내 생활은 전보다 훨씬 불안정했다. 사람이 사람을 무서워하는 공포의 덫에 걸린 채 사는 것이 어떤 것인지 아는 사람이면 쉽게 상상할 수 있을 것이다. 슬픈 얘기지만 고백할 것이 하나 있다. 나의 정신적 불안이 신앙심에 커다란 영향을 끼쳤다는 점이다. 야만인과 식인종의 손아귀에 붙잡힐지 모른다는 공포와 두려움이 공격하는 바람에 창조주를 찾아갈 마음이 별로 나지 않았다. 영혼의 평온과 전에 습관처럼 해오던 하느님께 의지하는 마음가짐이 없어졌다. 오히려 밤마다 아침이 오기 전에 죽음을 당하고 잡아먹힐지도 모른다는 생각에 마음의 고통과 중압감에 눌려 하느님께 기도하는 편이었다. 내 경험으로 꼭 증언해야 할 말은 공포와 불안보다는 평화와 감사, 사랑과 애정의 마음이 기도하기에 알맞다는 점이다. 임박한 불행에 대한 공포에 사로잡힌 인간은 병석에서 회개하는 사람보다 하느님께 기도하는 의무를 잘 수행하기에 적합하지 않다. 병은 몸에 영향을 끼치지만, 불안은 마음에 영향을 끼치기 때문이다. 또 정신적 불안은 신체의 무능력과 같으며, 어쩌면 더 큰 장애임에 틀림없다. 하느님을 향한 기도는 신체적인 행위가 아니라 마음의 행위기 때문이다.

그러나 이야기를 계속하겠다. 가축의 일부를 안전한 장소로 옮긴 뒤 또 다른 축사를 지으려고 섬 전체를 돌아다니며 다른 아늑한 장소를 찾았다. 그러다가 이제껏 가본 곳보다 서쪽 지점으로 멀리 가서 방황하게 되었다. 그곳에서 바다를 바라보았다. 그때 멀리 바다 한가운데에 보트같이 생긴 물체가 보였다. 나에게는 배에 있던 선원 궤짝에서 가져온 망원경이 한두 개 있었지만 몸에 지니고 다니지는 않았다. 그런데 그 물체는 너무 멀리 있어서 그것이 무엇인지 분간할 수 없었다. 눈이 견딜 수 없을 때까지 그 물체를 바라보았지만, 너무 멀어서 그것이 보트인지 아니면 다른 것인지 몰랐다. 지금 생각해도 모르겠다. 그러나 언덕에서 내려오자 그 물체는 보이지 않았다. 그래서 나도 보기를 포기했다. 다만 앞으로 외출할 때는 반드시 주머니에 망원경을 넣고 다니겠다고 결심했다.

언덕을 내려와 한 번도 가본 적 없는 섬의 끝자락에 이르렀을 때, 이 섬에서 사람 발자국을 보는 것은 그리 이상한 일이 아니라는 확신이 들었다. 오히려 내가 야만인들이 전혀 오지 않는 쪽에 던져진 것이 하느님의 각별한 은총이라는 생각이 들었다. 야만인들이 카누를 타고 먼 바다로 나왔다가 배를 댈 곳을 찾아 섬의 이쪽 지점에 들르는 것은 아주 흔히 일어날 수 있는 일이라는 것을 진작 알았어야 했다. 그들은 카누를 타고 만나 싸움을 하는 일도 있을 것이고, 승자가 패자를 포로로 잡아 이곳 해변으로 끌고 와서는 식인종이니까 그들의 무시무시한 풍습에 따라 잡아먹었을 것이다. 이런 이야기는 다음에 하겠다.

위에서 말한 것처럼 언덕을 내려와 섬의 남서쪽에 이르렀을 때, 나는 완전히 정신을 잃을 정도로 놀랐다. 해변에 해골과 손발과 사람의 신체 부위를 구성하는 다른 뼈들이 흩어져 있는 것이었다. 이 광경을 보았을 때 내가 얼마나 큰 공포에 휘말렸는지는 말로 표현할 길이 없다. 특히 한 장소는 불을 피웠던 곳이고, 투기장처럼 땅을 동그랗게 파놓은 곳도 있었다. 악당 같은 야만인들이 동료의 몸뚱이를 가지고 비인간적인 잔치를 벌이며 모여 앉았던 모양이다.

나는 이 광경에 너무 놀란 나머지 한참 동안 나에게 닥칠 위험에 대해서는 생각도 못했다. 이 비인간적이고 지옥 같은 야만성과 인간 본성의 타락에 대한 생각에 나의 불안감은 온통 매몰되어 흔적

도 없었던 것이다. 이런 일이 있다는 것은 전에도 몇 번 들어보긴 했지만, 이렇게 코앞에 두고 본 적은 없다. 나는 이 처참한 광경에서 얼굴을 돌렸다. 속이 울렁거렸고 금방이라도 기절할 것 같았다. 위장이 뒤틀리더니 격렬한 구토를 한 뒤에야 좀 안정이 되었다. 그러나 잠시도 그곳에 머무를 수 없었다. 나는 허둥대듯 급하게 언덕으로 올라간 다음 집으로 발걸음을 옮겼다.

그 지역에서 좀 벗어나자 넋을 잃고 잠시 조용히 서 있었다. 정신을 차리고 홍수 같은 눈물이 흐르는 가운데 영혼에서 샘솟는 진지한 감정으로 하늘을 올려다보았다. 그러고는 이처럼 무서운 인간들에게서 먼 곳에 떨어지게 해주신 것에 대해 하느님께 감사했다. 비록 내가 처한 현재 상황이 매우 비참했지만, 그 안에서도 수많은 위안을 베풀어주신 것을 감사하게 생각했다. 불평할 일보다 감사할 일이 많았다. 이 비참한 처지에서도 하느님의 존재를 안 것과 그분의 은혜에 대한 소망을 품어 위로를 받아온 것이다. 이는 내가 겪었고 앞으로 겪을 수도 있는 모든 불행을 압도하고도 남는 축복이었다.

나는 감사하는 마음으로 나의 성, 그러니까 내 집으로 돌아왔다. 내가 처한 상황이 전보다 훨씬 더 안전하다는 생각을 하기 시작했다. 야만인들이 무언가를 찾으려고 이 섬에 오는 게 아니라는 것을 두 눈으로 보았기 때문이다. 그들은 여기서 무엇을 찾거나 바라거나 기대하지 않았을 것이다. 그들은 숲으로 뒤덮인 지점 바로 앞까지는 왔겠지만, 쓸 만한 것은 아무것도 찾지 못했으리라. 내가 이 섬에 온 지 거의 18년이 되었지만 이전에는 사람 발자국을 한 번도 본 적이 없었다. 물론 그럴 일도 없겠지만 내가 그들에게 내 모습을 드러내지 않는다면 지금까지 그랬던 것처럼 앞으로도 18년 동안 완벽하게 몸을 숨긴 채 지낼 수 있을 것이다. 내가 할 일은 내 존재를 알려도 괜찮은, 그러니까 식인종보다 나은 인간을 만날 때까지 지금 있는 곳에 완벽하게 숨어 있는 것뿐이었다.

그러나 이 야만인들의 잔학함과 동료들을 잡아먹는 극악무도하고 비인간적 관습에 대한 혐오감이 머리에서 지워지지 않았다. 나는 계속 침울한 비탄에 젖어, 이후 거의 2년 동안 내 구역에만 처박혀 있었다. 내 구역이란 나의 성과 내가 오두막이라고 부르는 시골집과 숲에 있는 가축 우리다. 나는 염소 우리를 돌볼 때만 숲속 시골집을 드나들었다. 잔인한 야만족에 대한, 자연의 여신이 나에게 수여한 혐오감이 워낙 컸기 때문에 그들을 만나는 것은 악마를 만나는 것만큼 무서웠다. 이 기간 동안에는 보트를 보러 가지도 않았다. 그 대신 다른 보트를 하나 만들 생각을 하기 시작했다. 바다에서 야만인들과 만날까 봐 섬 뒤편으로 가서 내 보트를 가져올 꿈도 꿀 수 없었다. 그들 손에 잡히면 내 운명이 어떻게 될지는 뻔한 일이었다.

그러나 시간이 흐르고 야만인들이 나를 발견할 위험이 없다는 만족감이 생기면서 야만인들에 대한 불안감도 점차 사라졌다. 나는 전처럼 안정된 자세로 살기 시작했다. 다른 점이 있다면 우연이라도 그들 눈에 띄는 일이 없게끔 전보다 조심하고 주위를 잘 살피는 정도였다. 특히 총 쏘는 일을 더욱 조심했다. 야만인이 섬에 왔다가 우연히 총소리를 들을 위험이 있었기 때문이다. 길들인 염소들이 있으므로 숲속을 돌아다니며 총 쏠 필요가 없다는 것은 하늘의 축복이었다. 염소를 잡을 일이 있으면 전처럼 함정과 올가미를 썼다. 그래서 그 후 2년 동안 총을 두고 나간 적은 없지만 총을 쏜 적도 없다고 생각된다. 더욱이 나한테는 배에서 가져온 권총이 세 자루 있었는데, 적어도 두 자루는 염소 가죽으로 만든 허리띠 주머니에 꽂아 항상 지니고 다녔다. 배에서 얻은 커다란 선원용 단도 한 자루도 잘 갈아 허리띠에 차고 다녔다. 그러니 밖에 나갈 때 내 모습은 보기에도 무적이었다. 전에 묘사한 내 몰골에 권총 두 자루와 칼집도 없는 날이 넓은 칼까지 더해보면 나는 정말 난공불락이었다.

방금 말한 것처럼 한동안 일이 이렇게 돌아갔다. 이런저런 조심을 한 것 빼고는 이전의 조용하고 안정된 생활로 돌아간 것 같았다. 이런 모든 상황은 다른 사람들의 처지와 비교해서 내 처지가 전혀 비참하지 않다는 것을 입증했다. 아니, 하느님이 마음만 내켰다면 나의 운명으로 지정하셨을 어떤 특정한 생활과 비교하면 내 처지는 불행과 거리가 멀다는 생각이 들었다. 동시에 사람이 어떤 처지에 놓여도 자신의 처지를 더 나은 처지와 비교하며 투덜대고 불평할 게 아니라 더 나쁜 처지와 비교하면 불평할 게 별로 없으리라는 생각이 들었다.

현재 상황에서는 필요한 물건들이 그리 많지 않은 데다, 야만인들에 대한 두려움과 신변 안전에 대한 걱정 때문에 생활의 편리를 위해 어떤 것을 발명하겠다는 의지는 무뎌졌다. 그래서 한때 골똘히 생각하던 한 가지 훌륭한 계획도 포기했다. 그 계획이란 얼마간의 보리로 엿기름을 만들어 맥주로 양조할 수 있는지 시험해보는 일이었다. 이것은 엉뚱한 생각이었다. 그래서 그런 바보 같은 생각에 대해 자신을 꾸짖기도 했다. 다시 말해 맥주를 만드는 데 당장 필요한 몇 가지가 있는데, 나로서는 그것을 공급할 능력이 없다는 것을 알았기 때문이다. 첫째 저장할 통이 있어야 하는데, 전에도 말했듯이 나는 통을 만들 방법이 없었다. 아니, 통을 만들어보려고 며칠뿐 아니라 몇 주, 몇 달을 시도해보았지만 모두 허사였다. 다음으로 맥주의 쓴맛을 내는 홉 열매와 발효시키는 효모, 끓일 솥이나 주전자도 없었다. 이런 여러 가지가 없었지만 야만인들에 대한 두려움과 공포만 없었다면 나는 이 일을 시작하여 끝내 성공했을 것이라고 믿는다. 일단 머리에 떠올라 일을 시작했다 하면 이루지 못하고 포기한 경우는 거의 없었기 때문이다.

그러나 발명을 위한 나의 창의력은 엉뚱한 방향으로 흘러갔다. 나는 밤낮으로 그 극악무도한 인간들이 벌이는 잔인한 피의 잔치를 어떻게 하면 근절할 수 있을까, 그들이 잡아먹으려고 이곳으로 데려오는 희생자들을 어떻게 하면 구할 수 있을까 하는 생각뿐이었다. 야만인들을 모두 죽이거나 이 섬에 다시는 오지 못하도록 겁을 주기 위해 내가 품은 계획, 아니 내가 곰곰이 생각해낸 시도를 모두 기록한다면 이 책보다 훨씬 두꺼운 책이 될 것이다. 그러나 그런 계획은 모두 포기할 수밖에 없었다. 그런 일을 하기 위해서 내가 직접 그곳에 가지 않으면 어떤 효과를 거두기란 불가능했기 때문이다.

야만인들은 이삼십 명씩 모여 있을 테고, 내가 총으로 쏘는 것만큼 정확하게 표적을 맞힐 수 있는 활과 창을 든 마당에 나 혼자 그들 사이에서 무엇을 할 수 있겠는가?

때로는 야만인들이 모닥불을 피우는 장소 밑에 구멍을 파고 화약 5, 6파운드를 묻을까 생각했다. 그들이 불을 지피면 결국 점화되어 그 일대가 초토화될 것이다. 그러나 화약이 채 한 통도 남지 않아 야만인을 잡으려고 그렇게 많은 화약을 낭비하기 싫었고, 그들을 놀라게 할 시간에 화약이 폭발할 것이라는 자신이 없었다. 잘해야 그들 귓가에 폭음을 내어 놀라게 만들 수는 있겠지만, 그들을 섬에서 완전히 추방하기에는 미흡할지도 모를 일이었다. 그래서 이 계획은 일단 보류하고 편리한 장소를 찾아 매복하기로 했다. 총 세 자루에 화약을 이중으로 넣었다가 그들이 피의 향연을 벌이는 사이에 한 방으로 두세 명을 죽이거나 부상을 당하게 할 수 있다고 판단될 때 총을 발사하는 것이다. 그런 다음 권총 세 자루와 칼을 가지고 녀석들을 공격할 생각이었다. 놈들이 스무 명이라도 다 죽여야 한다고 생각했다. 이런 환상이 몇 주일 동안 내 마음을 즐겁게 했다. 그 생각에 푹 빠져 있었기 때문에 나는 자주 그런 꿈까지 꾸었다. 때로는 잠결에 그들을 공격하는 동작을 하기도 했다.

나는 이러한 상상에 푹 빠져서, 실제로 며칠 동안 그들을 기다리기에 알맞은 곳을 찾아 나섰다. 그 일대를 자주 답사하다 보니 곧 그곳 지리에 익숙해졌다. 내 마음은 야만인들에게 칼을 꽂는 피의 복수로 가득 차 있었기 때문에 그들이 사람을 잡아먹은 장소와 흔적을 보고 느끼는 혐오감은 앙심이 깊어지게 했다.

마침내 언덕의 허리 부분에서 한 장소를 발견했다. 그곳에서는 그들의 보트가 오는 것을 마음 놓고 기다리며 감시할 수 있었다. 그들이 육지에 오를 채비를 하기 전에 나는 울창한 숲으로 눈에 띄지 않게 들어갈 수 있었다. 그 숲속에는 몸을 완전히 숨길 수 있을 만큼 속에 큰 구멍이 난 나무가 한 그루 있었다. 그 속에 앉아 그들의 피의 잔치를 볼 수 있을 것 같았다. 그들이 옹기종기 모여 있을 때 머리통을 조준한다면 총알이 빗나가지 않을 것이며, 첫 발에 서너 명을 다치게 할 수 있을 것 같았다.

이 장소에서 나의 계획을 실천하기로 결심했다. 따라서 머스켓 두 자루와 엽총 한 자루를 준비했다. 머스켓 두 자루에 각각 납으로 된 탄알 한 쌍과 총알 크기의 더 작은 탄알 다섯 발을 장전했다. 엽총에는 크기가 제일 큰 사냥용 총알을 한 움큼 장전하고, 권총에는 총알을 네 발씩 장전했다. 두 번째, 세 번째 사격을 위한 탄약도 충분히 챙겨 원정을 위한 준비를 끝냈다.

이렇게 계획을 세우고 상상 속에서 미리 연습한 뒤 매일 아침 내 성에서 3마일이나 그 이상 떨어진 언덕 꼭대기로 갔다. 그러고는 섬으로 다가오거나 섬을 향해 서 있는 보트가 있는지 살펴보았다. 그러나 아무리 망을 보아도 매일 허탕만 치고 돌아오는 일이 서너 달 되풀이되자 이 힘든 의무에 진력이 나기 시작했다. 나는 줄곧 망원경으로 사방을 멀리까지 내다보았지만, 해안 근처뿐만 아니라 바다에 아무것도 나타나는 낌새를 보지 못한 채 돌아왔다.

망을 보려고 매일 언덕으로 가는 일과를 계속하는 동안 내 계획에 대한 열의가 있었다. 내 정신은 알몸으로 다니는 야만인들을 죄의 대가로 죽인다는 과격한 사형 집행을 감당하기에 적합한 모든 준비가 되었다. 그런데 나는 그 죄라는 것에 대해 따져보지 않았다. 이곳 인간들의 부자연스러운 관습을 봤을 때 느낀 공포 때문에 촉발된 그 격한 감정에서 조금도 더 나아가지 못한 것이다. 그러나 야만

인들이 가증스럽고 끔찍한 열정을 가진 것은 삼라만상을 현명하게 배열하시는 하느님의 섭리가 허락한 것이 아닌가 하는 생각이 들었다. 그들은 오랜 세월 동안 그렇게 하도록 방치된 것이 아닐까, 하늘에 버림받고 지옥 같은 타락의 힘에 충동질을 받은 본성이 빠져들 수밖에 없는 악습으로 나타나는 게 아닐까 하는 생각이 들었다.

그러나 오랫동안 매일 아침 헛되이 감행하던 원정에 싫증이 나기 시작하자 그 행위에 대한 내 의견도 바뀌기 시작했다. 내가 지금 뛰어들려는 일이 무엇인지 냉정하고 침착하게 생각하기 시작했다. 내가 무슨 권한과 사명감이 있다고 그들을 범죄자로 심판하고 처형할 수 있는가? 하늘은 그들이 그럴 만하다고 생각하기 때문에 오랜 세월 동안 아무런 벌도 내리지 않고 그대로 계속하도록 허용하는 것이 아닌가? 이를테면 서로 잡아먹게 해서 신의 심판을 집행하도록 허용하는 것이 아닐까? 이 야만인들이 내게 행한 죄는 어느 정도란 말인가? 내가 무슨 권리가 있다고 그들이 저희끼리 마구잡이로 벌이는 피의 싸움에 끼어들려 하는가? 나는 이 문제를 두고 다음과 같이 나 자신과 자주 논쟁했다. "하느님이 이 특정한 사건을 어떻게 판단하시는지 내가 어떻게 안단 말인가? 이 인간들은 이런 짓을 하면서도 범죄라고 생각하지 않는 것이 확실하다. 그들은 자신들을 꾸짖는 양심에 반하는 것도 아니고, 그들을 꾸짖으며 인도하는 진리의 빛에 반하는 것도 아니다. 그들은 자신들의 행동이 범죄인 줄도 모른다. 그들은 신의 정의를 거스른다고 생각하면서 그 일을 저지르는 것은 아니다. 우리가 죄를 지을 때 흔히 그렇게 하는 것과 마찬가지다. 그들은 전쟁에서 잡은 포로를 죽이는 것을 우리가 소를 죽이는 것과 마찬가지로 범죄라고 생각하지 않는다. 또 사람 고기를 먹는 것은 우리가 양고기를 먹는 것처럼 당연하다고 생각한다."

이 문제를 조금 더 생각해보았을 때 내 생각이 확실히 잘못된 것이라는 결론이 나왔다. 즉 이 인간들은 적어도 내가 내 머릿속에 그들을 저주하던 의미에서 살인자는 아니라는 결론이었다. 그들이 살인자라면 전쟁에서 잡은 포로를 죽이는 기독교인 역시 살인자일 것이다. 더 흔한 일로 무기를 버리고 항복하는 적의 부대원 전체를 구명하기는커녕 몰살하는 기독교인도 살인자다.

다음으로 나에게 떠오른 생각은, 그들이 서로 적용하는 방식은 야만적이고 비인간적이지만 나한테는 아무것도 하지 않았다는 것이었다. 그들은 나에게 아무 해도 끼치지 않았다. 그들이 나에게 해를 입히려는 시도를 했거나 내가 생명을 보존하기 위해 그들을 공격할 필요가 있었다면 이야기는 달라질 것이다. 그러나 나는 그들의 영향권 밖에 있었고 그들은 나를 알지 못하며 나를 덮칠 계획이 없었다. 따라서 내가 그들을 공격하는 것은 정당한 행위일 수 없었다. 그것은 스페인 사람들이 아메리카 대륙에서 저지른 온갖 잔학한 행위를 정당화하는 격이 될 것이다. 그곳에서 스페인 사람들은 몇백만 명을 죽였다. 그들이 설사 우상을 숭배하는 야만인이고 관습에 따라 인간의 몸을 우상에게 제물로 바치는 등 끔찍하고 야만적인 의례를 했다고는 해도 스페인 사람들에게 아무런 해를 끼치지 않았다. 그런데도 스페인 사람들은 그들을 몰살했다. 그러한 종족 몰살 행위는 당시 유럽의 모든 기독교 국가뿐 아니라 스페인에서도 단순한 도살 행위에 그치는 것이 아니라 하느님에게나 사람에게나 정당화될 수 없는 피의 잔혹 행위라고 증오와 비난을 샀다. 그리하여 인도주의자들이나 기독교도적 연민을 느낀 사람들은 누구나 스페인 사람들을 무시하고 잔인한 존재로 여겼다. 그리하여 스페인 왕국은 관대한 인간임을 나타내는 징표인, 불행한 사람들에 대한 따스한 애정과 동정심이 전혀 없는 종족을 배출하는 고장으로 악명을 날렸다.

이런 여러 가지 생각 때문에 나는 행동을 삼가다가 완전히 멈췄다. 나는 조금씩 내 계획에서 이탈하기 시작했고, 야만인을 공격하겠다는 결심은 잘못된 조치라는 결론에 이르렀다. 그들이 먼저 공격하지 않는 한 그들 일에 끼어들 필요가 없었다. 내가 할 일은 그런 일이 일어나지 않도록 막는 것이었다. 그들이 나를 발견하고 공격한다면 그때 가서 내가 할 의무를 깨달으면 된다.

한편 내가 나 자신과 논쟁을 벌인 것은 내 계획이 나를 지키기보다는 오히려 나를 파괴와 파멸로 이끄는 것이 아닐까 하는 점이었다. 내가 그때 상륙한 야만인들뿐 아니라 그 뒤로 계속 상륙할 야만인들을 모두 죽이지 않는다면 그 가운데 누군가가 살아서 도망쳐

자기 종족에게 섬에서 일어난 일을 알릴 것이다. 그러면 동료들의 죽음을 복수하려고 야만인들이 몇천 명씩 몰려올 것이고, 나는 가만히 있었다면 겪지 않아도 될 파멸의 길로 떨어질 것이다.

이 모든 것을 고려할 때 명분으로 보나 책략으로 보나 이 일에 끼어들지 말아야 한다는 결론을 내렸다. 내가 할 일은 무슨 수단을 써서라도 몸을 숨기고 이 섬에 사람이 산다는 것을 눈치챌 만한 흔적을 남기지 않는 것이었다.

이 실속 있는 결정을 내리는 데는 종교도 한몫했다. 아무런 죄도 저지르지 않은 인간들, 특히 나에게 아무 죄도 저지르지 않은 사람들을 죽일 끔찍한 계획을 세우는 일은 결코 내 의무가 아니라는 사실을 여러 가지 방법으로 확신했다. 저희끼리 저지른 죄악은 내가 상관할 바가 못 된다. 그들은 하나의 종족이기 때문에 나는 그들을 하느님 심판에 맡겨야 마땅했다. 종족을 다스리는 분은 하느님이며, 하느님만이 종족이 저지르는 잘못에 어떻게 처벌을 내릴지 아신다. 하느님이야말로 많은 사람에게 죄를 저지른 사람들을 가장 마음에 드는 방식으로 심판하실 줄 아는 분이다.

이제 나에게 매우 명확해진 사실은, 하마터면 고의적인 살인 못지않게 큰 죄가 될 뻔한 일을 하지 않아도 된다고 허락을 받은 것보다 큰 만족은 없다는 것이었다. 나는 무릎을 꿇고 하느님께 겸허한 감사 기도를 드렸다. 하느님이 피비린내 나는 죄악에서 나를 구원해주신 것에 대한 기도였다. 나는 하느님 섭리로 나를 보호해달라고 간절히 기도했다. 야만인들의 손에 잡히지 않도록 해달라고 간청했고, 하늘이 내 생명을 지키라고 분명히 명령하지 않는 한 그들에게 내 손을 쓰지 않게 해달라고 기도했다.

그 뒤 1년 가까이 이러한 마음으로 살았다. 야만인들과 만나기를 바라지 않았기 때문에 나는 그들이 어디에 모습을 드러내는지, 해변에 올라왔는지 알아보려고 그 언덕에 간 적이 한 번도 없다. 자칫 마음이 바뀌어 그들을 공격할 새로운 계획을 세우거나 그렇게 하고 싶은 마음이 생기지 않도록 하기 위해서였다. 다만 보트를 전에 둔 곳에서 섬의 동쪽 끝으로 옮긴 다음, 커다란 바위 아래에서 발견한 작고 후미진 곳에 감춰놓았다. 그곳은 조류 때문에 야만인들이 감히 보트를 타고 와서 상륙하고 싶어 하지 않을 곳이었다.

나는 보트와 그것에 달린 여러 가지 부속물을 함께 가져갔다. 그것들은 목적지에 가는 데 꼭 필요한 것은 아니었다. 부속물이란 내가 보트를 위해 직접 만든 돛대와 돛, 닻 비슷한 물건들인데, 그것들에다 닻이니 갈고리라는 이름을 붙이기는 뭐 하지만 내가 정성 들여 만든 물건들이었다. 그것들을 죄다 옮긴 것은 섬에 보트가 있다거나 사람이 사는 흔적을 남기지 않기 위해서다.

게다가 나는 어느 때보다 은둔하는 생활에 들어갔으며, 염소 젖을 짜거나 숲속 염소 떼를 돌보는 일상적인 일을 빼고는 집을 나서는 경우가 드물었다. 이런 일들은 야만인들이 출몰하는 곳과 반대편에서 하기 때문에 전혀 위험하지 않았다. 야만인들은 가끔 이 섬에 들렀을 것이다. 하지만 무엇을 발견하리라는 생각은 하지 못했기 때문에 해변에서 먼 섬 안으로 들어오지는 않았을 것이다. 그전에도 그랬겠지만 그들에 대한 염려 때문에 내가 주의를 기울인 뒤에도, 그들은 이 섬에 다녀갔을 것이다. 내가 그전에 우연히 그들과 마주쳐 들켰다면 어떻게 되었을지 정말 끔찍하다. 벌거벗은 몸이나 마찬가지고, 작은 탄알 하나, 장전한 총 한 자루를 빼고는 무기도 들지 않은 채 섬에서 뭐 구할 게 없나 하고 여기저기 살피며 사방을 돌아다닐 때 그들과 마주쳤다면 어떻게 되었을까? 내가 사람 발자국 하나가 아니라 열다섯 명에서 스무 명 남짓 되는 야만인을 만나고, 그들이 내가 도저히 탈출할 수 없을 만큼 빠른 속도로 쫓아왔다면 얼마나 놀랐을까!

가끔 이런 생각을 하면 가슴이 철렁 내려앉고 머리가 쑤셔서 얼른 냉정한 정신으로 돌아갈 수 없었다. 정말 그들의 추격을 받았다면 나는 어떻게 해야 했을까? 반항은커녕 얼이 빠져 내가 할 수 있는 행동을 전혀 하지 못했을 것이다. 그 행동도 지금처럼 오랫동안 생각하고 준비한 상태보다 형편없는 행동이었을 것이다. 이런 생각을 하고 나면 우울해지고 그 상태가 꽤 오래 지속되었다. 그러나 결국 보이지 않는 위험에서 나를 구해주고 그러한 불행을 겪지 않도록 도와준 하느님 은총에 깊은 감사를 드리는 것으로 마음을 진정시켰다. 이런 일이 닥칠 것이라고 생각도 못하지 않았는가. 아니 그런 일이 가능할 것이라고는 꿈도 꾸지 못했다.

나는 살면서 위험에 빠졌을 때 하느님의 자비를 처음 깨닫기 시작하며 품었던 생각을 되살려보았다. 우리가 아무것도 모르는 동안, 하느님은 얼마나 경이롭게 우리를 구원하시는가? 우리가 이리 갈까 저리 갈까 어찌할 바를 모르고 의심에 차 주저할 때 하느님은 저쪽으로 가고 싶어 하는 우리를 비밀스럽게 이쪽으로 가도록 이끄신다. 아니 우리의 감각과 성향, 실제 이익으로 말미암아 우리가 다른 길로 가려 할 때, 어디서 솟아나는지 알 수 없는 힘이 마음에 신기한 느낌을 주어 다른 길을 버리고 이 길로 가게 한다. 그런데 갈 뻔한 길, 우리 깐에는 갔어야 마땅한 것으로 보이는 그쪽 길이 나중에 파멸과 죽음에 이르는 길로 밝혀지는 것이다. 이런 생각을 바탕으로 나는 다음과 같은 원칙을 만들었다. 어떤 일을 할지 말지, 이

쪽으로 갈지 저쪽으로 갈지 고민스러운 문제가 생기면 그러한 비밀스러운 예감을 찾고 항상 그 명령에 따른다는 원칙이다. 그런 압력이나 예감이 마음속에 생긴다는 것 말고는 다른 어떤 이유도 찾지 못하면서 그렇게 했다. 내가 살아가는 과정에서 이런 식으로 행동해서 성공한 예를 얼마든지 열거할 수 있다. 특히 이 섬에서 보낸 기간 중 후반부가 더욱 그러했다. 지금 같은 안목이 그때도 있었다면 틀림없이 알아차렸을 경우가 허다했을 것이다. 그러나 지혜를 얻는 데는 때가 없다. 내가 겪은 것 같은 엄청난 사건이 아니더라도 엄청난 사건을 겪는다고 생각하는 사람들에게 신의 비밀스러운 암시를 가볍게 여기지 말라고 충고하지 않을 수 없다. 그것이 어떤 눈에 보이지 않는 지혜에서 오는지 따져볼 생각은 없으며, 나로서는 설명할 수도 없다. 그러나 그것은 육신이 있는 영혼과 육신이 없는 영혼의 교류가 틀림없이 존재한다는 증거일 것이다. 이 울적한 장소에서 보낸 나의 외로운 삶의 나머지 이야기에서 그러한 비밀스러운 암시를 뚜렷하게 보여주는 예를 제시할 것이다.

이러한 불안, 나를 에워싸고 있는 한결같은 위험들, 나를 짓누르는 걱정 때문에 주거지나 생활의 편의를 위한 발명이나 고안을 그만두었다고 고백해도 독자들은 이상하게 생각하지 않을 것이다. 그때 나의 관심사는 먹을 게 아니라 안전이었다. 소리를 내면 들킬까봐 못을 박거나 장작을 팰 수 없었다. 총을 쏘는 일도 엄두를 못 냈다. 무엇보다 불을 피우기가 겁났다. 대낮에도 연기가 멀리까지 보여 나를 곤경에 빠지게 할 것이 뻔했다. 그래서 질그릇이나 담배 파이프를 굽는 것처럼 불을 피워야 하는 일은 숲속에 있는 새집에서 했다. 다행스럽게도 숲속에서 땅속 깊이 있는 자연 동굴 하나를 찾아냈다. 그 동굴은 나처럼 안전한 피신처를 찾는 사람이 아니면 야만인은 물론 누구나 동굴 입구까지 왔어도 감히 안으로 들어갈 생각도 못할 곳이었다.

파인 동굴 입구는 큰 바위 아래 있었는데, 그곳에서 숯을 구울 나뭇가지를 자르다가 우연히 발견했다. 우연이라고 말했는데, 이제 모든 일을 신의 섭리로 돌릴 충분한 이유가 없으면 그렇게 말한다. 이 이야기를 계속하기에 앞서 숯을 만든 이유를 설명하겠다.

전에 말한 것처럼 나는 집 근처에서 연기를 피우기 겁이 났다. 그러나 빵을 굽거나 고기를 요리하지 않고는 살 수 없었다. 그래서 영국에서 본 적이 있는 나무를 태워 숯을 만드는 방법을 생각해냈다. 불을 끈 다음 숯을 집으로 가져가면 연기를 피울 필요 없이 집에서 불이 필요한 일을 할 수 있었다.

그건 그렇고 그곳에서 나무를 베는 동안 무성한 잡목 가지 뒤로 뻥 뚫린 곳이 보였다. 나는 호기심에 안을 들여다보았다. 한참 고생한 끝에 그 입구로 들어갔다. 동굴은 꽤 커서 내가 똑바로 설 수 있는 높이에 내 옆에 한 사람이 나란히 서도 되는 넓이였다. 그러나 처음 동굴 안으로 들어갔을 때 서둘러 밖으로 나올 수밖에 없었다. 컴컴한 동굴 속을 들여다보는데 귀신인지 사람인지 모를 눈 두 개가 별처럼 반짝이고 있었기 때문이다. 동굴 입구에서 들어오는 희미한 빛이 반사되어 생기는 빛이었다.

잠시 걸음을 멈추고 정신을 가다듬었다. 나는 자신을 바보 천치라고 나무랐다. 섬에서 20년 동안이나 혼자 산 녀석이 귀신 따위를 무서워하다니, 이 굴 안에 나보다 무서운 존재가 있을 수 있단 말인가. 용기를 내어 커다란 횃불을 들고 다시 안으로 들어갔다. 그러나 세 발자국도 채 못 가서 아까처럼 기겁을 했다. 고통에 시달리는 사람이 내는 것 같은 신음을 들었기 때문이다. 이어 단어를 토막토막

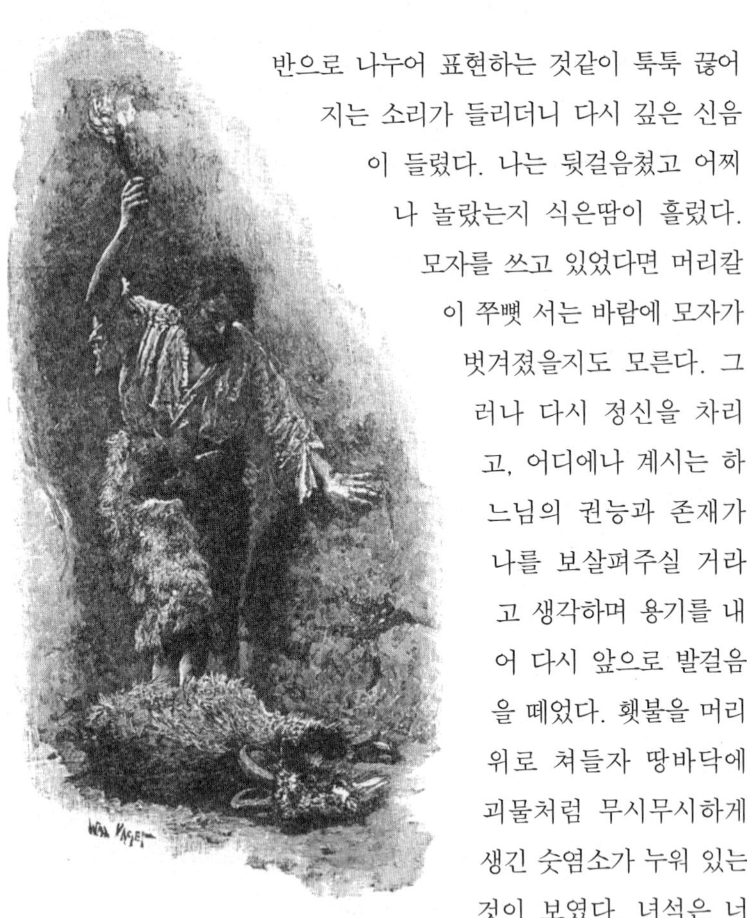

반으로 나누어 표현하는 것같이 툭툭 끊어지는 소리가 들리더니 다시 깊은 신음이 들렸다. 나는 뒷걸음쳤고 어찌나 놀랐는지 식은땀이 흘렀다. 모자를 쓰고 있었다면 머리칼이 쭈뼛 서는 바람에 모자가 벗겨졌을지도 모른다. 그러나 다시 정신을 차리고, 어디에나 계시는 하느님의 권능과 존재가 나를 보살펴주실 거라고 생각하며 용기를 내어 다시 앞으로 발걸음을 떼었다. 횃불을 머리 위로 쳐들자 땅바닥에 괴물처럼 무시무시하게 생긴 숫염소가 누워 있는 것이 보였다. 녀석은 너무 늙어서, 우리 인간들 말로 하면 마지막 유언을 하며 끊어지는 숨을 헐떡이고 있었다.

밖으로 끌어낼 수 있는지 보려고 나는 염소를 조금 흔들어보았다. 염소는 일어나려 애썼지만 제대로 몸을 일으키지 못했다. 녀석을 그대로 누워 있게 하는 게 좋겠다는 생각이 들었다. 저 염소가 날 놀라게 했다면 야만인들도 놀라게 할 것이 틀림없단 생각이 들었기 때문이다. 저 녀석 목숨이 붙어 있기만 하다면 아무리 대담한 야만인이라도 이곳에 들어왔을 때 놀라 자빠질 것이다.

나는 놀란 가슴을 진정시키고 주위를 둘러보기 시작했다. 길이가 12피트쯤 되는 자그만 동굴이었다. 모양은 둥글지도 모나지도 않고 어중간했다. 인간의 손이 아니라 자연이 만든 동굴이었다. 굴 안쪽에는 무릎을 꿇고 기어가야 할 정도로 나지막한 통로가 보였다. 어디로 이어지는지는 알 수 없었다. 초가 없어서 얼마 동안 그곳에 들어가는 것을 포기했다. 그러나 다음 날 초와 부싯깃 통을 가지고 다시 가보기로 결심했다. 이 부싯깃은 머스켓에서 떼어낸 발사 장치로 만들었고, 약실에 탄약이 좀 담겨 있었다.

다음 날 나는 커다란 초 여섯 자루를 가지고 다시 동굴로 갔다. 이제 나는 염소 기름으로 아주 좋은 초를 만들었다. 이 얕은 장소로 들어갈 때 전에 말한 것처럼 기어서 약 10야드 들어가야 했다. 굴이 얼마나 긴지, 그 너머에 무엇이 있는지 전혀 몰랐기 때문에 굉장한 모험을 하는 기분이 들었다. 낮은 부분을 지나자 높이가 20피트쯤 되는 천장이 나왔다. 지하실 같은 동굴 안을 들여다보니 이 섬에서 전혀 본 적이 없는 화려한 광경이 펼쳐져 있었다. 동굴 벽은 내가 들고 있는 초 두 개의 빛을 반사해 십만 가지 빛으로 반짝였다. 바위에 박힌 것이 다이아몬드인지, 다른 어떤 보석인지, 금인지 짐작해보았지만 알 길이 없었다.

내가 들어온 장소는 칠흑처럼 캄캄했지만, 기대할 수 있는 한 매우 유쾌한 동굴이랄까 아니면 지하 동굴 같은 것이었다. 바닥은 마르고 평평했으며 작은 자갈 같은 것이 깔려 있었다. 그래서 보기에 역겹거나 독이 있는 생물이 눈에 띄지 않았고, 벽이나 천장에도 습기가 없었다. 다만 곤란한 점은 입구가 좁은 것이었다. 그러나 그것 때문에 내가 바라던 안전한 피난처가 될 수 있어 오히려 편리하다는 생각이 들었다. 나는 이곳을 발견해서 기뻤다. 이곳에 두고 싶은 물건들을 당장 옮겨오기로 결심했다. 특히 화약통과 여분의 무기들을 가져오기로 했다. 엽총은 모두 세 자루가 있었는데, 그중 두 자루는 이리 가져오기로 했다. 머스켓 세 자루를 포함해 여분의 무기가 모두 여덟 자루였다. 집에는 바깥 담에 대포처럼 설치한 총 다섯 자루만 남았다. 그래서 밖에 나올 때는 그 총 가운데 하나를 들고 나오면 된다.

화약 옮기는 일을 하는 중에 오래전 바다에서 건져온 화약통을 우연히 열어보았다. 그때는 물에 젖어 있었는데, 이번에 보니 물기가 삼사 인치쯤 스며들어 딱딱하게 굳었지만 그 아래는 조개 속살처럼 잘 보존되었다. 그래서 그 화약통 중심부에서 훌륭한 화약 60파운드가량을 얻었다. 당시에 그건 기분 좋은 발견이었다. 나는 기습 공격에 대비해 3, 4파운드의 화약만 남겨두고 나머지는 모두 새 동굴로 옮겼다. 탄알에 쓰려고 남겨둔 납도 모두 옮겼다.

나는 동굴이나 바위 사이 구멍에 살아서 아무도 접근할 수 없었다는 옛 거인이 된 기분이었다. 내가 이 동굴 속에 있는 동안은 야만인 5백 명이 나를 잡으려 해도 찾아낼 수 없을 것이며, 발견한다 해도 감히 나를 공격하지 못할 것이라는 생각이 들었다.

숨이 끊어지려던 늙은 염소는 동굴을 발견한 다음 날 죽었다. 죽은 염소를 끌어내는 것보다 그 자리에 큰 구멍을 파서 묻어버리는 게 훨씬 쉬울 것 같았다. 나는 썩은 냄새를 방지하려고 염소를 그 동굴 안 땅에 묻었다.

이 섬에서 산 지 23년째가 되었다. 나는 이 장소와 이곳 생활 형태에 아주 익숙해져서 야만인들이 괴롭히지 않는다면 동굴 속 늙은 염소처럼 쓰러져 죽는 마지막 순간까지 이곳에서 남은 삶을 보내도 만족할 수 있을 것 같았다. 전보다 시간을 훨씬 즐겁게 보낼 수 있는 작은 오락과 취미도 몇 가지 생겼다. 먼저 전에도 말했지만 앵무새 폴에게 말을 가르쳤다. 폴은 말을 친근하게 하고 발음도 또렷해 말을 가르치는 일이 무척 재미있었다. 폴은 무려 26년을 나와 함께 살았다. 브라질에서는 앵무새가 백 년을 산다고들 하지만, 폴이 앞으로 얼마나 더 살지는 모르겠다. 어쩌면 폴은 아직도 살아남아 지금까지도 '불쌍한 로빈 크루소'를 불러대고 있을지 모르겠다. 영국 사람이 이 섬으로 와서 폴이 말하는 소리를 듣는 불행한 일이 벌어지지 않기를 바랄 뿐이다. 폴의 소리를 들으면 그 영국인은 틀림없이 악마라고 생각할 것이다. 내 개는 늙어 죽을 때까지 16년 동안 즐겁고 사랑하는 친구가 되어주었다. 고양이는 앞에서 말한 것처럼 굉장히 많이 수가 불어났다. 나 자신과 모든 것을 지키려고 여러 마리 쏘아 죽일 수밖에 없을 정도였다. 그러다가 배에서 데려온 고양이 두 마리는 죽고 나머지는 한동안 내가 계속 쫓아내고 먹을 것을 주지 않자 모두 숲속으로 달아났다. 아끼던 두세 마리만이 남았는데, 나는 그것들이 새끼를 낳는 족족 익사시켰다. 이상이 내 식구들 가운데 일부다. 이 밖에도 나는 늘 새끼 염소 두세 마리를 집 안에서 애완동물처럼 길렀다. 그 새끼 염소들에게는 내 손에서 먹이를 받아 먹는 훈련을 시켰다. 앵무새도 두 마리가 더 있었다. 말도 제법 해서 '로빈 크루소!'라고 소리를 지르곤 했다. 그러나 그들은 첫 앵무새 폴만 못했다. 사실 폴만큼 열심히 가르치지도 않았다. 이름 모르는 바닷새 몇 마리도 길렀다. 바닷가에서 잡아 날개를 잘라버린 것들이었다. 성벽 앞에 심은 울타리는 이제 너무 무성했다. 나는 그곳에 있는 낮은 덤불에 둥지를 짓고 이 새들을 길렀다. 그 일은 무척 즐거웠다. 아까도 말했지만, 야만인들에 대한 두려움만 빼면 나는 내 생활에 아주 만족했다.

그러나 일은 다른 방향으로 흘러갔다. 내 이야기를 접하는 모든 사람은 내가 앞으로 말할 다음과 같은 관찰이 정당한 것임을 알 것이다. 우리 인생살이에서 될수록 피하려 하고 가장 두려워하며 겪기 싫어하는 무언가가 오히려 구원받을 수 있는 수단이나 관문이 되는 경우가 자주 있다는 관찰 말이다. 오직 그러한 수단이나 관문을 통해 우리가 처한 고통에서 다시 일어나는 경우가 있는 법이다. 내 기구한 삶의 여정에서 이러한 예는 수없이 들 수 있다. 특히 두드러진 예는 이 섬에서 홀로 머물던 기간 중 마지막 몇 년 동안 겪은 일들에서 찾아볼 수 있다.

위에서도 말했듯, 이 섬에 온 지 23년째 되던 해 12월이었다. 이때는 남반구의 동지에 해당하지만 겨울이라고 부를 수 없는 시기인데, 나에게는 곡식을 수확하는 시기였다. 그래서 나는 들에 나가 있는 시간이 많았다. 이른 아침, 날도 밝기 전에 밖으로 나갔는데 해안에서 불꽃이 타오르는 것을 보고 놀랐다. 예전에 야만인들이 왔던 것을 본 쪽으로 2마일가량 떨어진 곳이었다. 그러나 섬의 맞은편이 아니라 걱정스럽게도 내가 있는 쪽이었다.

이 광경에 몹시 놀라서 나는 내 숲속에서 걸음을 멈추고 감히 밖으로 나가지 못했다. 야만인들이 섬으로 건너와 어슬렁대다가 서 있는 곡식이든 자른 곡식이든 보게 되거나 내가 작업해서 이룩한 일들이나 향상된 시설을 발견하면 이곳에 사람이 산다는 것을 알 테고 나를 찾아낼 때까지 절대 포기하지 않을 것이라는 걱정에 불안하기만 했다. 극단적인 상황에 몰리자 나는 곧장 성으로 돌아와 사다리를 끌어올리고 밖에 있는 모든 것이 최대한 거칠고 자연스럽게 보이도록 만들었다.

그런 뒤 마음을 굳게 먹고 방어할 준비로 들어갔다. 나는 대포라고 부르는, 새로 만든 요새에 걸어놓은 머스켓을 모두 장전했다. 권총도 모두 장전했다. 마지막 숨이 넘어갈 때까지 나를 방어하겠다고 결심했다. 하느님의 보호에 온몸을 맡길 테니 야만인들 손에서 나를 구해달라고 진심으로 기도하는 것도 잊지 않았다. 이렇게 두 시간이 흘렀다. 바깥 소식이 궁금해서 조바심이 났다. 그러나 나에게는 밖으로 내보낼 척후병이 없었다.

오래 앉아 이런 경우에는 어떻게 해야 하나 곰곰이 생각하다 보니, 아무것도 모른 채 무작정 앉아 있는 내 행위를 참을 수가 없었다. 나는 전에 말한 적이 있는 언덕에 사다리를 놓고 올라갔다. 평평한 지점에 오른 뒤 사다리를 걷어 다시 세우고 언덕 꼭대기까지 올라갔다. 그러고는 땅바닥에 엎드려 망원경으로 불꽃이 타오르던 장소를 보기 시작했다. 곧 발가벗은 야만인 아홉 명가량이 조그만 모

닥불을 가운데 두고 빙 둘러앉은 광경이 눈에 들어왔다. 날이 더웠으니까 추위를 피하려고 피운 불은 아니었다. 가져온 사람 고기를 요리하는 것 같았다. 그 사람이 살았는지 죽었는지는 알 수 없었다.

야만인들 말고도 그들이 타고 온 카누 두 척이 바닷가에 끌어올려진 채 놓여 있었다. 썰물 때여서 돌아가기 위해 썰물이 밀물로 바뀌기를 기다리는 것처럼 보였다. 이러한 광경이 내 마음을 얼마나 혼란에 빠지게 했는지, 특히 섬에서 내가 사는 쪽에, 그것도 이렇게 가까이 온 것을 보았을 때 얼마나 내가 당황했는지는 상상하기 힘들 것이다. 그러나 나중에 야만인들이 항상 썰물 때만 온다는 사실을 알고 마음이 좀 놓였다. 그러니까 밀물 때는 야만인들이 육지에 올라와 있으면 몰라도 마음 놓고 밖에 나갈 수 있다는 생각에 나는 만족감까지 느꼈다. 그 뒤로는 곡식을 거두러 외출할 때 더 편안한 마음을 가질 수 있었다.

모든 것이 내 예상대로였다. 야만인들은 조류가 서쪽으로 흐르기 시작하자 모두 보트에 올라타고 노를 저어 떠났다. 저들이 떠나기 전 한 시간 이상 춤을 추었을 텐데 그것을 봤어야 했다. 춤추는 장면은 못 봤지만 그 후 망원경으로 그들의 몸짓과 손짓을 쉽게 볼 수 있었다. 그들은 실오라기 하나 걸치지 않았는데 남자인지 여자인지는 식별할 수 없었다.

야만인들이 배를 타고 떠나는 것을 보자마자 나는 어깨에 총 두 자루, 허리띠에 권총 두 자루, 옆구리에는 칼집도 없는 큰 칼을 차고 야만인들을 처음 본 언덕으로 부리나케 올라갔다. 무기가 많아 빨리 걸을 수 없어서 두 시간 넘게 걸려 그곳에 도착했을 때, 야만인들의 카누가 세 척 이상이었다는 것을 알 수 있었다. 멀리 바다 위를 바라보았더니 야만인들이 다 함께 본토를 향해 가는 것이 보였다.

이것은 나에게 무서운 광경이었다. 특히 해변으로 가보니 그들이 한창 벌여놓았다가 남기고 간 끔찍한 흔적이 보였다. 저들 야만인들이 재미와 놀이 삼아 먹고 삼켜버린 피, 뼈다귀, 살점 등이 널브러져 있었다. 그 광경을 보니 어찌나 화가 나는지 그들을 그곳에서 다시 보면 누구든, 그 수가 얼마나 되든 모조리 죽이겠다고 마음을 다잡았다.

야만인들이 이 섬에 오는 일은 그리 빈번하지 않은 것이 명백해 보였다. 그들은 15개월 지나서야 다시 섬에 나타난 것이다. 그동안 나는 야만인들을 보지 못했을 뿐만 아니라 발자국이나 어떤 흔적도 발견하지 못했다. 또 야만인들은 우기 동안 바다에 나오지 않거나 적어도 멀리까지 나오지 않는 것이 분명했다. 하지만 나는 우기에도 그들이 급습할까 두려워 불안 속에 살았다. 이러한 관찰을 통해 나는 재앙에 대한 걱정이 재앙 자체보다 고통스럽다는 사실을 깨달았다. 특히 그런 예상이나 걱정을 떨쳐버릴 여유가 없을 때는 더욱 그랬다.

이 무렵 나는 줄곧 살의를 품었다. 더욱 바람직하게 썼어야 마땅한 시간을, 야만인들을 다시 보면 어떻게 의표를 찔러 공격할지 생각하는 데 써버렸다. 특히 지난번처럼 두 무리로 나누어 올 경우 어떻게 할지 강구했다. 그러나 열 명이나 열두 명쯤 되는 한 무리를 죽이면 다음 날이나 다음 주, 다음 달에 다시 한 무리를 죽여야 하고, 그리하여 살인을 영원히 계속함으로써 식인종과 다름없는, 아니 그보다 더한 살인자가 되어야 한다는 점을 전혀 생각하지 못했다.

나는 언젠가 저 무자비한 인간들 손에 잡힐 것을 예상하며 극심한 혼란과 걱정에 싸여 하루하루 보냈다. 밖에 나갈 때면 상상할 수 있는 온갖 조심성을 동원해서 주위를 살폈다. 그나마 다행인 것은 염소 떼를 길들여 사육하고 있다는 점이었다. 야만인들이 흔히 나타나는 섬의 저편에서는 야만인들이 놀랄까 봐 무슨 일이 있어도 감히 총을 쏠 수 없었다. 설사 지금은 그들이 총소리에 놀라 도주한다 해도 며칠 안으로 카누 2백~3백 척을 몰고 다시 나타날 게 틀림없었다. 그러면 무슨 일이 일어날지는 뻔했다.

그러나 야만인들을 다시 보기까지는 1년 3개월이 걸렸다. 그들을 다시 발견한 이야기는 곧 할 것이다. 물론 그 안에 그들이 한두 차례 왔다 갔을 수도 있다. 하지만 섬에 오래 머물지 않았거나 적어도 내 눈에 띄지 않았다. 그러나 이 섬에 온 지 24년째 되는 해, 내 계산이 맞다면 오월에 나는 참으로 이상하게 그들과 마주쳤다. 그 일은 때가 되면 말하겠다.

15, 16개월 동안 내 마음의 혼란은 대단한 것이었다. 잠도 편히 자지 못하고 늘 악몽에 시달렸으며, 밤중에 자다가 놀라서 벌떡 일어나기 일쑤였다. 낮에는 마음의 고통이 나를 압도했고, 밤에는 야만인들을 죽이는 꿈을 꾸고 게다가 왜 그런 짓을 했는지 그 행위를 정당화하는 이유를 열거하는 꿈을 꾸었다. 그러나 이 이야기는 잠시 뒤로 미루겠다. 5월 중순이었다. 16일로 생각된다. 나의 형편없는 목재 달력으로 계산해보아도 16일이었다. 나는 그때까지 나무 기둥에 금을 그어 날짜를 표시했다. 그러니까 5월 16일, 하루 종일 폭풍이 몰아치고 천둥과 번개가 무섭게 몰아치던 날이다. 뒤이어 험악한 밤이 다가왔다. 이렇게 험악한 것은 무슨 특별한 일은 아니었다. 그런데 내가 성경을 읽으며 내 처지에 대해 심각하게 생각하고 있는데, 대포 소리가 나서 깜짝 놀랐다. 바다에서 발사된 것 같았다.

확실한 것은 전에 느낀 것과는 전혀 성격이 다른 놀라움이라는 점이었다. 지금까지 나를 사로잡고 있던 생각과는 전혀 다른 생각이 머리에 떠올랐다. 나는 급히 자리에서 일어나 사다리를 타고 순식간에 바위 언덕 중턱에 올랐다. 그 순간 불빛이 번쩍하더니 두 번째 폭음을 터뜨리는 대포 소리가 났다. 30초도 안 되는 사이에 두 번째 대포 소리가 난 것이다. 소리로 판단해보건대, 내가 전에 보트를 타고 가다가 조류에 휩쓸린 바다 쪽에서 나는 것 같았다.

이것은 조난당한 어떤 선박임에 틀림없다는 생각이 떠올랐다. 동료나 동행한 다른 배에게 조난 사실을 알리고 구조를 요청하는 신호를 보내려고 대포를 쏘는 것 같았다. 그 순간 나는 그들을 도울 수 없지만, 그들은 나를 도울 수 있을지도 모른다는 생각이 들었다. 나는 마른 장작을 있는 대로 끌어모아 언덕에 쌓고 불을 붙였다. 장작이 말라 있어 활활 타올랐다. 바람이 심하게 불었지만 나무는 잘 탔고, 배가 있다면 그 불빛을 보리라 생각했다. 그들이 내 불빛을 본 것이 틀림없었다. 불길이 타오르자마자 한 번, 그 뒤에도 여러 번 대포 소리가 났는데, 모두 같은 지점에서 들려왔기 때문이다. 날이 밝을 때까지 밤새도록 불을 피웠다. 날이 밝고 날씨가 개자 섬 정동쪽 바다 한가운데에 뭔가 떠 있는 것이 보였다. 돛 같기도 하고 배의 몸체 같기도 했다. 망원경이 없는 데다 거리도 너무 멀었고 안개도 좀 남아 있어서 정확히 알아볼 수 없었다. 어쨌든 바다에 뭔가 떠 있는 것은 확실했다.

그날 하루 종일 나는 자주 그쪽을 바라보았다. 이윽고 그 물체가 꼼짝도 하지 않는다는 것을 알았다. 그래서 나는 닻을 내리고 정박한 배라고 결론지었다. 짐작하겠지만 궁금증을 풀고 싶은 나머지 총을 들고 섬 남쪽, 그러니까 전에 내가 조류에 휩쓸린 적이 있는 바위로 달려갔다. 이때쯤 날씨가 완전히 개어 바위 위에서는 모든 것이 똑똑히 보였다. 불행하게도 배 한 척이 밤 동안 표류하다 암초들에 부딪혀 좌초했다. 내가 전에 보트를 타고 가다 본 바로 그 암초들이다. 급한 조류를 막아 일종의 역류를 만들어, 내 생에 가장 필사적이고 절망적인 순간에 나를 구해준 바로 그 암초들이다.

누군가에게 안전을 주는 것이 다른 사람에게는 파멸을 안겨주는 법이다. 이 사람들은 밤에 물속에 있는 암초를 들이받은 모양이다. 지난밤 바람은 동쪽과 동북동쪽에서 강하게 불었다. 그들이 이 섬을 보았다면 목숨을 구하려고 보트를 타고 해변까지 오려고 노력했을 것이다. 그러나 그들은 이 섬을 보지 못했을 것이다. 도움을 청하려고 대포를 쏘았으며, 특히 내가 피운 불을 보고 대포를 쏘았다고 생각하자 착잡했다. 불빛을 보자마자 보트를 타고 해변으로 오려고 애썼지만 파도가 너무 심해 바다에 빠졌을지도 모른다는 생각이 들었다. 반면 그전에 배에 있던 보트를 모두 잃어버렸을지도 모른다는 생각도 들었다. 그렇게 되는 경우가 몇 가지 있었다. 파도가 배 안으로 밀어닥쳐 보트가 산산조각이 날 수도 있고, 때로는 선원들이 직접 보트를 배 밖으로 내던지는 경우도 있었다. 동행하던 배가 조난신호를 받고 선원들을 태워 갔을 수도 있고, 모두 보트를 타고 바다로 나섰지만 나처럼 먼 바다로 떠내려갔을지도 모른다. 그랬다면 불행과 파멸밖에 없었을 것이다. 어쩌면 지금쯤 굶어 죽어가면서 서로 잡아먹을 생각을 하고 있을지도 모르는 일이었다.

이 모든 것은 기껏해야 추측에 불과했다. 그리하여 내 처지에서는 그 불쌍한 사람들의 불행을 지켜보며 동정하는 것 말고는 어쩔 도리가 없었다. 그러나 그런 그들의 불행도 나에게는 좋은 영향력을 행사했다. 하느님께 감사해야 할 더 많은 이유가 생긴 것이다. 암울한 처지에서도 하느님은 기꺼이 나를 편안하게 돌봐주셨기 때문이다. 배 두 척이 세상의 이쪽에서 난파되어 양쪽 배의 동료들이 모두 바다에 던져졌는데, 나 말고는 아무도 목숨을 건지지 못했다. 하느님의 섭리는 아주 드물긴 하지만 우리를 삶의 밑바닥으로, 불행의 구렁텅이로 던져버리지만, 그럼에도 우리에게는 감사해야 할 무엇이 있다는 것, 우리보다 비참한 환경에 있는 사람들을 봐야 한다는 것을 나는 여기서 새삼 깨달았다.

난파선 선원들의 경우가 그렇다. 그들 가운데 누군가가 살아 있을 가망은 별로 없다. 합리적으로 생각해도 그들 모두 죽지 않았기를 바라거나 기대할 수는 없다. 동행하던 다른 배에 구조되었을지도 모른다는 한 가지 가능성은 있다. 그러나 그것도 어디까지나 가능성일 뿐, 그런 일이 있다는 신호나 낌새는 전혀 찾아볼 수 없었다.

나는 그 광경을 보고 마음속으로 야릇한 욕망이랄까 소망을 느꼈는데, 나의 언어 능력으로는 도저히 설명할 수 없다. 다만 때때로 이렇게 외쳤다. "아! 한두 사람, 아니 단 한 사람이라도 저 배에서 구조되어 내 쪽으로 올 수 있었다면 좋았을걸. 나한테 말을 걸고 나와 대화를 나눌 동료나 인간을 얻을 수 있는 건데." 내 고독한 생활을 통틀어 이때처럼 간절하고 절실하게 어울릴 사람이 있기를 바란 적도, 그런 사람이 없는 것을 유감으로 생각한 적도 없다.

무엇을 실물로 보거나 상상의 힘으로 어떤 대상이 존재한다는 것을 알 때 인간의 감정에는 비밀스럽게 작동하는 샘이 있어, 그것이 인간의 영혼을 흔들어 그것을 갖고 싶다는 강렬한 욕망을 일으킨다. 그래서 그것이 없으면 견딜 수 없을 정도가 된다.

한 사람만이라도 구조되었으면 하는 간절한 소망이 바로 그런 것이었다. "아! 한 사람만이라도!" 이 말을 반복했다고 생각된다. "아! 한 사람만이라도!"를 천 번은 반복한 것 같다. 그 소망이 어찌나 강렬했는지 그 말을 할 때 손톱이 손바닥을 파고들어갈 정도로 두 손을 움켜쥐는 바람에 뭔가 쥐고 있었다면 나도 모르는 사이에 박살이 났을 것이다. 또 이를 어찌나 꽉 물었는지 한동안 이들을 뗄 수가 없었다.

이러한 일들, 그리고 그 원인과 형태에 대한 설명은 자연과학자들에게 맡기자. 내가 할 수 있는 일은 있는 그대로 사실을 말하는 것뿐이다. 이런 현상은 그것을 발견한 나 자신부터 놀라게 했다. 그 현상이 어디서 비롯되었는지는 알 수 없지만, 내 마음속 간절한 소망과 절실한 생각이 낳은 현상이라는 것은 의심할 여지가 없다. 기독교 신자와 이야기를 나누는 것이 얼마나 위안이 되는지 내 마음은 잘 알았던 것이다.

그러나 그 소망은 실현되지 않았다. 그들의 운명이나 나의 운명 혹은 두 가지 모두 그 소망을 금했던 것이다. 이 섬에서 보낸 마지막 해까지 나는 배에서 살아남은 사람이 한 명이라도 있는지 알 수 없었다. 며칠 뒤 배가 부서진 곳에서 가까운 해변에 익사한 소년의 시체가 떠오른 것을 보고 슬픔에 젖었을 뿐이다. 소년은 선원이 입는 조끼와 무릎이 나오는 아마 반바지에 푸른 아마 셔츠를 입고 있었다. 어느 나라 사람인지 짐작케 해줄 물건은 하나도 없었다. 주머니에는 스페인 은화 두 닢과 담배 파이프 하나가 있었을 뿐이다. 내게는 돈보다 파이프가 열 배의 가치가 있었다.

이제 바람이 잔잔한 날씨가 되었다. 보트를 타고 난파선에 가보는 모험을 감행하고 싶었다. 내게 유용한 어떤 물건이 배에 있을지 모른다는 생각도 했지만, 그 생각이 나를 난파선에 가도록 재촉한 전부는 아니었다. 혹시 배에 살아남은 사람이 있지 않을까 싶었기 때문이다. 산 사람이 있다면 나는 그를 구할 수 있을 뿐만 아니라

내 생활에 필요한 최고의 위안을 얻는 셈이 될 거라고 생각했다. 나는 이 생각에 사로잡혀 밤낮으로 마음이 들떠 있었다. 그러나 나는 보트를 타고 난파선으로 가는 모험을 해야 했다. 나머지는 모두 하느님 섭리에 맡기기로 했지만, 가겠다는 충동이 내 마음을 너무나 강하게 짓눌렀기 때문에 뿌리칠 수 없었다. 눈에 보이지 않는 어떤 지시를 받는 느낌이었으며, 가지 않는다면 나는 자신에게도 모자라는 인간으로 보일 것 같았다.

이 충동의 힘에 눌려 나는 급히 성으로 돌아가 항해에 필요한 모든 준비를 했다. 많은 빵과 마실 물이 담긴 커다란 항아리, 방향을 알릴 나침반, 럼주 한 병(이건 아직 많이 남아 있었다), 건포도 한 바구니 등 필요한 물건들을 짊어지고 보트로 갔다. 보트에 괸 물을 퍼내고 물에 띄운 다음, 짐을 모두 실은 뒤 짐을 더 가지러 집으로 갔다. 두 번째 짐은 커다란 쌀자루, 머리 위에 그늘을 만들 우산, 마실 물을 가득 담은 또 다른 항아리, 작은 보리 과자 스물댓 개, 염소 젖한 병, 치즈 등이었다. 나는 무진 고생하면서 땀을 흘리며 그것들을 보트로 가져갔다. 그런 다음 하느님께 내 항해를 이끌어주십사고 기도하고, 보트를 출발시켜 해변을 따라 노를 저었다. 이윽고 섬의 북동쪽 끝에 이르렀다. 여기서부터 넓은 바다로 나아가야 했다. 모험을 감행하느냐 그만두느냐 갈림길에 섰다. 섬 양쪽으로 끊임없이 흐르는 급류를 보자 지난번에 당한 위험이 떠올라 덜컥 겁이 나고 기가 죽었다. 이 양쪽 급류 중 어느 한쪽에 휩쓸리면 나는 망망대해를 떠내려가 다시는 이 섬으로 돌아오지 못할 테고, 이 섬도 보지 못할 것이다. 자그마한 내 보트는 작은 돌풍만 불어도 뒤집힐 것이 뻔했다.

이런 생각이 머리를 짓누르는 바람에 나는 계획을 포기하겠다는 생각을 하기 시작했다. 나는 보트를 해안의 작은 갯가로 몰고 가서 정박시켰다. 보트에서 내려 약간 솟은 땅바닥에 앉아 항해에 대해 생각하며 두려움과 욕망 사이에서 침울해하며 고민했다. 이렇게 생각에 잠겨 있을 때 조수가 바뀌어 밀물이 들어오는 것이 보였다. 이제 몇 시간 동안은 항해에 대한 생각을 끊어야 했다. 그 순간 가장 높은 지점으로 올라가 밀물 때 조류가 어떻게 흐르는지 관찰해야겠다는 생각이 들었다. 바다 쪽으로 휩쓸려 갈 경우 다시 같은 속도의 조류를 타고 섬으로 돌아올 길은 없는지 알아보기 위해서였다. 섬 양쪽 바다를 내려다볼 수 있는 작은 언덕이 곧 눈에 들어왔다. 그곳에서는 조류의 흐름과 바다로 나갔다가 돌아올 때 어떤 코스로 와야 하는지를 식별할 수 있었다. 썰물은 섬의 남쪽 끝 가까이로 빠져나가고, 밀물은 섬의 북쪽 해안 가까이로 흘러들었다. 그러니까 돌아올 때 섬의 북쪽 조류를 타기만 하면 별문제 없을 것 같았다.

이러한 관찰에 힘을 얻어 나는 다음 날 아침 첫 조류를 타고 바다로 나가기로 결심했다. 나는 커다란 외투를 덮고 보트에서 밤을 지낸 뒤 이튿날 보트를 띄웠다. 먼저 북쪽을 향해 똑바로 보트를 몰자 보트가 동쪽으로 흐르는 조류를 타는 것이 느껴졌다. 조류 덕분에 보트는 아주 빠르게 나아갔다. 그러나 전에 남쪽에서 만난 해류처럼 거세지는 않았다. 짧고 넓적한 노를 방향타로 이용하며 빠른 속도로 가자 두 시간도 안 되어 난파선에 도착했다.

바라보기만 해도 끔찍한 광경이었다. 그 배는 건조된 모양새로 보아 스페인에서 건조된 것인데, 두 암초 사이에 끼여 있었다. 고물과 옆면 뒷부분은 파도에 산산조각이 났다. 빠른 속도로 전진하다가 앞갑판이 암초 사이에 끼였는지 주 돛대와 앞돛대가 부러져 갑판 위로 자빠졌다. 그러나 비스듬히 선 활대는 온전했고, 이물과 뱃머리도 말짱해 보였다. 배 가까이 가자 개 한 마리가 갑판으로 나와 사납게 짖어댔다. 개는 내가 소리 내어 부르자마자 바다로 뛰어들더니 내게로 왔다. 나는 개를 보트에 태웠다. 그러나 개는 굶주리고 목이 말라 거의 죽어가고 있었다. 빵 한 조각을 주자 녀석은 눈 속에서 보름은 굶은 늑대처럼 게걸스럽게 먹어치웠다. 나는 마실 물도 좀 주었다. 녀석은 내버려두었다면 배가 터질 때까지 마셨을 것이다.

나는 난파선에 올랐다. 처음 눈에 들어온 광경은 앞갑판 식당에 두 남자가 껴안은 채 익사한 모습이었다. 폭풍 속에서 배가 암초 사이에 박혔을 때 엄청난 파도가 끊임없이 몰아쳐 두 사람은 물속에 있는 것처럼 파도에 이리저리 휩쓸려 다닌 모양이었다. 내 짐작이 맞을 것이다. 배 안에는 개 말곤 살아 있는 것은 아무것도 없었다. 눈에 보이는 물건들도 죄다 젖어 쓸 만한 것이 없었다. 물이 빠진 후라서 선반 낮은 곳에 포도주인지 브랜디인지 모를 술통이 놓여 있는 게 보였으나, 너무 커서 들 수가 없었다. 선원들 것으로 보이는 궤짝도 몇 개 있었다. 그래서 그 안에 무엇이 들었는지 보지도 않고 두 개를 보트에 실었다.

그 배의 고물 쪽이 말짱하고 뱃머리가 부서졌다면 나는 큰 횡재를 했을 것이다. 선원용 궤짝 두 개에서 나온 물건들로 미루어볼 때 이 배에는 상당히 값나가는 물건들이 실려 있는 것 같았기 때문이다. 이 배가 온 항로로 미루어보건대, 남미 대륙 남쪽에 있는 부에노스아이레스나 브라질 너머에 있는 리오 데 라 플라타에서 멕시코만 아바나로 가던 배임에 틀림없다. 그 뒤로는 아마 스페인으로 갈 예정이었을 것이다. 많은 보물이 실려 있겠지만, 이제 누구에게도 소용없는 보물이었다. 그때 나는 나머지 선원들이 어떻게 되었는지 알 수 없었다.

이 궤짝 말고도 20갤런쯤 들어가는 술통을 찾아내어 간신히 보트에 실었다. 선실에는 머스켓 몇 자루와 화약이 4파운드가량 든 통이 있었다. 머스켓은 별 필요가 없었으므로 거기에 그대로 남겨두고 화약통만 보트에 실었다. 내게 몹시 필요한 부삽과 부젓가락, 작은 놋쇠 주전자 두 개, 초콜릿을 만들 놋쇠 냄비, 석쇠 따위도 실었다. 조류가 다시 섬 쪽으로 흐르기 시작하자 나는 짐과 개를 싣고 난파선을 떠났다. 그날 저녁 해가 지고 한 시간쯤 뒤 다시 섬에 도착했다. 지칠 대로 지치고 극도로 피로했다.

그날 밤 나는 보트에서 잤다. 다음 날 아침 내가 얻은 것들을 집이 아니라 새로 발견한 굴로 옮기기로 결심했다. 원기를 되찾은 뒤 짐을 모두 해변에 내려놓고 각 물건들을 자세히 살펴보기 시작했다. 술통의 술은 일종의 럼주였지만 브라질에서 마시던 것과 달리 맛이 없었다. 그러나 궤짝에서 내게 필요한 물건들이 몇 가지 나왔다. 예를 들면 궤짝 하나에서 멋진 병이 한 상자 나왔다. 아주 특이

하게 생긴 병이었는데, 매우 훌륭한 과실주가 가득 들어 있었다. 병은 3파인트들이로 은딱지 마개로 덮여 있었다. 설탕에 절인 과일이 든 단지 두 개도 나왔다. 뚜껑이 잘 덮여 있어 바닷물이 전혀 침투하지 않은 상태였다. 같은 과일 단지가 두 개 더 있었지만 물에 젖어 못 먹는 것이었다. 아주 좋은 셔츠도 몇 벌 나왔다. 이건 매우 반가운 물건이었다. 아마로 된 흰 손수건과 색깔 있는 목도리가 열대여섯 장 나왔다. 손수건 역시 매우 반가운 물건이었다. 더운 날 얼굴을 닦으면 아주 시원할 것이다. 그 밖에도 궤짝 안에 있는 귀중품 상자 서랍을 열자 스페인 은화가 든 커다란 주머니가 세 개 나왔다. 모두 합쳐 천백 닢쯤 되었다. 주머니 중 하나에서는 더블룬 금화 여섯 닢과 작은 금괴 몇 개가 종이에 싸인 채 나왔다. 모두 합쳐서 무게가 1파운드가량 될 것 같았다.

다른 궤짝에서는 옷이 좀 나왔는데, 별 쓸모 없는 것들이었다. 여러 정황으로 보아 총포 담당 선원의 궤짝임에 틀림없다. 대포 화약은 없지만 기회가 오면 엽총에 쓰려고 했는지 작은 화약통 세 개에 반짝거리는 흑연을 뿌린 화약 가루가 2파운드 정도나 들어 있었다. 이번 항해에서 내게 도움이 되는 물건은 별로 얻지 못했다. 돈은 아무짝에도 쓸모가 없기 때문이다. 그건 내 발밑에 있는 흙과 다를 바 없다. 누가 영국제 구두와 양말을 서너 켤레씩 준다고 하면 그 돈을 다 주었을 것이다. 구두와 양말은 정말 필요했지만 지난 몇 해 동안 신어본 적이 없었다. 이제 나는 구두 두 켤레를 얻었다. 난파선에서 익사한 시체 두 구의 발에서 벗긴 것들이다. 게다가 궤짝 하나에서 두 켤레를 더 찾아냈으니 보통 반가운 일이 아니다. 그러나 이 구두들은 영국제 구두와 달라서 편하지 않고 투박했다. 구두라기보다 나지막한 펌프스였다. 그 궤짝에서도 스페인 은화가 50닢쯤 나왔다. 그러나 금은 없었다. 이 상자의 임자는 장교로 보이는 다른 상자의 주인보다 가난했던 모양이다.

어쨌거나 나는 이 돈을 전에 내가 탄 배에서 가져온 돈과 마찬가지로 동굴에 보관했다. 지금 생각하면 배 후미에 있던 물건들을 가져오지 못한 것이 못내 아쉽다. 그때 카누에 가득 실어 몇 차례 날랐다면 참 좋았을 것이다. 그렇다면 영국으로 탈출한 뒤에도 그 돈은 그곳에 안전하게 있었을 테고, 내가 다시 와서 찾아갈 수 있었을 것이다.

해변에 올린 짐을 모두 옮겨 잘 보관한 다음 보트로 돌아갔다. 해안을 따라 노를 저어 전에 그것을 세워둔 곳으로 갔다. 보트를 잘 보관한 다음 서둘러 집으로 갔다. 그곳은 모든 것이 안전하고 조용했다. 그래서 나는 휴식을 취하며 옛날처럼 살았다. 집안일을 돌보기 시작했다는 말이다. 생활은 한동안 편안했다. 다만 전보다 경계하며 주위를 돌아보았고, 전처럼 밖에 나가지도 않았다. 자유롭게 다닌다 해도 섬의 동쪽 지역만 다녔다. 그쪽으로는 야만인들이 절대 오지 않을 거라고 확신했기 때문이다. 그래서 서쪽 지역으로 갈 때처럼 신경을 곤두세울 필요도 없었고, 많은 무기와 탄약을 지니고 다닐 필요가 없었다.

이런 상태로 거의 2년을 더 보냈다. 그러나 이 기간 동안 내 몸을 비참하게 만들려고 생겨난 것을 자처하는 내 불운한 머리통은 이 섬을 탈출하려는 계획과 구상으로 가득 차 있었다. 나는 이따금 난파선에 다시 가보았다. 위험을 무릅쓰고 다시 갈 만큼 가치 있는 물건은 남아 있지 않다는 이성의 목소리에도 나는 소풍 삼아 한 번은 이쪽 길로, 다음에는 저쪽 길로 가보곤 했다. 옛날 살리에서 탈출할 때 탄 것처럼 큰 보트만 있었다면 나는 틀림없이 위험을 무릅쓰고 어디로 가는 줄도 모른 채 무작정 항해에 나섰을 것이다.

내가 처한 상황을 살펴볼 때, 나는 인간이 걸리는 일반적인 질병에 걸린 사람들에게 하나의 본보기였다. 내 알기로 인간의 불행 가운데 절반은 이 질병에 기인하는 것이다. 그 질병이란 신과 자연이 정해준 자리에 만족하지 못하는 병을 말한다. 내가 원래의 생활 조건과 아버지의 훌륭한 조언을 역행한 것은 내 표현대로 나의 원죄다. 이어서 같은 실수를 되풀이한 것이 이 비참한 처지에 이른 지름길이었다. 브라질에서 농장 경영자로 행복하게 자리잡게 하신 하느님의 은총 속에서 욕망을 억제하고 차근차근 앞으로 나아가는 것에 만족했다면 지금쯤은, 그러니까 내가 이 섬에서 보낸 시간을 합친 지금에 와서는 브라질에서 가장 번창하는 농장주가 되었을 것이다. 아니, 내가 브라질에서 그렇게 짧은 기간 동안 살면서 이룩한 성과와 그곳에 그대로 남아서 이룩했을 성장을 생각하면 나는 백만장자가 되었을 것이다. 안정된 재산과 나날이 성장하는 탄탄한 농장을 버리고 흑인을 데려오려고 기니로 향하는 배의 관리인이 되다니 나는 도대체 무엇을 하려고 했단 말인가. 조금만 참고 기다리면 재산이 더 늘어 대문 앞에 가만히 앉아서 흑인을 데려오는 사업을 하는 사람들한테서 쉽게 살 수도 있었을 것이다. 돈이 약간 더 들긴 하겠지만 엄청난 위험을 무릅쓰는 것에 비하면 그 정도는 아무것도 아니었으리라.

그러나 이런 것이 젊은이들이 빠지기 쉬운 운명이듯이, 그 어리석음에 대한 반성은 연륜이 쌓이고 값비싼 경험을 한 사람들의 몫이다. 그래서 이때의 나는 어리석음에 대해 반성할 처지였다. 그러나 나의 기질에는 실수하기 잘하는 그 질병이 너무 깊게 뿌리박혀 나는 현 상태에 만족하지 못하고 여전히 탈출을 꿈꾸었으며, 그 탈출 수단을 생각하는 데 골몰했다. 독자들의 즐거움을 위하여 그 뒤에 벌어진 일도 이야기하겠지만 이 섬을 탈출하려는 어리석은 계획이 처음에 어떻게 생겨났는지, 내가 어떻게 무슨 생각으로 행동했는지 설명하는 것도 부적절한 일이 아닐 것이다.

사람들은 내가 난파선에 다녀온 뒤 전함, 그러니까 카누를 평소처럼 물속에 안전하게 보관한 뒤 성에 틀어박혀 지냈을 거라고 생각할 것이다. 나의 생활 조건은 과거로 돌아간 상태였다. 전보다 재산은 늘었지만 그렇다고 더 부자가 된 것은 아니었다. 스페인 사람들이 밀어닥치기 전에 페루의 인디언들에게 부가 필요하지 않았던 것처럼 돈은 나에게 아무런 쓸모가 없었기 때문이다.

내가 이 외로운 섬에 첫발을 들여놓은 지 24년째 되던 해 3월, 우기에 들어선 어느 날 밤이었다. 나는 눈을 뜬 채 해먹에 누워 있었다. 건강도 좋았고 고통이나 질병도 없었고, 몸이 불편하거나 마음이 불안하지도 않았다. 그러니까 보통 때보다 다 좋았지만 도저히 눈을 감을 수가 없었다. 잠을 자려 했지만 밤새 눈 한번 붙이지 못했다.

이런 밤 시간에 머릿속에 난 거대한 통로를 통해 소용돌이치는 수많은 생각과 기억을 모두 기록하는 일은 부질없는 동시에 불가능하다. 나는 이 섬에 오기까지 내 삶의 여정을 짧게 줄였다고 할 수 있는 축소판 형식으로 돌이켜보았다. 또 이 섬에 도착한 뒤의 생활도 그렇게 기술했다. 이 섬에 상륙한 후 내 생활 상태를 회고하다가, 처음에 이 집에서 행복하게 지내던 때와 모래 위에서 사람 발자국을 본 뒤 불안과 공포와 걱정으로 점철되었던 생활을 비교했다. 야만인들이 이 섬에 자주 출몰했고 때로는 몇백 명이 상륙했을 가능성을 부정하는 것은 아니지만, 어쨌든 나는 처음에 그런 사실을 몰랐기 때문에 걱정하지도 않았다. 그때도 위험한 상황이었겠지만 나는 마음 놓고 살아가고 있었다. 위험을 모를 때는 위험이 전혀 없는 것처럼 행복할 수 있었다. 이런 비교가 내 의식에 유용한 명상거리를 던져주었다. 신의 섭리는 인간이 사물을 보고 알 수 있는 한계를 아주 좁게 정했다는 것, 이 얼마나 다행한 일인가 하는 생각이었다. 수많은 위험에 둘러싸여 있으면서 그 위험들을 본다면 정신이 산란해지고 가슴이 내려앉을 것이다. 오히려 그런 일들을 보지 못하고 자신을 둘러싼 위험에 대해 아무것도 모름으로써 인간은 평온하고 차분할 수 있을 것이라는 생각이었다.

얼마 동안 이런 생각에 골몰했다가 이 섬에서 보낸 여러 해 동안 내가 처해 있던 진정한 위험에 대해 진지하게 생각하기에 이르렀다. 그동안 얼마나 안전하고 마음 편히 돌아다녔는지 생각했다. 나와 최악의 파멸 사이에 언덕 하나, 커다란 나무 하나, 그냥 찾아오는 밤만 끼여 있을 때도 나는 편안했다. 최악의 파멸이란 물론 식인종이나 야만인들의 손에 붙잡히는 것을 말한다. 그들은 내가 염소나 거북을 잡듯 나를 붙잡았을 것이다. 또 내가 비둘기나 마도요를 잡아먹을 때처럼 아무런 죄의식도 없이 나를 잡아먹었을 것이다. 나의 위대한 보호자에게 진심으로 감사하지 않는다고 말하면 그건 나 자신을 모욕하는 일이다. 나는 겸허하게 나도 모르게 받은 이 모든 구원을 감사히 여겼다. 이러한 구원이 없었다면 나는 벌써 저들의 무자비한 손아귀에 들어갔을 것이다.

이런 생각이 끝나자 나의 머리는 얼마 동안 그 불쌍한 인간들, 즉 야만인들의 본성에 대해 생각하기 시작했다. 현명하신 만물의 통치자께서 어찌하여 자신의 피조물을 이처럼 비인간적 상태, 다시 말해 동족을 잡아먹는 짐승만도 못한 상태, 그 야수성에 빠지도록 방치하실까? 그러나 그 당시만 해도 아무 결실 없는 이런 생각이 끝나자, 이 야만인들은 도대체 세상 어디에 살까? 그들은 이 해변에서 얼마나 먼 곳에서 왔을까? 그들은 왜 제 고장을 떠나 멀리까지 나올까? 그들이 가지고 있는 배는 어떤 배일까? 그들이 나에게 오는 것처럼 나도 그들이 사는 곳으로 가기 위해 왜 나 자신을 다그치지 않는가? 하는 의문이 생겼다.

내가 그리로 가면 어떻게 될까? 야만인들 손에 붙잡히면 어떻게 될까? 그들이 나를 공격하면 어떻게 도망칠까? 하는 생각은 별로 하지 않았다. 그들에게 잡히면 구출될 가망이 없는데, 어떻게 하면 습격을 받지 않고 저쪽 해안에 도달할 수 있을까? 그들에게 잡히지 않으려면 무엇을 준비해야 하고, 어느 길로 가야 할까? 하는 생각도 해보지 않았다. 나는 오직 보트를 타고 육지로 가보겠다는 생각에 몰두했다. 나는 지금의 내 처지가 가장 비참하다고 생각했다. 이

보다 나쁜 것은 죽음뿐이었다. 따라서 죽는 것 빼고는 뭐든 할 수 있었다. 육지의 해안에 이르면 다행히 구조를 받거나 아프리카 해안에서처럼 해안을 따라가다가 사람이 사는 곳에 이를지도 모르고, 거기서 구조될 수도 있을 것이다. 그러다가 결국 나를 태워줄 기독교 국가의 배를 만날 수 있을 것이다. 일이 설상가상으로 나빠져 봤자 죽기밖에 더하겠는가. 그렇게 되면 한순간에 모든 불행에 종지부를 찍을 게 아닌가……. 나의 사념은 끊어지지 않았다. 이 모든 것이 초조하고 불안한 정신 상태에서 비롯됐다는 것을 독자 여러분은 유념해주기 바란다. 나의 고민이 오래 지속된 데다 내가 탔던 난파선에서 느낀 실망으로 절망에 빠진 데서 기인한 것이다. 난파선에 올랐을 때 나는 그토록 열망하던 함께 얘기를 나눌 수 있는 사람, 이곳이 어디인지 알려주고 이곳을 탈출할 방도가 있는지 알려줄 사람을 거의 만날 뻔했던 것이다. 이런 생각 때문에 내 마음은 몹시 흔들렸다. 하느님의 섭리에 나를 맡기고 처분을 기다린다는 생각은 이제 유보된 것 같았다. 배를 타고 육지로 가겠다는 생각을 빼고는 내 생각을 돌릴 힘이 없었다. 그 생각이 너무 강하고 간절해서 도저히 거역할 수 없었다.

이런 생각이 두 시간 이상 매우 격렬하게 내 마음을 뒤흔들었다. 얼마나 흥분했는지 피가 끓고 맥박이 마치 열병에라도 걸린 듯 고동쳤다. 그건 열병이 아니라 그 일을 향한 내 마음의 강렬한 열정이었다. 생각만으로 지치고 탈진해서 자연의 여신은 나를 깊은 잠에 빠뜨렸다. 어떤 사람은 내가 육지에 대한 꿈을 꾸었을 거라고 생각할지 모른다. 그러나 실은 그렇지 않았다. 육지와 관련된 어떤 꿈도 꾸지 않았다. 내 꿈은 다음과 같았다. 여느 때처럼 아침에 내 성에서 나오는데 해변에 야만인 열한 명이 카누 두 척에서 내리는 것이 보였다. 그들은 다른 야만인 한 명을 끌고 왔다. 죽여서 먹으려는 것 같았다. 그런데 그놈들이 죽이려고 대들자 갑자기 잡혀온 야만인은 펄쩍 뛰더니 살려고 달리기 시작했다. 꿈속에서 나는 그가 몸을 숨기려고 내 요새 앞에 있는 작지만 울창한 숲으로 도망쳐 오리라 생각했다. 그가 혼자고 다른 야만인들이 쫓아오지 않는 것을 확인하고, 나는 그 앞에 모습을 드러냈다. 그러고는 그에게 웃으며 힘내라고 격려해주었다. 그는 내 앞에 무릎을 꿇더니 자기를 도와달라고 비는 것 같았다. 나는 그에게 사다리를 보여주고 올라가라고 했다. 나는 그를 내 동굴로 데려갔다. 그리하여 그는 내 하인이 되었다. 나는 그를 얻자마자 이제 저 육지로 갈 모험을 할 수 있을 거라고 혼잣말로 중얼거렸다. 이 친구가 길잡이가 되어 무엇을 해야 하는지, 식량을 얻으러 가야 할지, 잡아먹힐지 모르니까 가지 말아야 할지, 어떤 곳은 모험을 무릅쓰고 가야 할지, 무엇을 피해야 할지 나한테 말해줄 테니까. 꿈에서 본 그 탈출 전망에 나는 말할 수 없는 기쁨을 만끽하며 잠에서 깼다. 그러나 정신을 차리고 그게 한낱 꿈이었다는 것을 깨닫자 기뻤던 만큼 실망이 컸고 동시에 절망으로 떨어지고 말았다.

그러나 나는 이 꿈에 입각해서 탈출을 시도할 수 있는 유일한 방법은 야만인 하나를 내가 소유하는 것이라는 결론을 내렸다. 그 야만인이 잡아먹힐 처지가 되어 이곳으로 끌려오는 죄수면 더욱 좋을 것이다. 그러나 이 생각에도 문제가 있었다. 야만인 한 무리를 공격하여 죄다 죽이지 않으면 안 된다는 점이었다. 이것은 필사적인 시도로 실패할 가능성이 있을 뿐 아니라 과연 그것이 옳은 행동이냐 하는 점이 마음에 걸렸다. 아무리 내가 살기 위해서라고 하지만 그렇게 많은 피를 흘려야 한다는 생각에 가슴이 떨렸다. 이런 행동에 대한 반대 논리는 전에도 언급한 바 있기 때문에 여기서 그걸 되풀이할 필요는 없을 것이다. 물론 지금 제시할 다른 이유가 있는 건 사실이다. 그들은 내 생명을 위협하는 적이고, 기회만 생기면 나를 잡아먹을 것이다. 따라서 이 죽음의 위협에서 벗어나려는 것은 가장 절실한 자기 보호 본능이며, 그들이 실제로 나를 공격하면 정당방위에 해당하는 행동일 것이다. 그럼에도 내 생명을 구하려고 다른 사람의 피를 흘려야 한다는 것은 끔찍한 일이었기 때문에 오랫동안 그런 계획을 선뜻 받아들일 수 없었다.

그러나 나 자신과 수많은 은밀한 토론을 하고 그에 대해 큰 갈등을 겪은 뒤, 오랫동안 이런 논리와 저런 논리가 의식 속에서 부딪혔지만 결국 탈출하겠다는 간절한 욕망이 다른 모든 논리를 압도했다. 나는 어떤 대가를 치러서라도 야만인 하나를 손에 넣기로 결심했다. 내가 할 다음 일은 그것을 성사시키는 방법을 찾는 것이었다. 이것은 해결하기가 정말 어려웠다. 그럴듯한 수단이 떠오르지 않았기 때문에, 그들이 해변에 나타날 때를 놓치지 않으려고 망을 보기로 했다. 그리고 나머지는 그때그때 상황을 봐서 알맞은 조치를 하기로 했다.

나는 머릿속에 이런 결심을 담은 채 틈만 나면 정찰에 나섰다. 어찌나 자주 정찰을 나갔는지 정말 싫증이 났다. 정찰하며 기다린 시간이 1년 반이 넘었기 때문이다. 이 기간 동안 나는 매일 섬의 남쪽 끝과 남서쪽 모퉁이로 나가 카누가 오는지 살피느라 하루의 대부분을 보냈다. 그러나 카누는 나타나지 않았다. 나는 몹시 실망해서 괴로웠다. 그러나 이번에는 전과 달리 나의 열망이 조금도 줄어들지 않고, 그들의 출현이 늦어지면 늦어질수록 열망은 더욱더 강해졌다. 전만 해도 야만인들의 모습을 피하려고 조심하고 그들 눈에 내가 발각되는 것을 피하느라 급급했는데, 이제는 그들과 마주치기를 열망할 정도다.

게다가 나는 야만인 한 명, 아니 두세 명을 혹시 잡으면 그들을 완전히 내 노예로 만드는 상상을 했다. 그들을 손에 넣고 내가 시키는 일은 무엇이나 하게 하고, 나에게 절대로 해를 끼치지 못하도록 할 셈이었다. 아주 오랫동안 이런 상상을 하며 혼자 좋아했지만 아무 일도 일어나지 않았다. 오랫동안 야만인이 한 명도 얼씬거리지 않는 통에 내 모든 상상과 계획은 물거품이 되었다.

이런 상상을 품고 지낸 지 1년 반쯤 지났다. 오랫동안 생각만 했지 실행할 기회가 없어 모든 것을 포기하려던 참에 깜짝 놀랄 일이 일어났다. 어느 날 아침, 카누 다섯 척이 한꺼번에 섬 이쪽으로 다가오는 모습이 보였다. 카누에 타고 있던 사람들은 상륙했는데 곧 보이지 않았다. 그런데 그들의 숫자가 내 예상 밖이었다. 카누 한 척에 네 명에서 여섯 명 정도가 타고 온다는 것을 알았기 때문에 그렇게 많은 카누를 보고 어떻게 해야 할지 당황스러웠다. 혼자 스무 명에서 삼십 명가량을 공격해야 했기 때문이다. 나는 당혹감과 불안에 휘말린 채 성에 조용히 숨어 있었다. 그러나 전에 계획한 대로 공격할 태세를 갖추고 일이 벌어지면 곧바로 행동에 옮길 준비를 했다. 무슨 소리가 나는지 알기 위해 귀를 기울이며 한참을 기다리던 나는 조바심이 나서 사다리 발치에 총을 내려놓고 늘 하던 것처럼 두 단계 거쳐 언덕 꼭대기로 올라갔다. 나는 선 자세로 있었지만 언덕 너머에서 내 머리가 보이지 않기 때문에 그들은 나를 볼 수 없었다. 나는 삼십 명 정도 되는 야만인들이 불을 피워 고기를 굽는 것을 망원경으로 보았다. 무슨 요리를 어떻게 하는지는 알 수 없지

만, 그들은 여러 가지 야만스러운 몸짓 손짓을 하며 저희 식대로 불 둘레에서 춤을 추었다.

이렇게 그들을 내려다보고 있을 때 처참한 모습을 한 두 남자가 카누에서 끌려오는 것이 보였다. 야만인들이 카누에 잡아두었다가 이제 죽이려고 끌고 오는 모양이었다. 그중 하나가 곧바로 쓰러졌다. 곤봉이나 나무칼에 맞은 듯했다. 그게 야만인들의 방식이다. 야만인 두세 명이 곧바로 그 남자에게 달려들어 요리를 하려고 몸을 토막 내기 시작했다. 또 다른 희생물은 자기 차례를 기다리며 우두커니 서 있었다. 바로 그 순간 그 불쌍한 남자는 자신이 포박된 상태가 아니며, 감시가 소홀한 것을 감지하고는 살고 싶은 본능적 욕망으로 도망치기 시작했다. 그는 믿을 수 없이 빠른 속도로 모래밭을 가로질러 곧장 내 쪽으로, 다시 말해 내 집이 있는 해변 쪽으로 뛰었다.

솔직히 나는 그 남자가 내 쪽으로 뛰어오는 것을 보고 지독히 놀랐다. 특히 야만인 무리 전체가 그를 쫓아올 생각을 하니 더욱더 겁이 났다. 꿈에서 벌어진 일이 현실이 되는구나 하는 생각이 들었고, 그가 내 집 앞에 있는 숲으로 피신할 것이라고 예상했다. 그러나 야만인들이 이 숲까지 쫓아와 거기서 이 남자를 찾아내지는 않았던 꿈의 내용을 결코 믿을 수 없었다. 나는 꼼짝 않고 지켜보았다. 그러다가 그 남자를 쫓는 사람이 세 사람밖에 안 되는 것을 보고 용기를 되찾았다. 더구나 도망치는 쪽이 쫓아오는 사람들보다 훨씬 빨라서 거리가 점점 벌어지는 것을 보자 힘이 솟았다. 이대로 삼십 분만 계속 달리면 그는 쉽게 야만인들을 완전히 따돌릴 수 있을 것 같았다.

그들과 내 성 사이에는 작은 강이 있었다. 이 강에 대해서는 이 이야기 초반에, 그러니까 배에서 가져온 짐을 해변으로 내릴 때 언급한 적이 있다. 도망자가 강을 헤엄쳐 건너지 않으면 거기서 붙잡힐 것이 뻔했다. 강에 이르자 도망자는 조금도 머뭇거리지 않고, 밀물이 밀려와 수위가 높은데도 물속으로 뛰어들었다. 삼십 번쯤 팔을 저어 맞은편으로 올라오더니 다시 엄청난 힘과 속도로 뛰기 시작했다. 쫓아오던 세 사람도 강에 이르렀는데, 가만히 보니 두 사람만 헤엄칠 줄 알았다. 헤엄칠 줄 모르는 한 사람은 그쪽에 우두커니 서서 다른 사람을 멍하니 바라보다가 힘없이 발걸음을 돌렸다. 나중의 일로 미루어보면 그 사람한테는 썩 잘된 일이었다.

쫓아오는 두 명은 도망자보다 강을 건너는 시간이 두 배나 걸렸다. 지금이야말로 하인이나 동료, 아니면 조수 하나를 손에 넣을 때라는 느낌이 들었다. 이 불쌍한 인간의 목숨을 구하라고 신의 섭리가 나에게 명령하고 있다고 생각했다. 나는 당장 사다리를 전속력으로 내려가 발치에 둔 총 두 자루를 집었다. 그러고 나서 다시 언덕 꼭대기로 급히 올라간 뒤 바다를 향해 언덕을 가로질러 내려갔다. 지름길로 언덕을 내려와보니 나는 쫓는 자들과 쫓기는 자 사이에 위치했다. 나는 도망치는 사내를 향해 큰 소리를 질렀다. 뒤를 돌아본 그는 나를 보고 쫓는 자들을 본 것만큼이나 놀란 것 같았다. 나는 그에게 가까이 오라고 손짓했다. 그러면서 나는 쫓고 있는 두 사내들을 향해 천천히 전진했다. 그러다가 앞장서 오는 녀석에게 즉시 달려들어 총의 개머리판으로 쳐서 쓰러뜨렸다. 거리가 멀고 총소리가 잘 들리지 않고 연기도 보이지 않을 테니 녀석들은 무슨 일이 벌어지는지 알지 못하겠지만 나머지 야만인들이 들을까 봐 총을 쏘기는 싫었다. 이 녀석이 쓰러지자 뒤따라오던 녀석이 깜짝 놀랐는지 우뚝 멈춰 섰다. 나는 그쪽으로 다가갔다. 그런데 가까이 가보니 그놈은 활과 화살을 가지고 있었다. 그가 나를 향해 활을 겨눠서 먼저 총을 쏘지 않을 수 없었다. 그는 한 방에 죽었다. 도망치던 가엾은 남자도 자신의 적들이 죽는 것을 보았지만, 내 총이 내뿜은 불꽃과 총소리에 너무 놀라 앞으로도 뒤로도 가지 못하고 나무토막처럼 가만히 서 있었다. 하지만 나에게 다가오기보다는 도망치고 싶은 눈치였다. 나는 다시 큰 소리를 지르면서 그더러 가까이 오라고 손짓했다. 그는 손짓을 쉽게 알아보고는 몇 걸음 앞으로 나왔다. 그러더니 다시 멈추어 섰고, 다시 몇 발자국 나오다 또 멈춰 섰다. 그제야 나는 그가 벌벌 떠는 것을 알아차렸다. 자신의 두 적이 당한 것처럼 자기도 잡히면 죽을 것이라고 생각한 모양이었다. 나는 다

WAL PAGET

시 내 쪽으로 오라고 손짓하며 그를 격려하려고 생각나는 대로 온갖 손짓, 발짓을 했다. 그러자 그는 점점 가까이 왔는데, 목숨을 구해줘서 고맙다는 표시로 열 발자국쯤 걸음을 떼어놓을 때마다 무릎을 꿇었다. 나는 그에게 웃어주고 반가운 표정을 지으며 조금 더 가까이 오라고 손짓했다. 마침내 바짝 다가온 그는 다시 무릎을 꿇고 땅에 입을 맞추더니 머리를 조아렸다. 그러더니 내 발을 잡고 그것을 제 머리에 얹었다. 영원히 내 노예가 되겠다는 맹세의 표시인 것 같았다. 나는 그를 일으켜 세우고 애지중지하며 내가 할 수 있는 한 용기를 불어넣었다.

그러나 아직 할 일이 더 있었다. 개머리판을 맞고 쓰러진 야만인이 기절했다가 정신을 차리기 시작했기 때문이다. 나는 야만인을 가리키며 저놈이 죽지 않았다고 내가 구한 사내에게 말했다. 그러자 그는 나에게 몇 마디 말을 했다. 무슨 말인지 전혀 알아들을 수 없었지만 듣고 있자니 기분이 좋았다. 내 목소리 말고는 25년 만에 처음 들어보는 사람 목소리였다. 그러나 지금은 그런 생각을 할 겨를이 없었다. 쓰러졌던 야만인은 이제 바닥에 일어나 앉을 정도로 정신이 돌아왔다. 구해준 야만인이 다시 겁을 먹는 게 보였다. 그 모습을 보고 나는 다른 총을 꺼내 정신을 차린 야만인을 쏠 것처럼 겨누었다. 이것을 보자 내 야만인(이제 나는 그를 이렇게 부른다)은 칼집도 없이 내가 허리띠에 차고 있는 칼을 빌려달라는 몸짓을 하는 것이었다. 칼을 받아 든 그는 대뜸 그 다른 야만인에게 달려들더니 한칼에 목을 잘라버렸다. 독일의 어떤 사형 집행인도 그처럼 잽싸고 솜씨 좋게 목을 칠 수는 없을 것이다. 자기 종족이 쓰는 나무칼 말고는 칼이라고는 본 적도 없을 게 틀림없는 사람이라 나에게도 이건 정말 뜻밖이었다. 나중에야 그들이 쓰는 나무칼이 매우 단

단한 나무로 아주 날카롭고 묵직하게 만들어진 것이어서 머리나 팔까지 자를 수 있다는 것을 알았다. 그것도 한칼에 끝낸 것이었다. 일을 끝낸 내 야만인은 승리의 표시로 웃음을 짓고는 칼을 돌려주었다. 그러고는 이해할 수 없는 온갖 몸짓을 하면서 자신이 죽인 자의 머리를 내 앞에 내려놓았다.

그러나 그가 가장 놀란 것은, 내가 어떻게 그렇게 멀리서 사람을 죽일 수 있었느냐 하는 것이었다. 그는 총에 맞아 죽은 시체를 가리키며 그리로 가보게 해달라는 몸짓을 했다. 나는 기꺼이 그렇게 하라고 했다. 그는 시체 앞으로 가더니 놀란 사람처럼 멍하니 서서 시체를 바라보았다. 그러고는 시체를 한번 뒤집어보고 다시 반대로 뒤집어보며 총알 때문에 난 상처를 살폈다. 총알이 박혀 가슴에 구멍이 났지만 피는 별로 나지 않았다. 그러나 내출혈이 심해서 숨은 완전히 끊어졌다. 그는 죽은 자의 활과 화살을 가지고 돌아왔다. 나는 몸을 돌려 걷기 시작하면서 더 많은 사람들이 쫓아올지도 모른다는 시늉을 하며 따라오라는 손짓을 했다.

그러자 그는 다른 사람들이 쫓아오더라도 들키지 않도록 시체를 모래로 덮어 묻어야 한다고 몸짓으로 말했다. 나는 그렇게 하라는 몸짓을 했다. 그는 두 손으로 땅을 파더니 금세 시체 하나를 묻을 수 있을 만한 구멍을 팠다. 그 속에 시체 하나를 묻고 흙으로 덮었다. 다른 시체도 같은 방법으로 묻었다. 시체들을 다 묻는 데 십오 분밖에 안 걸린 것 같다. 나는 그를 성으로 데려가지 않고 섬에서 조금 더 후미진 곳에 있는 나의 동굴로 데려갔다. 꿈에서처럼 그가 내 집 앞에 있는 숲속으로 도망친 부분은 현실에서는 일어나지 않았다.

나는 그에게 빵과 건포도 한 줌, 마실 물을 주었다. 그렇게 뛰었으니 정말 목이 탔을 것이다. 기운을 좀 차리게 한 뒤 나는 잠자리를 가리키며 누워서 자라는 시늉을 했다. 나는 볏짚을 깔고 그 위에 내가 가끔 깔고 자던 모포를 덮어 따로 잠자리를 마련해주었다. 그 가엾은 야만인은 누워서 잠이 들었다.

그는 잘생긴 사내였다. 팔다리는 너무 굵지 않으면서 곧고 강해 보였으며, 큰 키에 균형 잡힌 몸매가 눈에 띄었다. 나이는 스물여섯 쯤 되어 보였다. 인상도 사납거나 퉁명스러운 구석이 없이 좋았지만, 얼굴에는 매우 남자다운 무언가가 있었다. 그러면서도 유럽 사람 못지않은 상냥함과 부드러움이 느껴졌다. 특히 웃을 때가 더욱 그랬다. 머리칼은 길고 검었으며 양털 같은 곱슬머리도 아니었다. 이마는 넓고 시원했으며 눈에서는 엄청난 활기와 반짝이는 매서움이 감지되었다. 피부는 까맣다기보다는 짙은 황갈색이었다. 브라질과 버지니아를 비롯한 다른 아메리카 대륙의 토인들처럼 누리끼한 황갈색이 아니라 암갈색 올리브 빛깔로, 말로는 쉽게 표현할 수 없는 기분 좋은 느낌을 주었다. 얼굴은 둥글고 토실토실했으며, 코는 작지만 흑인들처럼 펑퍼짐하지는 않았다. 입도 잘생겼고 입술은 얇고 가지런했으며 상아처럼 하얀 이를 가졌다.

삼십 분가량 선잠을 잔 그는 동굴 밖으로 나왔다. 나는 바로 옆에 있는 염소 우리에서 염소 젖을 짜고 있었다. 나를 보자 그는 뛰어와서 다시 땅에 납작 엎드리며 온갖 웃음을 자아내는 몸짓으로 겸손하게 감사 표시를 했다. 그리고 좀 전에 한 것처럼 머리를 땅에 대고 내 발을 제 머리 위에 올려놓았다. 그는 복종과 봉사와 예속의 표시를 하면서 자신이 살아 있는 한 나를 섬기겠다는 것을 알렸다. 나는 그의 손짓과 몸짓을 대부분 이해하고 기꺼이 그를 받아들이겠다는 표시를 했다.

잠시 뒤 나는 그에게 말을 걸고 그가 나에게 말하도록 가르치기 시작했다. 먼저 그의 이름은 프라이데이(Friday)로 하겠다는 것을 알려주었다. 그의 목숨을 구해준 것이 금요일이라는 것을 기억하려고 붙인 이름이다. 또 그에게 '주인님'이란 말을 가르치고 그건 내 이름이 될 것이라고 일러주었다. 그런 다음 '예'와 '아니요'를 가르치고 그 뜻도 알려주었다. 그런 다음 우유를 질그릇에 담아 건네고, 우유 마시는 법과 빵을 우유에 적셔 먹는 법을 보여주었다. 또 그에게 과자를 주고 같은 방법으로 시범을 보였다. 그는 곧 그 방법을 따라 했으며 아주 맛있다는 표정을 지었다.

나는 그곳에서 프라이데이와 함께 밤을 보낸 뒤 날이 밝자마자 그에게 옷을 줄 테니 따라오라고 했다. 그는 매우 기뻐하는 것 같았다. 사실 그는 완전히 발가벗고 다니는 상태였기 때문이다. 두 사람을 묻은 장소를 지날 때 프라이데이는 정확히 그곳을 가리키며 그 장소를 다시 찾을 수 있도록 표시해놓은 것을 나에게 보여주었다. 프라이데이는 그 시체들을 다시 파내어 먹자는 시늉을 했다. 나는 몹시 화난 표정을 지었다. 생각만 해도 구역질이 난다는 몸짓을 하며 극도의 혐오감을 드러내고, 어서 가자는 손짓을 했다. 그는 즉시 굽실거리며 지시대로 따라왔다. 나는 그를 언덕 꼭대기로 데려가서 야만족들이 떠났는지 살펴보았다. 망원경을 꺼내 그들이 있던 곳을 보았더니 야만인들도, 그들의 카누도 보이지 않았다. 자신들의 동료도 찾지 않고 뒤에 내버려둔 채 떠나버린 게 분명했다.

그러나 나는 만족하지 않았다. 이제 용기가 솟구쳤고, 덩달아 호기심도 더 커졌다. 나는 프라이데이에게 칼을 들게 하고 등에 활과 화살을 메게 했다. 프라이데이가 칼과 활을 매우 잘 다룬다는 것을 알 수 있었다. 그에게 총 한 자루도 들게 했으며 나는 두 자루를 들고, 함께 야만인들이 있던 장소로 가보았다. 그들에 대한 알찬 정보를 얻기 위해서였다. 그 장소에 이르자 무시무시한 광경에 피가 혈관 속에서 얼어붙는 것 같았고, 가슴이 철렁 내려앉았다. 실로 끔찍한 광경이었다. 프라이데이가 아무렇지도 않게 생각하는 것 같았지만 적어도 나에게는 그랬다. 그 장소는 사람의 뼈로 뒤덮였고 바닥은 피로 물들었으며, 여기저기 커다란 살점이 나뒹굴었다. 어떤 것은 먹다 만 채로, 어떤 것은 갈기갈기 찢긴 채로, 어떤 것은 불에 탄 채로 있었다. 적에게 승리를 거둔 뒤 한바탕 축하 잔치를 벌인 표식이었다. 해골이 셋, 손이 다섯, 다리와 발의 뼈가 서너 개, 그 밖에도 신체의 여러 부위가 널브러져 있었다. 프라이데이는 몸짓으로 무슨 일이 있었는지 내게 이해시켰다. 그들은 잔치에 쓸 포로를 네 명 데리고 왔는데, 그중 셋은 잡아먹었다고 했다. 그리고 자신을 가리키며, 자기가 네 번째였다는 시늉을 했다. 그들과 그들의 다음 왕 사이에 큰 전쟁이 있었다는 이야기였다. 프라이데이는 다음으로 왕이 될 사람의 신하들 중 하나였는데, 많은 수가 적들에게 잡혔다. 그런데 적들은 여기에 끌려온 불쌍한 네 명처럼 잡은 포로들을 몇몇 장소로 나누어 데리고 가서 잔치를 벌였다는 이야기였다.

나는 프라이데이를 시켜 해골과 뼈와 살점 등 남아 있는 것들을 모두 한자리에 모아 불을 질러 재가 될 때까지 태우게 했다. 프라이데이는 여전히 사람 고기를 먹고 싶어 하는 식인종의 본성을 보였다. 그러나 내가 사람 고기 생각만 해도, 사람 고기 흔적만 보아도 혐오감이 솟는다는 것을 드러내자, 자신의 욕구를 감히 드러내지 못했다. 사람 고기에 손을 대면 당장 죽여버리겠다고 나는 이럭저럭 그에게 알렸다.

이 일을 마친 뒤 우리는 성으로 돌아왔다. 나는 프라이데이를 위한 일을 시작했다. 우선 아마 반바지 한 벌을 그에게 주었다. 이것은 전에 말했듯이 난파된 배의 포수 옷장에서 꺼낸 것인데, 조금 고쳤더니 그에게 아주 잘 맞았다. 그런 다음 내 솜씨를 최대한 발휘해서 염소 가죽으로 조끼를 하나 만들어주었다. 이제 나도 꽤 훌륭한 재단사였다. 토끼 가죽으로 만든 모자도 주었는데, 아주 편하고 멋있었다. 이렇게 해서 당분간은 꽤 잘 차려입은 셈인데, 프라이데이도 주인처럼 옷을 입어 기분이 좋은 모양이었다. 사실 처음에는 옷을 입혔을 때 걷는 것이 어색해 보였고, 바지 입는 것을 아주 불편해했으며, 윗도리 소매 때문에 어깨와 팔이 불편해 보였다. 그러나 그가 불편하다고 투덜대는 부분을 다듬어주고, 몸이 옷에 익숙해지자 그도 옷을 아주 좋아했다.

프라이데이를 집으로 데려온 다음 날, 나는 그를 어디에 재우면 좋을지 생각해보았다. 그에게 잘해주기 위해서였고, 동시에 나 자신도 완벽하게 편안하기 위해서였다. 나의 두 겹으로 된 성벽 사이 빈 공간, 그러니까 맨 바깥 것의 안쪽이면서 안쪽 담장의 바깥에 그를 위해 작은 천막을 쳤다. 그곳에는 굴로 들어오는 입구가 있었는데, 나는 제대로 된 문틀을 만들고 널빤지로 문짝을 달아 입구에서 안쪽으로 들어오는 통로에 문을 세웠다. 나는 그 문을 안쪽에서 잠글 수 있게 하여 밤에는 걸어 잠그고 사다리도 안으로 들여놓았다. 따라서 밤에는 프라이데이가 안쪽 성벽 안에 있는 나에게 올 방법이 없었다. 유일한 방법은 성벽을 타고 넘는 것인데, 그렇게 하면 요란한 소리가 나서 내가 깰 것이 분명했다. 이제 안쪽 성벽 위에는 전체적으로 지붕이 덮여 있었기 때문이다. 긴 나무 막대기를 천막 위로 가로질러 언덕 옆면까지 이어지도록 설치한 뒤, 흙을 새지 않도록 하는 널빤지 대신 작은 나뭇가지들을 엮어 갈대처럼 튼튼한 볏짚으로 두꺼운 초가지붕을 만들었던 것이다. 지붕에서 사다리로 드나드는 구멍에는 일종의 함정이 되도록 문을 만들었다. 그래서 밖에서 들어오려고 하면 문이 열리는 게 아니라 전체가 바닥으로 무너져내려 요란한 소리가 나도록 되어 있었다. 모든 무기는 매일 밤 내가 있는 곳에 갖다 두었다.

그러나 이 모든 조심은 전혀 필요 없는 것이었다. 프라이데이보다 충실하고 정이 많고 성실한 하인은 절대로 없기 때문이다. 그는 걱정이 없고 퉁명스럽거나 잔꾀가 없으며, 고마워할 줄 알고 근면했다. 자식이 아버지에게 하듯 그의 애정은 온통 나를 향한 것이었다. 어떤 경우에도 내 목숨을 구하기 위해서라면 자신의 목숨을 희생했을 것이다. 여러 가지 일이 나에게 그의 그런 점을 증언했으며, 의심의 여지를 제거했다. 나는 곧 프라이데이 때문에 내 안전에 대해 조심할 필요가 없다는 걸 확신했다.

프라이데이를 경계한 것을 통해 나는 다음과 같은 사실을 자주 깨달았는데, 그걸 깨닫고는 나 자신도 놀랐다. 즉 하느님은 자신의 손으로 만든 것들을 관장하는 가운데, 아니 자신의 섭리 속에서, 자신이 창조한 상당히 많은 인간들에게서 그들의 능력과 영혼의 힘을 최선으로 활용할 기회를 탈취하고는 그것을 기뻐하신다는 사실이다. 그러시는 한편 하느님은 야만인들에게도 우리에게 주신 것과 똑같은 능력과 이성, 감정, 친절과 의무감이라는 정서, 불의에 대한 분개와 분노, 감사하는 마음, 성실함, 충성심, 선을 행하고 선을 받아들일 수 있는 모든 능력을 수여하셨다는 사실이다. 따라서 하느님이 그들이 이러한 미덕을 발휘하기를 바라신다면 그들은 부여받은 것을 우리만큼, 아니 우리보다 올바르게 쓸 준비가 되어 있다는 사실도 깨달았다. 이런 생각은 때때로 나를 매우 우울하게 만들었다. 여러 경우에서 보듯 우리는 성령의 큰 빛의 인도하심을 받고, 우리의 이해력에 하느님의 말씀이라는 지식까지 있는데도 이 미덕을 얼마나 천박하게 쓰는지 생각하지 않을 수 없기 때문이다. 또 이 가여운 야만인을 보면 하느님께서는 왜 우리보다 그런 미덕을 훨씬 더 잘 쓸 수 있을 게 틀림없는 몇백 만 명에게 구원의 지식을 숨기시는지 궁금했다.

이런 생각에 나는 때로 하느님의 권능을 비판하고 싶은 유혹까지 느꼈다. 이를테면 어떤 사람에게는 성령의 빛을 감추고 어떤 사람에게는 드러내면서 양쪽에 똑같은 의무를 지우는 것은 불공평한 처사가 아닌가 하는 생각이 들었다. 그러나 나는 그런 생각을 억제하고 다음과 같은 결론을 내렸다. 첫째, 우리는 이들이 어떤 관점과 법으로 벌을 받아야 하는지 모른다. 반면에 하느님은 필연적으로, 또 그분이 존재한다는 사실의 특성상 무한히 성스럽고 의로우시다. 이 야만족이 하느님의 존재를 인식하지 못하도록 벌을 받았다면, 그것은 성경 말씀처럼 우리가 알 수 없는 그들 나름의 율법, 그러니까 자신들의 양심에 따라 옳다고 생각하는 규칙들을 어겼기 때문일 것이다. 둘째, 우리는 모두 도공의 손 안에 든 진흙인데, 어찌 감히 도공에게 "왜 나를 이렇게 만들었습니까?" 하고 따질 수 없다는 점이다.

내 새로운 동료 프라이데이 얘기로 돌아가자. 나는 그 덕분에 몹시 즐거웠다. 유용하고 부리기 쉽고 내게 도움이 되도록 만드는 데 필요한 모든 것을 그에게 가르치는 것이 내 일과가 되었다. 특히 내 말을 알아듣고 말을 할 수 있도록 가르쳤다. 그는 내가 아는 인간들 중에서 학습 능력이 가장 뛰어났다. 특히 내 말을 알아듣거나 내가 제 말을 알아들을 때는 어찌나 즐거워하고, 어찌나 열심히 하며 기뻐하는지 나는 그에게 말을 거는 것이 무척 즐거웠다. 이제 생활도 편안해지기 시작해서, 야만인들에게서 안전할 수만 있다면 지금 사는 이곳을 영원히 떠날 수 없다 해도 상관없다고 중얼거렸다.

성으로 돌아온 지 이삼 일 뒤, 나는 프라이데이가 끔찍한 식사 방식과 식인종의 입맛을 버리려면 다른 고기 맛을 봐야 한다고 생각했다. 그래서 어느 날 아침 나는 그를 데리고 숲속으로 갔다. 염소 우리에 가서 새끼 염소 한 마리를 죽여 집으로 가져와 요리를 해 먹일 작정이었다. 그런데 숲으로 가는 길에 암염소 한 마리가 그늘에 엎드려 있는 모습이 보였다. 그 옆에는 새끼 염소 두 마리도 함께 앉아 있었다. 나는 프라이데이의 팔을 잡았다. "잠깐, 가만히 서 있어!" 라고 말하고 움직이지 말라는 신호를 보냈다. 그리고 즉시 총을 들어 새끼 한 마리를 쏘아 죽였다. 가엾은 프라이데이는 멀리서 내가 그의 적인 야만인을 죽이는 것을 본 적은 있지만, 어떻게 그런 일이 벌어지는지는 알 수도 없고 상상할 수도 없었다. 그래서 이번에 내가 다시 총을 쏘자 무척 놀라 몸을 떨며 온몸이 후들거리더니 이제 그 자리에 주저앉는 게 아닌가 하고 나는 생각했다. 그는 내가 쏜 새끼 염소를 보지 못했고, 내가 그것을 죽였다는 사실도 알지 못했다. 다만 자신이 다치지 않았는지 보려고 윗도리를 걷어올렸다. 가만히 보아하니 그는 내가 저를 죽이려는 줄로 생각한 모양이다. 프라이데이는 내게 가까이 오더니 무릎을 꿇고 내 무릎을 얼싸안으며 알아들을 수 없는 말을 했다. 저를 죽이지 말아달라고 비는 것임을 쉽사리 알 수 있었다.

나는 그를 해치지 않을 것이라고 확신시킬 방법을 곧 찾아냈다. 나는 그의 손을 잡아 일으켜 세우며 그에게 웃는 얼굴을 지은 다음 내가 죽인 새끼 염소 쪽을 가리켰다. 얼른 뛰어가서 가져오라고 손짓했다. 그는 시키는 대로 했다. 프라이데이가 어리벙벙해서 이 짐승이 어떻게 죽었는지 살피는 동안, 나는 다시 장전했다. 곧이어 매처럼 생긴 커다란 새가 사정거리 안에 있는 나무에 앉은 것이 보였다. 그래서 내가 하려는 일을 프라이데이에게 이해시키려고 그를 불러 새를 가리켰다. 다시 보니 매가 아니라 앵무새였다. 나는 앵무새와 총을 번갈아 가리킨 다음, 앵무새 밑을 가리키며 새가 그리로 떨어질 것이라고 알려주었다. 그리고 새를 쏘아 죽이겠다고 설명한 뒤 총을 쏘았다. 앵무새가 떨어지는 것을 본 프라이데이는 그렇게 설명했는데도 다시 넋 나간 사람처럼 서 있었다. 내가 총에 뭔가를 넣는 것을 보지 못했으니 놀랄 만도 했다. 그는 이 물건 안에 사람이든 짐승이든 새든, 멀리 있든 가까이 있든 모두 죽일 수 있는, 죽음과 파괴를 담은 신비한 힘이 숨어 있다고 생각하는 모양이었다. 그의 마음속에 일어난 놀라움은 오랫동안 지워버릴 수 없을 정도로

켰다. 아마 가만히 내버려두었다면 그는 나와 내 총을 숭배했을 것이다. 그 뒤로 며칠 동안 프라이데이는 총에 감히 손도 대려 하지 않았다. 뿐만 아니라 내가 없는 동안에는 마치 총이 대꾸라도 하는 것처럼 무슨 얘기를 하곤 했다. 나중에 알고 보니 총에게 자기를 죽이지 말아달라고 빌었다는 것이다.

프라이데이의 놀란 가슴이 약간 진정되자 나는 손짓으로 그에게 뛰어가서 내가 쏜 새를 가져오라고 지시했다. 그는 시키는 대로 했지만 시간이 좀 걸렸다. 새가 완전히 죽지 않고 퍼덕이며 떨어진 곳에서 꽤 멀리 날아간 상태였기 때문이다. 그러나 프라이데이는 새를 찾아 나에게 가져왔다. 그가 총에 대해 아무것도 모른다는 것을 감지하고 나는 그 틈을 타서 다시 장전했다. 장전하는 것은 그에게 보여주지 않았다. 다른 표적이 나타나면 쏠 준비를 했지만 아무것도 나타나지 않았다. 우리는 새끼 염소를 집으로 가져와 그날 저녁 가죽을 벗기고 내 솜씨껏 고기를 잘랐다. 그러고 나서는 적당한 그릇을 꺼내어 고기를 굽고 삶아서 맛있는 수프를 만들었다. 내가 먼저 맛을 보고 프라이데이에게도 주었다. 그는 기뻐하는 눈치였고 아주 맛있게 먹었다. 그러나 그는 내가 음식에 소금을 쳐서 먹는 것을 보더니 아주 야릇한 행동을 하는 것이었다. 그는 소금은 맛이 없다는 시늉을 해 보였다. 입 안에 소금을 조금 넣더니 구역질이 난다는 듯이 침을 퉤퉤 뱉으면서 물로 입 안을 씻어냈다. 그래서 나는 소금을 치지 않고 고기를 먹은 다음 일부러 그가 소금을 먹고 방금 한 짓과 똑같이 침을 퉤퉤 뱉었다. 그러나 이 방법은 효과가 없었다. 프라이데이는 끝내 고기나 수프에 소금을 넣으려 들지 않았다. 그것도 꽤 오랫동안 그랬다. 오랜 뒤에도 소금을 아주 조금만 넣어 먹었다.

이렇게 프라이데이에게 고기를 넣은 수프를 끓여 먹였으니 다음 날에는 구운 새끼 염소 고기를 먹이기로 했다. 영국에서 많은 사람들이 하는 것을 본 대로 고기를 줄에 매달아 요리했다. 불 양쪽에 막대기 두 개를 세우고 그 위에 다시 막대기를 가로로 걸쳐놓은 다음, 그 막대기에 고기를 매단 줄을 묶어 고기가 계속 돌아가게 하면서 굽는 것이었다. 이것을 보고 프라이데이는 무척 감탄했다. 그러고는 고기 맛을 보고 무척 맛있다는 것을 나에게 말하려고 여러 가지 몸짓을 했는데, 나는 통 이해할 수 없었다. 마침내 그는 이제 사람 고기는 먹지 않겠다고 말했다. 그 말을 들은 나는 몹시 기뻤다.

다음 날 나는 프라이데이에게 곡식 이삭에서 낟알을 떨어내는 일과 내가 전에 말한 것처럼 내가 해온 방식으로 체로 치는 일을 시켰다. 프라이데이는 그 일을 금방 익혔다. 그게 빵을 만들기 위해 하는 일이라는 것을 깨닫고 나만큼 능숙하게 일을 해냈다. 나는 빵을 만들고 굽는 법도 가르쳤다. 얼마 후 프라이데이는 이 모든 일을 내가 직접 하는 것만큼 잘하게 되었다.

이제 먹여살려야 할 입이 두 개가 되었으니 전보다 땅도 많이 경작하고 곡식도 많이 심겠다고 생각했다. 나는 더 넓은 땅을 골라 전처럼 울타리를 치기 시작했다. 프라이데이는 열심히 일했을 뿐 아니라 일을 하며 몹시 즐거워했다. 나는 그에게 이 일을 하는 이유를 말해주었고, 그와 내가 함께 살게 되었으니 빵을 만들 곡식이 더 필요하고 그래야 둘이서 충분히 먹을 수 있다고 말해주었다. 그는 내 말을 곧 알아들었다. 저 때문에 내 할 일이 늘어났으니 무엇이든 시키면 나를 위해 더욱 열심히 일하겠다는 뜻을 나에게 전했다.

그해는 내가 이 섬에서 보낸 기간 중 가장 행복한 해였다. 프라이데이는 말을 곧잘 했고, 내가 한 번이라도 말한 물건들의 이름을 거의 기억했다. 심부름 가야 하는 장소의 이름도 다 기억했고 말도 많이 했다. 그리하여 나는 그동안 거의 쓸 기회가 없던 혀를 비로소 써먹기 시작했다. 그와 이야기를 나누는 것 말고도 나는 프라이데이라는 인간 자체가 더할 나위 없이 마음에 들었다. 소박하고 가식이 없는 정직성이 날이 갈수록 두드러졌다. 나는 진심으로 이 인간을 사랑하기 시작했다. 프라이데이도 마찬가지여서, 그가 여태껏 사랑한 무엇보다도 나를 사랑한다고 나는 믿었다.

한번은 그가 자기 고향을 그리워하는지 알아보고 싶었다. 그에게 영어를 많이 가르쳤기 때문에 이제 내가 어떤 질문을 하든 그는 거의 영어로 대답할 수 있었다. 나는 그의 부족이 전쟁에서 이겨본 적이 있느냐고 물었다. 이 질문에 그는 웃으며 대답했다. "네, 네, 우리는 늘 더 잘 싸웁니다." 이 말은 싸움에서 언제나 이긴다는 뜻이었다. 그리하여 우리의 대화는 이어졌다. "너희가 언제나 더 잘 싸운다고? 그렇다면 너는 어째서 포로가 되었지?"

프라이데이 그렇지만 우리 부족이 많이 이겼어요.

주인 어떻게 이겼지? 너희 종족이 이겼으면 넌 어째서 잡혔지?

프라이데이 내가 잡힌 곳에서는 저들이 우리 부족보다 많았어요. 그들은 하나, 둘, 셋 그리고 나를 잡았어요. 저쪽에서는 우리 부족이 그들을 물리쳤어요. 나 없는 곳에서요. 저쪽에서는 우리 부족이 하나, 둘, 몇천 명을 잡았어요.

주인 그런데 너희 편 사람들은 왜 적의 손아귀에서 너를 구하지 않았지?

프라이데이 그들은 하나, 둘, 셋 그리고 나를 끌고 갑니다. 카누에 타게 했어요. 우리 부족은 그때 카누가 없었어요.

주인 그래, 프라이데이. 그런데 너의 부족은 붙잡은 적들을 어떻게 하지? 그들처럼 멀리 끌고 가서 잡아먹나?

프라이데이 예, 우리도 사람 먹어요. 모두 다 먹어요.

주인 어디로 끌고 가지?

프라이데이 다른 곳으로요. 그들이 생각하는 곳으로요.

주인 여기에도 오나?

프라이데이 네, 네, 그들 여기 와요. 다른 곳에도 가요.

주인 너도 여기에 와본 적이 있나?

프라이데이 네, 여기 와본 적 있어요. (그는 섬의 북서쪽을 가리켰다. 늘 그쪽으로 오는 모양이었다.)

이 대화를 통해 내 하인 프라이데이가 섬 저편 해변에서 사람 먹는 잔치를 벌이곤 하던 야만인들 가운데 하나였다는 사실을 알았다. 그러다가 나중에 자기 자신도 식인 잔치에 끌려오는 신세가 된 것이다. 얼마 뒤 나는 용기를 내어 프라이데이를 데리고 그쪽 해변에 가보았다. 전에 내가 말한 적이 있는 바로 그 해안이었다. 그는 바로 그 장소를 알아보고 전에 한번 와본 적이 있다고 말했다. 그리고 그때 남자 스무 명과 여자 두 명, 아기 한 명을 먹어치웠다고 했다. 그는 영어로 스물을 셀 줄 몰랐기 때문에 돌을 한 줄로 늘어놓고 돌멩이 수로 숫자를 알려주었다.

이 이야기를 한 것은 다음 이야기를 하기 위해서다. 프라이데이와 이런 대화를 나눈 뒤, 나는 이 섬에서 그가 살던 해안까지 거리가 어느 정도며 카누가 자주 좌초하는지 물었다. 그는 아무런 위험도 없으며, 카누가 조난당한 적도 없다고 했다. 그러나 바다로 좀 나간 후에는 조류와 바람이 있는데, 아침과 오후에 각각 반대 방향으로 일정하게 흐르고 분다는 것이었다.

나는 이 말을 단순히 밀물이 들어오고 썰물이 나가는 정해진 형식으로만 이해했다. 그러나 나중에 알고 보니 물살이 거센 오리노코 강의 강물이 들어오고 나감에 따라 일어나는 현상이었고, 우리가 있는 섬은 이 강의 어귀가 있는 만에 위치하고 있었다. 섬에서 서쪽과 서북쪽으로 보이는 땅은 오리노코 강어귀에서 북쪽으로 있는 트리니다드 섬이었다. 나는 프라이데이에게 이 지역과 그 주민, 바다와 해안, 그 근방에 있는 부족들에 대해 수많은 질문을 했다. 그는 아주 솔직하게 아는 것은 모두 나에게 말해주었다. 또 그의 종족과 비슷한 여러 종족들의 이름을 물었지만 '카리브'라는 이름만 들을 수 있었다. 이것으로 미루어볼 때 이들이 카리비스 족이라는 것을 알 수 있었다. 우리 지도에 따르면 아메리카 대륙 가운데 오리노코 강 어귀부터 기아나를 거쳐 산타마르타 쪽으로 이어지는 지역이다. 그는 저 멀리 달 너머에, 즉 달이 지는 곳 너머에, 다시 말해 그의 나라 서쪽에 나처럼 수염을 기른 백인들이 산다고 했다. 그렇게 말하면서 내 구레나룻을 가리켰다. 그는 그 백인들이 많은 사람을 죽였다고 말했다. 그의 말을 모두 고려해보니, 그 사람들은 스페인 사람들임에 틀림없었다. 아메리카 대륙에서 저지른 잔인함이 모든 나라에 널리 알려져 대대로 잊히지 않을 스페인 사람들의 이야기였다.

나는 이 섬을 빠져나가 그 백인들 쪽으로 갈 방법이 없느냐고 물었다. "네, 네, 카누 두 척을 타면 갈 수 있습니다." 나는 이 대답의 뜻을 알 수 없었고, 카누 두 척이 무엇을 뜻하는지 설명하도록 만들 수 없었다. 한참 고생한 끝에 겨우 알아낸 바로는, 카누 두 척만큼 큰 보트를 뜻하는 것이었다.

프라이데이의 이야기에서 이 대목이 나를 극히 기분 좋게 만들기 시작했다. 언젠가는 이 섬에서 탈출할 기회를 찾을 수 있으리라는 희망을 품었기 때문이다. 이 가엾은 야만인이 내 탈출을 돕는 수단이 되어줄 것이다.

프라이데이가 나와 함께 지낸 오랜 시간 동안, 그가 내게 말을 걸고 내 말을 알아듣기 시작한 그 긴 시간 동안 나는 그의 마음속에 종교 지식의 바탕을 마련해주는 일을 게을리하지 않았다. 한번은 그에게 누가 너를 만들었느냐고 물었다. 이 불쌍한 녀석은 그 질문의 의미를 이해하지 못한 채 자기 아버지가 누구냐고 묻는 것으로 받아들였다. 나는 질문을 조금 바꿔 바다와 우리가 걸어다니는 땅과 산과 숲을 누가 만들었느냐고 물었다. 그러자 그는 모든 것 너머에 사는 늙은 '베나머키'라고 대답했다. 그러나 프라이데이는 이 위대한 사람이 아주 나이가 많다는 것, 심지어 땅과 바다, 달과 별보다 나이가 많다는 것 외에는 달리 설명하지 못했다. 그래서 나는 그 노인이 세상에 있는 모든 것을 만들었다면, 왜 모두 그를 숭배하지 않느냐고 물었다. 그러자 그는 무척 엄숙해지더니 지극히 순진한 표정으로 말했다. "모든 것이 그에게 오! 하고 말해요." 나는 다시 그의 나라에서 사람들이 죽으면 어디로 가느냐고 물었다. 그러자 그는 죽은 사람은 모두 베나머키에게 간다고 대답했다. 잡아먹힌 사람들도 그에게 가느냐고 다시 물었더니 그렇다고 대답했다.

나는 프라이데이에게 하느님에 대해 가르치기 시작했다. 하늘을 가리키며 만물의 위대한 창조자인 하느님은 저 위에 사신다고 그에게 말했다. 세상을 만든 바로 그 힘과 섭리로 세상을 다스린다고 말해주었다. 전지전능하신 분이어서 우리를 위해 무엇이든 할 수 있고, 우리에게 무엇이든 줄 수 있고, 우리에게서 무엇이든 빼앗아갈 수 있다고 했다. 이런 식으로 나는 조금씩 그의 눈을 뜨게 했다. 프라이데이는 내 이야기를 경청했다. 그는 예수 그리스도가 우리를 구원하기 위해 오셨다는 것과 우리가 하느님께 기도하면 하느님은 하늘에 계시면서도 다 들을 수 있다는 나의 이야기를 아주 기쁜 마음으로 받아들였다. 프라이데이는 어느 날 나에게 말하기를 하느님이 태양 너머에서 우리의 기도를 들을 수 있다면 자기들의 베나머키보다 위대한 신임에 틀림없다고 했다. 자기들의 베나머키 신은 조금 먼 곳에 살 뿐인데도, 자기들이 그가 사는 높은 산에 올라가서 말해야 겨우 알아듣는다고 했다. 그래서 베나머키에게 말을 하러 그 산에 가본 적이 있느냐고 물으니 그는 없다고 대답했다. 젊은이들은 절대로 그곳에 갈 수 없고 '우와카키'라는 노인들만 갈 수 있다고 했다. 설명을 듣고 보니, 우와카키란 그들의 사제들로서 '오!'(그는 기도를 이렇게 불렀는데)를 하러 갔다 돌아와 베나머키가 한 말을 전하는 일을 했다. 나는 세상에서 가장 무식하고 사리에 어두운 이교도들에게도 사제 제도가 있다는 것을 알 수 있었다. 사제들에 대한 사람들의 존경심을 유지하려고 비밀스러운 행사를 꾸미는 정책은 로마 가톨릭뿐만 아니라 세계의 모든 종교에서, 심지어 이렇게 미개한 야만인들 사이에서도 찾아볼 수 있다.

나는 프라이데이에게 그런 것이 모두 거짓말이라는 것을 밝혀주려고 애썼다. 그 노인들이 베나머키 신에게 '오!'를 하려고 산에 올라간다는 것은 거짓말이며, 산에서 베나머키가 했다고 전하는 말은 더욱 큰 사기라고 말해주었다. 그 노인들이 정말로 산에서 무슨 대답을 듣거나 누구와 이야기했다면 그것은 악령과 만나 이야기한 것임에 틀림없다고 일러주었다. 그런 다음 프라이데이와 악마에 대해 길게 이야기를 나눴다. 악마가 어떻게 생겨났는지, 신에게 어떻게 반역을 했으며 인간을 얼마나 큰 적개심으로 대하는지, 그 이유가 무엇인지 말해주었다. 또 악마는 밤처럼 어두운 세계에 숨어 하느님 대신 하느님처럼 숭배받기를 원한다는 것, 사람들을 속여 파멸시키려고 여러 가지 술책을 쓴다는 것, 우리의 욕망과 감정에 몰래 다가와 유혹의 덫을 쳐서 결국 우리 스스로 자신을 유혹하게 만들고 자신을 파괴하게 만든다는 것을 말해주었다.

나는 프라이데이의 머릿속에 악마에 대한 정확한 개념을 불어넣기란 하느님의 존재에 대한 개념을 각인시키는 것처럼 용이한 일이 아니라는 것을 깨달았다. 위대한 조물주, 모든 것을 압도적으로 지배하는 힘, 보이지 않게 지시하는 신의 섭리, 공평과 정의, 우리를 창조하신 분에 향한 경배 등등 이러한 모든 것의 필요성을 주장할 때는 자연현상이 그 증거가 되어주었다. 그러나 악마의 근원, 악마의 존재, 악마의 성격, 무엇보다도 악을 행하고 우리를 악행으로 이끄는 악마의 기질을 설명하는 데는 증거를 찾기가 쉽지 않았다. 한 번은 그 가엾은 친구가 나도 어떻게 대답할지 모를, 아주 자연스럽고 순진한 질문을 던지는 바람에 당황한 적도 있었다. 나는 하느님의 권능, 하느님의 전능하심, 죄지은 자에게 불의 형벌을 내릴 정도로 죄를 증오하시는 것, 우리를 만들었듯이 한순간에 인간과 전 세계를 파멸시킬 수 있는 능력에 대해 아주 자세하게 말해주었다. 프라이데이는 줄곧 매우 진지하게 내 말에 귀를 기울였다.

다음으로 나는 악마란 우리 마음속에 사는 하느님의 적이며, 하느님의 의로운 섭리를 파괴하고 세상에서 그리스도의 왕국을 무너뜨리려고 온갖 악의와 술책을 동원한다고 말했다. 그러자 프라이데이가 물었다. "하느님은 강하고 위대하다고 주인님이 말하셨어요. 그런데 하느님은 악마만큼 강하고 힘이 세지 못하신가요?" "강하고 위대하시다고 내가 말했지. 들어봐, 프라이데이. 하느님은 악마보다 강하고 악마 위에 계신 거야. 그래서 하느님께 우리가 우리 발로 악마를 짓밟을 수 있게 해달라고 기도하고, 악마의 유혹을 물리치게 해달라고, 악마의 불화살을 끌 수 있게 해달라고 기도하는 거야." 그러자 프라이데이가 다시 말했다. "하느님이 악마보다 강하고 훨씬 힘이 세면 왜 하느님은 악마를 죽이지 않나요? 왜 악마가 악을 저지르지 못하도록 하시지 않지요?"

나는 이 뜻밖의 질문에 깜짝 놀랐다. 나는 나이가 지긋하지만 선생으로서는 풋내기에 지나지 않았다. 그래서 어려운 문제를 풀거나 그럴싸하게 대답하는 데는 자격 미달이었다. 처음에는 뭐라고 대답해야 좋을지 몰라서 그의 질문을 못 들은 체하고는 무엇을 물었느냐고 되물었다. 그러나 프라이데이는 대답을 듣고 싶어 안달이었기 때문에 자신이 한 질문을 잊어버릴 리가 없었다. 그는 그 질문을 반복했다. 이때쯤에 와서는 나도 좀 여유가 생겨서 대답했다. "결국 하느님은 악마를 호되게 벌주실 거다. 악마는 심판의 날만 기다릴 뿐이지. 악마는 바닥이 없는 구멍 속으로 던져져서 영원히 꺼지지 않는 불길 속에 살 거다." 프라이데이는 이 대답에 만족하지 않고 내 말을 되풀이하면서 다시 물었다. "심판의 날을 기다린다고요? 이해하지 못하겠습니다. 왜 악마를 지금 당장, 아니 오래전에 죽이지 않았지요?" 그러자 내가 답했다. "우리가 죄를 지어 하느님을 노하게 할 때 왜 하느님이 너나 나를 죽이지 않느냐고 묻는 거나 같은 질문이야. 하느님은 우리가 회개하고 용서받을 때까지 우리를 살려두신단다." 이 말에 프라이데이는 잠시 생각에 잠기더니 유순하게 말했다. "그러니까, 그러니까, 주인님, 나, 악마, 모두 나쁜군요. 모두 살아남아 회개하고요. 하느님은 모두 용서하고요." 여기서 나는 다시 그에게 덜미를 잡히고 말았다. 이것은 다음 사항에 대한 증언이었다. 즉 이성이 있는 인간들은 타고난 본성의 결과로, 자연에 대한 단순한 개념들의 안내로 하느님 존재를 깨닫고 하느님에 대한 합당한 존경심을 품는다. 그러나 예수 그리스도, 인간에게 예정된 구원, 신과 인간 사이의 새 언약의 조정자, 하느님 보좌의 발등에 있는 중재자 등에 대한 깨달음은 하느님의 계시를 통해서만 얻을 수 있다. 거듭 말하지만, 하늘의 계시만이 우리 영혼 속에 그런 깨달음을 준다. 따라서 인간의 영혼이 하느님의 존재와 구원의 길을 깨달으려면 우리의 주님이며 구세주인 예수 그리스도의 복음, 즉 어린 백성을 인도하고 성스럽게 할 하느님의 말씀과 성령이 꼭 필요하다.

나는 대화를 멈추고 갑자기 외출할 일이 생긴 것처럼 서둘러 자리에서 일어났다. 그리고 상당히 멀리 떨어진 곳에 가서 무얼 좀 가져오라고 프라이데이를 내보냈다. 나는 이 불쌍한 야만인을 깨우칠 힘을 달라고 하느님께 진지하게 기도했다. 성령의 힘으로 이 가엾고 무지몽매한 인간의 마음이 하느님에 관한 지혜의 빛을 받아들이기를, 그리하여 자신을 하느님께 바치기를, 그리고 나를 인도하여 하느님의 말씀으로 말하게 하여 그의 양심이 하느님을 받아들이고 그의 눈이 뜨이고 그의 영혼이 구원받을 수 있기를 기도했다. 프라이데이가 돌아오자 나는 구세주로 말미암아 인류가 구원을 받았으며 하느님께 회개하고 주 예수를 믿음으로써 하늘에서 복음이 내려온다는 교리를 주제로 그와 긴 대화를 나누었다. 그리고 우리의 거룩한 구세주가 천사의 모습이 아니라 아브라함의 자손의 몸으로 나타난 이유와 바로 그것 때문에 타락한 천사는 죄를 용서받을 수 없다는 점을 설명했다. 또 예수 그리스도는 오직 이스라엘 왕국의 잃어버린 양 떼를 구하기 위해 오셨다는 것 등을 내 능력껏 설명했다.

가엾은 야만인 프라이데이를 가르치려고 내가 동원한 온갖 방법 중에서 지식보다는 정성이 컸다는 것을 하느님이 아실 것이다. 또한 가지 인정해야 할 일은, 나 같은 일을 하는 사람이라면 누구나 경험하겠지만, 프라이데이에게 이것저것 설명하다 보면 나도 전에는 알지 못했고 충분히 생각해보지도 않은 많은 것들을 스스로 배우고 깨닫는다는 사실이다. 이것은 프라이데이를 가르치는 동안 내가 그런 문제를 깊이 생각하면서 자연스럽게 일어난 일이었다. 따라서 나는 과거 어느 때보다 사물을 탐구하는 일에 더 큰 애착을 느꼈다. 이 가엾은 야만인이 나로 인해 더 나아졌는지 아닌지는 알 수 없지만, 나로서는 그가 나에게 온 것은 그야말로 고마운 일이었다. 덕분에 나의 고민은 가벼워졌고, 생활도 말할 수 없이 편해졌다. 돌이켜보건대 내 삶은 섬에 갇힌 외로운 삶에서 하늘을 우러러보며 나를 이곳으로 이끌어주신 하느님의 손을 향해 나아가는 삶이 되었다. 그런데 이제는 더 나아가 하느님 손발이 되어 불쌍한 야만인의 생명과 영혼을 구하고, 그에게 신앙과 기독교 교리를 가르쳐, 영원한 삶을 약속하신 예수 그리스도를 알도록 이끄는 삶이 된 것이다. 이 모든 일을 돌이켜보면 남모를 은밀한 기쁨이 내 영혼 구석구석까지 흘러넘쳤다. 전에는 이 섬으로 온 것을 내게 일어날 수 있는 가장 끔찍한 고난으로 생각했지만, 이제는 내 처지를 기쁘게 여기는 경우가 빈번했다.

나는 이렇게 감사하는 마음가짐으로 이 섬에서 나머지 시간을 보냈다. 몇 시간씩 계속되던 프라이데이와 나의 대화 덕분에 우리 둘이 같이 지낸 3년이라는 세월은 완벽하고 완전한 행복 속에서 흘러갔다. 완전한 행복이 이 세상에 있다면 그렇다는 말이다. 이 야만인은 이제 나보다 훨씬 훌륭한 기독교 신자가 되었다. 우리 둘이 죄를 뉘우치고, 그로 인해 평안과 위로를 얻었으니 하느님께 감사할 일이다. 이 섬에는 우리가 읽을 하느님의 말씀이 있었고, 가르침을 받을 성령 또한 우리가 영국에 있을 때와는 달리 그리 멀리 떨어지지 않은 곳에 있었다.

성경을 읽을 때 나는 늘 읽는 부분의 뜻을 프라이데이에게 이해시키려고 노력했다. 프라이데이가 나름대로 진지한 탐구심을 발휘하며 질문들을 던지는 통에 나는 혼자서 조용히 성경을 읽을 때보다 훨씬 많은 지식을 얻었다. 내가 이 섬에서 겪은 일 가운데 또 한 가지 말해야 할 일이 있다. 즉 하느님에 대한 교리와 예수 그리스도를 통한 구원의 교리에 대한 가르침이 성경에 아주 분명하고 이해하기 쉽게 쓰여진 것은 크나큰 축복이라는 점이다. 성경 구절을 읽기만 해도 내 죄를 진심으로 뉘우치고, 생명과 구원을 위해 구세주에게 꼭 매달리며, 그 가르침에 따라 행동을 고치고 하느님의 모든 계명을 따라야 하는 의무를 깨달았다. 이런 일은 어떤 선생이나 지도자 없이도, 말하자면 인간의 역할 없이도 가능했다. 이처럼 이 야만인을 일깨우는 데도 성경의 명확한 가르침이 훌륭한 역할을 했으며, 그 결과 프라이데이는 내 평생 다시 볼 수 없는 독실한 기독교 신자가 되었다.

이 세상에서 벌어지는 종교에 관한 온갖 토론, 언쟁, 논쟁은 그것들이 교리상 문제든 교회 행정 기구에 관한 것이든 우리뿐만 아니라 세상 누구에게도 전혀 쓸모없는 것이다. 우리에게는 하늘나라에 갈 수 있게 하는 확실한 안내자가 있다. 하느님 말씀이 그 안내자다. 하느님 축복을 받은 우리에게는 성령이 주시는 안락한 시각과 관점이 있다. 성령은 하느님 말씀을 통해 우리를 가르치고 깨우치며, 진리의 세계로 이끌며, 하느님 말씀을 기쁜 마음으로 따르게 만든다. 세상을 어지럽게 하는 종교 논쟁은 그 속에 아무리 위대한 지식이 담겨 있다 하더라도 전혀 쓸모없다. 이제 내 이야기로 돌아가 일이 일어난 순서대로 이야기하겠다.

프라이데이와 내가 더욱 친해지고 그가 내 말을 거의 다 알아듣고 서투른 영어로나마 유창하게 말할 수 있게 된 후, 나는 내가 살아온 이야기를 그에게 들려주었다. 적어도 이 섬까지 온 과정과 섬에서 어떻게 살았는지, 얼마나 오래 살았는지를 말해주었다. 그에게는 수수께끼였던 화약과 탄알에 대해 설명해주었고, 총 쏘는 요령도 가르쳤다. 칼도 한 자루 주었더니 무척 좋아했다. 영국에서 칼을 찰 때 쓰는 것과 비슷하게 생긴 가죽 주머니가 달린 허리띠도 만들어주었다. 또 그 가죽 주머니에 넣고 다니도록 손도끼 하나를 주었다. 손도끼는 무기로 쓸 수 있을 뿐만 아니라 유용할 경우가 많았기 때문이다.

나는 그에게 유럽의 나라에 대해 설명해주었다. 특히 나를 낳은 영국을 설명했다. 거기서는 사람들이 어떻게 살며, 어떻게 하느님을 섬기며, 사람들이 서로 어떻게 처신하며, 어떻게 배를 타고 세계 곳곳에서 무역을 하는지 등을 설명해주었다. 또 내가 탔다가 조난 당한 배에 대해 설명했고, 난파선이 있던 곳도 가까이 가서 직접 보여주었다. 그러나 그 배는 산산조각이 나서 이제 흔적도 없었다.

나는 그에게 배에서 탈출할 때 잃어버린 보트도 보여주었다. 당시 내 힘으로는 밀어도 꿈쩍도 하지 않던 보트도 보여주었다. 이제 그것은 거의 산산조각이 나 있었다. 그 보트를 보자 프라이데이는 한참 동안 말없이 깊은 생각에 잠겼다. 내가 무엇을 그리 곰곰이 생각하느냐고 묻자, 마침내 그가 말했다. "같은 보트가 우리 나라에 오는 걸 봤어요."

나는 한참 동안 그의 말을 이해하지 못했다. 그러나 곰곰이 생각해보니, 이와 같이 생긴 보트 한 척이 그가 살던 나라의 해변에 나타났다는 얘기임을 알 수 있었다. 그의 설명에 따르면 폭풍 때문에 보트 한 척이 그리로 밀려왔다고 했다. 나는 유럽의 어느 배가 조난을 당해서 그 배에서 떨어져 나온 보트가 해안으로 밀려온 것이 아닌가 생각했다. 하지만 둔감하게도 사람들이 난파선을 빠져나와 보트를 타고 그쪽으로 탈출했으리라고는 생각하지 못했다. 그래서 나는 보트 모양만 물어보았다.

프라이데이는 나에게 보트가 어떻게 생겼는지 꽤 잘 설명했다. 그러나 그가 무슨 말을 하는지 더 잘 이해한 것은 그가 좀 흥분한 어조로 덧붙인 말 때문이었다. "우리가 물에 빠진 백인들을 구했습

니다." 이 말에 나는 곧 그 보트에 백인들이 있었느냐고 물었다. "네, 보트에 백인이 가득했어요." 나는 몇 명이었느냐고 물었다. 프라이데이는 손가락으로 열일곱 명이라고 대답했다. 그들이 어떻게 되었느냐고 묻자 그는 나에게 말했다. "그 사람들 살아요. 우리 나라에서 살고 있어요."

이 말을 듣자 새로운 생각이 떠올랐다. 나는 곧 이 백인들이 전에 내가 섬에서 본 난파선에 타고 있던 사람들일 것이라고 생각했다. 배가 암초에 부딪힌 뒤 가망이 없는 배를 버리고 보트에 올라 도망치다가 야만인들이 들끓는 해안에 도착한 모양이었다.

프라이데이의 말에 나는 그들이 어떻게 됐는지 자세히 캐물었다. 프라이데이는 그들이 아직 거기에 사는데, 거기에 온 지 4년쯤 되었으며 야만인들은 그들을 그대로 놔둔 채 그들에게 먹을 것을 갖다준다고 말했다. 나는 왜 야만인들이 그들을 잡아먹지 않고 살려주었느냐고 물었다. “아니에요. 그들은 형제가 되었어요.” 다시 말해서 일종의 휴전 상태라고 나는 이해했다. 그러자 프라이데이가 말했다. “전쟁할 때 말고는 그들은 사람을 먹지 않아요.” 그들은 전쟁을 하다가 전투에서 붙잡은 경우 말고는 사람을 먹지 않는다는 뜻이었다.

시간이 꽤 흐른 어느 날, 우리는 섬 동쪽에 있는 산꼭대기에 갔다. 전에도 말한 것처럼 이곳에서는 맑은 날에는 아메리카 대륙을 볼 수 있었다. 이날 역시 날이 아주 청명했다. 프라이데이는 뚫어져라 대륙 쪽을 바라보더니 별안간 펄쩍펄쩍 뛰고 춤을 추면서 약간 떨어져 있던 나를 큰 소리로 불렀다. 무슨 일이냐고 묻자 “아, 기쁘다! 아, 기쁘다! 저기 우리 땅이 보여요. 저기 우리 나라가 보여요!”라고 말했다.

그의 얼굴에 유달리 기뻐하는 빛이 돌고 눈이 빛을 발하는 것을 보았다. 그의 마음이 다시 자기 나라에 가 있듯이 그의 얼굴에는 야릇한 간절함이 역력히 드러났다. 그의 이런 모습을 보자 마음이 착잡했다. 처음에는 프라이데이에 대해 전과 달리 불편한 마음이 생겼다. 자기 나라에 간다면 프라이데이는 틀림없이 종교와 나를 향한 의무감 따위는 다 잊어버릴 것이다. 뿐만 아니라 자기 동료들에게 내 이야기를 하고 야만인 백 명이나 2백 명을 데리고 다시 이 섬으로 와서 전쟁에서 잡은 적처럼 나를 가지고 축제를 벌일 것이 틀림없다는 생각이 들었다.

그러나 그런 생각은 그 가엾고 정직한 인간에 대한 오해였다. 나는 나중에 이를 몹시 후회했다. 아무튼 그때는 그에 대한 의심이 나날이 더 커졌고, 몇 주 동안이나 내 마음을 사로잡았기 때문에 나는 그를 더 경계하고 전처럼 친근하거나 친절하게 대하지 않았다. 이것

역시 내 잘못이었다. 나중에 알고 몹시 흡족해한 사실이지만, 정직하고 은혜를 아는 이 인간은 신앙이 깊은 기독교인으로서, 고마움을 아는 친구로서 도리를 다할 뿐 딴생각은 조금도 하지 않았다.

그에 대한 의심이 지속되는 동안, 나는 프라이데이가 우려할 만한 생각을 품고 있는지 알아보려고 매일 그를 떠보았다. 그러나 그의 반응은 한결같이 정직하고 순수해서 미심쩍은 데는 한 군데도 발견할 수 없었다. 내가 온갖 의심을 해도 그는 결국 나를 그의 것으로 만들었다. 그는 내가 불안해한 것도 전혀 감지하지 못했으니, 나로서도 더는 그가 나를 속인다고 의심할 수 없었다.

하루는 그와 갔던 산 위로 다시 올라갔다. 그러나 바다에 안개가 자욱해 대륙이 보이지 않았다. 나는 프라이데이를 불러 너의 고향, 너의 나라로 돌아가고 싶지 않느냐고 물었다. "가고 싶어요. 우리 나라에 가면 굉장히 기쁩니다." "돌아가면 무엇을 할 작정이냐? 다시 예전처럼 야만인이 되어 사람 고기를 먹을 테냐?" 그는 걱정스런 표정을 지으며 고개를 저었다. "아니에요, 아니에요. 프라이데이는 그들에게 착하게 살라고 말해요. 하느님께 기도하라고 말합니다. 빵, 가축 고기, 우유 먹으라고 말합니다. 다시는 사람 먹지 말라고 말합니다." "그럼 사람들이 너를 죽일 텐데." 이 말에 그는 심각한 표정을 지으며 말했다. "아니, 그들은 나를 안 죽여요. 그들은 기꺼이 배우기를 사랑해요." 이 말은 자기 종족들은 기꺼이 배우기를 좋아한다는 뜻이었다. 그는 보트를 타고 온 수염 난 사람들한테서 많은 것을 배웠다고 덧붙였다. 나는 다시 프라이데이에게 자기 종족한테 돌아갈 생각이 없는지 물었다. 그러자 그는 웃으며 자기는 그렇게 멀리까지 헤엄치지 못한다고 대답했다. 내가 카누 한 척을 만들어주겠다고 하자, 그는 내가 함께 가면 자기도 가겠다고 말했다. “내가 가다니! 내가 거기 가면 그들이 나를 잡아먹을 거야.” “아닙니다. 아녜요. 내가 주인님 못 먹도록 만듭니다. 주인님 사랑하도록 만듭니다.” 그의 말뜻은 내가 어떻게 자기들의 적을 죽이고 자기 목숨을 구해줬는지 설명해서 그들이 나를 사랑하게 만들겠다는 것이었다. 이어 그는 조난을 당한 백인 열일곱 명, 그들이 부르는 식으로 말하면 ‘수염 난 사람들’한테 자기들이 얼마나 친절하게 대해주었는지 말했다.

고백하건대, 이때부터 나는 용기를 내어 그곳으로 건너가 이 수염 난 사람들과 혹시 만날 수 있는지 알고 싶었다. 수염 난 사람들이란 스페인이나 포르투갈 사람이라고 확신했기 때문이다. 그렇게만 할 수 있다면 우리는 틀림없이 그곳을 탈출할 방법을 찾을 수 있을 것이다. 그곳은 대륙에 속한 곳이고 함께 갈 좋은 일행도 있으므로 육지에서 40마일이나 떨어진 섬에서 아무런 도움도 없이 홀로 있는 현재의 상태보다 훨씬 나을 것이 틀림없었다. 그래서 며칠 뒤 나는 프라이데이를 데리고 일을 하면서 이야기하다가, 그에게 그의 나라로 타고 갈 보트를 한 척 주겠다고 말했다. 나는 섬 저쪽에 숨겨놓은 보트가 있는 곳으로 가서 늘 물속에 가라앉혀놓았던 보트를 물에서 꺼내 그에게 보여주고 둘이 함께 그 보트에 타보았다.

프라이데이는 보트를 굉장히 잘 다뤘다. 나보다 거의 두 배는 빨리 몰 수 있을 것 같았다. 그가 보트에 탔을 때 내가 말했다. “프라이데이, 그럼 너희 나라로 가볼까?” 이 말에 프라이데이는 아주 뚱한 표정을 지었다. 그렇게 먼 거리를 가기에는 카누가 너무 작다고 생각하는 것 같았다. 그래서 이것보다 큰 배가 있다고 말했다. 다음 날 우리는 다 만들어놓고도 물까지 끌고 갈 수 없었던 나의 첫 카누가 있는 곳으로 갔다. 프라이데이는 이것은 충분히 큰 배라고 말했다. 그러나 22, 23년 동안 전혀 돌보지 않고 그 자리에 버려둔 탓에 보트는 햇볕에 마르고 갈라지고 썩어갔다. 프라이데이는 그만하면 꽤 좋은 보트라면서, 그의 말투대로 적어보면 "많은 충분한 음식, 마실 것, 빵을 실을 수 있어요"라고 말했다.

요약하건대 나는 이때에 이르러서는 프라이데이와 함께 대륙으로 건너갈 계획을 굳힌 상태였다. 그래서 프라이데이에게 저 카누만큼 큰 카누를 만든 다음 우리가 타고 갈 거라고 말했다. 그는 입을 다문 채 무척 심각하면서 슬픈 표정을 지었다. 내가 무엇이 문제냐고 묻자 그도 뭐가 문제냐고 되물었다. 그러고는 다시 물었다. "주인님은 왜 프라이데이에게 화났습니까? 제가 무슨 짓을 했나요?" 나는 그게 무슨 소리냐고 묻고 나는 조금도 화나지 않았다고 말했다. "화나지 않았다고요? 화 안 났어요?" 프라이데이는 이 말을 여러 번 되풀이해서 물었다. "왜 프라이데이를 우리 나라 고향으로 돌려보내시죠?" "왜라니, 프라이데이? 네가 그곳에 가고 싶다고 하지 않았느냐?" "네, 네, 그래요. 우리 둘이 함께 거기에 있고 싶어요. 주인님이 그곳 안 있으면 프라이데이는 그곳에 안 있고 싶어요." 한마디로 혼자서는 가고 싶지 않다는 것이었다. "나도 거기 간다고! 프라이데이, 내가 거기 가서 뭘 하지?" 내가 말하자 그는 내 쪽으로 몸을 급히 돌렸다. "주인님이 할 좋은 일이 아주 많아요. 거친 사람들을 착하고 정신이 깨끗하고 얌전한 사람들이 되도록 가르칩니다. 그들이 하느님을 알고 하느님께 기도하고 새로운 삶을 살라고요." "참, 이런! 프라이데이, 그게 도대체 무슨 말이냐? 난 무식한 사람일 뿐이야." "아닙니다, 아녜요. 주인님은 나를 착하라고 가르칩니다. 주인님은 그들을 착하라고 가르칩니다." "아니다. 프라이데이, 너는 나 없이 가야 해. 지금까지 그랬던 것처럼 나는 여기서 혼자 살게 내버려둬." 그는 다시 혼란스런 표정을 지었다. 그는 늘 가지고 다니던 도끼가 있는 데로 가더니 그걸 재빨리 들고 와서 나에게 주었다. "이걸로 내가 뭘 하지?" "이걸 받으세요. 프라이데이를 죽이세요." "왜 널 죽여야 하지?" 프라이데이는 재빨리 응답했다. "무엇 때문에 주인님은 프라이데이를 보냅니까? 자, 받으세요. 프라이데이를 죽이세요. 프라이데이 보내지 마세요." 프라이데이는 눈물을 글썽이면서 진지하게 말했다. 그가 나에게 얼마나 지극한 애정을 품고 있는지, 그의 결심이 얼마나 굳은지 똑똑히 알 수 있었다. 그래서 그때는 말할 것도 없고 그 뒤로도 자주 나와 함께 살기를 원한다면 절대로 그를 떠나보내지 않겠다고 말했다.

종합적으로 말하건대 프라이데이와 대화하면서 나는 흔들리지 않는 그의 애정을 감지했으며, 무엇보다도 그를 내게서 떼놓을 수 있는 것은 없다는 사실을 알았다. 또 그가 자기 나라로 돌아가고 싶어 하는 욕망의 근거는 오직 자기 동족에 대한 열렬한 애정과 내가 그들을 착한 사람으로 만들 수 있을 거라는 희망이었다. 그러나 나는 그런 일은 전혀 마음에 두지 않았기 때문에 그렇게 할 생각도 의욕도 욕망도 없었다. 탈출을 시도하고 싶은 욕구는 여전히 강렬했다. 대화를 통해 그곳에 수염 난 사람들이 열일곱 명 있다는 사실에서 수집한 내 나름대로의 가정에 근거한 욕구였다. 그래서 더는 꾸물거리지 않고 프라이데이와 함께 큼직한 카누를 만들기에 알맞은 나무를 찾아 나섰다. 이 섬에는 나무가 많아서 작은 함대를 만들기에도 충분했다. 하지만 카누는커녕 꽤 큰 배를 만들 재목감은 별로 없었다. 유념해야 할 첫째 조건은 해변 가까이에서 나무를 구해야 한다는 점이었다. 처음에 저지른 실수를 피하려면 배를 만든 뒤 물에 띄울 수 있어야 했다.

마침내 프라이데이가 나무 하나를 찾았다. 어떤 나무가 배 만드는 데 가장 적절한지는 그가 나보다 훨씬 잘 알고 있었다. 지금도 나는 그때 우리가 자른 나무의 이름이 무엇인지 모른다. 색깔과 냄새로 짐작하건대, 그것은 옻나무 아니면 옻나무와 브라질의 미국삼나무 중간쯤 되는 것 같기도 했다. 프라이데이는 이 나무의 몸통 속을 태워 보트 모양으로 만들려고 했다. 그래서 연장으로 나무 속을 깎아내는 법을 보여주었더니 그는 아주 솜씨 있게 그 작업을 해냈다. 한 달 정도 열심히 일한 끝에 우리는 아주 멋진 카누를 만들었

다. 특히 프라이데이에게 도끼질을 가르쳤기 때문에 함께 바깥쪽을 깎고 다듬어 진짜 보트 모양을 냈다. 그러나 배 밑에 굴리기 편하게 둥근 나무토막을 깔고 조금씩 옮기는 데 거의 보름이 걸렸다. 마침내 바다에 띄워놓고 보니 스무 명은 거뜬히 태울 것 같았다.

바다에 띄웠을 때, 배가 그렇게 큰데도 프라이데이가 어찌나 능숙하고 빠르게 몰며 방향을 바꾸고 노를 젓는지 나는 깜짝 놀라지 않을 수 없었다. 나는 이걸 타고 그리로 건너갈 수 있겠느냐고 프라이데이에게 물었다. "네, 이 배를 타면 큰 바람이 불어도 아주 잘 건너갑니다." 그러나 내게는 프라이데이가 생각지도 못하는 계획이 있었다. 그 계획이란 돛대와 돛을 만들고 닻과 닻줄도 다는 것이었다. 돛대는 만들기 쉬웠다. 나는 근처에서 곧고 어린 삼나무를 하나 골랐다. 이런 나무는 이 섬에 얼마든지 있었다. 나는 프라이데이에게 그 나무를 자르게 한 다음 어떤 모양으로 어떤 순서를 밟아 만들지 지시했다. 그러나 돛은 특별히 내가 감당할 일거리였다. 나에게는 돛이 있었다. 돛 조각들이 충분한 것은 알지만 26년이란 세월이 흐르고 이런 식으로 다시 사용하리라고는 상상도 못했기 때문에 제대로 보관하지 않아서 모두 썩었을 것이 분명했다. 실제로 대부분 썩었다. 그러나 꽤 성한 두 조각을 찾아 일을 시작했다. 바늘이 없었기 때문에 무진 고생을 해가며 서툴게 꿰맨 끝에 엉성하지만 삼각형 물건을 만들어냈다. 영국에서 삼각돛이라고 부르는 것과 비슷했다. 범선에 딸린 보트처럼 밑에는 활대를 달고, 위에는 작은 깃대를 달았다. 모두 내가 자신 있게 몰 수 있는 형태였다. 이 이야기의 초반부에 말했듯이 바바리에서 도망칠 때 탄 보트의 돛도 이런 모양이었다.

돛대와 돛을 만드는 이 마지막 작업에 거의 두 달이 걸렸다. 돛대를 고정하는 굵은 밧줄도 달고, 바람이 불어오는 쪽으로 배를 돌릴 경우 도움이 되는 앞돛과 방향을 조정할 고물의 키도 설치해서 완벽하게 일을 끝냈다. 나는 비록 서툰 목수지만 그런 장비들이 유용하고 필요하다는 것을 잘 알았기 때문에 그처럼 고생해서 모든 것을 갖추었다. 실패를 거울 삼아 궁리 끝에 여러 장비를 갖추느라 고생했지만 카누 자체를 만드는 일도 만만치 않았다.

이 일을 마친 뒤 나는 프라이데이에게 보트를 모는 것과 관련된 일들을 가르쳐야 했다. 그는 카누를 젓는 법은 매우 잘 알았지만, 돛과 키에 대해서는 아무것도 몰랐다. 내가 키를 이용해 배를 몰고 돛을 이리저리 돌려 바람을 맞으면서 배의 방향을 바꾸는 것을 보고 프라이데이는 몹시 감탄했다. 너무 놀라 넋 나간 사람처럼 바라보고 서 있었다. 하지만 몇 번 해보니 곧 모든 것에 익숙해져 아주 능숙한 뱃사람이 되었다. 다만 나침반은 아무래도 이해하지 못하는 것 같았다. 그러나 그즈음에는 흐린 날이 거의 없고 안개도 거의 끼지 않았기 때문에 나침반을 쓸 일이 별로 없었다. 밤에는 늘 별이 보였고 낮에는 해안선이 잘 보였다. 우기라면 문제가 되었겠지만, 어차피 우기에는 아무도 바다든 땅이든 나갈 엄두도 내지 않았을 것이다.

이 섬에 갇힌 지 27년째로 접어들었다. 프라이데이와 보낸 지난 3년은 그 이전의 생활과 전혀 달랐기 때문에 계산에서 빼는 편이 더 나을지도 모르겠다. 나는 이 섬에 온 기념일을 처음이나 다름없이 하느님의 자비에 감사하는 마음으로 맞이했다. 이제는 하느님이 나를 보살핀다는 것을 보여주는 일도 많아졌고, 더욱이 조만간 확실히 구조될 수 있다는 희망까지 생긴 터라 하느님께 감사할 일이 더욱 많았다. 내겐 구조될 날이 머지않았으며, 이곳에서 한 해를 더 보내지 않아도 되리라는 확신이 있었다. 그러나 땅을 파고 씨를 뿌리며 울타리를 치는 등 평소와 다름없이 농사일을 계속했고, 포도를 수확하여 말리는 등 전처럼 필요한 일을 모두 해냈다.

그러는 동안 우기가 닥쳐 다른 때보다 많은 시간을 집 안에서 보냈다. 그래서 우리가 새로 만든 배를 강으로 끌어다 최대한 안전하게 정박시켰다. 전에 말한 것처럼 내가 처음에 조난당한 뒤 뗏목을 댄 곳이다. 밀물이 몰려오자 우리는 배를 육지 쪽으로 끌고 왔다. 프라이데이를 시켜 그 배가 들어갈 만한 넓이와 배가 물에 떠 있을 만한 깊이로 작은 도랑을 파게 했다. 그러고 나서 밀물이 나갔을 때 도랑 양끝을 가로질러 튼튼한 둑을 쌓아 조수가 나간 뒤 물이 안으로 들어오지 못하게 했다. 그러면 바다에 밀물이 들어와도 배는 뽀송뽀송한 상태를 유지할 수 있다. 또 비를 막기 위해 나뭇가지를 잔뜩 모아 지붕처럼 두껍게 덮었다. 이렇게 하면서 우리가 모험에 나설 11월과 12월을 기다렸다.

좋은 계절로 접어들기 시작했을 때 청명한 날씨와 더불어 나의 계획에 대한 생각도 돌아왔기 때문에 나는 매일 항해를 위해 준비했다. 맨 먼저 한 일은 항해 기간 중에 필요한 식량을 준비하는 일이었다. 일주일이나 보름 뒤에는 도랑을 열고 배를 물에 띄울 참이었다. 이런 일로 한창 바쁜 어느 날 아침이었다. 나는 프라이데이를 불러 바닷가로 가서 거북 한 마리를 잡아오라고 했다. 우리는 보통 일주일에 한 번씩 거북을 잡아 고기와 알을 먹었다. 그런데 잠시 뒤 바닷가로 갔던 프라이데이가 헐레벌떡 뛰어 발로 땅을 딛지 않고 나는 사람처럼 담장을 훌쩍 넘어왔다. 그는 무슨 일이냐고 묻기도 전에 외쳤다. "오, 주인님! 오, 주인님! 슬픕니다! 오, 나빠요!" "프라이데이, 무슨 일이냐?" "저기, 저 너머, 카누가 하나, 둘, 셋. 하나, 둘, 셋, 카누!" 프라이데이가 말하는 습성으로 미루어 나는 카누가 여섯 척이라고 결론을 내렸다. 그러나 다시 물었더니 세 척이었다. 나는 겁먹지 말라고 하면서 그를 진정시키려고 노력했다. 그러나 이 불쌍한 친구는 완전히 겁에 질렸다. 그의 머릿속에는 야만인들이 자기를 잡으러 왔으며 자기를 토막 내어 잡아먹을 것이라는 생각뿐이었다. 이 가련한 녀석이 어찌나 떠는지 나도 그를 어떻게 할지 몰랐다. 나는 그를 진정시키려고 애쓰면서 그들은 너뿐 아니라 나도 잡아먹을 테니까 나도 위험하기는 마찬가지라고 말했다. "프라이데이, 우리는 저놈들과 싸우겠다고 마음을 단단히 먹어야 해. 너 싸울 수 있지?" "저 총 쏴요. 그런데 숫자가 굉장히 많아요." "상관없다. 우리가 직접 죽일 필요 없다. 총이 저들을 놀라 자빠지게 할 거다." 나는 그에게 내가 너를 지켜주기로 결심하면 너도 나를 지켜주겠느냐고 묻고, 내 옆에 붙어서 내가 시키는 대로 하겠느냐고 물었다. "저더러 죽으라면 죽겠습니다." 나는 럼주를 한 그릇 가져와서 그에게 주었다. 럼주는 워낙 아껴 마셨기 때문에 아직도 많이 남았다. 럼주를 다 마셨을 때 나는 그에게 우리가 늘 가지고 다니는 엽총 두 자루를 들게 하고, 작은 권총 총알만 한 백조 사냥용 총알 두 알씩 장전하도록 했다. 나는 머스켓 네 자루를 꺼내 실탄 두 알과 작은 탄알 다섯 개씩 장전했다. 권총 두 자루에도 총알을 두 알씩 장전했다. 나는 평소처럼 옆구리에 칼집 없는 큰 칼을 차고 프라이데이에게는 손도끼를 주었다.

준비를 끝낸 뒤 나는 망원경을 가지고 산허리로 올라가 무엇이 눈에 띄는지 살폈다. 곧 야만인 스물한 명과 포로 세 명과 카누 세 척이 망원경에 잡혔다. 그들은 세 사람의 몸뚱이를 놓고 승리의 잔치(정말 야만스러운 잔치였는데)를 벌이려는 것 같았다. 전에도 말했지만 그들에게는 이 짓거리가 아무것도 아니었다.

그들이 도착한 곳은 전에 프라이데이가 탈출한 곳이 아니라 내가 배를 대는 강 근처였다. 해안이 낮고 숲이 바다 가까이까지 울창하게 뻗은 곳이었다. 이 야만인들이 벌일 비인간적 짓거리를 생각하자 혐오감과 함께 분노가 내 몸을 꽉 채웠다. 나는 다시 프라이데이에게 가서 당장 내려가 저놈들을 모조리 죽이겠다고 말했다. 그러고는 같이 가겠느냐고 물었다. 이제 두려움도 가시고 술 덕분에 용기가 생긴 프라이데이는 아까처럼 내가 죽으라고 명령하면 죽겠다고 말했다.

분노의 발작 속에서 나는 장전해둔 무기들을 나누었다. 프라이데이의 허리띠에 권총 한 자루를 꽂아주고, 총 세 자루는 어깨에 메게 했다. 나는 권총 한 자루와 나머지 총 세 자루를 들었다. 이런 모양새를 갖추고 우리는 당당히 나아갔다. 나는 주머니에 럼주 한 병을 넣었고, 프라이데이에게는 화약과 탄알이 든 큰 자루를 주었다. 나는 프라이데이에게 내 뒤에 바짝 붙어 따르고, 명령이 있기 전에는 섣부른 행동을 하거나 총을 쏘거나 어떤 다른 일을 해서는 안 되며, 가는 도중에는 한마디도 하지 말라고 명령했다. 이런 자세로 오른쪽으로 약 1마일을 우회하여 시냇물을 건너 숲까지 가기로 했다. 적에게 들키지 않고 사정거리 안으로 가기 위해서였다. 망원경으로 본 결과 그렇게 하는 것이 쉽다는 것을 알았기 때문이다.

이렇게 앞으로 행군할 때 예전에 하던 생각이 다시 떠올라 내 결심을 흔들기 시작했다. 식인종 숫자가 많아서 겁이 난 것은 아니다. 그들은 벌거벗은 데다 무기도 없는 야만인들이라 설사 내가 혼자라 해도 틀림없이 그들보다 우세하기 때문이다. 그러나 무슨 사명이나 이유, 필요 때문에 내게 아무런 해도 입히지 않았고 그럴 생각도 없는 저들을 공격하여 손에 피를 묻혀야 하는지 알 수가 없었다. 그들은 나에게 아무런 죄도 짓지 않았다. 사람을 먹는 야만적인 습성은 이 지역의 다른 종족들처럼 하느님이 그들을 어리석고 비인간적인 길로 내팽개쳤다는 증거이자 그들의 재앙 아닌가. 그런데 내가 그들의 행동을 심판하다니, 나한테 하느님의 심판을 집행할 사명이 있는 것도 아니지 않은가. 하느님이 알맞은 때를 봐서 자신의 손으로 처리할 게 아닌가. 하느님은 종종 전체가 저지른 범죄에 대해 마땅히 전체에게 벌을 내리실 것이다. 그렇다면 이건 내가 끼어들 문제가 아니다. 프라이데이라면 정당한 이유가 있는 것도 사실이다. 그들은 프라이데이의 공공연한 적이었으며, 그 종족과 전쟁을 벌였기 때문이다. 프라이데이가 그들을 공격하는 것은 타당한 일이나, 같은 이유를 나한테까지 적용할 수는 없었다. 걷는 동안 이런 생각이 줄곧 나를 짓눌렀다. 그래서 일단 그들 가까이 다가간 뒤 식인 잔치를 지켜보면서 하느님이 시키시는 대로 행동하기로 결심했다. 그러나 내가 아직 모르는, 어떤 새로운 필요성이 발생하지 않는 한 그들에게 간섭하지 않을 참이었다.

나는 이런 결심을 하고 숲으로 들어갔다. 프라이데이가 내 뒤에 바짝 붙어 따라오는 가운데 나는 잔뜩 경계를 하고 소리 내지 않으면서 그들이 있는 곳에 인접한 숲 가장자리까지 갔다. 이제 숲의 한 귀퉁이가 나와 그들 사이를 갈라놓은 상태였다. 나는 프라이데이를 조용히 불러 숲 귀퉁이에 있는 큰 나무를 가리키며 가서 야만인들이 잘 보이면 그들이 무엇을 하는지 알아보고 오라고 명령했다. 그는 명령대로 그리 가서 곧 돌아와 그들이 아주 잘 보인다면서 모두 모닥불에 둘러앉아 포로 한 명의 살을 먹고 있다고 보고했다. 그리

고 다른 포로 한 명이 묶인 채로 그들과 약간 떨어진 모래밭에 있는데, 그가 다음 차례인 모양이라고 했다. 이 말이 내 영혼에 불을 질렀다. 다음 차례를 기다리는 사람은 이곳 종족이 아니라 전에 보트를 타고 자기 나라에 온 수염 난 사람들 중 하나라고 했기 때문이다. 수염 난 사람이라는 말에 나는 공포에 휘말렸다. 나는 그 나무로 가서 망원경으로 백인 한 명을 똑똑히 보았다. 새끼줄 같은 것으로 손발이 묶인 채 바닷가에 쓰러져 있었는데, 옷을 입은 것으로 보아 유럽인임에 틀림없었다.

내가 있는 곳보다 그들 쪽으로 50야드 정도 가까이에 나무 한 그루가 있고, 그 너머에 작은 덤불이 있었다. 들키지 않고 돌아서 그 나무까지 가면 사격 거리는 반으로 줄어들 수 있었다. 걷잡을 수 없이 치솟는 흥분을 억제하며 일단 스무 걸음쯤 뒤로 물러났다가 덤불에 몸을 숨기면서 그 나무까지 갔다. 이어 바닥이 좀 솟아오른 곳에 도착했다. 거기에서는 70야드 앞에 있는 그들의 모습이 한눈에 들어왔다.

이제 꾸물거릴 시간이 없었다. 무시무시한 악당 열아홉 명이 땅바닥에 옹기종기 앉아 있었고, 불쌍한 기독교인을 죽이려고 두 명이 막 일어서는 중이었다. 아마 그 둘은 팔다리를 잘라 모닥불로 가져올 참이었다. 두 야만인이 백인 발에 묶은 매듭을 풀려고 몸을 숙이고 있었다. 나는 프라이데이 쪽으로 몸을 돌려 그에게 말했다. "이제 프라이데이, 내 명령대로 하거라." 프라이데이는 그러겠다고 대답했다. "프라이데이, 내가 하는 것을 보고 그대로 따라 해라. 꼭 그대로 해야 해." 나는 머스켓 한 자루와 엽총 한 자루를 땅에 내려놓았다. 프라이데이도 나를 따라 자기 총을 내려놓았다. 나는 다른 머스켓 한 자루로 야만인들을 겨냥하며 프라이데이에게도 그렇게 하라고 지시했다. "준비되었니?" "네." "그러면 저들에게 쏴!" 하며 동시에 나도 발사했다.

프라이데이는 나보다 훨씬 정확하게 겨냥했다. 그가 쏜 쪽의 두 놈을 죽이고 적어도 세 명을 다치게 했다. 나는 한 명을 죽이고 두 명을 다치게 했다. 야만인들은 지독히 놀랐다. 다치지 않은 녀석들은 펄쩍 뛰며 자리에서 일어났지만, 어디로 도망쳐야 할지, 어느 쪽을 둘러봐야 할지 몰라 허둥댔다. 어느 쪽에서 죽음이 다가오는지 알 수 없었기 때문이다. 프라이데이는 내가 시킨 대로 내 쪽을 보면서 내가 어떻게 행동하는지 눈여겨보았다. 나는 첫 번째 사격을 하자마자 그 총을 내던지고 엽총을 들었다. 프라이데이도 그대로 따라 했다. 내가 공이치기를 잡아당기고 겨냥하자 그도 따라 했다. "준비됐니, 프라이데이?" "네." "그럼 발사! 하느님의 이름으로."

그 말과 동시에 나도 다시 넋을 잃은 야만인들 사이에 발사했다. 프라이데이도 그렇게 했다. 이번에 쏜 총탄은 백조 사냥용 작은 총알이어서 두 명만 죽어 넘어지는 것이 보였다. 그러나 많은 수가 다쳐 미친 사람처럼 비명을 지르고 아우성치며 날뛰었다. 그들은 피투성이였고, 대부분 심한 부상을 당했다. 곧이어 세 명이 죽지는 않았지만 땅에 쓰러졌다.

발사한 총은 내려놓고 장전된 머스켓을 들면서 내가 말했다. "프라이데이, 자, 이제 날 따라와." 프라이데이는 용기가 나서 나를 따랐다. 나는 숲 밖으로 나와 야만인들 앞에 내 모습을 드러냈다. 프라이데이는 내 곁에 있었다. 그들이 나를 봤다고 생각한 순간 나는 목청껏 소리 질렀다. 프라이데이더러도 그렇게 하라고 지시했다. 그러고는 나는 있는 힘을 다해 그들을 향해 달렸다. 그러나 무기를 잔뜩 가지고 있었기 때문에 빨리 뛸 수가 없었다. 나는 곧장 불쌍한 희생자 쪽으로 뛰었다. 그 희생자는 야만인들이 앉아 있던 곳과 바다 사이 해변에 누워 있었다. 그를 죽이려던 야만인 두 명은 우리가 맨 처음 쏜 총소리에 놀라 포로를 남겨두고 바다 쪽으로 도주하더니 카누로 뛰어올랐다. 또 다른 세 명도 다 같이 카누에 올라탔다. 나는 프라이데이에게 앞으로 가서 그들을 쏘라고 명령했다. 그는 곧 내 말을 알아듣고 40야드쯤 그들 가까이로 다가가 그들에게 총을 쏘았다. 그들이 쓰러지며 보트 안에 한 더미를 이루는 것을 보고 나는 그들이 모두 죽었다고 생각했다. 그런데 그들 중 두 명이 재빨리 일어났다. 어쨌든 프라이데이는 두 명은 죽이고 다른 한 명은 다치게 했다. 부상당한 녀석은 죽은 것처럼 카누 바닥에 누워 있었다.

프라이데이가 그들에게 총을 쏘는 동안, 나는 칼을 뽑아 불쌍한 희생자를 묶은 새끼줄을 끊고 손발을 풀어주었다. 그리고 그를 일

으켜 세우며 포르투갈 말로 당신은 누구냐고 물었다. 그는 라틴어로 기독교인이라고 대답했다. 그러나 그는 몸이 너무 쇠약해지고 정신이 몽롱해서 제대로 서 있지도 못하고 말을 할 수가 없었다. 나는 주머니에서 술병을 꺼내 마시라는 시늉을 했다. 그는 술을 마시고 내가 주는 빵도 받아먹었다. 나는 다시 그에게 어느 나라 사람이냐고 물었다. 그는 스페인 사람이라고 대답했다. 약간 몸이 회복되었을 때 그는 온갖 손짓, 발짓을 해가며 자기를 구해줘서 얼마나 큰 은혜를 입었는지 모르겠다는 표시를 했다. 나는 내가 아는 모든 스페인 말을 동원해서 말했다. "이봐요. 얘기는 나중에 합시다. 지금은 싸워야 합니다. 힘이 남아 있으면 이 권총과 칼을 받으시오. 이것으로 공격하십시오." 그는 무기를 고맙게 받았다. 무기를 손에 넣자 그는 마치 무기가 새로운 힘을 불어넣은 것처럼, 복수의 신처럼 자신을 죽이려던 자들에게 달려들어 눈 깜짝할 사이에 두 명을 찔러 죽였다. 이 모든 것이 예기치 못한 기습이었기에 야만인들은 총소리에 너무 놀라고 겁에 질려 어리둥절한 채 주저앉아 있었다. 그들은 몸에 고스란히 우리의 총알을 맞는 것 말고는 도망갈 힘조차 없었다. 배에 탄 다섯 명도 마찬가지였다. 셋은 총알을 맞고 쓰러졌지만, 다른 둘은 그저 놀라서 쓰러졌다.

나는 총을 쏘지 않고 장전한 채로 들고 있었다. 스페인 사람에게 내 권총과 칼을 주었기 때문에 혹시나 하는 마음에서였다. 나는 프라이데이를 불러 우리가 처음 사격한 나무로 뛰어가서, 총을 발사하고도 아직 장전하지 않은 총들을 가져오라고 일렀다. 그는 민첩하게 가서 총들을 들고 왔다. 나는 머스켓을 프라이데이에게 주고 나머지 총에 다시 장전했다. "놈들아, 올 테면 와봐라" 하고 중얼거리면서 작업했다. 내가 장전하는 사이에 스페인 사람과 야만인 하나 사이에 격렬한 싸움이 벌어졌다. 그 야만인은 큰 나무칼을 들고 스페인 사람을 공격하고 있었는데, 그것은 내가 막지 않았다면 식인 잔치를 위해 스페인 사람을 죽였을 나무칼이었다. 스페인 사람은 몸이 쇠약해진 상태였지만 상상할 수 없을 만큼 대담하고 용감했다. 그는 야만인과 격투하는 중 칼로 야만인 머리에 두 군데나 깊은 상처를 입혔다. 그러나 몸이 건장하고 힘이 좋은 야만인은 스페인 사람을 내동댕이쳐 꼼짝 못하게 하고는 그 손에서 칼을 뺏으려 들었다. 급박한 상황에서도 스페인 사람은 현명하게 대처했다. 칼을 버리고 허리에서 권총을 뽑는 것이었다. 도와주려고 그쪽으로 뛰어가던 내가 가까이 가기도 전에 그가 쏜 총알에 야만인은 그 자리에서 죽어버렸다.

이제 자유롭게 활동하게 된 프라이데이는 다른 무기 없이 손도끼만 들고 도망치는 악당을 뒤쫓았다. 그리하여 그는 아까 말한 부상자 세 명을 해치우고, 그가 마주친 나머지도 다 해치웠다. 스페인 사람이 내게 와서 총을 달라고 해서 나는 엽총 한 자루를 건네주었다. 그는 총을 들고 야만인 두 명을 쫓아가 쏘았다. 그가 잘 뛸 수 없었기 때문에 두 놈은 상처를 입은 채 그를 따돌리고 숲속으로 도망쳤지만, 프라이데이가 숲속에서 그들을 다시 뒤쫓아 그중 한 명을 죽였다. 그러나 다른 한 명은 프라이데이도 따라잡을 수 없을 만큼 재빨랐다. 그 야만인은 다쳤는데도 바다로 뛰어들어 죽을힘을 다해 다른 두 명이 타고 있는 카누 쪽으로 헤엄쳐 갔다. 다친 놈은 죽었는지 살았는지 알 수 없지만, 이 세 놈이 스물한 명 가운데 우리 손에서 살아남아 도망친 자들이다. 계산해보면 다음과 같다.

그 나무에서 첫 발로 3명 사살.

두 번째 발포로 2명 사살.

프라이데이가 보트에서 죽인 2명.

첫 부상자 중에서 프라이데이가 죽인 2명.

숲에서 프라이데이가 죽인 1명.

스페인 사람이 죽인 3명.

부상으로 여기저기에 쓰러져 죽었거나 프라이데이가 따라가 죽인 4명.

죽었거나 다쳤을 1명을 포함해 배로 도망친 4명.

합계 21명.

카누에 탄 야만인들은 총탄을 맞지 않으려고 열심히 노를 저어 달아났다. 프라이데이가 두세 방 총을 쏘았지만 한 방도 맞히지 못한 것 같았다. 프라이데이는 야만인들이 타고 온 카누 한 척을 타고 녀석들을 뒤쫓자고 했다. 사실 나도 그들이 도망치는 것이 걱정스러웠다. 녀석들이 이 일을 동족에게 알리면 놈들이 카누 2백~3백 척을 타고 와서 완전히 인해전술로 우리를 잡아먹으려고 할 것이기 때문이다. 그래서 바다로 그들을 추격하는 데 동의하고 카누 한 척에 올라타면서 프라이데이에게 따라오라고 했다. 그러나 막상 카누에 들어섰을 때 또 다른 야만인 하나가 손발이 묶인 채 누워 있는 것을 보고 나는 깜짝 놀랐다. 스페인 사람처럼 도살당할 처지에 있는 사람이었다. 그는 공포로 거의 죽은 상태여서 무슨 일이 벌어지는지도 몰랐다. 목부터 발목까지 꽁꽁 묶여 있었기 때문에 송장이나 마찬가지였다.

나는 즉시 비틀어 묶은 새끼줄을 끊고 그 사람을 일으켜 세우려고 했다. 그러나 그 사람은 일어서지도 못하고 말도 못하고 애처롭게 신음하기만 했다. 아직도 자기를 죽이려고 줄을 푸는 줄 아는 것 같았다.

프라이데이가 왔을 때 나는 야만인에게 구출된 것을 알려주라고 지시했다. 그리고 술병을 꺼내 그 가엾은 사람에게 한 모금 마시게 했다. 구출되었다는 것을 깨달은 야만인은 술을 한 모금 마시자 이제 기운을 차렸는지 일어나 앉았다. 프라이데이는 그의 얘기를 들으려고 가까이 다가가 그 야만인의 얼굴을 빤히 들여다보았다. 프라이데이가 갑자기 그 사람에게 키스하고 포옹하며 껴안고 소리 내어 울고 웃고 환호하고 펄쩍펄쩍 뛰고 춤추고 노래하고 다시 소리 내어 울고 양손을 움켜쥐고 제 얼굴과 머리를 때리고, 이어서 노래하고 다시 이리저리 미친 사람처럼 펄쩍펄쩍 뛰는 모습을 보았다

면, 눈물을 참을 수 있는 사람은 없었을 것이다. 한참 뒤에야 나는 프라이데이에게 어찌 된 일인지 말하도록 하고 그 사연을 들을 수 있었다. 흥분이 조금 가라앉자 프라이데이는 그 사람이 자기 아버지라고 했다.

죽음에서 구조된 아버지의 모습을 보고 이 가련한 야만인의 마음속에 꿈틀거린 환희와 아버지를 향한 자식의 애정을 보았을 때 나는 표현할 수 없는 감동을 받았다. 그 뒤에 프라이데이가 자기 아버지에게 보인 깊은 애정을 나는 말로는 반도 묘사할 수 없다. 프라이데이는 수없이 카누를 들락거렸다. 카누에 있는 자기 아버지에게 가 있을 때는 아버지 곁에 앉아 가슴을 풀어헤치고 아버지 머리를 자기 가슴에 기대게 하고 30분 정도 함께 있으면서 아버지를 편안하게 해주었다. 그러고는 오래 묶여 있었던 탓에 뻣뻣하게 굳은 양팔과 발목을 두 손으로 비비고 주물렀다. 아버지의 상태를 본 나는 아버지의 손발에 부어 비벼주라고 럼주를 좀 주었다. 그게 큰 효과가 있었다.

이 일로 카누를 타고 야만인들을 쫓아가기로 한 것은 무산되고 말았다. 야만인들은 거의 시야에서 사라지고 없었다. 그러나 그것이 우리에게는 천만다행이었다. 채 두 시간도 되지 않아서, 그러니까 야만인들이 그들의 목적지에 반의반도 가지 못했을 때 바람이 강하게 불기 시작했기 때문이다. 바람은 밤새도록 쉬지 않고 불었다. 게다가 바람의 방향은 그들에게 불리한 북서풍이었다. 그들의 배가 온전할 거라든가 무사히 자기들의 해안에 도착했으리라고는 생각하기 어려웠다.

그러면 다시 프라이데이 이야기로 돌아가자. 프라이데이가 아버지를 돌보느라 어찌나 바쁜지 나는 한동안 그를 내버려두었다. 그러다가 아버지 곁을 잠시 떠날 수 있다고 생각되었을 때 그를 불렀다. 웃음을 띠고 뛰어오는 모습이 더없이 행복해 보였다. 나는 아버지에게 빵을 주었느냐고 물었다. 그는 머리를 저으며 말했다. "아뇨. 못난 개가 죄다 먹은 걸요." 그래서 나는 일부러 챙겨온 작은 주머니에 든 빵 한 조각을 꺼내주고, 너도 마시라며 술도 한 잔 주었다. 그러나 그는 입도 대지 않고 모두 아버지에게 가져갔다. 내 주머니에는 건포도도 두어 주먹쯤 들어 있어서 아버지에게 갖다 주라고 한 움큼 건네주었다. 프라이데이는 건포도를 아버지에게 건네주고는 곧바로 카누에서 뛰어나와 귀신 들린 사람처럼 어디론가 쏜살같이 뛰어갔다. 프라이데이가 그렇게 빨리 뛰는 것을 나는 처음 보았다. 순식간에 눈에서 사라졌다. 뒤에서 아무리 큰 소리로 불러도 아랑곳하지 않고 달려갔다. 15분 뒤 돌아오는 프라이데이가 보였는데, 갈 때처럼 빨리 뛰어오지 않았다. 가까이에 온 것을 보았더니 손에 뭔가를 들고 있었다. 그것 때문에 걸음이 늦어진 모양이다.

그가 가까이 왔을 때 보니 아버지에게 마실 물을 주려고 집에 가서 항아리를 들고 온 것이었다. 빵도 두 개 가져왔는데, 그는 빵은 나에게 주었지만 물은 자기 아버지에게 가져갔다. 그러나 무척 목이 말랐기 때문에 나도 한 모금 마셨다. 물을 마시자 그의 아버지는 내가 준 럼주를 마셨을 때보다 생기를 찾았다. 그는 목이 말라 정신을 잃기 직전이었다.

프라이데이 아버지가 물을 마신 뒤, 나는 프라이데이를 불러 물이 남았느냐고 물었다. 물이 있다기에 불쌍한 스페인 사람에게도 물과 빵을 갖다 주라고 일렀다. 그 사람 역시 프라이데이 아버지만큼 목이 탄 상태였다. 스페인 사람은 기진맥진해서 나무 그늘 밑 풀밭에서 쉬고 있었다. 거친 새끼줄에 묶여 있었기 때문에 팔다리가 뻣뻣하고 퉁퉁 부었다. 프라이데이가 물을 갖다 주자 그 사람은 일어나 앉아 물을 마시고 빵을 받아먹기 시작했다. 나는 그에게 가서 건포도도 한 움큼 주었다. 그는 그지없이 고맙다는 표정을 지으며 내 얼굴을 올려다보았다. 그러나 몸이 쇠약해진 데다 야만인과 싸우느라 있는 힘을 다 썼기 때문에 제대로 일어설 수 없었다. 두세 번 일어서려고 애를 써보았지만 부은 발목이 너무 아픈지 결국 일어서지 못했다. 나는 그에게 그대로 있으라고 한 다음, 프라이데이에게 아버지한테 한 것처럼 럼주로 발목을 씻기고 문질러주라고 일렀다.

다정다감한 프라이데이는 스페인 사람을 돌보면서도 이 분에 한 번꼴로, 아니 그보다 자주 아버지가 있는 곳으로 고개를 돌려 자기가 앉혀준 자리에 아버지가 그대로 잘 있는지 살폈다. 그런데 얼마 뒤 아버지 모습이 갑자기 보이지 않았다. 프라이데이는 자리에서 벌떡 일어나 한마디 말도 없이 발이 땅에 닿지 않을 정도로 비호같이 자기 아버지에게 뛰어갔다. 아버지는 팔다리를 편하게 하려고 가만히 누워 있었다. 그러자 프라이데이는 곧 내 쪽으로 돌아왔다. 나는 스페인 사람에게 프라이데이가 부축해줄 테니 몸을 일으켜 보트까지 가자고 말했다. 그다음 그를 집으로 데려가서 돌보아주겠다고 했다. 그러자 건장하고 힘이 센 프라이데이가 스페인 사람을 번쩍 들어 업고는 카누로 가더니 카누 옆에 사뿐히 내려놓았다. 그러고는 자신의 발을 카누 안으로 들여놓고는 다시 그를 안아 자기 아버지 옆에 눕혔다. 프라이데이는 곧 다시 카누에서 내려 카누를 바다에 띄우더니 해안선을 따라 노를 저었다. 어찌나 빨리 노를 젓는지 바람이 몹시 부는데도 해안을 따라 걷는 나보다 빨랐다. 프라이데이는 그렇게 두 사람을 안전하게 옮기고 나서 그들을 카누에 둔 채 뛰어나와 다른 카누를 가지러 갔다. 내 곁을 지나칠 때 어디 가느냐고 묻자 그가 말했다. "가서 카누 하나 더 가져오려고요." 그는 바람처럼 가버렸다. 말이든 사람이든 그 무엇도 프라이데이만큼 빨리 달리지는 못할 것이다. 내가 걸어서 두 사람이 누워 있는 카누에 이르자마자 프라이데이는 다른 카누 한 척을 몰고 왔다. 그는 나에게 가볍게 손짓으로 인사하더니 보트에 있는 손님들이 밖으로 나오는 걸 도와주러 갔다. 그러나 그 두 사람은 걸을 수 없었다. 가엾은 프라이데이는 어쩔 줄 몰랐다.

이 문제를 해결하려고 나는 머리를 짜내야 했다. 나는 프라이데이를 불러 두 사람을 강둑에 앉혀놓고 내게 오라고 했다. 나는 곧 그들을 태워 나를 일종의 들것을 만들었다. 그들을 거기 싣고 우리가 앞뒤를 각기 들어 운반했다. 그러나 집 담장에 이르자 아까보다 큰 문제에 봉착했다. 그들을 담 너머로 옮길 수가 없었다. 나는 우선 담은 헐지 않기로 하고 다시 작업에 들어갔다. 프라이데이와 나는 두 시간가량 걸려서 낡은 돛을 치고 그 위에 나뭇가지들을 덮어 아주 근사한 천막을 하나 만들었다. 그 천막은 바깥 담장과 내가 심은 어린 나무들이 있는 관목림 사이에 있었다. 나는 그곳에 내가 쓰는 것과 똑같은 방식으로 부드러운 볏짚을 깐 다음 요가 될 모포를 한 장 깔고 그 위에 덮고 잘 모포를 한 장 올려놓아 잠자리 두 개를 만들었다.

이제 내 섬에는 사람들이 모여 살게 되었다. 나는 거느리는 백성이 많다는 생각이 들었다. 내가 왕과 같다는 유쾌한 생각이 자주 들었다. 첫째, 이 섬 전체가 내 완전한 재산이다. 나는 의심할 여지가 없는 지배권을 가지고 있다. 둘째, 내 백성은 완전히 나에게 속해 있다. 나는 절대 군주며 법을 집행하는 자다. 그들은 모두 내 덕에 목숨을 건졌고, 그럴 경우가 생긴다면 언제든지 나를 위해 목숨을 바칠 준비가 되어 있다. 특이한 점은 기껏해야 셋밖에 안 되는 신하들이 제각기 종교가 다르다는 것이다. 프라이데이는 개신교, 그의 아버지는 이교도이자 식인종, 스페인 사람은 가톨릭이다. 그러나 나는 나의 영토에서 양심의 자유, 그러니까 신앙의 자유를 허용했다. 이건 그냥 여담으로 하는 말이다.

쇠약한 상태에서 구출된 두 포로에게 피난처, 즉 휴식할 수 있는 공간을 마련해주자마자 그들을 위한 식량을 마련하는 일을 생각하기 시작했다. 맨 먼저 프라이데이를 시켜 새끼와 어미 중간쯤 되는 한 살짜리 염소를 잡게 했다. 나는 죽인 염소의 뒷다리와 엉덩이 살을 잘게 썬 다음, 프라이데이를 시켜 물을 끓이고 고기와 수프를 맛볼 수 있는 스튜를 만들게 했다. 수프에는 보리와 쌀도 조금씩 넣었다. 안쪽 담장 안에서는 불을 피울 수 없었기 때문에 밖에서 요리한 뒤 새 천막으로 날랐다. 그들을 위해 식탁을 차린 뒤 나도 한자리 차지하고 앉아 다 같이 식사했다. 나는 능력이 닿는 한 그들을 위로하고 격려했다. 프라이데이가 통역을 했는데, 자기 아버지는 물론 스페인 사람에게도 통역을 해주었다. 스페인 사람은 야만족 말을 꽤 잘했다.

식사를 마친 뒤 나는 프라이데이에게 카누를 타고 가서, 시간이 없어 전쟁터에 두고 온 머스켓과 다른 무기들을 가져오라고 했다. 다음 날에는 야만인들의 시체를 묻으라고 했다. 햇볕에 노출되어 시체들이 곧 지독한 냄새를 풍길 것이다. 또 야만인들이 끔찍한 잔치를 벌인 후 먹다 남긴 것들을 묻으라고 했다. 남은 것들이 무척 많은데 내가 그것들을 치운다는 것은 생각도 할 수 없었다. 내가 직접 간다면 눈 뜨고 보지도 못했을 것이다. 프라이데이는 시키는 대로 일을 모두 해냈고, 야만인들이 남긴 흔적도 말끔히 없앴다. 나중에 그곳에 가보았을 때 그 지점을 알려주는 숲 모서리가 없었다면 그곳이 어디인지 알아보지 못했을 것이다.

그 뒤 나는 새로운 두 신하들과 몇 마디 이야기를 나누었다. 우선 프라이데이를 통해 그의 아버지에게 카누를 타고 도망친 야만인들이 어떻게 되었을 것 같은지, 그들이 우리가 감당할 수 없도록 많은 사람들을 데리고 다시 이 섬으로 돌아올 것 같은지 물었다. 첫 번째 질문에 대한 그의 의견은, 배를 타고 도망간 야만인들은 그날 밤 폭풍에서 살아남지 못했으리라는 것이었다. 틀림없이 익사했거나 남쪽으로 떠내려가 다른 해안에 이르렀을 텐데, 그랬다면 익사했을 가능성만큼이나 확실하게 다른 식인종에게 잡아먹혔을 것이라고 했다. 그러나 무사히 자기 나라 해안에 도착했다면 그들이 어떻게 나올지는 잘 모르겠다고 했다. 다만 엄청난 소음과 불꽃 등 너무나 놀라운 방식으로 당했기 때문에 사람 손이 아니라 천둥과 번개가 자기 동료들을 죽였다고 동족에게 전할 것 같다고 했다. 그리고 프라이데이와 나를 의미하는 두 사람은 인간이 아니라 그들을 멸망시키려고 하늘에서 내려온 귀신이나 복수의 신으로 믿을 것이라고 했다. 프라이데이의 아버지가 그렇게 믿는 것은 야만인들끼리 떠드는 소리를 들었기 때문이다. 야만인들한테는 사람이 불을 내뿜고 천둥소리를 내고 손을 높이 치켜들지 않고도 멀리서 사람을 죽이는 것은 도저히 있을 수 없는 일이었다. 이 늙은 야만인의 말이 옳았다. 훗날 다른 경로를 통해 안 일이지만, 야만인들은 다시는 이 섬에 오려고 하지 않았다는 것이다. 야만인들은 그 네 사람(이들은 무사히 바다를 건너간 것으로 보인다)이 전한 얘기에 잔뜩 겁을 먹고는 누구든 이 귀신 들린 섬에 가면 신들이 내리는 불에 맞아 죽고 말 것이라고 믿었다고 한다.

그러나 나는 이런 사실을 알 턱이 없었으므로 한동안 계속 걱정에 싸여 있었고, 내 군대를 모두 동원해서 늘 경계를 철저히 했다. 우리는 이제 네 명이니까 탁 트인 들판에서라면 언제든지 백 명의 적과 대담하게 싸울 수 있을 것이다.

그러나 좀 시간이 지나도 카누는 다시 나타나지 않았다. 야만인들이 오리라는 두려움도 점차 사라졌다. 그러자 나는 배로 육지에 가볼 것을 다시 고려하기 시작했다. 프라이데이의 아버지는 내가 간다면 자기 종족이 자기 말을 듣고 많은 도움을 줄 것이라고 장담했다.

그러나 스페인 사람과 진지하게 대화를 나누어본 후 나는 좀 멈칫했다. 조난당하여 그쪽으로 피신한 스페인 사람과 포르투갈 사람 열여섯 명이 더 있다는 사실을 알았기 때문이다. 그들은 야만인들과 평화롭게 지내긴 하지만 생활필수품을 얻기 어렵고, 살기 힘들다는 것이었다. 나는 그들의 항해에 대해 자세히 물어보았다. 그들의 배는 리오 데 라 플라타에서 아바나로 가던 스페인 배인데, 주로 가죽과 은을 싣고 출발하여 아바나에서 구할 수 있는 유럽 상품을 싣고 돌아올 예정이었다고 했다. 배에는 포르투갈 선원 다섯 명이 있었는데, 그들은 자신들 배가 조난당한 후 구출된 선원들이다. 스페인 배 역시 조난당하자 선원 다섯을 잃었다고 했다. 이들은 온갖 위험과 난관을 뚫고 살아남았지만 굶어 죽을 지경이 되어 식인종이 사는 해안에 도착해 언제 야만족에게 잡아먹힐지 몰랐다는 것이었다.

그들에겐 약간의 무기가 있었지만 화약이나 탄알이 없어 무용지물이었다고 했다. 화약이 대부분 바닷물에 젖어 쓸 수 없었고, 좀 남은 것은 처음 도착했을 때 먹을 것을 구하느라 다 써버렸다고 했다.

나는 그들이 그곳에서 장차 어떻게 될 것 같은지, 그들이 탈출할 계획을 세워보았는지 물어보았다. 그 문제에 대해 그들은 여러 번 상의했지만 배도 없고 배를 만들 연장도 없는 데다, 먹을 것도 없어서 회의는 눈물과 절망으로 끝났다고 그는 대답했다.

나는 만약 내가 탈출을 제안하면 그들이 어떻게 받아들일 것 같은지 물었다. 또 그들이 이 섬에 온다면 함께 탈출할 수도 있지 않겠느냐고 물었다. 나는 솔직히 말했다. 내 목숨을 그들에게 맡겼을 때 그들이 나를 배반하고 해칠까 봐 걱정이 된다고도 했다. 내가 지적한 것은 감사하는 마음이란 인간의 본성이 아니며, 받은 은혜에 대한 보답 때문에 어쩔 수 없이 하는 행동은 이익을 기대하고 하는 행동에 비하면 미약하다는 점이었다. 내가 그들을 구해주는 도구로 쓰였다가 나중에 뉴스페인에 가서 그들의 포로가 된다면 정말 불행한 일이라고 말했다. 뉴스페인은 필요해서든 우연이든 그곳에 발을 들여놓는 모든 영국인을 제물로 삼는 곳이기 때문이다. 나는 스페인의 무자비한 신부 손에 잡혀 종교재판에 회부되느니 차라리 야만인에게 넘겨져 산 채로 잡아먹히는 쪽이 낫다고 했다. 그래도 그 사람들이 모두 이 섬으로 온다면 늘어난 인력으로 우리 모두 탈 수 있는 돛단배를 만들 수 있을 것이라는 말을 덧붙였다. 그리하여 남쪽으로 내려가 브라질로 가든지 북쪽에 있는 섬이나 스페인령 연안으로 갈 수 있지 않겠느냐고 했다. 그러나 이에 대한 보답이 그들에게 모든 무기를 준 뒤여서 나를 강제로 자기들과 함께 데려가는 것이라면 그것은 은혜를 원수로 갚는 일이며, 나는 전보다 나쁜 상황에 빠질 것이라고 말했다.

스페인 사람은 아주 솔직하면서 순진하게 대답했다. 그들은 지금 매우 비참하며, 그 비참함을 뼈저리게 느끼고 있기 때문에 자신들을 구해준 사람을 배신한다는 생각 자체를 혐오할 것으로 믿는다는 말이었다. 따라서 내가 원하면 프라이데이의 아버지와 함께 자기 동료들에게 가서 이 문제를 의논한 다음 답변을 가지고 돌아오겠다고 했다. 나를 그들의 지휘자 겸 선장으로 모시고 내 명령에 절대 복종하겠다는 맹세를 받아오겠다고도 했다. 나에게 충실할 것이며 내가 바라는 기독교 국가로 가겠다는 것, 내가 원하는 나라에 안전하게 도착할 때까지 내 명령에 무조건 따르겠다는 것을 성경에 손을 얹고 맹세하겠다고 했다. 그리고 이런 내용을 계약서로 만들어 오겠다고 했다.

내 명령이 있기 전에는 죽을 때까지 절대로 내 곁을 떠나지 않겠으며, 동료 중에서 아무리 사소한 일이라도 배신 행위를 하는 자가 있으면 자기는 마지막 피 한 방울이 남을 때까지 내 편이 되겠다는 것을 나에게 맹세했다.

그는 그들 모두 예의를 아는 정직한 사람들이며, 상상할 수 없을 만큼 어려운 처지에 있다고 말했다. 무기도, 옷도, 먹을 것도 없으며, 고국으로 돌아갈 희망을 잃은 채 오직 야만인들의 자비심과 재량에 의존하고 있다고 했다. 그래서 내가 그들을 구해준다면 그들은 내 곁에서 살고 죽을 것이라고 했다.

이렇게 확언하는 것을 듣고 나는 될 수 있는 한 그들을 구하기로 마음먹고, 그들과 의논하도록 프라이데이의 아버지와 그 스페인 사람을 보내기로 결심했다. 그러나 떠날 준비를 마쳤을 때 스페인 사람이 계획에 반대했다. 그의 의견은 한편으론 신중했고 다른 한편으로는 진지한 것이어서 나로서는 그의 의견을 받아들이지 않을 수 없었다. 그의 충고에 따라 스페인 사람들을 구출하는 일은 적어도 반년 뒤로 미뤘는데, 자초지종은 다음과 같다.

스페인 사람이 우리와 함께 지낸 지 한 달쯤 되었을 때다. 그동안 나는 하느님의 도움으로 내가 어떻게 살아왔는지 그에게 보여주었다. 그는 내가 저장해둔 보리와 쌀이 얼마나 되는지 분명히 보았다. 나 혼자 먹기에는 넉넉하지만, 아껴 먹지 않으면 이제 넷으로 늘어난 우리 식구들이 먹기엔 충분하지 않았다. 게다가 그가 말한 대로 열여섯 명이나 되는 그의 동료들이 모두 이리로 오면 식량은 더욱 부족해질 것이다. 그리고 배를 한 척 만들어 아메리카 대륙에 있는 기독교 국가의 식민지로 향하는 동안 먹을 만한 식량을 배에 싣자면 턱없이 부족했다. 그 스페인 사람은 자신과 두 야만인이 내가 가진 씨앗을 뿌릴 수 있게끔 논밭을 더 갈고 일구는 게 좋지 않겠느냐고 말했다. 그 후 곡식을 수확하면 자기 동료들이 여기 와도 식량을 댈 수 있을 것이라고 했다. 식량이 모자라면 의견 분열을 초래하고, 자기들이 구출된 것이 아니라 또 다른 궁지에 몰렸을 뿐이라고 생각하고 싶은 유혹이 생길 수 있다고도 했다. "아시다시피 이스라엘 백성들이 이집트에서 구출되었을 때 처음에는 기뻐했지만, 광야에서 빵이 모자라자 심지어 자기들을 구출해준 하느님을 배반했습니다."

그의 경고는 시기적절하고 그의 충고는 매우 훌륭한 것이어서 나는 그의 제안을 기쁘게 받아들였고, 그의 충성심에 만족했다. 그리하여 우리 네 사람은 동원할 수 있는 나무 연장들을 최대한 활용하여 땅을 파기 시작했다. 그리하여 한 달 뒤 파종기가 되었을 무렵에는 보리 22부셸과 쌀 열여섯 항아리를 뿌릴 땅을 마련할 수 있었다. 간단히 말해서 우리가 여유로 가질 수 있는 모든 씨앗을 뿌릴 수 있는 땅이었다. 우리는 다음 추수 때인 6개월 뒤까지 먹을 보리만 남겨두었다. 그 6개월은 파종을 위해 씨앗을 저장한 날부터 계산한 것으로, 이 지방에서는 씨를 뿌리고 거두는 데는 6개월이 채 걸리지 않았다.

우리도 이제 집단을 이룬 것이다. 야만인들이 온다 해도 엄청난 숫자만 아니면 두려워할 필요가 없을 만큼 우리의 수도 충분했다. 그래서 나는 볼일이 있으면 섬 어디나 자유롭게 돌아다녔다. 탈출이나 구출을 염두에 두고 있었기 때문에 우리, 아니 적어도 나는 그때 쓸 배를 항상 생각에서 지울 수 없었다. 나는 배를 만들기에 적합해 보이는 나무 몇 그루에 표시를 해놓은 다음 프라이데이와 그의 아버지를 시켜 그 나무들을 자르게 했다. 또 스페인 사람에게 그 작업에 대한 내 생각을 전달하고, 두 부자의 일을 감독하고 지휘하게 했다. 나는 지독하게 고생하며 그들에게 한 나무를 널빤지 여러 장으로 만드는 방법을 가르쳐준 다음 그런 식으로 하라고 일렀다. 그리하여 떡갈나무로 폭이 2인치, 길이가 35피트, 두께가 2~4인치짜리 널빤지를 열두 장 만들었다. 이 일에 얼마나 큰 노력이 들었는지 아무도 상상하지 못할 것이다.

동시에 나는 길들인 새끼 염소의 수를 될 수 있는 한 늘릴 궁리를 했다. 그래서 하루는 스페인 사람과 프라이데이를 내보내고, 다음 날은 내가 직접 프라이데이와 함께 나가는 식으로 교대해가며 출동했다. 그리하여 새끼 염소 스무 마리가량을 새로 잡았다. 어미는 쏘아 죽이고 새끼는 울에 넣었다. 그러나 무엇보다 건포도를 말리는 계절이 되어 아주 많은 포도를 햇볕에 널어 말렸다. 햇볕에 말린 건포도로 유명한 알리칸테에 있었더라면 아마 60~80통을 가득 채웠을 것이다. 건포도는 빵과 함께 우리의 중요한 양식으로, 영양분이 많은 음식이었다.

이제 수확기였고 우리의 곡식은 잘 익었다. 이 섬에서 거둔 최고의 풍작은 아니지만 우리의 목적에 부응하기에는 충분했다. 보리는 22부셸을 심어서 2백20부셸 이상을 거두어 탈곡했고, 쌀도 그 정도 비율로 수확했다. 이 정도 양이면 스페인 사람 열여섯 명이 모두 이 섬으로 온다 해도 다음 수확 때까지는 너끈히 버틸 수 있고, 우리가 항해에 나선다 해도 아메리카 대륙 어느 곳까지라도 갈 수 있을 양이었다.

우리는 곡식을 창고에 넣고 곡식을 담을 큰 바구니를 만드는 작업에 착수했다. 스페인 사람은 이런 일에 능숙했고 손재주가 뛰어났다. 그는 이런 기술을 이용해 방어할 무언가를 만들지 않았다고 날 나무라곤 했지만 난 그럴 필요성을 느끼지 못했다.

앞으로 올 것으로 예상되는 모든 손님들을 위한 식량이 마련되자 나는 그 스페인 사람에게 여가를 주어 육지에 가서 남기고 온 동료들을 어떻게 처리할지 알아보라고 했다. 그리고 그와 프라이데이 아버지 앞에서 다음과 같은 서약을 하는 사람만 데려오라고 엄중히 명령했다. 즉 그들을 구하려고 친절하게 사람을 보낸 나를 절대로 해치거나 공격하거나 싸우려 들지 말 것, 그렇게 하려고 하면 그에 맞서 나의 편이 되어 지켜줄 것, 어디로 가든 나의 명령에 무조건 따를 것, 약속을 글로 쓰고 직접 서명할 것 등이었다. 그들에게 펜과 잉크가 없다는 것을 잘 알면서 어떻게 그런 것을 요구하느냐고 묻는 사람은 아무도 없었다.

스페인 사람과 프라이데이의 아버지가 카누를 타고 떠났다. 야만족이 이들을 잡아먹기 위해 싣고 온 카누다.

나는 이들에게 발화 장치가 붙은 머스켓과 총알 여덟 개씩을 주었다. 탄약을 아껴 쓰고 위급한 경우가 아니면 절대로 총을 쏘지 말라고 당부했다.

이 일은 즐거운 일이었다. 27년하고 며칠 만에 나의 구조를 위해 처음으로 취한 조치다. 나는 두 사람이 여러 날 동안 먹을 수 있고 스페인 사람들 모두 8일 정도 먹기에 충분한 빵과 건포도를 주었다. 그리고 안전한 항해를 기원하며 그들을 배웅했다. 돌아올 때는 멀리서도 알아볼 수 있도록 육지에 오르기 전에 배에 깃발을 달라고 지시했다.

보름달이 뜬 날, 그들은 순풍을 받으며 떠났다. 내 계산으로는 10월이었다. 그러나 한 번 계산을 빼먹은 터라 정확한 날짜는 말할 수 없다. 그때가 몇 년이었는지도 정확히 알 수 없다. 나중에 내 계산을 확인해본 결과 햇수는 옳았던 것으로 밝혀졌다.

그들의 귀환을 기다린 지 여드레가량 지났을 때 예상치 못한 사건이 일어났다. 이와 같은 일은 역사상 아무도 들어본 적이 없을 것이다. 어느 날 아침 집에서 깊은 잠을 자고 있을 때 프라이데이가 뛰어오며 "주인님, 주인님, 그들이 왔습니다. 그들이 왔어요" 하고 큰 소리로 외쳤다.

나는 일어나 옷을 입자마자 위험에는 아랑곳없이 나의 작은 숲을 통해 밖으로 나갔다. 이때는 나무들이 자라 울창한 숲이 되어 있었다. 방금 말했듯이 위험 따위는 생각지 않고 무기도 없이 나갔다. 무기 없이 나가는 것은 내 습관이 아니었다. 나는 바다로 눈을 돌리고 깜짝 놀랐다. 1리그 반쯤 떨어진 곳에 보트 한 척이 보였는데, 삼각돛을 달고 때마침 부는 순풍을 타고 이쪽 해안을 향해 오고 있었다. 그런데 이 보트는 저편 육지 쪽이 아니라 섬의 남쪽 끝에서 오는 것이었다. 나는 프라이데이를 곁으로 불러 엎드리라고 했다. 이들은 우리가 기다리던 사람들이 아니라 적인지, 친구인지 전혀 알 수 없는 사람들이다.

다음 순간 그들의 정체를 알기 위해 망원경을 가져와 사다리를 놓고 언덕 꼭대기로 올라갔다. 어떤 것이 우려될 때 발각되지 않고 숨어서 관찰하기 위해 올라가곤 하던 바로 그 언덕이다.

언덕에 도착하자마자 닻을 내리는 배 한 척을 똑똑히 볼 수 있었다. 내가 있는 곳에서 남남동쪽으로 2리그 반 정도 떨어진 곳이었다. 그러나 해안에선 1리그 반도 안 되는 거리였다. 내 보기엔 틀림없이 영국 배고, 조금 전에 본 보트 역시 영국형 대형 보트다.

나는 표현할 수 없는 혼란을 느꼈다. 내 편이 될 사람들이 타고 있는 것으로 짐작되는 영국 배를 보았기 때문에 말로 표현할 수 없이 기뻤다. 그러나 어떤 은밀한 의심이 나를 사로잡고 있었다. 왜 그랬는지는 지금도 모르겠다. 어쨌든 나는 경계를 늦추지 않았다. 우선 도대체 무슨 일로 영국 배가 이곳에 나타났는지 알 수 없었다. 여기는 영국 배가 무역을 위해 오가는 곳이 아니었기 때문이다. 그렇다고 배가 조난당할 만한 폭풍도 없었다. 그러니 설사 저 배에 탄 사람들이 정말 영국인이라 해도 좋은 목적을 위해 온 것이 아닐 가능성이 높았다. 도둑이나 살인자의 손에 떨어지느니 차라리 지금처럼 사는 게 나왔다.

때로 인간에게 찾아오는 은밀한 위험에 대한 암시나 경고는 설사 현실이 될 가능성이 없는 것이라 해도 무시해서는 안 된다. 이러한 암시나 경고는 사물을 깊이 통찰하는 사람이라면 결코 부정할 수 없는 것이다. 그것은 보이지 않는 세계의 발견이며, 영혼들 사이의 대화라는 것을 부정할 수 있는 사람은 별로 없다고 나는 믿는다. 그러한 세계의 발견과 영혼의 대화가 우리에게 위험을 경고한다면 그것들은 우월하건 월등하건, 혹은 우리보다 못할지라도 우리에게 호의를 가진 존재에게서 오는 것이며, 우리의 이익을 위해서 오는 것으로 생각하지 말아야 할 이유가 무엇인가?

당시에 벌어진 일은 이러한 내 추리가 정당하다는 것을 확인해주었다. 어디서 오는 것이든 이 은밀한 경고에 따라 조심하지 않았다면, 이제 곧 볼 수 있듯이 나는 틀림없이 전보다 비참한 상태에 빠지고 말았을 것이다.

이런 마음 자세로 계속 시간을 끌고 있을 수는 없었다. 그 보트는 상륙하기 좋은 냇물을 찾듯 해변 쪽으로 점점 다가오고 있었다. 그러나 그들은 해변과 충분히 거리를 두고 접근하지 않았기 때문에 전에 내가 뗏목을 댄 작은 후미를 보지 못하고 내가 있는 곳에서 반 마일쯤 떨어진 해변에 곧장 보트를 댔다. 나에게는 무척 다행스러운 일이었다. 그들이 내가 드나드는 강, 그러니까 내 문 앞에 도착했다면 곧 내 요새를 공격해서 내가 가진 모든 것을 약탈했을 것이다.

그들이 상륙했을 때 영국 사람들인 것을 보고 나는 적이 만족했다. 대부분 영국인이고 한두 명은 네덜란드 사람이라고 생각했다. 그러나 증명된 것은 아니다. 모두 열한 명이었는데, 그중 셋은 무기가 없고 몸도 묶여 있는 것 같았다. 먼저 네댓 명이 땅으로 뛰어내리더니 포로로 보이는 세 사람을 끌어냈다. 셋 중 한 사람은 지나칠 정도로 애원과 고통과 절망이 뒤섞인 몸짓을 하는 것을 나는 멀리서 감지할 수 있었다. 나머지 두 사람은 가끔 손을 치켜들고 불안한 기색을 드러냈지만, 첫 번째 사람보다는 심하지 않았다.

그 광경을 보고 나는 완전히 당황했고, 도대체 어찌 된 영문인지 알 수 없었다. 프라이데이가 영어로 제 실력껏 나에게 큰 소리로 말했다. "오, 주인님, 영국 사람들이 야만인들처럼 포로를 먹어요." "프라이데이, 저 사람들이 포로를 잡아먹을 거라고 생각하느냐?" "네, 저들은 잡아먹을 거예요." "아니야, 그건 아니야. 프라이데이, 난 저 사람들이 포로를 죽일까 봐 걱정이다. 절대로 사람을 먹진 않을 거야."

이러는 동안에도 실로 무슨 일인지 도무지 짐작할 수 없었다. 다만 그 끔찍한 광경을 앞에 두고 벌벌 몸을 떨었다. 순간마다 세 포로가 살해되겠구나 생각하고 있었다. 아니나 다를까, 악당 한 명이 불쌍한 포로 한 명을 찌르려고 커다란 선원용 단검을 치켜드는 것이 보였다. 이제 저 가엾은 사람이 쓰러지는 것을 보는구나 싶었다. 그러자 내 몸속 모든 피가 혈관 속에서 차갑게 얼어붙는 것 같았다.

스페인 사람과 함께 간 프라이데이의 아버지가 여기 없는 것이 아쉬웠다. 나는 세 포로를 구하기 위해 들키지 않고 사정거리 안으로 갈 수 있는 방법이 없을까 생각했다. 보아하니 저놈들은 총을 가지고 있지 않았다. 문득 다른 방식이 떠올랐다.

오만한 뱃사람들이 세 명을 포악하게 학대하는 모습을 본 뒤의 일이다. 그 뱃사람들이 섬을 구경이라도 하겠다는 듯이 사방으로 흩어져 뛰어가는 것이 보였다. 포로로 잡힌 세 남자도 마음만 먹으면 어디든지 갈 수 있을 것 같았다. 그러나 그 셋은 매우 침통하게 땅바닥에 앉아 있었고, 절망에 빠진 사람들 같았다.

이 모습을 보았을 때 내가 처음 이 해안에 닿아 주위를 둘러보던 때가 생각났다. 당시 내가 얼마나 자포자기했는지 떠올랐다. 얼마나 겁먹은 눈으로 주위를 돌아보았는가. 얼마나 끔찍한 두려움에 휩싸였는가. 맹수에게 잡아먹힐까 봐 밤새 나무 위에서 자지 않았던가.

여러 가지를 회상했다. 고맙게도 폭풍과 해류 덕분에 내가 탄 배가 해안 가까이 밀려왔고 그 결과 나는 필요한 물건을 얻어 그 뒤로 지금까지 잘살 수 있었지만, 그날 밤에는 앞날이 이렇게 될 줄은 전혀 모르지 않았는가. 불쌍한 세 사람도 구조와 도움의 손길이 오리라는 것, 그것도 아주 가까이에 있다는 것, 실제로 자신들이 아주 안전한 상태에 있다는 것을 전혀 알지 못했다. 그저 자신들이 버림받았고 자신들 처지가 절망적이라는 생각만 하고 있었다.

우리는 이 세상에서 우리 앞에 있는 것을 거의 보지 못한다. 그렇기 때문에 우리는 세상을 만드신 위대한 창조주에게 기꺼이 의지해야 한다. 창조주께서는 자신의 피조물들을 완전한 절망 상태에 버려두지 않는다. 가장 나쁜 상황에서도 언제나 감사해야 할 무언가를 주시며, 때로는 피조물들이 상상하는 것보다 가까이에 구원이 있다. 아니, 파멸로 이끈 것처럼 보이는 것이 구원을 가져오는 수단일 때도 있다.

그들이 이 해안에 온 것은 만조 때다. 그런데 그들이 끌고 온 포로들을 괴롭히고 이곳이 어떤 곳인지 둘러보려고 여기저기 돌아다니는 동안 조수가 바뀌었다. 이제 썰물이 되어 물이 많이 빠지는 바람에 그들의 보트는 땅 위에 그대로 남겨졌다.

보트에는 두 사람이 남아 있었다. 나중에 안 일이지만, 브랜디를 너무 많이 마셔서 곯아떨어진 것이었다. 그중 한 사람이 먼저 깨어났지만 보트가 혼자 힘으로는 움직일 수 없을 정도로 땅바닥에 단단히 박힌 것을 발견했다. 그는 흩어진 동료들을 소리 내어 불렀다. 그러자 곧 모두 보트로 왔다. 그러나 그들 힘으로는 보트를 물에 띄울 수 없었다. 보트가 워낙 무거운 데다, 그쪽 해변은 거의 유사[流砂]처럼 부드럽고 질척질척한 모래로 되어 있었기 때문이다.

이런 상황에서 인간들 중 앞일을 제일 생각하지 않는 부류인 진정한 뱃사람들처럼 그들은 배 옮기기를 포기하고 다시 주변을 돌아다니기 시작했다. 그들 중 하나가 다른 선원에게 그만 보트에서 손을 떼라고 외치는 소리가 들렸다. "어이, 잭, 배는 그냥 내버려둬. 다음 밀물 때 저절로 뜰 테니까." 이 소리를 듣고 나는 그들이 어느 나라 사람인가 하는 중요한 의문을 풀었다.

그러는 동안 나는 몸을 바짝 숨기고 언덕 꼭대기 가까이에 있는 망보는 장소까지만 가고 성 밖으로 한 발짝도 나가지 않았다. 나의 성이 요새화된 것을 생각하자 무척 기뻤다. 보트가 다시 물에 뜨려면 열 시간가량 있어야 했다. 그러면 날이 어두워질 것이고, 지금보다 자유롭게 그들의 행동을 살피고 그들이 대화를 나누면 그 대화를 엿들을 수 있을 것이다.

그러는 동안 나는 지난번처럼 전투 준비를 했다. 처음 전투 때와는 다른 적을 상대해야 하기 때문에 더 조심했다. 내 덕에 명사수가 된 프라이데이에게도 무기를 들라고 명령했다. 나는 엽총 두 자루를 가지고 프라이데이에게는 머스켓 세 자루를 주었다. 내 모습은 정말 지독히 무시무시해 보였다. 튼튼한 염소 가죽으로 된 코트를 입고, 전에 말한 적이 있는 큰 모자를 쓰고, 옆구리에는 날이 시퍼런 칼을 차고, 허리띠에는 권총 두 자루를 차고, 양 어깨에는 총을 한 자루씩 메고 있었기 때문이다.

위에서 말한 것처럼 어두워질 때까지는 어떠한 시도도 하지 않겠다는 것이 나의 계획이었다. 대낮의 기온이 기승을 부리는 두 시쯤 되자 그들은 숲속으로 뿔뿔이 흩어졌다. 낮잠을 자려는 것 같았다. 그러나 시름에 잠긴 불쌍한 세 사람은 자신들의 처지가 너무 걱정된 나머지 잠을 자지 못하고 큰 나무 그늘 밑에 앉아 있었다. 그들은 내게서 4분의 1마일가량 떨어져 있었는데, 내 생각으로는 이제 그들은 다른 선원들의 시야에서 벗어난 것 같았다.

나는 포로들한테 가서 그들의 사정을 알아보기로 결심했다. 나는 위에서 말한 모습으로 그들에게 갔다. 프라이데이는 상당한 거리를 두고 내 뒤를 따라왔는데, 무기를 가지고 있어서 강해 보이긴 했지만 나처럼 귀신 같은 모습은 아니었다.

나는 되도록 발각되지 않은 채 그들에게 가까이 갔다. 그들 중에서 누가 나를 보기 전에 스페인 말로 물었다. "당신들은 누구요?"

그 소리에 그들은 깜짝 놀랐다. 그러나 내 몰골을 보고는 열 배는 더 놀랐다. 워낙 투박한 모습이었기 때문이다. 그들이 아무 대답도 안 하고 막 도망치려는 것을 감지하고 나는 영어로 다시 말했다. "신사분들, 나를 보고 놀라지 마십시오. 어쩌면 당신들은 기대하지 않던 친구를 가까이에 가질 수 있을 겁니다." 그러자 한 사람이 나를 향해 모자를 벗으면서 아주 심각한 목소리로 말했다. "저분은 하늘에서 내려온 게 틀림없어. 우리 처지는 사람으로서는 도울 수 없는 처지니까." 그래서 내가 말했다. "도움이란 모두 하늘에서 오는 것입니다. 여러분은 궁지에 몰린 것 같은데, 당신들을 처음 보는 내가 어떻게 도왔으면 좋겠습니까? 나는 당신들이 상륙하는 것을 보았습니다. 그리고 여러분이 함께 온 악당에게 살려달라고 하소연하

는데도 한 녀석이 칼을 치켜드는 것도 보았습니다."

그러자 그 불쌍한 남자는 눈물을 흘리며 몸을 떨면서 놀란 표정으로 말했다. "내가 지금 말하는 상대가 하느님이십니까, 인간입니까, 아니면 천사입니까?" 내가 말했다. "그런 것에 대해서는 겁을 먹지 마십시오. 하느님께서 여러분을 구하려고 천사를 보내셨다면 더 좋은 옷을 입고 왔을 것입니다. 또 보다시피 이런 식으로 무장하지도 않았을 겁니다. 그러니 제발 겁은 먹지 마십시오. 나는 영국 사람입니다. 보다시피 나는 당신들을 돕고 싶습니다. 나에게는 하인이 한 명 있고, 무기와 탄약도 있습니다. 편하게 말하십시오. 우리가 당신들을 도울 수 있습니까? 어떻게 된 사정입니까?"

아까 그 사람이 말했다. "사정을 말하자면 너무 깁니다. 살인자들은 매우 가까운 곳에 있습니다. 간단히 말해 나는 저 배의 선장입니다. 선원들이 반란을 일으켰습니다. 그들이 의논한 끝에 나를 살해하지 않는 쪽의 의견이 우세해서 이 황량한 섬의 해안으로 데려온 것입니다. 이 두 사람과 함께 데려왔는데, 하나는 나의 항해사고 또 하나는 승객입니다. 우리가 굶어 죽게 놔둘 작정이지요. 이곳이 무인도라고 믿는 겁니다. 이 섬에 대해서 어떻게 생각해야 할지 나도 아직 모르겠습니다."

그 말을 듣고 내가 말했다. "악당은 어디 있습니까? 당신의 적들 말입니다. 어디로 갔는지 아십니까?" 그러자 선장은 나무 덤불을 가리키며 말했다. "저기서 누워 자고 있습니다. 저들이 우리를 보거나 우리 이야기를 들었을까 봐 가슴이 떨립니다. 그렇다면 저들은 우리를 모두 죽일 겁니다."

"저들에게 총이 있습니까?" 선장은 그들에게 총 두 자루가 있는데 하나는 보트에 두고 갔다고 답했다. 내가 다시 말했다. "자, 그럼 뒷일은 내게 맡겨두십시오. 다 자고 있으니 그들을 죽이는 건 쉬운 일입니다. 하지만 그들을 죄수로 잡는 게 더 낫지 않을까요?" 선장은 자비를 베풀어도 안심할 수 없는 지독한 악당이 둘 있는데, 그 둘만 처치하면 나머지는 자신들의 의무로 복귀할 것으로 믿는다고 했다. 그놈들이 누구냐고 내가 물었다. 그는 지금 거리가 멀어서 누구라고 지적할 수 없다고 대답했다. 그러나 내가 명령을 내리면 그대로 따르겠다고 말했다. "자, 그럼 그들이 깨기 전에 그들이 우리를 보지 못하고 우리 얘기를 듣지 못하는 곳으로 물러납시다." 그들은 기꺼이 나를 따라 우리를 가려줄 숲으로 몸을 피했다.

"여기 좀 보십시오. 내가 여러분을 구해주면 두 가지 조건을 들어주시겠습니까?" 선장은 기다렸다는 듯이 자신과 배를 구해준다면 전적으로 내 지휘와 명령에 따르겠다고 대답했다. 그리고 배를 되찾지 못하면 이 세상 어디든 나를 따라 생사를 같이하겠다고 했다. 다른 두 사람도 같은 말을 했다.

"내 조건은 두 가지입니다. 첫째, 여러분은 이 섬에 나와 함께 있는 동안은 어떤 권력도 가질 수 없습니다. 내게 무기를 받더라도 언제나 나에게 다시 돌려주어야 하고, 나나 이 섬에 있는 내 재산에 피해를 입히지 말아야 하며, 언제나 내 명령에 따라야 합니다. 둘째, 배를 되찾을 경우 나와 내 하인을 영국까지 무료로 태워주어야 합니다."

그는 인간의 창의성과 믿음이 고안해낼 수 있는 온갖 다짐으로 맹세하며 당연한 요구니 모두 받아들이겠다고 했다. 게다가 나를 생명의 은인으로 생각할 것이며, 살아 있는 동안 무슨 일이 있더라도 그 은혜를 잊지 않겠다고 했다.

"그럼 여기 머스켓 세 자루와 화약, 탄알을 나눠주겠습니다. 다음엔 어떻게 하는 게 좋을지 말해보십시오." 선장은 자신이 할 수 있는 모든 감사의 표시를 보였다. 또 전적으로 내 지시에 따르겠다고 말했다. 나는 어떤 방식으로 하든 쉽지 않은 모험이지만, 가장 좋은 방법은 그들이 자는 동안 한꺼번에 총을 쏘는 것이라고 했다. 첫 번째 가격에서 살아남는 자가 있으면 항복할 기회를 줘서 살려주자고 했다. 즉 총알이 어디로 나갈지는 그저 하느님 뜻에 맡기자는 말이었다.

선장은 될 수 있으면 그들을 죽이고 싶지 않다고 매우 겸손하게 말했다. 그러나 두 명은 잔인한 악당이며, 반란을 일으킨 주모자들이기 때문에 그들이 도주하면 우리가 곤란해질 것이라고 말했다. 그렇지 않으면 그들이 배로 돌아가 선원들을 모두 데려와서 우리를 죽이려 할 거라고 했다. "그렇다면 어쩔 수 없이 내가 충고하는 대로 해야겠습니다. 그것만이 우리 생명을 구하는 길이니까요." 그러나 선장이 여전히 피를 보기를 꺼리는 것을 보고, 그건 다 저들의 타고난 운명이니 운수대로 제 갈 길을 갈 것이라고 말했다.

이렇게 대화하는 사이에 저들 가운데 몇몇이 부스럭거리며 잠에서 깨어나는 소리가 들렸다. 곧이어 두 사람이 일어나는 것이 보였다. 저 둘 가운데 반란 주모자가 있느냐고 물었다. 선장은 아니라고 했다. "그럼 저자들은 도망가게 놔두어도 되겠군요. 하느님이 그들을 구하시려고 일부러 잠에서 깨운 모양입니다. 말하건대 다른 녀석들이 도망친다면 그건 당신 책임입니다."

내 말에 힘을 얻은 선장은 머스켓을 손에 들고 권총을 허리에 찼다. 선장의 동료 두 사람도 총을 한 자루씩 들었다. 그러나 선장과 함께 앞장서 가던 두 사람이 소리를 내는 통에 조금 전 잠에서 깼던 두 명 가운데 하나가 몸을 돌려 그들을 보고 말았다. 그러자 그 사람은 자기 동료들을 큰 소리로 불렀다. 그러나 때는 이미 늦었다. 그가 소리를 지르는 순간 앞장서 가던 두 사람이 총을 쏘았다. 선장은 현명하게도 총 쏘는 일을 참았다. 두 동료가 워낙 정확하게 조준해서 적들 가운데 한 명은 그 자리에서 죽고, 다른 한 명은 죽지는 않았지만 큰 부상을 당했다. 그는 일어나 다른 동료에게 도움을 청했다. 선장은 그에게 다가가 도움을 청하기에는 너무 늦었다고 말하면서 하느님께 죄를 용서해달라고 빌기나 하라고 했다. 그 말과 함께 선장은 머스켓 개머리판으로 그를 내려쳐 다시는 입을 열 수 없게 만들었다. 그쪽 일당은 세 명이 더 있었는데, 그 가운데 한 명은 가벼운 부상을 당했다. 내가 그곳에 도착한 것은 바로 그때였다. 그들은 자신들에게 닥친 재앙을 알아차리고 저항해도 소용이 없다는 것을 눈치챘는지 살려달라고 빌었다. 선장은 그들에게 죄를 뉘

우치고 배가 떠나온 자메이카로 돌아가는 일에 충성을 다하겠다고 맹세하면 살려주겠다고 말했다. 그들은 선장의 말대로 충성을 맹세했다. 선장은 그들의 말을 기꺼이 믿고 목숨을 살려주었다. 나도 반대하지 않았다. 다만 이 섬에 있는 동안은 그들의 손발을 묶어놓으라고 했다.

한편 나는 프라이데이와 선장의 항해사를 보내 보트를 확보하고 노와 돛을 치우라고 명령했다. 그들은 명령대로 실행했다. 그런데 운이 좋았는지 잠시 후 일행과 떨어져 주변을 돌아다니던 선원 세 명이 총성을 듣고 돌아왔다. 조금 전까지 포로였던 선장이 정복자가 된 것을 보고 그들은 곧 항복했다. 그들 역시 손발을 꽁꽁 묶어놓았다. 이로써 우리는 완벽한 승리를 거두었다.

이제 남은 것은 선장과 내가 서로 처지를 묻는 일이었다. 내가 먼저 지나온 모든 이야기를 했다. 그는 내 이야기를 주의 깊게 들으며 심지어 감탄사를 연발했다. 특히 내가 식량과 무기를 마련한 놀라운 방법에 대해 감탄했다. 실로 나의 이야기는 경이로움의 집합체였기 때문에 그에게 깊은 감명을 주었다. 그러나 내가 그렇게 고생하며 내 목숨을 보존한 것이 자신의 목숨을 살리는 결과가 되었다는 것을 생각하고는 선장은 눈물을 흘리며 말을 잇지 못했다.

이런 대화가 끝난 후 나는 선장과 그에게 딸린 두 사람을 데리고 집으로 돌아왔다. 안으로 안내하고 내가 저장해놓은 식량으로 식사를 대접한 뒤 그곳에서 오래오래 살며 내가 고안해 만든 물건들을 모두 보여주었다.

그들은 보고 듣는 것마다 감탄했다. 무엇보다 선장은 나의 요새를 찬양했다. 어쩌면 그렇게 완벽하게 은신처를 숲으로 숨겼느냐고 감탄했다. 그 나무들은 심은 지 20년이 된 데다, 영국에서보다 빨리 자라서 작은 숲을 이루었다. 나무들이 어찌나 빽빽이 들어섰는지 내가 일부러 만든 구불구불하고 좁은 통로를 빼고는 어디도 통과할 수 없었다. 나는 선장에게 이곳이 내 성이며 집이지만, 다른 군주들처럼 경우에 따라 몸을 숨길 수 있는 별장이 시골에 있다고 말하고 다음 기회에 보여주겠다고 했다. 지금 당장 우리의 일은 배를 어떻게 되찾느냐 하는 것이었기 때문이다. 선장도 내 의견에 동의했다. 그러나 어떤 방법을 써야 할지 막막했다. 배 안에는 아직 저주받을 음모에 가담한 선원 스물여섯 명이 남아 있는데, 법대로 하면 모두 사형감이었다. 그들은 항복한다 해도 영국이나 영국 식민지에 도착하는 순간 교수형에 처해진다는 사실을 알고 있을 것이다. 그러니 이제 그들은 죽기 살기로 맞설 게 뻔해 선장은 우리처럼 적은 숫자로 그들을 공격하는 것은 불가능하다고 말했다.

나는 선장이 한 말을 얼마 동안 곰곰이 생각하고 그것이 매우 합리적인 결론이라는 것을 알았다. 그래서 배에 남은 자들이 육지에 올라 우리를 죽이는 것을 막기 위해서건, 우리가 그들을 덮쳐 함정에 빠뜨리기 위해서건 지체 없이 조치를 취해야 했다. 그러자 문득 머지않아 배의 선원들이 동료들과 보트가 어떻게 되었는지 궁금해서 다른 보트를 타고 오리란 생각이 들었다. 그들은 틀림없이 무장을 하고 올 테니 우리에게는 너무나 강한 적수가 될 것이다. 선장도 내 생각이 옳다고 했다.

우리가 제일 먼저 할 일은 바닷가에 있는 보트에 구멍을 내어 못 쓰게 만들고, 보트에 있는 물건도 모두 꺼내어 항해할 수 없게 만드는 것이었다. 우리는 보트로 가서 남아 있는 무기와 그 밖의 물건들을 모두 꺼냈다. 브랜디와 럼주 각 한 병, 비스킷 몇 개, 화약, 돛 조각에 싸인 큼직한 설탕 덩어리 등이 있었다. 설탕은 5, 6파운드쯤 되었다. 내게 무엇보다 반가웠던 건 몇 년 동안 남은 게 없던 브랜디와 설탕이다.

이것들을 모두 해변에 꺼내놓은 뒤 배 밑바닥에 커다란 구멍을 뚫었다. 노와 돛대, 돛과 키는 치워버린 후였다. 놈들이 우리를 제압할 만큼 강하다 해도 보트만큼은 옮길 수 없게 만들었다.

우리가 배를 되찾을 수 있을지는 별로 자신이 없었다. 그들이 이 보트를 버리고 떠난다면 그것을 고쳐서 리워드 제도로 갈 수 있지 않을까 싶었다. 도중에 스페인 사람들을 찾아 태우고 갈 수도 있을 것이다. 나는 여전히 스페인 사람들을 마음에 두고 있었다.

이렇게 우리는 여러 가지 계획을 짜면서도 있는 힘을 다해 보트를 해변 모래밭 위로 옮겼다. 만조가 되더라도 물에 뜨지 않도록 보트를 해변 안쪽으로 깊숙이 끌어올렸다. 또 보트 바닥에는 쉽사리 막을 수 없을 정도로 큼직한 구멍을 뚫었다. 이제 또 무슨 일을 해야 하나 생각하며 앉아 있는데, 배에서 대포를 쏘고 깃발을 흔드는 것이 보였다. 빨리 돌아오라고 신호를 보내는 것이었다. 물론 보트는 꿈쩍도 하지 않았다. 그러자 배에서는 몇 차례 대포를 쏘아 다시 신호를 보냈다.

배에서는 신호와 대포 발사도 아무 소용이 없고, 보트가 움직이지 않는다는 것을 알았다. 우리는 망원경으로 그들이 다른 보트를 내려 해안으로 오는 것을 보았다. 가까이 다가왔을 때 보니 보트에는 총을 가진 선원이 적어도 열 명은 되었다.

본선은 해안에서 거의 2리그쯤 떨어져 있었기 때문에 보트가 우리 쪽으로 가까이 오자 거기에 탄 사람 얼굴까지 똑똑히 보였다. 그 보트는 조류 때문에 먼저 온 보트보다 약간 동쪽으로 흘러갔다. 그래서 그들은 먼저 보트가 도착한 지점, 그러니까 그 보트가 지금 있는 자리로 가려고 해안을 따라 노를 저었다.

그래서 우리는 그들의 모습을 모두 환히 보고 있었다. 선장은 그 보트를 타고 오는 사람들 하나하나가 누구인지, 어떤 사람인지 알았다. 선장은 그 가운데 세 명은 아주 충직한 사람들인데, 다른 사람들 위협에 겁을 먹고 음모에 가담한 것이 틀림없다고 말했다.

그러나 우두머리로 보이는 갑판장과 나머지 선원들은 지독히 난폭한 자들이어서 자신들의 계획을 달성하려고 죽기 살기로 노력할 거라면서 우리가 감당하기에는 힘에 부칠 것이라고 몹시 걱정했다.

나는 웃으며 선장에게 우리 같은 처지에 있는 사람들은 두려움 정도는 졸업한 게 아니냐고 말했다. 어떤 조건이 닥쳐도 지금보다는 낫지 않겠느냐고, 죽든 살든 우리의 구원으로 귀결될 게 아니냐고 말했다. 나는 그에게 내 삶의 여건들을 어떻게 생각하느냐고, 이 처지에서 벗어나는 구원은 모험으로 쟁취할 가치가 있지 않겠느냐고 물었다. 나는 이어서 말했다. "내가 당신을 구하려고 이 섬에서 죽지 않고 있었다는 믿음은 다 어디로 갔습니까? 그 믿음이 조금 전까지만 해도 당신에게 힘을 주지 않았습니까? 내 생각에는 우리 계획에는 딱 한 가지 문제가 있는 것 같습니다." "그게 뭡니까?" 그의 질문에 내가 대답했다. "댁이 말한 대로 저놈들 사이에는 살려주어야 할 정직한 사람이 서너 명 있다는 점입니다. 놈들 모두 악독한 선원들이라면 하느님의 섭리가 그들을 한데 모아 당신 손에 넘겨주셨을 거라고 생각하면 될 것입니다. 그랬다면 틀림없이 상륙하는 놈들은 모두 우리 밥이 될 것이며, 놈들이 어떻게 나오느냐에 따라 살려주든 죽여버리든 하면 그만이겠지요."

내가 목청을 높이며 명랑한 얼굴로 이렇게 이야기하자 선장도 몹시 용기를 얻는 것 같았다. 우리는 힘을 내어 작전을 짰다. 그 보트가 배에서 떠나오는 것을 보았을 때 우리는 포로로 잡은 선원들을 다른 곳에 두려고 생각했다. 우리는 그들을 안전한 곳에 데려다 놓았다.

선장이 특히 못 믿는 두 명은 프라이데이와 우리가 구해준 세 명의 선원 가운데 하나를 붙여 내 동굴로 보냈다. 그 동굴은 멀리 떨어져 있어서 그들의 소리가 들리거나 발각될 염려가 없고, 설사 동굴에서 탈출한다 하더라도 숲을 빠져나오는 길을 찾을 염려가 없었다. 우리는 포로들을 결박한 채 먹을 것과 함께 동굴에 넣어두었다. 그곳에 얌전히 있으면 하루 이틀 안에 풀어주겠지만, 도주하려 한다면 무자비하게 죽여버리겠다고 했다. 그들은 인내심을 가지고 감금 생활을 참겠다고 충심으로 약속했고, 식량과 촛불을 주는 등의 친절한 대우에 몹시 감사했다. 우리가 만든 그 초는 그들이 편하라고 프라이데이가 준 것이다. 그들은 프라이데이가 동굴 입구에서 보초를 서는 것은 몰랐다.

다른 포로들은 더 좋은 대우를 받았다. 그들 중 두 명은 선장이 선뜻 믿을 수 없다고 했기 때문에 결박을 풀어주지 않았다. 그러나 다른 두 명은 선장의 추천도 있고 그들 스스로 우리와 생사를 같이 하겠다고 엄숙히 약속했기 때문에 나를 위해 일하도록 받아들였다. 그리하여 우리 쪽은 그 두 사람과 반란에 참여하지 않은 세 사람을 더해 일곱 명이 되었고, 무장도 제대로 했다. 지금 보트에 타고 온 열 명 중 서넛은 충직한 선원이라는 선장의 말을 고려하면, 그 열 명 정도는 우리가 충분히 상대할 수 있다는 점을 나는 의심치 않았다.

먼저 온 보트가 놓여 있던 장소에 도착하자마자 그들은 보트를 해변에 대고 모두 육지로 올라온 다음 보트를 육지로 끌어올렸다. 나는 그것을 보고 기분이 좋았다. 사실 나는 그들이 육지에서 좀 떨어진 곳에 닻을 내리고 몇 사람은 보트를 지킬까 봐 걱정했다. 그렇게 되면 우리가 그 보트를 차지할 수 없기 때문이다.

그들은 뭍에 오르자마자 먼저 온 보트를 향해 뛰어갔다. 보트에 있던 물건이 모두 없어지고 보트 밑바닥에 커다란 구멍이 난 것을 발견하고 몹시 놀라는 모습이 역력했다.

그들은 잠시 이에 대해 깊이 생각하더니 두세 번 큰 소리로 고함을 질렀다. 동료들이 저희 소리를 들을 수 있는지 알아보려고 있는 힘껏 소리쳐 불렀으나 모두 허사였다. 그들은 원을 만들어 촘촘히 서더니 하늘을 향해 일제히 소총을 발사했다. 이 총소리는 우리에게 들렸고 온 숲에 메아리쳤지만, 헛수고이기는 마찬가지였다. 굴 속에 있는 선원들에게는 그 소리가 들리지 않았을 것이고, 우리와 함께 있는 선원들은 뻔히 듣고도 감히 응답할 수 없었다.

그들은 이 뜻밖의 사태에 몹시 놀랐다. 이건 그들이 나중에 우리에게 말한 것이지만, 그들은 다시 보트를 타고 배로 돌아가 동료들은 다 살해되고 보트에는 구멍이 나 있다고 보고하기로 결심했다고 한다. 그들은 지체 없이 보트를 바다에 띄우고 모두 보트에 올라탔다.

이 광경 앞에서 선장은 몹시 놀라고 당황하는 모습이었다. 그들이 동료들을 실종된 것으로 알고는 포기하고 배로 돌아가 닻을 올려 떠나리라 생각한 것이다. 그러면 배를 되찾으리라는 희망은 사라지고 만다. 그러나 곧 선장은 다시금 깜짝 놀랐다.

우리는 그들이 보트를 타고 떠난 지 얼마 안 있어 모두 해변으로 돌아오는 것을 보았다. 보트에서 회의를 한 듯 세 명은 보트에 남고 나머지만 육지에 올라 동료들을 찾기로 한 모양이었다.

이것은 우리에게 대단히 실망스러운 일이었다. 우리는 어찌할 바를 몰랐다. 상륙한 일곱 명을 잡아봤자 보트가 달아나게 놔두면 아무 소용 없는 일이기 때문이다. 보트에 있던 놈들이 배로 도망쳐 닻을 올리고 떠나버리면 배를 찾을 희망은 영영 사라지고 말 것이다.

그러나 우리로선 일이 어떻게 돌아가는지 두고 보는 수밖에 별도리가 없었다. 일곱 명은 해변에 올라왔지만 보트에 남은 세 명은 해안에서 멀찌감치 떨어져 닻을 내리고 동료들을 기다려서, 우리가 보트에 있는 녀석들을 공격하기란 불가능했다.

상륙한 사람들은 서로 가까이 서서 우리 집 바로 위에 있는 작은 언덕 꼭대기로 행군했다. 그들은 우리가 있다는 것을 몰랐지만 우리는 그들을 명확히 볼 수 있었다. 그들이 우리 쪽으로 가까이 온다면 매우 고마운 일이었다. 그러면 그들에게 총을 쏠 수 있지만, 멀어진다면 우리가 밖으로 나가야 할 것이다.

이윽고 그들은 언덕 위에 이르렀다. 이 섬에서 가장 낮은 지대인 북동쪽으로 뻗어 있는 골짜기와 숲까지 멀리 내려다볼 수 있는 지점이었다. 그곳에서 그들은 지칠 때까지 고함치며 동료들을 불렀다. 그러더니 해안에서 멀리 떨어진 이곳에서 모험을 한다거나 서로 멀리 떨어지기 싫었는지 함께 나무 아래 앉아 무슨 생각을 하는 모양이었다. 앞서 온 선원들처럼 그 자리에서 잠이라도 한숨 자준다면 우리한테는 더 바랄 나위가 없었을 것이다. 그들은 위험의 정체가 무언지는 알 수 없었지만, 다가오는 위험에 대한 걱정으로 가득 차서 감히 잠을 잘 수 없었다.

놈들이 이렇게 의논하는 것을 보고 선장이 매우 그럴듯한 제안을 했다. 놈들이 동료들이 듣게 하려고 다시 한꺼번에 총을 쏠 것 같은데, 총알이 발사된 순간 한꺼번에 덮치자는 것이었다. 그렇게 되면 그들은 틀림없이 항복할 것이고, 우리는 피를 흘리지 않고도 그들을 잡을 수 있다는 이야기였다. 그 제안이 내 마음에 들었다. 그러나 선장의 제안대로 하려면 그들이 총을 다시 장전하기 전에 그들을 덮칠 수 있을 만큼 가까이 가야 했다.

그러나 그런 일은 일어나지 않았다. 우리는 어떤 조치를 해야 할지 결정 못하고 오랫동안 조용히 숨어 있었다. 마침내 나는 밤이 되기 전에는 아무 일도 할 수 없을 것 같다고 그들에게 말했다. 밤이 되어도 그들이 보트로 돌아가지 않는다면, 그들과 해안 사이로 가서 보트에 남아 있는 자들을 육지로 유인하는 계략을 써보는 게 좋겠다고 했다.

그들이 움직일 때를 포착하려고 우리는 오랫동안 초조하게 기다렸다. 그들은 한참 동안 의논하고는 자리에서 일어나 모두 바다 쪽으로 걸어 내려갔다. 그것을 본 우리는 매우 불안했다. 저들은 이 위험한 섬에서 무엇이 닥칠지 몰라 두려운 나머지 없어진 동료들을 포기하고 배로 돌아가 예정된 항해를 계속하기로 결심한 것 같았다.

그들이 해변으로 가는 것을 보고 나는 그들이 정말 포기하고 배로 돌아가려는 것이라고 상상했다. 이러한 내 생각을 말하자 선장은 우려하던 일이 현실로 벌어졌나 해서 기절할 지경이었다. 그러나 나는 저들을 다시 육지로 데려올 계략을 생각해냈다. 그 계략은 멋지게 성공했다.

나는 프라이데이와 선장의 부하인 항해사에게 그 작은 강을 건너 서쪽으로 가서, 예전에 야만인들이 프라이데이를 데려온 곳으로 가라고 명령했다. 그리고 여기서 반 마일쯤 떨어진 곳에 있는 언덕에 도착하면 선원들에게 들리도록 목청껏 소리를 지르라고 일렀다. 선원들이 응답하면 큰 소리로 답하라고 했다. 계속 그렇게 선원들의 부르는 소리에 응답하면서 그들을 섬 깊숙이 위치한 숲속으로 끌어들인 다음 내가 지시한 길을 따라 빙 돌아오라고 했다.

놈들이 막 보트에 오르려고 할 때 프라이데이와 항해사가 소리를 질렀다. 선원들은 곧 이 소리에 응답하면서 소리가 들리는 서쪽으로 해변을 따라 달렸다. 그러나 강가에 이르자 그들은 걸음을 멈췄다. 물이 불어 강을 건널 수 없었다. 그들은 강을 건너려고 보트에 있는 동료들을 불렀다. 그건 내가 바라던 대로였다.

그들은 보트로 강을 건너 육지의 항구처럼 생긴 곳에 보트를 세웠다. 그러고는 보트를 지키던 세 명 중 한 명을 데리고 갔다. 보트에 남은 두 사람은 강변에 있는 작은 나무 그루터기에 보트를 매어 두었다.

이것 역시 내가 바라던 대로였다. 그리하여 프라이데이와 선장의 항해사는 하던 일을 그대로 하게 남겨두고, 나는 나머지 사람들을 이끌고 강을 건너가서 두 사람이 미처 눈치채기도 전에 그들을 덮쳤다. 두 사람 중 하나는 강가에 누워 있었고 다른 하나는 보트에 있었다. 강가에 있던 녀석은 자는 건지 깨어 있는 건지 모르는 어중간한 상태에서 놀라 일어났다. 그러자 앞장서던 선장이 녀석에게 달려들어 바닥에 쓰러뜨리고, 보트에 있는 녀석을 향해 항복하지 않으면 죽이겠다고 소리쳤다.

다섯 명이 달려들고 동료가 쓰러지는 것을 보자, 나머지 놈이 순순히 항복하는 데 여러 말이 필요치 않았다. 게다가 이 사람은 반란에 끼고 싶지 않던 선원 셋 중 하나인 모양이었다. 그는 쉽게 항복하도록 설득되었을 뿐 아니라, 흔쾌히 우리 편이 되었다.

그러는 동안 프라이데이와 항해사는 맡은 일을 훌륭하게 해내고 있었다. 그들은 소리 질러 부르고 응답하면서 이 언덕에서 저 언덕으로, 이 숲에서 저 숲으로 놈들을 유인했다. 마침내 선원들은 탈진해서 자신들이 어디에 있는지조차 모르게 되었다. 어두워지기 전에 그들이 배로 돌아가지 못할 것은 확실했다. 프라이데이와 항해사도 우리에게 돌아왔을 때는 무척 지친 모습이다.

이제 어둠 속에서 그들이 오는 것을 지켜보고 있다가 급습하여 싸움을 끝내는 일만 남았다.

그들은 프라이데이가 내게 돌아온 지 몇 시간 뒤에야 자기들 보트로 돌아왔다. 우리는 그들이 여기에 도착하기 훨씬 전부터 앞서가는 녀석들이 뒤처진 녀석들에게 빨리 오라고 소리치는 것을 들었다. 다리가 아프고 지쳐서 더 빨리 걸을 수는 없다고 불평하는 소리도 들렸다. 우리에겐 아주 반가운 소식이었다.

마침내 그들은 보트로 왔다. 그러나 조수가 빠져 보드가 갯가에 묻혀 꼼짝도 하지 않는 데다, 두 동료마저 없어진 것을 보고 그들이 당황하는 꼴은 말로 표현하기가 불가능하다. 그들이 처량하게 서로 이름을 부르면서 귀신 들린 섬에 온 모양이라고 쑥덕거리는 소리가 우리에게까지 들렸다. 이곳에 사는 야만인들에게 살해되었을 거라느니, 이 섬에 있는 악마와 유령이 모두 끌고 가 잡아먹었을 거라느니 떠들어대는 소리가 들렸다.

그들은 다시 큰 소리로 동료 두 사람의 이름을 여러 번 불렀다. 그러나 아무 대답이 없었다. 시간이 조금 지나자 그들이 희미한 빛 속에서 절망에 빠진 사람들처럼 두 손을 쥐어짜며 이리저리 뛰어다니고, 때로는 보트에 앉아 쉬다가 다시 바닷가로 나와 이리저리 걸어 다니는 것이 보였다. 그들은 그 짓을 계속하고 있었다.

내 부하들은 어둠을 틈타 당장 그들을 습격하고 싶어 내 명령이 떨어지기를 기다렸다. 그러나 나는 더 좋은 기회에 덮치고 싶었다. 그들의 생명을 살려두기 위해서였고, 죽여도 되도록이면 덜 죽이고 싶었다. 특히 무장이 잘되어 있는 그들 때문에 우리 편이 다칠지 모르는 위험을 피하고 싶었다. 나는 그들이 적은 수로 쪼개질 때까지 조금 더 기다려보기로 했다. 그들을 확실히 보기 위해 나는 우리가 숨어 있는 장소를 그들 쪽으로 더 옮겼다. 또 프라이데이와 선장에게 들키지 않도록 땅에 포복하여 그들이 총을 쏘기 전까지 될수록 그들에게 가까이 가라고 명령했다.

프라이데이와 선장이 포복 자세를 한 지 얼마 지나지 않아, 반란의 주모자이며 지금은 누구보다도 절망하고 기가 꺾인 갑판장이 선원 두 명과 함께 그들 쪽으로 걸어왔다. 선장은 이 우두머리 악당을 자기 손으로 잡기를 열망했기 때문에 그가 확실히 보일 정도로 가까이 올 때까지 참기 어려웠다. 아직은 그의 목소리만 들릴 뿐이었다. 그러나 그들이 조금 더 가까이 오자 선장과 프라이데이는 번개처럼 일어나 그들을 덮쳤다.

갑판장은 그 자리에서 살해되었다. 또 한 사람은 몸에 총알을 맞고 갑판장 옆에 쓰러졌다. 그도 한두 시간 뒤 숨을 거두었다. 세 번째 사람은 도주했다.

그 총소리에 나는 즉시 전군을 이끌고 앞으로 진격했다. 우리는 모두 여덟 명이었다. 즉 총사령관인 나와 부관인 프라이데이, 선장과 그의 부하 두 사람, 게다가 무기를 지급할 정도로 우리가 신뢰하는 세 사람이 있었다.

캄캄할 때 덮쳤기 때문에 그들은 우리가 몇 명인지 알 수 없었다. 보트에 남아 있다가 우리 편이 된 선원에게 나는 그들 이름을 큰 소리로 부르라고 명령했다. 그들과 담판해서 우리가 바라는 쪽으로 협상을 이끌 수 있는지 알아보기 위해서였다. 지금 상태로 보아 그들은 기꺼이 항복할 것 같았다. 그 배에 남았다가 잡힌 포로는 내가 시킨 대로 그들 중 한 사람의 이름을 큰 소리로 불렀다. "톰 스미스, 톰 스미스!" 톰 스미스가 즉시 대답했다. "누구야? 로빈슨 아닌가?" 그는 목소리만 듣고도 누군지 아는 모양이었다. 그러자 이쪽에서 말했다. "그래, 그래. 톰 스미스, 제발 무기를 버리고 항복하게. 그러지 않으면 모두 당장 죽어."

"누구한테 항복하지? 어디에 있는데?" 스미스가 다시 말했다. "여기 있어. 여기 선장님하고 부하 오십 명이 있어. 두 시간 동안 자네들을 좇았어. 갑판장은 죽었어. 윌 프라이는 다치고, 나는 포로가 되었지. 항복하지 않으면 자네들은 모두 죽어."

톰 스미스가 다시 말했다. "우리가 항복하면 살려줄까?" "항복한다고 약속하면 내가 가서 물어보겠네." 로빈슨은 이렇게 말하고 선장에게 물었다. 그러자 선장이 큰 소리로 소리쳤다. "스미스, 내 목소리 알지? 지금 당장 무기를 버리고 항복한다면 자네들 모두 살려주겠다. 윌 앳킨스만 빼고."

그러자 윌 앳킨스가 소리쳤다. "선장님, 제발 살려주십시오. 제가 무슨 짓을 했습니까? 제가 나쁘면 다른 사람들도 다 나쁜 놈입니다." 이 말은 사실이 아니었다. 반란이 일어났을 때 선장을 맨 먼저 붙잡아 손을 묶고 함부로 다루며 지독한 욕을 퍼부었던 사람이 윌 앳킨스였던 모양이다. 그러나 선장은 그에게 무조건 무기를 내려놓고 총독에게 자비를 구하라고 말했다. 총독이란 나를 지칭하는 것이었다. 모두 나를 그렇게 불렀기 때문이다.

그들은 모두 무기를 내려놓고 살려달라고 빌었다. 나는 담판을 벌인 사나이와 다른 두 사람에게 그들을 묶어놓게 했다. 그런 뒤 실제로는 그 세 사람을 포함해서 여덟 명밖에 안 되는 '오십 명의 대부대'는 앞으로 나아가 그들이 타고 온 보트에 그들을 감금했다. 나와 또 한 사람은 위엄 있게 보이려고 그들 앞에 모습을 드러내지 않았다.

다음으로 우리가 할 일은 보트를 고치고 배를 빼앗는 일에 대해 생각하는 것이었다. 선장은 이제 항복한 선원들과 이야기할 여유가 생겼다. 선장은 그들이 자기에게 얼마나 악독하게 대했는지, 그들의 계획이 얼마나 사악했는지 자세히 설명했다. 결국에는 그것 때문에 그들이 불행과 고난을 당할 것이며, 어쩌면 교수형을 당할 수도 있다고 설명했다.

그들은 모두 깊이 뉘우치는 것 같았고, 목숨만 살려달라고 애걸했다. 그러자 선장은 자네들은 내 포로가 아니라 이 섬 총독의 포로라고 말했다. 너희는 나를 무인도로 데려왔다고 생각했겠지만 그건 하느님 지시였다고, 이 섬에는 사람이 살고 있으며 총독은 영국 분이라고 말했다. 그분이 마음만 먹으면 너희 모두 교수형에 처할 수 있지만, 목숨은 살려주시기로 하셨으니 너희를 영국으로 보내 법의 심판을 받게 하실 것이라고 말했다. 다만 앳킨스는 예외로 내일 아침 교수형을 집행할 테니 준비하라고 총독께서 지시하셨다고 말했다.

이 말은 모두 선장이 꾸며낸 것이지만 효과는 선장이 바라던 대로였다. 앳킨스는 무릎을 꿇고 총독님께 자기 목숨을 살려달라고 잘 이야기해줄 것을 선장에게 애원했다. 나머지 선원들도 제발 자기들을 영국으로 보내지 말아달라고 애원했다.

이제 우리의 탈출은 코앞에 다가왔고, 배를 되찾는 데 이 녀석들 협조를 끌어내는 것도 누워서 떡 먹기라는 생각이 들었다. 나는 총독이 어떻게 생긴 사람인지 보지 못하도록 어둠 속에서 나오지 않고 멀찌감치 떨어져 있었다. 선장을 부를 때도 부하 한 명을 시켜서 말을 전하도록 했다. "선장님, 총독님께서 오라고 하십니다." 선장은 즉각 대답했다. "곧 가겠다고 총독님께 말씀드려라." 이러한 작전에 그들은 완전히 속아 넘어갔고, 총독께서는 부하 오십 명을 거느리고 근처에 있다고 믿었다.

선장이 오자 나는 배를 빼앗을 계획을 말했다. 선장은 그 계획이 매우 좋다고 했다. 그래서 다음 날 아침 당장 실천하기로 결심했다.

그러나 이 계획을 더욱 멋지게 수행하고 성공이 보장되게 하려면 포로들을 나눠놓아야 한다고 내가 설명했다. 그리고 선장에게 앳킨스와 가장 흉악한 두 녀석은 밧줄로 묶은 채 다른 선원들을 가둔 동굴로 보내라고 지시했다. 이 일은 선장과 함께 포로가 된 두 사람과 프라이데이가 맡았다.

그들은 마치 감옥으로 데려가는 것처럼 포로들을 동굴로 데리고 갔다. 동굴은 실로 을씨년스러웠다. 이들 같은 처지에 놓인 인간들에게는 더욱 그러했을 것이다.

나는 나머지 포로들을 시골집으로 데려가라고 명령했다. 이곳에 대해서는 전에 여러 번 설명했다. 둘레에 울타리가 있고 포로들은 묶여 있었기 때문에 그들이 얌전하게만 처신하면 그 장소는 충분히 안전했다.

다음 날 아침 나는 선장을 시골집으로 보내어 그곳에 있는 포로들과 담판을 벌이게 했다. 한마디로 말해 배를 급습해서 빼앗는 작전에 그들을 믿고 데려갈 수 있는지 없는지 알아보고 나에게 보고하라고 한 것이다. 선장은 포로들에게 그들이 자신에게 입힌 피해와 그들이 어떤 처지인지 말해주고, 총독이 이번 행동에 대해서는 목숨을 살려주었지만, 영국으로 보내지면 틀림없이 쇠줄에 묶여 교수형을 받을 것이라고 말했다. 그러나 배를 다시 찾는 일에 합세한다면 총독에게서 그들의 죄를 용서하겠다는 약속을 받아내겠다고 했다.

그러한 처지에 놓인 사람들이 그 제안을 기꺼이 받아들일 것은 누구나 예측할 수 있다. 그들은 선장 앞에 무릎을 꿇고 자신들을 저주하며, 피 한 방울이 남을 때까지 선장에게 충성을 다하겠다고 약속했다. 또 선장에게 목숨을 빚졌으니 이 세상 어디든 함께 가겠으며, 살아 있는 한 그를 아버지로 모시겠다고 약속했다.

"그렇다면 총독님께 가서 너희의 말을 전하고 그분이 허락하시도록 내가 할 수 있는 일이 무엇인지 알아보겠다." 그리하여 선장은 나에게 그들의 심정을 알리고, 그들이 충성을 다할 것을 의심치 않는다고 말했다.

나는 이 일을 확실하게 해두려고 선장에게 돌아가서 다섯 명을 골라 데려오되, 사람이 모자라서가 아니라 보좌관으로 쓰려고 뽑는 것이라고 전하도록 했다. 그리고 나머지 두 명과 성(내 동굴)으로 보낸 포로 세 명은 뽑힌 다섯 명의 충성을 담보하는 인질로 총독이 잡아둘 것이라고 말하라고 했다. 작전을 수행하는 과정에서 누구라도 배신을 한다면 동굴에 있는 인질 다섯 명은 바닷가에서 쇠사슬로 교수형에 처해질 것이라는 말도 전하라고 했다.

이 제안은 가혹한 것이었다. 그들은 이제 총독이 까다로운 분이라는 것을 알았고, 이 제안을 받아들일 수밖에 없었다. 뽑힌 자들이 의무를 다하도록 설득하는 일은 선장의 일일 뿐 아니라 갇혀 있는 포로들의 일이었다.

이리하여 원정길에 나서기 위한 우리의 병력은 다음과 같이 정해졌다. 1. 선장, 항해사, 승객. 2. 첫 포로들 중 선장의 추천에 따라 자유가 주어지고 무기가 지급된 두 명. 3. 이제까지 밧줄에 묶인 채 시골집에 감금되었지만 선장의 요청으로 풀어준 포로 두 명. 4. 마지막으로 풀어준 포로 다섯 명. 이렇게 모두 열두 명이었다. 그 밖에 동굴 속에 인질로 잡혀 있는 다섯 명이 있었다.

나는 선장에게 이 병력으로 배에 올라 공격할 자신이 있느냐고 물었다. 나는 섬에 일곱 명이나 남아 있으니 나와 프라이데이는 움직이지 않는 것이 타당하다고 생각했다. 분산되어 포로들을 지키고 음식을 공급하려면 우리 두 사람의 일손이 필요했기 때문이다.

동굴에 가둔 포로 다섯 명은 철저히 감시했지만 프라이데이가 하루 두 번씩 음식을 갖다 주었다. 내가 다른 두 포로를 시켜 음식을 일정한 곳까지 갖다 놓으면 프라이데이가 받아 가는 식이었다.

내가 선장과 함께 두 인질 앞에 모습을 드러냈을 때, 선장은 그들을 감시하라고 보낸 사람이라고 나를 소개했다. 내 지시 없이는 아무 데도 가지 않는 것이 총독의 뜻이라며, 그렇게 하지 않으면 성으로 끌고 가서 족쇄를 채우겠다고 했다. 나는 다른 사람 행세를 하며 그때그때 경우에 따라서 총독과 수비대와 성에 대해 이야기했다.

선장에게는 이제 어려운 일이 없었다. 보트 두 척에 장비를 갖추

고 구멍 난 보트를 고치고 인원을 배치하기만 하면 되었다. 선장은 배의 승객이던 사람을 보트 한 척의 선장으로 삼고 부하 네 명을 배치했다. 그러고 나서 항해사 외에 다섯 명과 함께 다른 보트에 탔다. 그들은 빈틈없이 일을 진행시켰다. 그리하여 그들은 한밤중에 배로 접근했다. 소리를 지르면 들릴 정도로 가까이 다가가자 선장은 로빈슨에게 큰 소리로 동료들을 불러 보트를 무사히 구했지만 찾는 데 시간이 걸렸다고 말하라고 명했다. 그런 이야기를 하는 동안 우리 편은 모두 배 양쪽 편에 다다랐다. 선장과 항해사가 무기를 들고 맨 먼저 배로 뛰어올라 머스켓 개머리판으로 이등 항해사와 목수를 쳐서 쓰러뜨렸다. 부하들은 충실히 그들의 전투를 도왔다. 그들은 주갑판과 뒷갑판에 있는 나머지 선원들을 모두 제압하고, 갑판 밑에 있는 자들이 올라오지 못하도록 출입구를 모두 잠갔다. 그때 다른 보트에 탄 우리 편 사람들이 닻줄을 타고 배에 올라 앞갑판과 주방으로 들어가는 출입구를 차지하고 그곳에 있던 세 명을 포로로 잡았다.

이것을 끝으로 갑판을 완전히 제압하자, 선장은 항해사에게 부하 세 명을 데리고 뒷갑판 뒤에 위치한 선실로 쳐들어가라고 명령했다. 선실 안에는 반란을 일으킨 뒤 새로 선장이 된 자가 잠을 자다가 보고를 받고 자리에서 일어나 있었다. 총을 든 부하 두 명과 급사 하나가 그와 함께 있었다. 항해사가 지렛대로 문을 부수자 새 선장과 그의 부하들은 대담하게 총을 쏘았다. 항해사는 총에 맞아 팔이 부러졌고, 두 명이 더 다쳤다. 그러나 죽은 사람은 없었다.

항해사는 부상을 당했는데도 자기를 도우라고 소리친 뒤 권총을 들고 선실로 돌진하여 새 선장의 머리를 쏘았다. 총알은 그의 입으로 들어가 한쪽 귀 뒤로 나왔다. 새 선장은 한마디 말도 할 수 없었고, 나머지 부하들은 항복했다. 더는 인명 피해 없이 배는 효과적으로 손에 들어왔다.

선장은 대포 일곱 발을 쏘라고 명령했다. 작전이 성공하면 이렇게 신호하기로 나와 약속했기 때문이다. 새벽 두 시경까지 해변에 앉아 지켜보던 내가 그 소리를 들었을 때 얼마나 기뻤는지는 말하지 않아도 알 것이다.

신호를 똑똑히 듣고 나서 그대로 드러누웠다. 지독히 고단한 하루를 보냈기에 나는 깊은 잠에 빠졌다. 그러다가 총소리에 놀라 잠

에서 깼다. 누군가가 나를 총독님이라고 부르는 소리가 들렸다. 곧 선장의 목소리라는 것을 알아차렸다. 언덕 꼭대기로 가보니 선장이 서 있었다. 그는 배를 손으로 가리키고 나서 두 팔로 나를 감싸 안았다. "내 친구이자 생명의 은인이신 당신의 배가 저기 있습니다. 저 배는 당신 것이고, 우리와 배 안에 있는 물건 모두 당신 것입니다." 나는 배를 쳐다보았다. 해변에서 반 마일 남짓 거리에 배가 떠 있었다. 배를 차지하자마자 닻을 올리고 맑은 날씨를 틈타서 강어귀로 몰아 닻을 내린 상태였다. 때마침 만조가 되었기 때문에 선장은 배에 딸린 중형 보트를 타고 우리 집 대문 앞, 즉 내가 처음 뗏목을 타고 도착한 곳 가까이까지 온 것이다.

나는 처음에는 깜짝 놀라 그 자리에 주저앉을 뻔했다. 이제 탈출이 눈에 보이면서 내 손안에 들어왔다. 모든 일이 순조로웠고 큰 배 한 척이 내가 원하는 곳이면 어디든지 나를 태우고 갈 수 있었다. 처음에 나는 잠시 동안 선장에게 한마디도 할 수 없었다. 그가 나를 팔로 안아 그에게 매달려 있었으니 망정이지 그렇지 않았다면 땅바닥에 주저앉을 뻔했다.

선장은 내가 놀란 것을 감지하고 주머니에서 술병을 꺼내 과실주 한 모금을 권했다. 나에게 주려고 가져온 술이었다. 술을 마신 뒤 나는 땅에 앉았다. 술기운에 정신이 좀 들었지만, 그에게 말을 할 수 있기까지는 한참 걸렸다.

그동안 선장도 나처럼 큰 기쁨에 휩싸여 있었다. 그러나 그는 나처럼 놀란 상태는 아니었다. 그는 나를 진정시키고 정신이 들게 하려고 여러 가지 다정한 말을 던졌다. 그러나 나는 가슴속에서 기쁨의 홍수가 일어나 정신이 혼미해지는가 싶더니 마침내 눈물을 터뜨렸고, 잠시 후에야 말을 할 수 있었다.

다음에는 내 차례였다. 나는 그를 은인으로서 끌어안았다. 우리는 함께 기쁨을 나누었다. 나는 선장에게 나를 구하기 위해 하늘이 보낸 사람이라고, 이 모든 일이 기적의 사슬인 것 같다고 말했다. 이것이야말로 세상을 관장하는 은밀한 하느님의 손길이라는 증거이자, 전능하신 하느님 눈길이 세상 구석구석까지 미치며 원하실 때마다 비참한 사람에게 도움을 보내시는 증거라고 말했다.

나는 가슴을 들어 올려 하늘에 감사하는 일을 잊지 않았다. 이렇게 황량한 곳에서, 이렇게 외로운 처지에 놓인 나를 기적적으로 돌보아주셨을 뿐 아니라 모든 구원의 원천이 되시는 하느님을 어찌 인간이 찬양하지 않을 수 있단 말인가.

한동안 이야기를 나눈 뒤 선장은 나에게 줄 선물을 가져왔다고 말했다. 배에는 늘 여유 있는 물건들인데, 오랫동안 배를 차지한 악당에게 빼앗기지 않은 물건들이었다. 선장은 보트를 향해 소리 질러 부하들에게 총독을 위해 준비한 물건들을 가져오라고 명령했다. 정말이지 멋진 선물이었다. 마치 내가 그들과 함께 떠날 사람이 아니라 이 섬에 그대로 남아서 살 사람이고, 자기들은 나를 빼놓고 떠날 것 같은 기분이었다.

첫째, 고급 과실주가 가득 든 술병 한 상자, 각각 2쿼트짜리 병에 담긴 마데이라 포도주 여섯 병, 고급 담배 2파운드, 쇠고기 열두 덩이, 돼지고기 여섯 덩이, 완두 한 포대, 게다가 비스킷 백 웨이트 등을 가져왔다.

또 설탕 한 상자, 밀가루 한 상자, 레몬 한 포대, 라임 주스 두 병도 있었다. 그런데 이것들 말고도 나에게 천 배는 유용한 것들, 다시 말해 깨끗한 새 셔츠 여섯 벌, 고급 목도리 여섯 장, 장갑 두 켤레, 구두 한 켤레, 모자 한 개, 양말 한 켤레, 선장이 입던 거의 낡은 데가 없는 의젓한 옷 한 벌을 가져왔다. 한마디로 선장은 머리에서 발끝까지 내가 입을 거리를 바꿔버렸다.

누구나 상상할 수 있겠지만 나와 같은 처지에 있는 사람에게는 더없이 친절하고 마음에 드는 선물이었다. 그러나 그런 옷들을 처음 입었을 때의 기분은 세상에 이렇게 거북하고 어색하고 불편한 것은 도무지 없을 것 같았다.

선물을 주고받는 의식을 끝내고 그 좋은 물건들을 내 작은 집으로 들인 뒤 우리는 포로들을 어떻게 처리할지 의논했다. 위험을 무릅쓰고 그들을 데리고 가느냐 마느냐는 생각할 여지가 없었다. 끝까지 교정이 불가능하고 반항적인 두 놈이 골칫거리였다. 선장은 놈들은 잔인한 악당이어서 은혜를 베풀 수 없으며, 데려간다 해도 범죄자처럼 족쇄를 채워야 한다고 했다. 그리고 맨 먼저 도착하는 영국 식민지에서 경찰에 넘기는 것이 좋겠다고 했다. 선장은 그들에 대해 매우 염려하는 눈치였다.

나는 선장이 원하면 두 놈이 스스로 이 섬에 남게 해달라고 요청하게끔 해보겠다고 했다. "그렇게 되면 나는 진심으로 환영하겠습니다."

"그럼 내가 그놈들에게 말하겠습니다." 나는 프라이데이와 동료들이 약속을 잘 지킨 덕분에 풀려난 인질 두 명을 불렀다. 그들에게 동굴로 가서 묶여 있는 포로 다섯 명을 시골집으로 옮기고, 내가 갈 때까지 잘 지키라고 명령했다.

잠시 후 나는 새옷을 입고 그곳으로 갔다. 나는 다시 총독으로 불렸다. 사람들을 모아놓고 선장도 입회한 가운데 포로들을 내 앞으로 오게 했다. 나는 그들에게 말했다. 그들이 선장에게 얼마나 악랄하게 굴었는지, 어떻게 배를 빼앗아 달아났는지 모두 알고 있다고 했다. 강도질을 더 하려고 준비했다는 것도 안다고 말했다. 그러나 하느님은 그들에게 알맞은 함정을 파놓으셨고, 남을 빠뜨리려고 파놓은 구덩이에 그들 자신이 빠진 것이라고 말했다.

나는 다음과 같은 것을 그들에게 알렸다. 우리는 내 지시에 따라 배를 되찾았고 배가 이제 제대로 항로에 들어섰다는 것, 새로 선장이 된 자는 죗값을 톡톡히 치르는 모습을 곧 보리라는 것, 그놈이 곧 활대에 매달리는 모습을 보리라는 것 등이다.

그들 이야기로 돌아와, 나는 그들이 뭐라고 말하는지 알고 싶다고 말했다. 의심할 바 없이 나에게 주어진 권한으로 그들을 처형하지 말아야 할 이유가 있는지도 알고 싶다고 했다.

한 놈이 나머지를 대표해서 대답했다. 사실 자기들로서는 이번 일에 대해 이야기할 게 없다며, 자기들이 붙잡혔을 때 선장님이 목숨은 살려준다고 약속했다는 것이다. 그러니 부디 자비를 베풀어달라고 겸손하게 애원했다. 나는 그들에게 어떻게 자비를 베풀어야 할지 모른다고, 나는 선장과 함께 부하들을 모두 데리고 이 섬을 떠나 영국으로 돌아가기로 결심했노라고 말했다. 선장은 반란을 일으키고 배를 빼앗은 죄로 그들에게 족쇄를 채워 영국으로 데려가는 수밖에 달리 방도가 없다고 한다. 그렇게 되면 그들도 아다시피 결국 교수형에 처해질 것이라고 말했다. 나는 그들에게 어떤 게 가장 좋은 길인지 모르겠다고, 그들에게 이 섬에 남아서 운명을 하늘에 맡기고 싶다는 마음이 없으면 나도 어쩔 도리가 없다고 했다. 그들이 그걸 원한다면 나에게 권한이 있기 때문에 그들의 목숨을 살려줄 뜻이 있다고 말했다. 그들이 이 섬에서 어떻게든 살아갈 자신이 있다면 그렇다고 했다.

그들은 나의 제안을 매우 고마워하는 것 같았다. 영국으로 끌려가 교수형을 당하느니 차라리 여기에 남아 모험을 하고 싶다고 말했다. 이것으로 이 문제는 일단락되었다.

이때 선장은 그들을 이 섬에 남겨두고 싶지 않은 것처럼 좀 난처한 눈치를 보였다. 나는 화난 표정을 지으며 저자들은 내 포로지 선장의 포로가 아니며, 저들에게 은혜를 베풀겠다고 말했으니 약속대로 하겠다고 말했다. 선장이 동의하지 않는다 해도 나는 그들을 처음 봤을 때처럼 자유롭게 풀어줄 생각인데, 그게 마음에 들지 않거나 능력이 있으면 선장이 그들을 다시 잡아보라고 했다.

이 말에 포로들은 무척 고마워하는 기색을 보였다. 이리하여 나는 그들을 풀어주고 아까 온 숲속으로 돌아가라고 말했다. 그리고 그들이 적절하다고 생각하면 총과 탄약을 조금 남겨두고 편히 살 수 있는 방법을 가르쳐주겠다고 했다.

나는 배에 탈 준비를 했다. 나는 그날 밤 섬에 남아 이사할 준비를 할 테니 그사이에 선장은 배로 돌아가 항해 준비를 하고, 내일 나에게 보트를 보내달라고 부탁했다. 또 여기 남을 포로들이 볼 수 있도록 죽은 새 선장을 활대 끝에 매달라고 지시했다.

선장이 배로 가자 나는 포로들을 집으로 불러 그들이 처한 상황에 대해 진지하게 이야기를 나누었다. 나는 그들에게 올바른 선택을 했다고 생각한다고 말했다. 선장이 그들을 데려가면 틀림없이 교수형에 처해질 것이라고 했다. 활대 끝에 매달린 선장을 가리키며 아무려면 저 신세보다 못하겠느냐고도 했다.

그들은 모두 기꺼이 이 섬에 남겠다고 선언했다. 나는 그들에게 이 섬에서 살아온 이야기와 편하게 생활하는 방법을 말해주었다. 그들에게 내 요새를 보여주고 빵을 만들고 곡식을 심고 건포도를 말리는 방법 등 한마디로 불편 없이 사는 데 필요한 모든 것을 가르쳐주었다. 나는 앞으로 이 섬에 올 스페인 사람 열여섯 명에 대해서

도 이야기하고, 그들에게 전할 편지도 남겼다. 스페인 사람들을 자기 동료처럼 대하겠다는 약속도 받아냈다.

나는 그들에게 머스켓 다섯 자루, 엽총 세 자루, 칼 세 자루를 남겨주었다. 또 화약이 한 배럴 반 이상 남아 있었다. 처음 일이 년이 지난 뒤로는 별로 쓰지도 않고 낭비도 하지 않았기 때문이다. 염소를 다루는 방법, 젖을 짜고 살찌우는 방법과 버터와 치즈를 만드는 방법도 가르쳐주었다.

한마디로 내가 해줄 수 있는 이야기를 전부 해주었다. 그리고 선장을 설득해서 화약 두 통과 채소 씨앗을 더 남겨놓겠다면서 채소 씨앗이 있었다면 나도 참 기뻤을 거라고 말했다. 나는 선장이 먹으라고 선물로 준 완두 자루를 주면서 이것을 심어 더 많이 수확하라고 일렀다.

일을 모두 마치고 이튿날 나는 그들을 남겨놓은 채 배에 올랐다. 떠날 준비는 되어 있었지만, 그날 밤 즉시 닻을 올리지 않았다. 다음 날 아침 이른 시간이었다. 섬에 남아 있던 다섯 명 중 두 명이 배의 측면까지 헤엄쳐 와서는 애처롭게 다른 세 명에 대한 불평을 늘어놓으며 그들에게 살해될지 모르니 제발 구해달라고, 교수형을 당해도 좋으니 제발 배에 태워달라고 선장에게 애걸했다.

선장은 나를 빼놓고는 아무 권한도 없는 척했다. 그들은 간신히, 그것도 회개하겠다는 엄숙한 약속을 한 뒤에야 배에 오를 수 있었다. 잠시 후 그들은 호되게 매질을 당한 데다 상처 부위에 식초와 소금까지 바르고 나서 말 잘 듣고 얌전한 선원들이 되었다.

얼마 후 만조가 되자 섬에 남은 포로들에게 약속한 물건들을 보트에 싣고 해안으로 가라고 지시했다. 나의 권유로 선장은 선원용 궤짝 몇 개와 의복들을 그 짐에 보탰다. 포로들은 이 물건들을 받고 무척 고마워했다. 나는 그들을 데리러 올 여건이 되면 결코 잊지 않겠다고 말해 그들을 격려했다.

이 섬을 떠날 때 나는 염소 가죽으로 만든 커다란 모자와 우산, 앵무새를 기념품으로 배에 실었다. 전에 언급한 돈과 스페인 난파선에서 발견한 돈도 잊지 않고 챙겼다. 이 돈은 오랫동안 방치했기 때문에 녹이 슬고 색이 바래서 다시 문지르고 손질하지 않고서는 은 행세를 할 수 없었다.

이렇게 나는 이 섬을 떠났다. 배에 있는 달력에 따르면 1686년 12월 19일, 그러니까 이 섬에 온 지 28년 2개월 19일 만이다. 살리의 무어인들에게서 대형 보트를 타고 탈출한 때와 같은 달, 같은 날에 두 번째 감금 생활에서 구조된 것이다.

이 배를 타고 긴 항해 끝에 1687년 6월 11일 영국에 도착했다. 35년 만에 돌아온 것이다.

영국에 돌아왔을 때 나는 완전히 타관 사람이었다. 나를 아는 사람은 이제껏 한 명도 없던 고장 같았다. 내가 돈을 맡긴 은인이자 정직한 후견인인 그 부인은 아직 살아 있었다. 그러나 그동안 많은 불행을 겪고 두 번째 남편마저 세상을 떠나 불행한 처지에 놓였다. 나는 그녀가 갚아야 할 돈을 받을 생각이 없으니 신경 쓰지 말라고 했다. 오히려 예전에 나를 돌봐준 것과 신뢰를 가지고 대해준 것에 대한 감사의 표시로 내 형편이 허락하는 한 조금이나마 그녀에게 도움을 주었다. 당시에 나는 실로 작은 도움밖에는 베풀 형편이 못 되었다. 그러나 그녀에게 예전에 베풀어준 친절을 결코 잊지 않겠다고 확언했고, 실제로 그녀를 충분히 도와줄 수 있는 형편이 되었을 때 잊지 않고 도와주었다. 그 이야기는 때가 되면 다시 하겠다.

그 뒤 나는 요크셔로 내려갔다. 아버지는 돌아가셨고 어머니와 다른 가족도 세상에 없었다. 내가 발견한 것은 누이 둘과 형의 자식 두 명뿐이었다. 집에서는 내가 오래전에 죽은 줄 알았기 때문에 내 앞으로는 유산이 하나도 남아 있지 않았다. 한마디로 나에게 도움이 될 만한 것은 아무것도 없었다. 이 세상에서 안정되게 자리잡고 살기에는 내가 가진 돈이 터무니없이 적었다.

그런데 전혀 예상치 않던 일이 벌어졌다. 내가 배와 화물과 함께 행복한 마음으로 목숨을 구해준 그 선장이 배의 주인과 화물주들에게 내가 어떻게 사람들과 배를 구했는지 아주 자세히 보고한 모양이었다. 그 주인들은 자신들과 그 밖에 관심을 보인 상인들을 만나도록 나를 초대했다. 그들은 내 행동을 칭찬하며 거의 2백 파운드나 되는 돈을 사례금으로 주었다.

그러나 내 처지에 대해 깊이 생각한 끝에, 이대로 가면 안정적으로 자리 잡고 살기 힘들겠다는 생각이 들었다. 나는 리스본으로 가서 브라질에 있는 내 농장의 상태와 동업자에 대한 소식을 듣기로 결심했다. 동업자는 틀림없이 내가 오래전에 죽었다고 생각할 것이다.

나는 리스본으로 가는 배에 올랐다. 그곳에 도착한 것은 이듬해 4월이다. 프라이데이는 가는 곳마다 충실히 동행했으며, 어느 경우에도 매우 충실한 하인임이 판명되었다.

리스본에 도착하자 여러 방면으로 문의 끝에 기쁘게도 나의 옛 친구, 그러니까 처음 아프리카 연안에서 나를 구해준 포르투갈 선장을 만날 수 있었다. 그 선장은 이제 노인이 되었고, 배와 바다를 떠나 아들에게 배를 넘긴 상태였다. 그 아들도 나이가 적지 않았는데, 여전히 브라질 무역에 종사하고 있었다. 처음 만났을 때 늙은 선장은 나를 알아보지 못했다. 사실 나도 그를 알아보지 못할 뻔했다. 그러나 나는 곧 그를 기억해냈고, 내가 누구인지 밝히자 그도 나를 기억했다.

옛 친지를 만났을 때처럼 감격적으로 인사를 나눈 뒤 나는 농장과 동업자에 관한 소식을 물었다. 옛 선장은 브라질에 가본 지 9년이나 되었다고 했다. 그가 마지막으로 브라질을 떠날 때 내 동업자는 살아 있었으나, 그와 함께 내 재산을 돌보던 두 사람은 죽었다고 했다. 농장 재산은 상당히 늘어난 것 같다고 했다. 내가 조난을 당해 물에 빠져 죽었다는 소문이 나돌자, 내 재산 관리인들이 농장에서 내 몫에 해당하는 돈을 공탁소에 맡겼다는 것이다. 공탁소에서는 내가 그 돈을 찾으러 오지 않을 경우 3분의 1은 국왕에게, 3분의 2는 성 아우구스티누스 수도원에 기증하여 가난한 사람들을 돕고, 인디언들을 천주교로 개종시키는 데 쓰기로 결정했다고 했다. 나나 내 대리인이 나타나 그 돈을 달라고 하면 언제든지 돌려주기로 되어 있지만, 매년 수확되는 농작물에서 나오는 돈은 자선사업에 써버렸기 때문에 돌려받을 수 없다고 했다. 여하튼 국왕의 회계사와 수도원의 회계사는 농장 책임자, 그러니까 내 동업자가 매년 내 이름으로 성실하게 낸 돈을 틀림없이 잘 기록해두었을 것이라고 말해주었다.

나는 늙은 선장에게 농장 규모가 어느 정도 커졌는지, 내가 가서 그것을 되찾을 가치가 있다고 생각하는지, 내가 브라질로 가서 내 몫의 정당한 권리를 찾는 데 장애가 되는 것은 없는지 등을 물었다.

늙은 선장은 농장이 정확히 얼마나 커졌는지는 잘 모르지만, 내 동업자가 자기 몫만 가지고도 큰 부자가 되었다고 했다. 또 자신의 기억으로는 내 몫 가운데 국왕이 받은 3분의 1은 다른 수도원이나 종교 단체에 하사하는 것 같은데, 그 액수가 1년에 2백 모이도어가 넘는다고 들었다는 것이다. 그는 조용히 그 재산을 찾는 데는 아무 문제가 없을 것이라고 말했다. 내 동업자가 살아 있으니 내 소유권을 입증할 수 있으며, 토지대장에 내 이름이 올라 있다고 했다. 게다가 내 재산 관리인의 유족들은 매우 공정하고 정직하며 큰 부자라, 내가 소유권을 되찾을 수 있도록 도와줄 것이라고 했다. 그들이 내 몫으로 가지고 있는 상당한 액수의 돈도 찾을 수 있을 거라고 했다. 그 돈은 내 몫을 국고 대리인에게 내던 시점 전에 그들의 아버지가 내 몫으로 맡아두고 있던 것으로, 그 기간은 12년 정도로 기억한다고도 했다.

이 설명에 나는 좀 걱정스럽고 불안한 표정을 지으며 늙은 선장에게 한 가지 더 물었다. 내가 유언장을 만들어 선장을 포괄 상속인으로 정한 것을 선장도 아는 마당에 재산 관리인들이 어떻게 내 재산을 마음대로 좌지우지한 것인지 궁금했기 때문이다.

늙은 선장은 내 말이 맞지만 내가 죽었다는 증거가 없기 때문에 사실을 확인할 때까지 유언을 집행할 수 없었고, 자기로서는 그런 생소한 일에 끼어들고 싶지 않아 자기 권리를 포함해서 내 유언장을 등기해놓았다고 했다. 따라서 내 생사를 확인할 증거가 나타나기만 하면 자기가 위임장에 따라 대리권을 행사하고 설탕 공장 소유권을 가질 수 있다며, 당장에라도 브라질에 있는 아들에게 그 수속을 마치도록 할 수 있다는 것이었다.

노인은 이어 말했다. "자네에게 말할 게 하나 더 있네. 지금까지 들은 것처럼 반가운 소식은 아닐 것 같네. 나도 자네가 죽었다고 믿었고 세상 사람들도 모두 그렇게 생각할 때 자네 동업자와 재산 관리인들이 처음 6년인가 8년 동안 이익을 자네 이름으로 나한테 보냈다네. 그래서 난 그 돈을 받았지. 그때는 농장을 늘린다, 제당소를 짓는다, 노예를 사들인다, 뭐 그런 일을 하느라 돈 쓸 데가 많아서 그 뒤의 수익에 비하면 큰 액수는 아니었다네. 그때 내가 받은 돈이 모두 얼마고, 그 돈을 어떻게 썼는지 명세서를 보여주겠네."

며칠 뒤 옛 친구와 이야기를 하기 위해 다시 만났다. 그는 동업자와 재산 관리인들의 서명이 들어 있는 첫 6년간의 농장 수입 장부를 가지고 왔다. 이익금은 늘 담배 다발, 설탕 상자, 럼주, 설탕을 만드는 과정에서 생기는 당밀 같은 현물의 형태로 늙은 선장에게 전달되었다. 장부를 보니 해마다 수입이 상당히 늘어났다는 것을 알 수 있었다. 그러나 아까 말한 것처럼 돈 나갈 일이 많았기 때문에 처음에는 액수가 크지 않았다. 어쨌든 늙은 선장은 나에게 모두 4백70모이도어를 빚지고 있었다. 그 밖에도 설탕 60상자, 이중으로 만 담배 다발 15개를 빚지고 있었는데, 그것들은 모두 내가 브라질을 떠나고 11년쯤 뒤에 브라질에서 리스본으로 돌아오다 선장의 배가 부서지는 바람에 잃어버렸다고 했다.

착한 노인은 자신이 겪은 불행에 대해 불평을 쏟아놓으면서 그 손실을 만회하려고 배를 사느라 내 돈을 쓸 수밖에 없었다고 이야기했다. "친구, 하지만 나 때문에 자네가 궁핍해질 일은 없을 걸세. 우리 아들이 돌아오는 대로 자네 돈을 모두 갚도록 하겠네."

그는 이 말을 하고 낡은 주머니를 하나 꺼내더니 포르투갈 금화 1백60모이도어를 건넸다. 그의 아들이 브라질로 타고 간 배의 소유권 증서도 내주었다. 배의 소유권을 그 노인과 아들이 4분의 1씩 가지고 있었는데, 그 증서 두 장 모두 남은 돈에 대한 담보라며 내 손에 쥐여주었다.

나는 가엾은 노인의 친절과 정직에 감동해 차마 그 돈과 증서를 받을 수 없었다. 그가 나에게 어떻게 해주었는가, 바다에서 구해주고 기회 있을 때마다 호의를 베풀지 않았는가, 지금도 더할 나위 없는 우정을 보여주고 있지 않은가……. 이런 기억을 떠올리며 흐르는 눈물을 억누를 수가 없었다. 나는 그에게 당장 그렇게 많은 돈을 내놓을 형편이 되는지, 나에게 그 돈을 주면 쪼들리지 않는지 물었

다. 선장은 쪼들리지 않는 것은 아니지만 어차피 그 돈은 내 돈이니 자기보다는 나에게 필요할 것이라고 말했다.

이 착한 늙은이가 하는 말 한마디 한마디에는 애정이 넘쳐서 그가 말하는 동안 나는 눈물을 참을 수 없었다. 결국 나는 1백 모이도어만 받고 펜과 잉크를 달라고 해 영수증을 써주었다. 나머지 돈은 돌려주었으며, 농장을 되찾으면 오늘 받은 돈도 돌려주겠다고 했다. 훗날 그렇게 했다. 그리고 배에 대한 아들의 소유권 증서는 절대로 받지 않겠다고 했다. 내가 돈이 궁해지면 그때 가서 정직한 아들이 나에게 지불할 것이라고 했다. 예상대로 내 브라질의 재산을 되찾으면 그에게 한 푼도 더 받지 않겠다고 했다.

이 문제가 정리되자 노인은 농장을 되찾는 데 자기가 도울 일이 없겠느냐고 물었다. 나는 직접 브라질에 가볼까 한다고 말했다. 그는 내가 원하면 그렇게 해도 괜찮지만 브라질에 직접 가지 않고도 권리를 되찾고, 농장에서 나오는 돈을 당장 쓸 수 있는 방법이 얼마든지 있다고 말했다. 때마침 리스본 강에는 곧 브라질로 떠날 배가 여러 척 있었다. 그는 내가 아직 살아 있으며, 땅을 일구어 그 농장을 만든 사람이라는 것을 확인하는 진술서와 함께 관청에 내 이름을 등록했다.

진술서에 대한 공증이 끝나자, 선장은 그 진술서와 함께 친필로 쓴 편지를 브라질에서 장사를 하는 자기 친구에게 보내라고 일렀다. 또 답장이 올 때까지 자기 집에 묵으라고 했다.

위임에 관련된 일은 더없이 순조롭게 처리되었다. 나는 7개월도 되지 않아서 아프리카 항해를 권한 내 재산 관리인들의 유족이 보낸 큼직한 소포를 받았다. 그 소포에는 다음과 같은 내용을 담은 편지와 서류가 들어 있었다.

첫째, 유족의 아버지들이 내 친구인 포르투갈 선장과 계산을 마친 후 6년 동안 농장에서 생산된 것에 대한 거래를 나타낸 계정이 있었다. 내 몫은 1천1백74모이도어였다.

둘째, 나를 공식적으로 실종자, 즉 법률적으로 민사사〔民事死 : 민사상 죽은 것으로 보아 그 권리 능력을 인정하지 않았던 옛 유럽의 제도〕로 선고해 국가가 재산권을 주장하기 전, 내 재산 관리인들이 4년 동안 직접 관리하던 장부가 있었다. 이때 농장 수익은 3만8천8백92크루세이드〔포르투갈의 옛날 금화〕, 즉 3천2백41모이도어로 늘었다.

셋째, 14년 이상 내 몫의 이윤을 분배받은 성 아우구스티누스 수도원 부원장의 계산서가 있었다. 그는 자선단체에 준 것에 대한 명세서는 없고, 아직 쓰지 않은 8백72모이도어가 남아 있다고 정직하게 말하면서 이 돈을 돌려주겠다고 했다. 하지만 국왕에게 간 돈은 돌려줄 것이 없다고 했다.

내 동업자의 편지도 들어 있었다. 그는 내가 살아 있다는 사실에 무척 기뻐하며 축하해주었다. 그리고 재산이 얼마나 늘어났는지, 1년 소득이 얼마며 농장의 정확한 면적이 얼마나 되는지, 농사는 어떻게 짓는지, 노예는 몇이나 되는지 등을 설명했다. 그가 22번이나 성호를 긋고 아베마리아를 외치며 내가 살아 있다는 것에 대해 성모마리아에게 감사를 올렸다는 내용도 있었다. 또 브라질로 건너와 내 재산을 되찾으라고 간곡히 권유했고, 브라질에 직접 오지 않으면 그동안 재산을 누구에게 전해줘야 할지 알려달라고 했다. 편지 끝에는 그와 그의 가족의 따뜻한 애정을 담은 글이 적혀 있었다. 그는 나에게 훌륭한 표범 가죽 일곱 장을 선물로 보냈다. 내 배 말고도 또 다른 배를 아프리카로 보냈는지 그곳에서 가져온 것 같았다. 어쨌든 그 배는 내가 탄 배보다 성공적인 항해를 한 모양이었다. 또 맛있는 과자 다섯 상자와 모이도어 금화처럼 크지는 않지만, 아직 주조하지 않은 금 조각 백 개를 보내주었다.

나의 재산 관리인 둘은 같은 배편에 설탕 1천2백 상자와 담배 8백 다발 그리고 잔액은 금으로 보냈다.

나는 욥의 만년이 초년기보다 나았다고 자신 있게 말할 수 있었다. 그 편지를 읽고 내 재산을 찾았다는 것을 알았을 때 말로 표현할 수 없을 만큼 가슴이 뛰었다. 브라질 배들은 모두 함대를 이루어 다니기 때문에 편지를 가져온 배들이 화물도 싣고 왔으며, 물건들은 편지가 내 손에 들어오기도 전에 리스본 강에 안전하게 도착해 있었다. 나는 얼굴이 창백해지고 머리가 어지러웠다. 노인이 달려가 과실주를 갖다 주지 않았다면 이 갑작스러운 기쁨에 정신을 잃고 그 자리에서 즉사했을 것이다.

과실주를 마시고 나서도 내 몸은 계속 아팠다. 그런 상태가 몇 시간 계속되자 의사를 불러야 했다. 의사는 나를 진찰하더니 피를 좀 뽑아야 한다고 했다. 피를 뽑고 나서야 마음이 가라앉으면서 몸이 좋아졌다. 그런 식으로라도 흥분을 가라앉히지 않았다면 나는 죽었을 것이다.

내게는 갑자기 5천 파운드가 넘는 현금과 1년에 1천 파운드 이상 벌어들이는 땅이 생겼다. 이 땅은 영국에 있는 땅만큼 확실한 재산이다. 나는 너무 기뻐서 이 모든 것을 어떻게 받아들여야 할지, 어떻게 마음을 안정시킬지 모르는 상태였다.

나는 맨 먼저 큰 은혜를 베푼 늙은 선장에게 보답했다. 그는 조난당한 나를 구해주었고 처음부터 나에게 친절했으며, 끝에 와서는 정직했다. 나는 내가 받은 모든 것을 그에게 보여주었다. 이 모든 것이 만물을 다스리는 하늘의 섭리 덕택이지만, 그다음으로는 그의 덕택이라고 말했다. 그래서 그 백 배로 보답하는 것이 내 의무라고 말했다. 우선 나는 그에게서 받은 1백 모이도어를 돌려주고, 공증인을 불러 그 늙은 선장이 나에게 빚졌다는 4백70모이도어를 탕감한다는 증서를 썼다. 그런 다음 위임장을 써서 매년 농장에서 나오는 수익금을 노인이 받게 하고, 그 일을 맡을 사람으로 내 동업자를 선정했다. 수익금은 정기적으로 오는 배편을 통해 내 이름으로 노인에게 보내도록 했다. 마지막으로 노 선장이 살아 있는 한 매년 1백 모이도어를 주고, 그가 죽은 뒤에는 그의 아들에게 평생 동안 매년 50모이도어를 지급하라는 조항을 만들었다. 이렇게 나는 이 노인에게 은혜를 갚았다.

이제 앞으로 내 인생 행로를 어디로 잡을지, 하느님이 내 손에 쥐여준 재산으로 무엇을 할지 생각할 차례였다. 사실 섬에서 살 때보다 지금이 머리를 쓸 일이 많았다. 섬에서는 내가 가진 것 말고는 아무것도 바라지 않았고, 내가 바라는 것 말고는 아무것도 갖지 않았다. 그러나 지금은 너무 많은 것을 가졌기 때문에 그것을 어떻게 안전하게 지키느냐가 큰 문제였다. 이곳에는 돈을 숨겨둘 동굴도 없고, 자물쇠와 열쇠가 없어도 곰팡이가 피고 색이 변할 때까지 물건에 아무도 손을 대지 않을 장소도 없었다. 그와 반대로 이제 돈을 어디에 두어야 할지, 누구에게 믿고 맡겨야 할지 알 수 없었다. 늙은 선장이 내가 믿고 의지할 수 있는 유일한 피신처였다.

브라질에 대한 관심이 나를 끌어당겼다. 그러나 여러 가지 일을 정리하고 믿을 수 있는 사람 손에 내 돈을 맡기기 전에는 브라질로 가는 문제를 어떻게 생각할지 몰랐다. 제일 먼저 생각난 사람이 내 오랜 친구인 그 미망인이다. 정직하고 내 일을 잘 돌봐줄 사람이었다. 그러나 당시 그녀는 늙고 가난했으며, 빚을 지고 있는 것 같았다. 나는 재산을 모두 가지고 영국으로 돌아가지 않을 수 없었다.

그러나 리스본에서 영국으로 돌아갈 결심을 하기까지는 몇 달이 걸렸다. 늙은 선장에게 이만하면 됐다 싶게 은혜를 갚고 나니 불쌍한 미망인이 마음에 걸렸다. 그녀의 남편은 내 첫 은인일 뿐 아니라, 그 미망인도 잘살던 시절에는 내 충실한 재산 관리인이자 후견인이었기 때문이다. 우선 리스본의 한 무역상을 시켜 런던에 있는 거래상에게 편지 한 통을 쓰게 했다. 그녀가 진 빚이 있으면 갚아주고, 그녀를 찾아내어 내가 보낸 1백 파운드를 전하며 위로하고 내가 살아 있는 한 그녀에게 계속 돈을 보내겠다는 편지였다. 동시에 시골에 있는 나의 두 누이에게 1백 파운드씩 보냈다. 그들은 가난하지는 않았지만 아주 잘사는 형편도 아니었다. 하나는 미망인이 되었고, 하나는 남편이 잘 돌봐주지 않았다.

그러나 친척이나 친지들 가운데 전 재산을 맡기고 브라질로 가더라도 뒷일을 안심하고 맡길 수 있는 사람을 찾을 수가 없었다. 몹시 난감한 상황이었다.

나는 한때 브라질에 정착해서 살고 싶어 했다. 그곳 풍토에 익숙했기 때문이다. 그러나 종교 문제가 걸려 선뜻 브라질로 떠나지 못했다. 당장 브라질로 가지 못한 것이 전적으로 종교 문제 때문만은 아니었다. 브라질에 살 때도 그곳 종교를 받아들이는 데 별문제가 없었고, 지금 역시 마찬가지다. 다만 죽을 때까지 브라질 사람들과 산다고 생각하자 예전보다 진지하게 종교 문제를 생각했다. 그러자 그곳에서 가톨릭 신자가 되기로 공언한 것을 후회하기 시작했으며, 가톨릭은 죽을 때까지 믿을 수 있는 가장 좋은 종교가 아니라는 생각이 들었다.

그러나 브라질로 떠나지 못한 제일 중요한 이유는 내 재산을 맡길 사람을 찾지 못했기 때문이다. 나는 결국 재산을 가지고 영국으로 가기로 작정했다. 영국에 가서 믿을 만한 사람을 사귀거나 친지를 찾아볼 셈이었다. 그리하여 나는 전 재산을 가지고 영국으로 떠날 준비를 했다.

고향으로 돌아갈 준비를 하려고, 우선 브라질에서 온 정직하고 충실한 보고서에 걸맞은 답장을 보내기로 결심했다. 곧 출항할 브라질 선박을 통해 보낼 예정이었다. 먼저 성 아우구스티누스 수도원장에게 공정한 처사에 감사한다는 편지를 썼다. 아직 쓰지 않은 8백72모이도어를 기부할 테니 5백 모이도어는 수도원에 주고, 3백72모이도어는 원장 재량으로 가난한 사람들을 위해 쓰기 바란다고 했다. 훌륭한 사제님께서 나를 위해 기도해주시면 감사하겠다는 말도 잊지 않았다.

다음은 두 재산 관리인들에게 공정하고 성실하게 일을 처리해줘

고맙다는 편지를 썼다. 그들에게 선물을 보낼까도 생각했지만 선물 같은 것을 받을 사람들이 아니라 그만두었다.

마지막으로 내 동업자에게 편지를 썼다. 거기서 부지런히 농장을 키우고 성실하게 내 자본을 키워준 것에 감사를 전했다. 앞으로 내 몫을 처리하는 방법도 알려주었다. 내 권리를 포르투갈에 있는 은인에게 넘겼으니 내게 보낼 것은 모두 그 은인에게 보내주기 바란다고, 자세한 것은 앞으로 알려주겠다고 적었다. 또 여생을 그가 있는 브라질에 정착하여 살고 싶다는 내 의도를 전하고, 그의 아내와 두 딸을 위해 이탈리아산 비단을 선물로 보냈다. 그에게 아내와 딸들이 있다는 것은 늙은 선장의 아들을 통해 알았다. 리스본에서 구할 수 있는 최고급 영국제 드레스용 옷감 두 필과 검은색 나사 다섯 필, 비싼 플랑드르산 레이스도 선물로 보냈다.

이렇게 일을 처리한 다음, 브라질에서 온 화물을 팔아 돈으로 바꿨다. 이제 어느 길로 영국에 가느냐 하는 것이 문제였다. 나는 전부터 바다에 익숙한 몸이지만, 그때 이상하게도 영국까지 배로 가기가 싫었다. 이유는 알 수 없지만 내키지 않아 배를 타려고 짐을 실었다가 두세 번 마음을 바꿨다.

사실 나는 바다에서 운이 몹시 나빴다. 그것이 한 가지 이유가 되었을 것이다. 인간은 이러한 순간에 마음속에서 강렬하게 일어나는 충동을 무시해서는 안 된다. 내가 타고 가려고 특별히 선택한 배가 두 척 있었는데, 한 척에는 내 짐을 모두 실었고 다른 한 척은 타고 가기로 선장과 이야기가 되어 있었다. 그런데 두 척 모두 무사히 항해를 끝마치지 못했다. 한 척은 알제리 해적에게 붙잡혔고, 다른 한 척은 토베이 근처 스타트에서 조난당해 세 사람을 제외하고 모두 바다에 빠져 죽었다. 그러고 보니 어느 배를 탔어도 비참한 꼴이 될 뻔했다. 둘 가운데 어느 쪽이 더 비참한지는 딱 잘라 말하기 어렵다.

내가 고민하자, 늙은 선장이 배편으로 가지 말고 육로로 가라고 신신당부했다. 그로인으로 가서 비스케이 만을 건너 로셸로 가면 거기서부터 파리까지 쉽고 안전하게 여행할 수 있고, 그런 다음 칼레에서 바다를 건너 도버로 갈 수 있다는 것이었다. 또 한 가지 방법은 마드리드로 가서 순전히 육로로 프랑스에 도착하는 길이라고 했다.

나는 칼레에서 도버까지는 어쩔 수 없지만 뱃길로 가는 것이 도무지 마음에 내키지 않았으므로 줄곧 육로로 여행하기로 결심했다. 서둘러 영국에 갈 필요가 없었기 때문에 그렇게 가는 것이 돈도 적게 들고, 더 즐거운 여행이 될 것 같았다. 더욱 즐거워지려니 늙은 선장이 영국 신사 한 명을 데려왔다. 그는 리스본의 상인 아들로 나와 함께 여행하고 싶어 했다. 영국 상인 두 명과 포르투갈에서 온 젊은 신사 두 명도 합류하기로 했다. 포르투갈 신사들의 행선지는 파리였다. 그리하여 우리 일행은 모두 여섯 명에 하인이 다섯 명이었다. 영국 상인과 포르투갈 사람은 돈을 아끼려고 하인을 하나씩 부리는 데 만족했다. 나는 프라이데이 말고도 영국 뱃사람 하나를 더 고용했다. 프라이데이로서는 모든 게 너무 낯설어서 여행 중 하인 노릇을 충실히 할 수 없을 것 같았기 때문이다.

이런 식으로 나는 리스본을 떠났다. 말과 무기를 잘 갖춘 우리 일행은 마치 작은 군대 같았다. 일행은 나를 대장이라 부르며 대장 대우를 했다. 나이가 제일 많은 데다 하인도 둘이나 되고, 이 여행이 나로 인해 성사되었기 때문이다.

이제까지 바다 이야기로 여러분을 따분하게 한 적은 없는데 이제

와서 여러분을 따분하게 하고 싶은 생각은 없다. 그러나 지루하고 힘든 이번 여행 중 일어난 어떤 모험은 생략해서는 안 될 것 같다.

마드리드에 도착했을 때 우리는 모두 스페인이 처음이라 오랫동안 머물며 스페인 궁전을 비롯해 볼 만한 곳들을 구경하기로 했다. 그러나 여름의 끝자락이었기 때문에 발걸음을 재촉해 10월 중순에 마드리드를 떠났다. 나바라의 국경에 이르렀을 때 몇몇 도시에서 우리가 넘어야 할 프랑스 쪽 산맥에 눈이 많이 내린다는 소식을 들었다. 극단적 위험을 무릅쓰고 산을 넘으려던 여행자들도 있었지만, 결국 실패하고 팜플로나로 돌아올 수밖에 없었다는 소식도 들렸다.

팜플로나에 도착해보니 그 소문은 사실이었다. 나는 더운 날씨와 옷을 거의 입지 않고 지내는 열대지방에 익숙했기 때문에 추위를 견디기가 어려웠다. 따뜻할 뿐 아니라 아주 더운 카스티야를 떠난 지 채 열흘도 되지 않았는데, 피레네 산맥에서 불어오는 살을 에는 듯한 바람을 맞으니 고통스럽기보다 오히려 놀라기만 했다. 바람은 견딜 수 없이 차가웠고, 손가락과 발가락이 마비되면서 떨어져나갈 것 같았다.

산맥이 온통 눈에 덮인 모습을 보고 추위가 몸을 파고들자 가엾은 프라이데이는 완전히 겁에 질렸다. 그는 평생 보지도, 겪지도 못한 일이었기 때문이다.

설상가상으로 우리가 팜플로나에 도착하자 눈이 맹위를 떨치며 오랫동안 그칠 줄 모르고 내렸다. 사람들은 겨울이 예년보다 일찍 찾아왔다고 말했다. 그러지 않아도 통과하기 어려운 길들이 아예 통과가 불가능했다. 눈이 너무 많이 내려 여기저기 길이 막힌 데다 북쪽 지방처럼 눈이 딱딱하게 얼지도 않아 발걸음을 옮길 때마다 눈 속에 파묻힐 위험이 있었다. 우리는 어쩔 수 없이 팜플로나에서 이십 일이나 머물렀다. 겨울은 본격적으로 다가왔고 상황이 나아질 기미는 없었다. 그해 겨울에는 일찍이 볼 수 없던 매서운 추위가 온 유럽을 휩쓸었다. 나는 폰타라비아로 길을 돌려 그곳에서 배를 타고 보르도로 가자고 제안했다. 아주 짧은 뱃길이었다.

배를 타고 가는 것을 고려하고 있을 때 프랑스 쪽에서 우리가 있는 스페인 쪽으로 넘어온 프랑스 신사 네 명을 만났다. 그들은 프랑스에서 길 안내원을 구해 랑그도크에 있는 산 정상을 거쳐 산맥을 넘어왔는데, 눈 때문에 고생하지는 않았다고 했다. 그곳에는 눈이 엄청나게 쌓였지만 사람이나 말이 다녀도 끄떡없을 정도로 단단히 얼었다는 것이다.

우리는 그 안내원을 데려왔다. 그는 왔던 길 그대로 우리를 안내하겠다면서 눈 때문에 위험하진 않을 테니까 짐승들을 막아낼 정도의 무기만 들고 있으면 된다고 했다. 눈이 많이 쌓이면 먹이를 구하지 못해 굶주린 늑대들이 자주 산기슭까지 모습을 드러낸다는 것이다. 우리는 그런 짐승 정도는 물리칠 준비가 되어 있다며 네 발이 아니라 두 발 달린 늑대, 즉 산적들이 오히려 더 걱정이라고 했다. 특히 프랑스 쪽 산맥에 아주 위험한 산적이 있다는 말을 들었다.

안내원은 우리가 갈 길에는 산적 따위는 없다고 호언했다. 우리는 기쁜 마음으로 그의 안내를 받기로 결심했다. 프랑스와 스페인 사람 등 다른 열두 명도 우리와 함께 가기로 했다. 앞에서 언급한 산맥을 넘으려다 실패하고 돌아온 사람들이다. 그들에게는 하인들도 있었다.

11월 15일, 우리 일행은 길 안내원과 함께 팜플로나를 떠났다.

그런데 안내원은 산맥 쪽으로 가는 것이 아니라 우리가 떠나온 마드리드 쪽으로 20마일 이상 돌아갔다. 강 두 개를 건너 평원에 이르자 다시 따뜻한 곳이 나왔다. 그 지방은 쾌적한 곳이었고, 눈도 볼 수 없었다. 그곳에서 안내원은 갑자기 왼쪽으로 틀더니 다른 길을 타고 산 쪽으로 가기 시작했다. 무시무시한 산과 절벽이 보이는 꾸불꾸불한 길을 따라 이리저리 우회하여 걷다 보니 우리도 모르는 사이에 산꼭대기 너머에 와 있었다. 눈 때문에 고생한 일도 없는데, 갑자기 안내원은 온통 초록색이 깔린 랑그도크와 가스코뉴의 비옥한 땅을 가리켰다. 하지만 그곳은 아직 멀었고 앞으로 통과해야 할 험한 길들이 남아 있었다.

그러나 우리가 더 나아갈 수 없을 정도로 온종일 눈이 내리고, 그것도 모자라 밤새 펑펑 내리는 통에 우리는 좀 불안했다. 안내원은 별것 아니라며 우리를 안심시켰다. 우리는 매일 고개를 내려갔고 전보다 훨씬 북쪽으로 간 상태였지만, 안내원만 믿고 계속 전진했다.

땅거미가 지기 두 시간 전쯤이었다. 우리보다 좀 앞서 가 보이지 않는 거리에 있던 안내원에게 커다란 늑대 세 마리와 그 뒤를 이어 곰 한 마리가 울창한 숲 가장자리에 있는 후미진 곳에서 뛰쳐나와 그중 늑대 두 마리가 덮쳤다. 그가 우리한테서 반 마일만 떨어져 있었더라도 어떻게 손쓸 틈도 없이 늑대에게 잡아먹혔을 것이다. 늑대 한 마리는 안내원의 말에게 달려들었고, 다른 한 마리는 맹렬한 기세로 안내원을 덮쳤다. 안내원은 권총을 꺼낼 시간도, 정신도 없었다. 그는 겨우 우리를 향해 살려달라고 목이 터져라 소리쳤다. 나는 옆에 있던 프라이데이에게 가서 무슨 일인지 알아보라고 했다. 프라이데이는 안내원을 보자마자 그 못지않게 큰 목소리로 "아! 주인님! 주인님!" 하고 외쳤다. 그리고 용맹한 사람답게 곧장 안내원

쪽으로 가서 그를 덮치고 있던 늑대의 머리통을 권총으로 쏘았다.

가엾은 안내원에게 프라이데이를 보낸 것은 다행스러운 일이었다. 자기 나라에서 이런 짐승들에 익숙했기 때문에 조금도 겁을 먹지 않고 바짝 다가가 총을 쏜 것이다. 다른 사람이 멀리서 총을 쏘았다면 늑대를 놓쳤거나 안내원이 맞았을지도 모른다.

곧이어 나보다 더 용감한 사람이라 해도 겁에 질릴 수밖에 없는 일이 벌어졌다. 우리 일행은 모두 겁을 먹었다. 프라이데이가 쏜 총소리가 울려 퍼지자 양쪽에서 불길한 늑대 울음소리가 들려왔다. 그 요란한 소리는 이 산에서 저 산으로 메아리치며 엄청난 숫자의 늑대들이 우글거린다는 느낌을 주었다. 실제로도 걱정할 염려가 없을 정도로 적은 숫자는 아닌 것 같았다.

그러나 프라이데이가 늑대를 죽이자 말에게 달라붙었던 다른 늑대는 즉시 도주했다. 늑대가 머리를 공격했지만 다행히 말고삐에 붙은 쇠붙이가 늑대 이빨에 끼는 통에 말에게는 전혀 해를 가하지 못했다. 그러나 안내원은 많이 다쳤다. 사납게 덤벼든 늑대가 한 번은 그의 팔을 물고 또 한 번은 그의 무릎 위쪽을 물었기 때문이다. 게다가 프라이데이가 접근해서 늑대를 쏠 때 말이 날뛰는 바람에 그는 바닥으로 곤두박질했다.

프라이데이의 총소리에 우리는 걸음을 재촉했다. 빨리 달리기 어려웠지만, 시간을 재촉하듯 될수록 빨리 말을 달려 무슨 일이 일어났는지 알아보려고 했다. 우리의 시야를 가리던 나무들을 벗어나자 무슨 일이 있었는지 똑똑히 볼 수 있었다. 프라이데이가 어떤 짐승을 죽였는지는 당장 알 수 없었지만, 그가 안내원을 구했다는 것은 알 수 있었다.

뒤이어 프라이데이와 곰 사이에 싸움이 벌어졌는데, 이처럼 지독하고 놀라운 싸움은 없을 것이다. 처음에 우리는 놀라고 프라이데이가 걱정되었지만, 이 싸움은 상상할 수 없을 정도로 흥미진진했다. 곰은 체중이 많이 나가는 둔한 짐승이기 때문에 빠르고 가벼운 늑대처럼 달리지는 못한다. 곰은 일반적으로 두 가지 특성이 있는데 그 특성이 곰의 행동을 결정한다. 첫째, 사람은 곰이 즐겨 먹는 먹잇감이 아니다. 지금처럼 온 누리가 눈으로 덮여 굶주린 경우라면 몰라도, 보통은 사람이 먼저 공격하지 않는 한 사람에게 덤벼들지 않는다. 따라서 숲에서 곰을 만날 경우 사람이 공격하지 않는다면 곰도 사람을 건드리지 않을 것이다. 그러므로 아주 정중하게 조심해서 대하고 길을 비켜주어야 한다. 곰은 정말 멋쟁이 신사여서 황태자가 나타나도 한 발짝도 자기 길을 양보하지 않는다. 곰이 정말 무서우면 다른 데를 보고 계속 가는 것이 가장 좋은 방법이다.

발걸음을 멈추고 가만히 서서 빤히 쳐다보는 날에는 곰은 자신을 모욕한다고 생각할 것이다. 손가락만 한 나무토막 하나라도 던져 놈을 때린다면 곰은 모욕받았다고 여기고 만사 제치고 복수하려 쫓아올 것이다. 명예 회복으로 만족을 얻는 것이 곰의 첫 번째 특성이다. 두 번째 특성은 모욕을 당하면 복수할 때까지 밤낮을 가리지 않고 쫓아오는데, 따라잡을 때까지 꽤 빠른 속도로 쫓아온다는 것이다.

프라이데이는 이렇게 안내원을 구했다. 우리가 그에게 가까이 갔을 때 그는 안내원이 말에서 내리는 것을 돕고 있었다. 안내원은 다치기도 하고 놀라기도 한 상태였는데, 다친 것보다 놀란 게 정도가 심했다. 그런데 바로 그때 우리는 숲속에서 곰이 나오는 것을 보았다. 나는 이제껏 그렇게 큰 곰은 본 적이 없었고 곰을 보았을 때 우리 모두 놀랐다. 그러나 프라이데이의 얼굴에는 기쁨과 용기가 피어나는 것을 우리는 쉽사리 감지했다. 프라이데이는 "오! 오! 오!" 하고 세 번 외치더니 곰을 손가락질하면서 말했다. "주인님, 허락해주십시오! 나 저 녀석과 악수합니다. 주인님을 크게 웃겨드립니다."

나는 프라이데이가 그처럼 즐거워하는 것을 보고 놀랐다. "바보야, 곰이 너를 잡아먹을 거다." "나를 잡아먹어요? 나를 잡아먹어요?" 그는 두 번이나 같은 말을 하고 다시 말을 이었다. "제가 저놈을 잡아먹어요. 여러분을 제가 웃겨드립니다. 모두 여기 그대로 계세요. 제가 여러분을 많이 웃겨드립니다." 그는 바닥에 앉더니 금세 장화를 벗고는 주머니 속에 가지고 다니던 끈이 없고 굽이 낮은 구두로 갈아 신었다. 그런 다음 자기 말을 다른 하인에게 맡기더니 총을 들고 바람처럼 날쌔게 뛰어갔다.

그 곰은 천천히 걸어오고 있었고 아무도 건드릴 의사를 보이지 않았다. 마침내 프라이데이는 곰에게 바싹 다가가 소리쳐 불렀다.

곰이 자기 말을 알아듣는다고 생각하는 모양이었다. "이봐! 이봐! 내가 네게 말한다." 우리는 멀찍이 떨어져 프라이데이를 따라갔다. 그때 우리는 가스코뉴 지방의 산을 내려가는 중이어서 널찍한 숲속으로 들어섰다. 여기저기 나무가 많았지만 숲은 평평하고 나무 사이사이로 시야가 트였다.

프라이데이는 곰을 뒤좇아 이내 따라잡더니 큰 돌멩이 한 개를 던졌다. 그것이 곰의 머리통에 정통으로 맞았지만, 마치 벽에 돌을 던진 것처럼 곰은 끄떡없었다. 하지만 프라이데이가 의도한 바는 달성되었다. 겁 없는 장난꾸러기 프라이데이는 곰이 자기를 따라오게 하려고 돌을 던진 것이다. 그런 다음 그의 말마따나 우리에게 약간의 웃음을 선사할 작정이었다.

곰은 돌이 머리에 닿은 것을 감지하고 프라이데이를 보자마자 몸을 돌려 그를 쫓기 시작했다. 악마처럼 넓은 보폭으로 어기적거렸지만 이상하게 빨라서 말이 평소 달리는 속도였다. 프라이데이가 도움을 청하듯 우리 쪽으로 달려오기에 우리는 한꺼번에 총을 쏘아 그를 구하기로 결심했다. 나는 혼자서 제 갈 길을 가는 곰을 프라이데이가 우리 쪽으로 데려왔구나 싶어 화가 났다. 더구나 곰을 우리 쪽으로 유인하고 정작 저는 줄행랑친다는 생각에 더욱 화가 났다. 그래서 내가 큰 소리로 외쳤다. "이놈아, 이게 우리를 웃기는 거냐? 빨리 도망쳐서 말을 타라. 우리가 곰을 쏠 테니." 프라이데이는 내 말을 듣더니 외쳤다. "쏘지 마십시오, 쏘지 마십시오. 가만히 서 계세요. 많이 웃을 겁니다." 이 날쌘 녀석은 곰이 한 걸음 뛸 때 두 걸음을 달려오더니 갑자기 우리 옆으로 방향을 틀었다. 그러고는 자기 마음에 드는 커다란 참나무 하나를 발견하고는 우리에게 따라오라는 신호를 보냈다. 프라이데이는 아까보다 두 배로 빨리 뛰더니 그 나무로 가서 총을 땅에 내려놓고는 날쌔게 5, 6야드쯤 나무를 기어올랐다.

곰은 곧 그 나무로 왔다. 우리는 좀 거리를 두고 따라갔다. 곰은 제일 먼저 총 앞에 멈추어 총 냄새를 맡았다. 그러더니 총은 놔두고 가지들을 비집고 들어가 나무를 오르기 시작했는데, 그 큰 몸으로 마치 고양이처럼 날렵하게 올랐다. 이걸 보니 내 하인의 바보 같은 행동에 어안이 벙벙할 뿐, 아무리 봐도 웃기지 않았다. 우리는 말을 타고 가까이로 가서 곰이 나무에 오르는 것을 보았다.

우리가 나무에 이르렀을 때 프라이데이는 큰 나뭇가지의 가는 끝에 있었고, 곰은 프라이데이를 반쯤 따라잡은 상태였다. 곰이 그 가지의 가는 부분에 이르자 프라이데이는 우리에게 외쳤다. "자, 여러분, 내가 곰에게 춤을 가르치는 것을 보십시오." 프라이데이가 펄쩍

펄쩍 뛰면서 나뭇가지를 흔들자 곰은 기우뚱거렸다. 그러더니 조용히 서서 뒤를 돌아보며 어떻게 내려가야 할지 주위를 살폈다. 우리는 그 모습이 우스워 깔깔거렸다. 그게 전부가 아니었다. 프라이데이는 곰이 떨어지지 않고 가지 위에 그대로 서 있는 것을 보고 곰에게 다시 소리쳤다. 마치 곰이 영어를 할 줄 아는 것처럼 "너 왜 더 가까이 안 오는 거냐? 더 가까이 와라" 하고 말했다. 프라이데이는 펄쩍펄쩍 뛰며 나무 흔들기를 멈췄다. 그러자 곰은 프라이데이의 말을 알아듣기라도 한 것처럼 더 가까이 다가왔다. 프라이데이는 다시 뛰기 시작했고, 곰은 다시 멈췄다.

우리는 지금이 곰의 머리통에 총을 쏠 때라고 생각했다. 프라이데이에게 곰을 쏠 테니 움직이지 말라고 소리치자 그는 다급하게 외쳤다. "오, 제발, 제발, 쏘지 마세요. 나중 때 내가 쏴요." '나중 때'가 아니라 '나중에'라고 말해야 했을 것이다. 간략하게 말하면 프라이데이는 요란하게 춤을 추었고, 곰은 노상 뒤뚱대고 가지 위에 서 있었기 때문에 우리는 정말 허리가 끊어져라 웃었다. 하지만 프라이데이에게 무슨 계략이 있는지 상상할 수 없었다. 처음에는 나뭇가지를 흔들어 곰을 바닥으로 떨어뜨리려니 생각했으나, 영리한 곰은 그렇게 호락호락하지 않았다. 곰은 밑으로 떨어질 정도로 멀리 나아가지 않고 큼직한 앞발톱과 뒷발로 나뭇가지에 꼭 붙어 있었다. 우리는 어떻게 끝날지, 마지막에 가서 어떤 우스운 일이 벌어질지 궁금했다.

프라이데이는 곧 우리의 궁금증을 풀어주었다. 가지에 꼭 매달린 곰을 좀처럼 더 가까이 오도록 유인할 수 없음을 깨닫자, 프라이데이는 이렇게 말했다. "알았어, 네가 안 오면 내가 가지, 내가 가. 네가 내게 오지 않으면 내가 네게 간다." 프라이데이가 나뭇가지 끝으로 가자 가느다란 가지는 그의 몸무게를 이기지 못하고 밑으로 휘었다. 휘는 가지는 프라이데이를 서서히 밑으로 내려가게 했다. 땅이 가까워졌을 때 프라이데이는 훌쩍 뛰어내렸다. 그는 달려가 총을 들고 가만히 서 있었다.

내가 프라이데이에게 말했다. "프라이데이, 이제 뭘 하려고 하느냐? 이왕이면 쏘지그래?" 그러자 프라이데이가 말했다. "안 쏩니다. 아직 안 쏩니다. 아직 난 안 쏩니다. 아직 죽이지 않습니다. 저를 그대로 두십시오. 또 한번 웃겨드리겠습니다." 아닌 게 아니라 그의 말대로였다. 적이 눈앞에서 사라지자 곰은 가지 위에서 뒤로 물러났다. 아주 조심스럽게 한 걸음 뗄 때마다 한 번씩 돌아보았다. 이윽고 나무 몸통까지 물러난 곰은 뒷발을 아래로 한 채 발톱으로 나무를 움켜잡으며 천천히 한 발짝 한 발짝 내려왔다. 이 모습을 지켜보던 프라이데이는 곰의 뒷다리가 땅에 닿기 직전 곰에게 달려들어 잽싸게 총신을 곰의 귓속으로 집어넣고 총을 발사해서 꼼짝 못하게 죽였다.

이 장난꾸러기는 몸을 돌려 우리를 살펴보더니 우리가 즐거워한다는 것을 깨닫고 웃음을 터뜨리며 말했다. "우리 나라에서는 곰을 이렇게 죽입니다." "그렇게 죽이다니? 너희는 총이 없지 않니?" "네, 총은 없습니다. 그러나 아주 큰 화살을 쏩니다."

이 일은 우리에게 훌륭한 기분 전환의 기회가 되어주었다. 그러나 우리는 여전히 험한 곳에 있었고, 안내원은 몹시 다쳐서 어떻게 해야 할지 몰랐다. 늑대들 울음소리가 머리에서 지워지지 않았다. 내가 아프리카 해안에서 들은 소리 말고는 이렇게 무서운 소리는 한 번도 들은 적이 없었다.

사정이 이런 데다 밤이 다가와서 우리는 그곳을 떠나야 했다. 그렇지 않았다면 프라이데이가 원하는 대로 이 거대한 짐승의 가죽을 벗겼을 것이다. 그런 가죽은 가지고 있을 가치가 있었다. 그러나 갈 길이 아직 3리그나 남았고 안내원이 재촉하는 바람에 우리는 곰을 그대로 남겨두고 여행을 계속했다.

산악 지역처럼 눈이 깊고 위험하게 쌓이지는 않았지만, 이곳의 지면은 여전히 눈으로 덮여 있었다. 나중에 들은 바에 따르면 굶주린 늑대들이 먹이를 찾아 숲과 평지로 내려오는 바람에 여러 마을이 극심한 피해를 입었다고 한다. 늑대들이 습격해 그 지역 양과 말이 많이 죽었으며 사람도 몇몇 죽었다고 했다.

우리는 위험한 곳을 지나야 했다. 안내원 말로는 늑대들이 더 있다면 틀림없이 그곳에 나타날 것이라고 했다. 그곳은 사방이 숲으로 둘러싸인 작은 평야였다. 우리는 숲 사이로 난 길고 좁은 오솔길을 따라가다 그곳을 지나야 했다. 안내원은 여기만 무사히 지나면 우리가 묵을 마을이 나온다고 했다.

우리는 해가 지기 30분 전에 첫 번째 숲으로 들어갔다. 그리하여 해가 지고 얼마 안 되어 그 평야로 들어왔다. 첫 번째 숲에서는 어떤 짐승과도 마주치지 않았다. 다만 우리가 무엇을 본 것은 길이가 2펄롱쯤 되는 숲속에 있는 평지에서였다. 커다란 늑대 다섯 마리가 길을 가로질러 가는 것이 보였다. 늑대들은 무슨 먹이라도 쫓는지 있는 힘을 다해 줄을 지어 뛰어갔는데, 우리를 쳐다보지도 않고 지나치더니 금세 시야에서 사라졌다.

그런데 겁쟁이가 되어버린 안내원은 그 늑대들을 보고는 우리에게 경계 태세를 갖추라고 종용했다. 더 많은 늑대들이 나타날 것 같다고 했다.

우리는 총 쏠 준비를 하고 주위를 살폈다. 반 리그쯤 되는 숲을 지나 평야에 들어설 때까지 늑대들을 보지 못했는데 평야로 들어서자마자 주위를 돌아볼 계기가 생겼다. 처음 우리 눈에 띈 것은 늑대들이 죽인 불쌍한 말이다. 그런데 늑대 열두 마리가 그 시체에 붙어 있었다. 말을 뜯어먹는다기보다 뼈를 뜯는다고 해야 할 광경이었다. 살점은 다 먹어 치운 뒤였다.

우리는 잔치를 벌이는 늑대들을 방해하는 것은 적절치 않다고 생각했다. 늑대들도 우리에게 그다지 신경을 쓰지 않았다. 프라이데이는 늑대들을 공격하고 싶어 했지만 나는 결코 허락하고 싶지 않았다. 예상할 수 없는 일이 곧 닥칠 것이라는 예감이 들었기 때문이다. 우리가 평야를 반도 지나기 전에 왼쪽 숲에서 늑대들이 우는 소리가 들리기 시작했다. 소름 끼치는 소리였다. 잠시 뒤 늑대 백 마리 정도가 한꺼번에 우리에게 달려오는 것이 보였다. 늑대는 대부분 줄을 지어 달려왔는데, 마치 노련한 장교들이 인솔하는 군대처럼 질서 있는 모습이었다. 늑대들을 어떻게 물리쳐야 할지 알 수 없었지만, 서로 바싹 붙어 한 줄로 서 있는 것만이 유일한 방법이라는 생각이 들었다. 우리는 당장 줄을 지어 섰다. 나는 한 번 발사하고 다음 발사하는 간격이 너무 길어지지 않도록 서로 번갈아 쏘라고 명령했다. 총을 쏘지 않은 사람은 준비하고 있다가 늑대들이 계속 앞으로 다가오면 곧바로 두 번째 사격을 퍼붓도록 하기 위해서였다. 또 먼저 총을 쏜 사람들은 다시 장전하지 말고 곧바로 권총으로 사격 준비를 하도록 했다. 우리는 모두 총 한 자루에 권총을 두 자루씩 가지고 있었다. 모두 열두 명이었으므로 이런 방법으로 한 번에 전체의 반이 총알 여섯 발을 발사할 수 있었지만 그럴 필요가 없었다. 처음 총을 발사하자 그 불꽃과 소리에 놀란 적들은 정지했다. 네 마리가 머리에 총을 맞아 쓰러졌고, 여러 마리가 피를 흘리며 도망쳤다. 눈 위로 핏자국이 뚜렷하게 보였다. 나머지 늑대들은 멈춰 섰지만 그렇다고 곧바로 물러서지는 않았다. 그때 아무리 사나운 짐승도 사람 목소리를 무서워한다는 이야기가 생각나서 나는 일행에게 목청껏 소리를 지르라고 명령했다. 그 이야기는 틀린 말이 아니었다. 우리가 소리를 지르자 늑대들은 몸을 돌려 물러나기 시작했다. 이때다 싶어 늑대들의 꽁무니를 향해 두 번째 사격을 명령했다. 그러자 녀석들은 숲으로 사라졌다.

이래서 우리에게는 총알을 다시 장전할 여유가 생겼다. 우리는 시간을 낭비하지 않고 계속 움직였다. 그러나 장전을 마치고 준비 태세를 갖추자마자 아까처럼 왼쪽 숲에서 무서운 소리가 들려왔다. 우리가 행진하는 방향으로 전보다 가까운 거리에서 나는 소리였다.

주위가 어둑어둑해져서 상황을 더 나쁘게 만들었다. 그러나 무서운 소리는 더욱 커졌다. 그 소리는 저주스러운 늑대의 고함이자, 우짖는 소리임을 우리는 쉽사리 판단할 수 있었다. 그때 갑자기 늑대 두세 무리가 있는 것을 감지하게 되었다. 한 무리는 우리 왼쪽에 있었고, 또 한 무리는 우리 뒤에, 나머지는 우리 앞에 있었다. 우리는 늑대들에게 포위당한 꼴이었지만, 그것들이 덮치지 않아서 계속 앞으로 나아갔다. 될수록이면 빨리 가도록 말들을 재촉했지만, 길이 너무 험해서 말은 빨리 걷는 정도의 속력밖에 내지 못했다. 이런 상태로 우리는 평야 한쪽 끝에 있는, 우리가 통과해야 할 숲의 입구가 보이는 곳까지 갔다. 그러나 숲속 오솔길을 향해 가던 우리는 깜짝 놀라지 않을 수 없었다. 오솔길 입구에 몇 마리인지 알 수 없는 늑대들이 서 있는 것이 보였기 때문이다.

그때 갑자기 숲의 다른 열린 곳에서 총소리가 들려왔다. 그쪽으로 눈을 돌리자 말 한 마리가 안장과 굴레를 얹은 채 숲에서 뛰쳐나

와 바람처럼 달려가고, 그 뒤를 늑대 16, 17마리가 전속력으로 뒤쫓는 게 보였다. 말이 늑대보다 앞서 있었지만 속력을 유지할 수 없다는 것을 잘 알았다. 늑대들이 말을 따라잡을 것을 의심치 않았는데, 결국 예상대로였다.

우리는 여기서 처참하기 이를 데 없는 광경을 목격했다. 말이 뛰쳐나온 곳에 가보니 굶주린 늑대들이 다른 말 한 마리와 두 남자의 시체를 먹고 있었다. 아까 우리가 들은 총소리는 둘 중 한 남자가 쏜 게 분명했다. 그 남자 옆에 총알을 발사한 총 한 자루가 놓여 있었기 때문이다. 그 남자의 머리와 상체는 늑대들이 다 먹어치운 상태였다.

이 광경을 본 우리는 공포에 질려 어찌할 바를 몰랐다. 그러나 이내 마음을 단단히 먹었다. 늑대들은 이윽고 먹이를 얻으려는 희망에 우리 둘레로 모여들었다. 이건 정말 3백 마리는 되는 것 같았다. 그런데 천만다행으로 숲 입구에서 약간 떨어진 곳에 잘라놓은 통나무가 몇 개 놓여 있었다. 여름에 베었다가 미처 실어내지 못한 것 같았다. 나는 대원들을 이 통나무들 가운데로 인솔해 긴 통나무 뒤에 한 줄로 늘어서게 했다. 그런 다음 모두 말에서 내려 앞에 있는 통나무를 방어벽으로 삼고 말들을 가운데 두고 그 앞에 삼각형으로 서도록 했다.

우리는 이렇게 전투 대형을 잘 짠 상태였다. 그곳에서 늑대들이 우리에게 퍼부은 공격은 격렬했다. 늑대들은 먹을 것에 달려들겠다는 일념으로 으르렁대더니 우리의 방어벽 위로 뛰어올랐다. 늑대들이 무섭게 달려드는 까닭은 우리 뒤에 있는 말을 보았기 때문이다. 늑대들이 노리는 먹잇감은 말이었던 것이다. 나는 일행에게 전처럼 반씩 번갈아가며 총을 쏘라고 명령했다. 정확하게 조준하고 쏘았기 때문에 첫 발사에 늑대 여러 마리가 죽었다. 그러나 사격을 잠시도 멈출 수 없었다. 늑대들은 뒤에 있는 놈들이 앞에 있는 놈들을 밀면서 전진하는 악마들 같았다.

두 번째 총알을 일제히 쏘았을 때 늑대들은 좀 멈칫하는 것 같았다. 나는 늑대들이 도망가기를 바랐으나 그것도 잠시뿐, 다른 녀석들이 다시 달려들었다. 우리는 권총을 두 번 쏘았다. 이렇게 네 차례 사격으로 우리는 17, 18마리를 죽이고, 그 두 배쯤 되는 늑대들을 다치게 한 것 같았다. 그러나 늑대들은 또다시 덤볐다.

나는 탄알을 너무 급히 다 써버리고 싶지 않아서 프라이데이 말고 다른 하인을 불렀다. 프라이데이는 우리가 총을 쏘는 동안 아주 능숙한 솜씨로 내 총과 제 총에 탄알을 장전하는 중요한 일을 맡고 있었다. 나는 하인에게 화약을 하나 주면서 우리 앞에 놓인 목재를 따라 그 위에 화약을 한 줄로 뿌리라고 말했다. 하인이 명령대로 일을 수행하고 물러서자 바로 늑대들이 그쪽으로 다가와서 화약 도화선 위까지 온 놈들도 있었다. 그때 나는 탄알이 없는 권총으로 화약을 때려 불을 일으켰다. 통나무 위에 오른 늑대들은 불에 탔고, 예닐곱 마리는 밑으로 떨어졌다. 아니 불길에 놀라 우리 쪽으로 뛰어내렸다. 어쨌든 우리는 늑대들을 단숨에 처치했다. 나머지 늑대들은 불빛에 잔뜩 겁을 먹고 약간 물러났다. 이제는 캄캄한 밤이 되었기 때문에 늑대들은 불빛을 더욱 무서워했다.

이 순간 나는 마지막 권총 탄알을 한꺼번에 쏘라고 명령했다. 이어 우리는 크게 소리를 질렀다. 그러자 늑대들은 꼬리를 돌려 도망쳤다. 우리는 땅 위에서 허우적거리는 늑대 스무 마리 정도를 즉각 공격했다. 칼로 늑대들의 몸통을 베니 기대한 효과가 그대로 나타났다. 우리의 칼날에 울부짖는 늑대들의 소리는 다른 늑대들도 겁먹고 도망치게 만들었다.

우리는 늑대를 모두 육십 마리 정도 죽였다. 낮이었다면 아마 더 많이 죽였을 것이다. 전쟁터를 평정한 뒤 우리는 다시 길을 떠났다. 아직도 거의 1리그는 더 가야 했다. 가는 동안 숲속에서 늑대들이 울부짖는 소리를 몇 번 들었다. 몇 번은 늑대들을 본 것도 같았지만 쌓인 눈에 눈이 부셔 확실하지 않았다. 한 시간쯤 지나 우리가 묵을 마을에 이르렀다. 마을 사람들은 겁을 먹고 모두 무장하고 있었다. 전날 밤 늑대 무리와 곰 몇 마리가 마을을 덮쳐 사람들을 두려움에 떨게 한 모양이다. 그들은 밤낮으로, 특히 밤에는 망을 보면서 가축과 자신들의 목숨을 지키고 있었다.

이튿날 아침 안내원은 상태가 더욱 나빠졌다. 팔다리가 퉁퉁 붓고 상처 두 군데는 곪아 더 움직이는 것은 무리였다. 우리는 하는 수 없이 새 안내원을 구해 툴루즈로 갔다. 툴루즈는 날씨가 온화하며 비옥하고 쾌적한 지방이었고 눈도, 늑대도, 그 어떤 걱정거리도 없었다. 우리가 겪은 모험담을 이야기하자 그곳 사람들은 산기슭에 있는 큰 숲에서는, 특히 눈이 쌓였을 때는 흔히 있는 일이라고 했다. 그러면서 이렇게 날씨가 혹독한 계절에 겁도 없이 그런 길로 이끈 안내원이 도대체 누구냐면서 모두 잡아먹히지 않은 게 놀랍다고 했다. 우리가 말들을 가운데 두고 어떻게 진을 치고 있었는지 설명하자 그들은 우리를 비난하면서 모두 죽을 뻔했다고 했다. 늑대들이 그렇게 사납게 군 것도 말을 보았기 때문이라는 것이다. 굶주린 늑대가 먹이를 보았으니 사나워질 수밖에 없으며, 여느 때 같으면 총을 무서워하겠지만 몹시 굶주려 사나워진 늑대는 말을 덮칠 생각으로 위험 따위는 아랑곳하지 않는다고 했다. 우리가 계속 총을 쏘지 않았거나 마지막에 가서 화약으로 늑대를 물리치지 않았다면 틀림없이 갈가리 찢겨 죽었을 거라는 얘기였다. 반면에 우리가 말을 탄 채로 그들을 공격했다면 그놈들은 사람이 탄 말들은 거세게 공격하지 않았을 것이라며, 더 좋은 방법은 말을 따로 풀어놓고 우리끼리 모여 있는 것이라고 했다. 그러면 늑대들은 말들을 잡아먹느라 정신없었을 테니까 우리가 안전하게 탈출할 수 있었을 것이라고 했다. 우리에겐 무기도 있고 사람 수도 꽤 많지 않았냐고도 했다.

나는 평생 위험을 그토록 생생하게 느껴본 적이 없었다. 3백 마리가 넘는 악마들이 으르렁거리며 우리를 집어삼키려고 입을 쩍 벌린 채 달려들질 않나, 숨을 곳도 도망칠 곳도 없어 자포자기한 상태였다. 앞으로는 절대로 산맥을 넘는 일은 없을 것이다. 일주일에 한 번씩 폭풍우를 만나면서 천 리를 가는 한이 있어도 차라리 배로 여행하겠다고 생각했다.

프랑스를 여행하는 동안 특기할 만한 일은 하나도 없었다. 여느 여행자들보다 나은 이야깃거리도 없었다. 나는 툴루즈에서 파리까지 온 다음, 곧바로 칼레로 갔다. 그리하여 1월 14일 무사히 도버에 상륙했다. 이리하여 지독히 추운 겨울 여행은 끝이 났다.

이제 나는 여행의 목적지에 도착했다. 나는 빠른 시간 안에 새로 찾은 재산들을 안전하게 처리하고, 가져온 어음도 현금으로 바꾸었다.

나의 가장 중요한 안내자며 조언자가 되어준 사람은 그 착한 늙은 미망인이었다. 그녀는 내가 돈을 보내준 것을 무척 고마워했으며, 나를 위해 어떤 수고나 보살핌도 아끼지 않았다. 나는 그녀를 전적으로 믿고 편안한 마음으로 재산을 맡길 수 있었다. 처음부터 지금까지 이 선량한 숙녀의 흠잡을 데 없는 성실함 덕분에 나는 매우 행복했다.

나는 재산을 그 부인에게 맡기고 리스본을 거쳐 브라질로 갈 생각을 하기 시작했다. 그러나 나를 방해하는 고민거리가 있었는데, 그것은 바로 종교 문제였다. 나는 줄곧 로마 가톨릭에 어떤 회의를 품었다. 해외에 있을 때도 그랬고, 섬에서 고독한 생활을 할 때도 그랬다. 따라서 내가 아무런 조건 없이 로마 가톨릭을 받아들이기로 결심하지 않는 한 브라질에서 살 수는 없었다. 내가 내 원칙에 몸을 바치고 종교적 순교자가 되어 종교재판에서 사형당할 결심을 하지 않는 한 브라질로 갈 수 없었던 것이다. 그래서 나는 영국에 머물면서 브라질의 농장을 팔 방법을 찾기로 했다.

나는 이런 취지의 편지를 리스본에 있는 오랜 친구인 그 선장에게 보냈다. 그는 나를 대신해서 브라질에 있는 재산 관리인들의 유족과 접촉할 권한을 자신에게 준다면 농장을 쉽게 처분할 수 있을 것 같다는 답장을 보내왔다. 유족은 농장의 가격을 잘 알 테고, 그 농장이 있는 지역에 사는 부자들이 그 농장을 사고 싶어 할 거라는 얘기였다. 그렇게 되면 적어도 스페인 에이트 4천~5천 닢이나 그 이상이 손에 들어올 것이라고 했다.

나는 그의 의견에 동의하고 그에게 브라질에 있는 유족과 교섭해 달라고 부탁했다. 8개월쯤 뒤 브라질로 갔던 배가 돌아왔다. 그 유족이 내 제안을 받아들여 리스본에 있는 그들의 거래처에 농장 값으로 에이트 3만3천 닢을 보냈다는 전갈을 늙은 선장이 전해왔다.

나는 리스본에서 온 정식 매매 계약서에 서명을 한 뒤 늙은 선장에게 보냈다. 그는 농장 대금으로 3만2천8백 에이트짜리 어음을 보냈다. 전에 내가 약속한 대로 늙은 선장이 매년 1백 모이도어씩, 그가 죽으면 아들이 매년 50모이도어씩 받을 돈을 미리 떼고 보낸 액수다. 그 돈은 원래 농장 임대료에서 나오는 돈으로 줄 계획이었다.

이상이 행운과 모험으로 가득 찬 내 삶에 관한 이야기의 1부다. 내 삶은 신의 섭리가 이뤄낸 흥망성쇠였으며, 세상에서 유례를 볼 수 없을 만큼 파란만장했다. 시작은 비록 어리석었지만 끝에 가서는 더 바랄 것이 없을 정도로 행복한 삶이었다.

복잡하지만 훌륭한 행운을 잡은 내가 또다시 모험에 나설 것이라고 생각하는 사람은 아무도 없을 것이다. 상황이 바뀌었다면 나는 모험에 나서지 않았을 것이다. 그러나 나는 방랑 생활에 인이 박였고, 가족도 없고 친척도 많지 않았으며, 부자가 되었지만 사람들과 사귀는 일이 별로 없었다. 브라질의 재산을 팔아버렸지만 머릿속에서 브라질이라는 나라를 지워버릴 수가 없었다. 나는 다시 한번 떠나고 싶다는 마음을 억누를 수 없었다. 특히 내가 오랫동안 살던 섬을 다시 한번 보고 싶었고, 불쌍한 스페인 사람들이 그곳에 사는지 알고 싶었으며, 두고 온 악당이 스페인 사람들을 어떻게 대했는지 궁금했다.

나의 진실한 친구인 미망인은 그런 생각을 버리라고 열심히 만류했다. 그녀의 만류는 한동안 효과가 있어 거의 7년 동안이나 나는 해외로 나가지 않았다. 그동안 나는 형의 아들인 조카 둘을 데려다 키웠다. 첫째는 제 재산이 좀 있었기 때문에 나는 그를 신사로 길러 나의 상속인으로 삼았다. 둘째는 어느 배의 선장에게 보냈는데 5년 뒤에 똑똑하고 용감하고 패기 있는 젊은이가 되었다. 그래서 나는 그 애를 좋은 배에 태워 바다로 보냈다. 이 아이가 뒷날 다 늙은 나를 새로운 모험으로 끌어들인다.

그러는 동안 나도 어느 정도 이곳에 정착했다. 무엇보다도 나는 결혼을 했다. 결혼 생활에서 힘든 점도 없었고 불만도 없었다. 아들 둘에 딸 하나를 얻었으나 아내는 죽었고, 조카가 항해에서 큰 성공을 거두고 스페인으로 돌아왔다. 그러자 해외로 나가고 싶은 욕망이 솟구쳤다. 결국 조카의 끈질긴 권고로 그의 배를 타고 개인 무역상 자격으로 동인도제도로 출발했다. 때는 1694년이었다.

이 항해 중에 내가 그 섬에 건설한 식민지를 방문했다. 그곳에서 내 후계자가 된 스페인 사람들을 만나 그들의 이야기와 내가 두고 온 악당에 대한 이야기를 모두 들었다. 처음에 악당이 스페인 사람들을 모욕한 이야기, 나중에 화해했다가 다시 불화를 일으키고, 하나가 되었다가 서로 갈라지기를 되풀이한 후에 결국 스페인 사람들이 힘으로 그들을 제압하지 않으면 안 되었던 일이며, 그 뒤로 악당이 스페인 사람들에게 복종하고 스페인 사람들은 그들을 정직하게 대우했다는 이야기를 들었다. 이런 이야기를 자세히 써내려가면 이 책만큼이나 파란만장하고 놀라운 이야기가 될 것이다. 특히 몇 차례 이 섬에 상륙한 카리브 원주민들과 벌인 전투와 스페인 사람들이 섬을 어떻게 더 살기 좋은 곳으로 만들었는가 하는 이야기가 있었다. 스페인 사람 다섯 명이 육지로 나가서 남자 열한 명과 여자 다섯 명을 포로로 잡아온 일도 있었다. 덕분에 내가 섬을 찾아갔을 때 아이들이 스무 명가량 있었다.

나는 이 섬에 20일가량 머물렀다. 나는 그들에게 생활필수품, 특히 무기, 화약, 탄알, 옷, 연장 등을 주었고 영국에서 데려간 목수와 대장장이를 섬에 남겼다.

이것 말고도 나는 섬의 땅을 분할했다. 섬은 내 것이지만 그들이 원하는 대로 각각 땅을 나누어주었다. 여러 가지 일들을 정리하고 그들에게 결코 이 섬을 떠나지 않겠다는 약속을 받은 뒤 나는 섬을 떠났다.

나는 그곳에서 브라질로 간 후 돛단배를 하나 사서 사람들을 태워 그 섬으로 보냈다. 보급품과 함께 여자 일곱 명도 보냈다. 일을 시킬 수도 있고, 원하는 사람은 아내로 삼을 수도 있게 하기 위해서다. 영국 악당에게는 내가 영국에 가서 여자를 보낼 것이며, 농장을 세우고 싶다면 거기에 필요한 물자를 보내겠다고 약속했다. 나중에 나는 그 약속을 지켰다. 이 사람들은 스페인 사람들에게 굴복하고 나서 아주 정직하고 부지런한 인간들로 변신했고, 집도 땅도 생겼다. 나는 브라질에서 암소 다섯 마리와 새끼를 밴 소 세 마리, 양과 돼지를 몇 마리씩 보냈다. 훗날 다시 섬에 가보니 제법 수가 늘었다.

그 밖에도 카리브 원주민 3백 명이 쳐들어와 그들의 농장을 파괴한 일, 그들이 원주민 3백 명을 상대로 두 번이나 전투한 끝에 처음에는 지고 세 명이 죽은 일, 폭풍우가 원주민의 카누를 부수고 나머지 원주민도 거의 모두 죽인 일이며, 그 뒤 농장을 복구해서 지금까지 그 섬에 산다는 이야기가 있다.

이 모든 일과 그 뒤 10년 동안 계속된 내 새로운 모험 중에 겪은 희한한 사건들에 대해서는 2부에서 자세히 이야기할지도 모른다.

작품 해설

대니얼 디포(Daniel Defoe, 1660~1731)는 런던 크리플게이트에서 상인의 아들로 태어났다. 원래 성은 뒤포(Dufoe)였는데, 나중에 자신이 디포로 바꿨다.

디포는 아버지의 권유로 모턴 학원에서 5년 동안 목사 수업을 받았다고 전한다. 그러나 그는 오히려 상업에 관심을 가지고 20대 초반에 벌써 의복상을 크게 벌였다. 그는 이 사업에 대한 열의를 평생 버린 적이 없었다. 디포는 24살 되던 해 부유한 상인의 딸 메리 다프거와 결혼해 슬하에 일곱 자녀를 두었다. 결혼한 지 얼마 안 되어 공장 파업에 참가한 죄로 처형당할 뻔했지만 국왕 윌리엄 3세의 도움으로 형을 면했고, 국왕의 주선으로 정부의 세무 관리로 일하기도 했다. 디포는 외국에서 태어나 영국 국왕으로 온 윌리엄 3세가 국민의 지지를 받지 못해 애먹을 때 왕을 지지하는 글을 활발히 발표했다. 그것을 계기로 20년간 정치평론가로 활동했다.

그 후 영국 교회의 교리를 따르지 않던 디포는 오히려 비국교도를 처벌하자는 글을 발표했지만, 그 글이 너무 풍자적이라는 이유로 벌금형과 금고형을 받고 투옥되었다. 감옥에서 나온 뒤 1704년부터 1713년까지 〈평론〉이라는 주간지를 펴내며 문필가로 활발히 활동하는 동안 1706년에 〈빌 부인의 유령 이야기〉라는 단편을 발표하여 작가로서 이름을 알리기 시작했다. 그 후 영국의 스코틀랜드

병합을 위해 정치 논문을 발표했는데, 그것이 문제가 되어 다시 감옥으로 갔다.

이렇게 여러 사건을 일으켜 감옥을 들락거리던 디포는 1719년, 그러니까 그의 나이 59살이 되었을 때 《로빈슨 크루소》를 발표함으로써 작가로서 확실한 명성을 얻는다. 당시 영국은 식민지 개척에 혈안이 되어 있었기 때문에 이 작품은 바다에 대한 열망과 모험심에 기름을 붓듯이 해서 최고의 인기를 누렸으며, 출간된 지 4개월 만에 4판을 거듭하는 베스트셀러가 되었다. 그 이듬해부터 《자크 대령 이야기》《한 기사의 회고록》《록사나》《페스트가 돌던 해의 일기》《싱글턴 선장》《몰 플랜더스》 등 많은 이야기를 발표하며 창작 활동에 몰입했다.

60대에 이르러 작가로서 명성을 떨친 디포는 70대에 들어서자 육체적으로나 정신적으로 극도로 쇠약해지면서 1730년에 세상을 떠났다. 《로빈슨 크루소》 이외의 작품에 대해서는 추후에 지면이 허락하는 대로 소개해보겠다.

* * *

《로빈슨 크루소》는 원제 '요크의 선원 로빈슨 크루소의 생애와 이상하고 놀라운 모험(The Life and Strange Surprising Adventures of Robinson Crusoe of York, Mariner)'이 시사하듯 인간의 삶과 기이하고 놀라운 모험을 그린 작품이다. 따라서 독자들은 로빈슨 크루소가 무인도에서 28년 이상 혼자 살며 생명을 유지하려고 피땀을 쏟고 더할 나위 없는 긴장과 공포, 초조가 끊이지 않는 가운데서 용케 생존하여 마침내 귀향하는 이 소설의 해피 엔딩을 읽으며 흥미와 쾌감을 느낀다. 이 이야기의 축소판은 초·중학생 시절에 많은 소년소녀와 청소년들에게 알려져 있다. 그것이 독자들이 대부분 아는 《로빈슨 크루소》다.

사회학자들은 이 작품에서 '인간은 사회적 동물'이라는 사실을 뒷받침하는 증거를 보고, 인류학자나 역사학자들은 인간이 원시에서 농경 생활로 오는 과정에서 의식주가 중요한데, 그 순서는 의·식·주가 아니라 식·주·의였다는 사실에 동의할 것이다. 심리학자들에게는 이 책이 인간이 느끼는 공포의 본질이 과연 무엇인지 생각하는 계기가 될 것이다. 크루소가 무서운 폭풍 속에서 몸으로 느낀 공포와 식인종이 인간을 먹는 장면을 목격하고 느끼는 공포는 어느 날 해변에 찍힌 사람의 발자국 하나를 보고 느낀 공포에 비하면 아무것도 아니기 때문이다. 종교학자들은 인간은 사회적 동물이기에 앞서, 아니 이성이 있는 영장류라는 사실에 앞서 '종교적 동물'이라는 결론을 내리는 데 이 작품의 도움을 많이 받을 수 있을 것이다.

그러나 정독을 해야 했던 옮긴이는 이 작품을 탈고하고 나서 이것은 '신앙 고백서'라고 단언하고 싶었다. 다시 말해 모험과 고난이 계속되는 과정에서 크루소가 신을 인식하고 신을 발견하고 신에게 귀의하고, 다시 신앙인으로 성장하여 급기야 하느님의 충실한 종으로 성장하고, 나아가 자기만 하느님을 아는 것에서 벗어나 하느님의 권능과 섭리를 다른 사람에게 전하는 독실한 신자가 되는 과정이 모험담 바닥에 깔려 있는 작품이다. 따라서 옮긴이는 이 작품은 사건과 모험이라는 날줄과 하느님에 대한 신앙심이라는 씨줄이 맞물리면서 《로빈슨 크루소》라는 직물이 직조되는 형상이라고 보았다. 이 작품을 그런 관점에서 추적해보겠다.

* * *

중류 집안의 아들로 태어난 로빈슨 크루소가 신을 찾기까지는 갈 길이 너무나 멀다. 아버지는 그에게 사업을 하고 중류계급으로 살며 하느님을 섬기는 생활을 권유하지만, 크루소에게 그런 교육과 권유는 마이동풍이었고, 바다에 대한 열망과 타고난 방랑벽에 끌려 부모도 모르게 가출해서 배에 오른다. 그러나 곧 폭풍을 만나 처음으로 무서운 공포를 체험하고 육지에 오른다. 다시는 바다에 나가지 않겠다고 결심하지만, 그 결심도 잠시였다.

그는 다시 무역상 자격으로 아프리카 연안으로 출항하는데 곧 터키 해적에게 붙잡혀 무어인들의 거주지 살리에서 노예가 된다. 그는 보트를 훔쳐 탈출했다가 고생 끝에 포르투갈 선장의 배에 구조되며, 자신을 구조한 배를 타고 브라질로 가서 자그마한 농장을 구입한다.

농장이 번창하기 시작할 즈음 로빈슨 크루소는 다른 영국인 농장주들의 제안을 받아들여 노예를 구해 교역하려고 다시 바다로 나온다. 여기서부터 크루소 인생 최대의 모험이 시작된다.

그가 탄 배는 남아프리카 연안에서 좀 떨어진 곳에 위치한 섬 근처에 이르러 태풍을 만나 암초에 부딪힌다. 모든 승객과 승무원이 실종되거나 익사하고 크루소 혼자만 생존하는데 이 지경이 되고서도 크루소는 하느님에 대한 감사함을 느끼지 못한다.

그 섬은 무인도고 맹수도 없다는 것을 한참 만에야 안 그는 난파선으로 뗏목을 몰고 가서 식량, 화약, 총, 물과 술, 의복, 연장, 돛의 천, 돛대의 재목 등을 얻는다. 아직까지도 크루소는 신을 저주하며, 신은 먼 곳에 있는 상태다.

크루소는 배에서 가져온 돛의 천으로 간단한 텐트를 쳐서 거처를 만든 뒤, 수많은 말뚝을 베어다가 이중으로 담을 치고 다시 텐트에 이어진 절벽을 파서 동굴을 만들어 창고를 짓는다. 이렇게 '요새'를 만드는 데 든 시간과 노고는 상상을 초월하는 것이었다. 다음으로 사냥 이외의 수단으로 농사를 통해 식량을 얻으려고 시도한다.

요새를 만들고 옮기지도 못할 카누를 만드는 헛수고를 마친 어느 날 크루소는 열병에 걸린다. 이제 세상과 하느님이 그를 버렸을 뿐 아니라 자신도 하느님을 버린 상태가 되었다. 하느님을 찾기는커녕 하느님은 저주 대상이었다. 총을 들고 사냥을 나가려고 몸을 일으킬 수도 없을 정도로 온몸에서 기운이 빠지고 오한이 엄습한다. 그가 쓴 일기의 날짜로 판단하건대, 이때가 6월 18일이다.

그날 크루소는 '하느님이 왜 내게 이런 벌을 내리셨는가?' 하는 회의에 빠진다. 그러면서도 브라질에서 사람들이 담배로 병을 고치는 것을 본 기억이 머리에 스친다. 그는 럼주에 담뱃잎을 담가 그것이 우러난 럼주를 마시며 우연히 배에서 가져온 성경을 들춘다. 아무렇게나 펼친 성경에서 그의 눈에 들어온 구절은 "환난 날에 나를 부르라. 내가 너를 건지리니, 네가 나를 영화롭게 하리로다"라는 〈시편〉 50장 15절이다. '구원하리니' 라는 말이 크루소의 온몸을 따끔하게 자극했다. 이것이 크루소가 처음 하느님을 발견하는 계기다. 그는 어쨌든 열병을 털고 일어난다. 이 구절이 크루소에게 늘 힘을 준다. 그도 이제 엉성하지만 기도하는 생활을 시작한다.

그 후 그는 의자와 탁자와 총을 얹는 시렁을 만들고 난파선에서 가져온 해먹으로 생활의 안락함(?)을 구축한다. 한편 농사에도 성공해서 쌀과 보리를 수확하고, 한편으로 바구니와 질그릇을 만드는 데도 성공한다. 인류 몇만 년 역사가 크루소의 섬 생활에서 몇 년으로 압축된다. 모두 배에서 얻은 '사회'의 도움으로 역사를 단축한 것이다. 게다가 야생 염소를 길들여 목축업에도 성공한다. 그는 이제 아침과 밤에 시간을 할애하여 자기를 구해준 하느님께 감사 기도를 드리는 일을 잊지 않는다.

그러던 그는 어느 날 바닷가에 나갔다가 사람의 발자국 하나가 모래 위에 찍힌 것을 발견하고 말할 수 없는 공포에 빠진다. 그것이 이 섬에 온 지 24년째 되던 해의 일이다. 공포로 말미암아 그는 신앙심이 흔들릴 정도가 된다. 결국 바다 저편 육지에 사는 식인종들이 포로를 이 섬으로 데려와 잡아먹는 잔치를 벌이는 것을 목격한다. 그는 그 일대에서 수많은 뼛조각들을 발견하고 실성할 지경에 이른다. 분개한 크루소는 야만인들을 몰살할 계획까지 짠다.

크루소는 어느 날 식인종이 다시 포로 세 명을 데려와 잔치를 벌이는 현장을 공격하여 먹힐 차례를 기다리던 포로 하나를 구출하는데, 이것이 충실한 하인이 될 프라이데이다.

이때부터 크루소의 신앙심은 발전하고 성숙한다. 그는 오랜 명상 끝에 식인종을 몰살하려는 계획을 재고한다. 크루소는 프라이데이가 온 것도 하느님의 축복으로 여기기 시작한다. 그는 야만인이 사람을 잡아먹는다는 이유로 자기가 심판할 일이 아님을 깨닫는다. 그렇게 되면 수많은 인디언들을 멸종시키다시피 한 스페인 사람들과 똑같은 과오를 저지르는 일이 된다고 생각한다.

성숙한 신앙인이 된 크루소는 야만인 프라이데이를 하느님 앞으로 이끄는 데 최선을 다한다. 다시 말해 신앙인의 마지막 단계, 즉 전도 생활을 실천한다. 그 노력은 성공한다.

나중에 프라이데이는 영어로 말을 할 줄 알게 되어 그의 나라에 백인들이 상륙해 잡아먹히지 않고 잘 대접받으며 산다는 말을 들려준다. 크루소는 그들과의 만남을 간절히 바란다. 그 후 식인종이 잔치용으로 데려온 두 남자를 구했는데 하나는 스페인 사람이고, 하나는 프라이데이의 아버지였다. 육지에 내분이 생기고 프라이데이의 아버지가 속한 편이 패배한 것이다. 크루소는 스페인 사람과 프라이데이의 아버지를 육지로 파견하여 그곳에 있다는 스페인 사람 열여섯 명을 이 섬으로 데려오라고 명령한다.

그들이 육지로 떠난 사이에 크루소는 섬 근처에 배 한 척이 정박한 것을 발견한다. 이 배는 영국 배로 해상 반란이 일어나 선장 외 두 사람이 이 섬에 끌려오는 것을 발견한 것이다. 크루소는 세 명을 구출하고 그 배를 다시 빼앗는 데 성공한다. 그는 구출받은 선장의 배를 타고 프라이데이와 함께 그 섬을 탈출하는데 훗날 다시 와서 섬이 어떻게 되었는지 보기로 했다. 떠나기 전에 반란을 일으킨 자들을 섬에 남겨놓는데 악당은 영국으로 가면 어차피 교수형에 처해질 것이라서 크루소의 후계자가 되어 섬에 살기로 결심한 것이다. 그리하여 크루소는 이 섬에서 27년 2개월을 보내고 영국을 떠난 지 35년 만에 귀향한다.

돌아가서 보니 그의 브라질 농장이 긴 세월 동안 번성하여 크루소는 큰 부자가 되었다. 게다가 선장을 구해준 보답으로 상인들과 선주가 많은 돈을 크루소에게 선물했다. 크루소는 그 돈으로 신세진 사람들에게 충분히 은혜를 갚으며 인간의 의리가 무엇인지 보여준다.

영국에서 안정된 생활을 하던 크루소는 조카들을 돌보고, 자신도 결혼하여 삼남매를 얻는다. 그러나 그의 방랑벽은 치유되지 않아 다시 배를 타고 그 섬에 들른다. 섬은 많이 개간되었고 스페인 사람들이 악당을 제압하고 서로 친구가 되어 잘사는 것은 물론, 육지에서 데려온 남녀들로 인해 어린이들이 스무 명이나 태어나 있었다.

크루소는 다음 이야기를 기약하며 펜을 놓는다.

* * *

《로빈슨 크루소》 다음으로 많은 독자의 애독서가 된 《몰 플랜더스》라는 작품은 1722년 발간된 책이다. 몰 플랜더스라는 여주인공은 크루소처럼 파란만장하게 살았다. 물론 성격이 다른 모험이다. 그녀의 생애를 간단히 요약해본다.

몰 플랜더스의 어머니는 흉악범으로 미주 버지니아라는 유형지로 보내지고 딸 몰은 생후 18개월에 고아가 된다. 집시들이 몰을 데리고 다니다가 버린 후에 몰은 어느 교구 목사와 아내에게 자상한 보살핌을 받게 된다.

14살이 된 몰 플랜더스는 어느 부유한 부인의 집에 하녀로 들어간다. 몰은 그 집 딸들보다 모든 면에서 뛰어났지만, 그 집의 큰아들에게 처녀성을 빼앗기고 그의 정부가 된다. 그런데 그 집 막내아들 로빈이 몰에게 청혼하고 그녀는 청혼을 받아들여 결혼한다. 결혼 생활 5년이 되었을 때 남편 로빈이 죽는다. 몰은 수전노 같은 포목상과 재혼하는데, 포목상은 몰 플랜더스가 저축한 돈을 훔치다가 투옥된다. 이제 그녀는 플랜더스 부인으로 행세하기 시작한다.

그녀의 다음 남편은 선장이었다. 그리하여 그녀는 남편과 함께 유형지 버지니아를 방문한다. 어이없게도 이 남편은 자기 어머니가 낳은 배다른 동생이었다. 그러나 그녀는 그와 8년간 같이 살다 영국으로 돌아온다. 그 후 그녀는 상처한 신사와 결혼한다. 이 남자와 6년을 사는 동안 그녀는 세 아이를 낳는다. 그 신사는 충분히 먹고 살 돈을 장만했을 때 몰의 정체를 알고 후회하며 떠난다.

그 후 야심만만한 그녀는 은행가를 만나 재미를 보지만, 제미 E

라는 아일랜드인과 결혼하려고 은행가를 버린다. 제미 E는 노상강도인데 그녀는 그가 돈 많은 남자인 줄 알았고, 강도도 그녀가 돈 많은 여자인 줄 알고 접근한 것이다. 두 악당은 곧 헤어진다. 남자는 노상강도로 돌아가고, 몰 플랜더스는 도시로 돌아간다. 그러나 그녀는 또 임신하고 있었다. 그리하여 낳자마자 원하는 사람에게 아이를 준다.

그러는 동안 그녀는 자신을 사모하는 은행 서기와 마음이 맞아 어느 여관에서 만나 결혼한다. 결혼식을 마친 바로 그날, 여관 마당에서 노상강도인 전 남편을 만난다. 그녀는 강도를 피신시킨다. 은행 서기와의 생활은 5년 동안 지속된다. 그런데 그 은행원도 세상을 떠난다. 딸린 아이들을 데리고 혼자 살게 된 그녀는 닥치는 대로 도둑질을 시작한다. 예쁜 소녀의 목에 걸린 목걸이를 훔치는 등 12년간 도둑 노릇을 하던 그녀는 비단옷 두 벌을 훔치다가 잡혀 감옥에 간다. 원래는 사형을 받을 처지였지만 워낙 간절히 죄를 뉘우치는 통에 유형지 버지니아에 보내진다. 공교롭게도 전남편 노상강도도 버지니아 형을 받는다.

그들은 다시 만나 버지니아에서 열심히 일하며 농장을 일구는데, 몇십 년 전 이곳에 보내진 플랜더스의 어머니가 잘 일군 농장을 그녀에게 남기고 죽은 것을 알게 된다. 그녀와 노상강도는 부자가 되었고, 그 돈을 가지고 영국으로 돌아와 하느님 앞에 회개하며 수많은 죄를 용서받는다. 그때 그녀의 나이는 일흔이었다.

* * *

《몰 플랜더스》가 나온 지 2년 후, 다시 말해 1724년에 또 다른 악당을 주제로 한 《록사나》가 발간된다. 이야기는 다음과 같다.

종교 문제로 프랑스에서 추방된 부모에게서 태어난 록사나는 영국에서 성장한다. 미모의 록사나는 15살에 잘생기고 건방진 남자와 결혼한다. 결혼 생활 7년 동안 남편은 재산을 탕진하고 록사나와 다섯 아이들을 무일푼으로 만든 채 어디론가 사라진다. 록사나의 충실한 하녀 아미는 거지가 되다시피 한 그녀를 떠나지 않고 무보수로 계속 보필한다.

아무개 지주가 록사나에게 자신의 애인이 되어주는 걸 대가로 많은 물질적 도움을 준다. 지금 사는 집도 지주의 것이어서 아미는 록사나 마님에게 그 남자와 한 번 잠자리를 해드리라고 권유한다. 싫으시다면 자기가 대신 슬쩍 잠자리를 하겠다는 것이다. 생각 끝에 록사나는 지주의 소실이 된다.

1년 반이 지나도록 록사나가 임신을 하지 못하자 아미가 대신 애를 낳는다. 록사나는 그 애를 자신이 낳은 것처럼 기른다. 그러다가 록사나도 지주의 아들을 낳게 된다.

지주는 사업 차 파리에 갈 일이 생겨 록사나와 동행한다. 불행히도 이 지주는 보석 같은 귀중품을 많이 지니고 다니다가 강도에게 살해된다. 록사나가 지주와의 관계에서 꽤 많은 돈을 챙긴 후였다.

프랑스에서 어느 공작이 록사나의 미모에 반해서 그녀 거처에 드나들자, 하녀 아미는 다른 신사들은 사절하고 그 공작에게만 출입을 허락한다. 공작은 록사나에게 많은 선물을 주었고, 록사나는 그의 아기를 낳는다. 그 후 공작은 사업 차 이탈리아로 갈 때 록사나를 데려가 그곳에서 2년을 보낸다. 그동안 록사나는 아들 하나를 더 낳는다. 그러나 공작은 본부인이 죽었다는 비보를 받고 자신의 죄를 회개하려고 록사나를 떠난다.

록사나는 모은 재산을 네덜란드 상인에게 관리하도록 맡긴다. 그 상인이 고맙게 해줬다 따위 이유로 잠자리를 같이하기 시작한다. 그와 작별하고 영국으로 올 때쯤 록사나는 또다시 임신한 것을 알게 된다.

그 후 록사나는 런던에서 사교계의 여왕이 되어 매일 저녁 자기 집에서 호화 파티를 열고, 신사들은 물론 제비족과 교제한다.

50살이 되자 그녀는 남자들을 멀리하고 자기 친구들과 시간을 보낸다. 그런데 첫 남편이자 다섯 아이의 아버지가 객사했다는 소식을 듣게 된다. 록사나는 네덜란드 상인의 구혼을 받아들인다. 집안에는 하인이 여럿 있었는데, 그 중 하나는 록사나 자신의 딸이라는 것을 알게 된다. 록사나는 딸에게 자신이 어머니라는 것을 숨긴 채, 아미를 통해 잘 대우하며 턱없이 많은 보수를 준다. 하녀는 록사나가 자신의 어머니라는 것을 눈치채고 아미에게 끈질기게 진실을 묻는다. 아미는 그 사실이 밝혀지면 록사나의 명예와 사회적 신분에 큰 타격이 올까 두려워 하녀를 죽이려 든다. 록사나는 평생을 같이한 아미를 해고한다. 그러자 하녀도 입을 다문다. 그리하여 록사나는 새 남편이 된 네덜란드 상인과 떠난다.

여자가 아름다우면 남자들이 주위에서 난리법석이라는 이야기를 과장되고 익살스럽게 풀어낸 이 작품을 두고 세계문학에서 소설의 효시라고 말하는 학자들도 있다.

* * *

1720년에 발표한 《싱글턴 선장》이란 작품은 주인공 싱글턴이 찬구 윌리엄스와 같이 해적질을 하여 많은 전리품을 얻지만, 결국에는 뉘우치고 윌리엄스의 여동생과 결혼하여 조용한 은퇴 생활을 한다는 이야기다.

《한 기사의 회고록》이라는 작품은 이제까지 그의 이야기가 중류계급 출신이나 하류계급 인간들을 다룬 데 비해, 상류계급 출신 남자가 주인공이라는 점이 다르다. 30년전쟁을 비롯해 유럽 대륙에서 벌어진 온갖 전쟁에 참여하면서 주인공이 활발한 전과를 올린다는 액션물이다.

이 밖에도 《자크 대령 이야기》와 《페스트가 돌던 해의 일기》라는 작품이 있다. 거의 1년 간격으로 발표한 작품들이다.

디포는 가공의 이야기인지 실제 이야기인지 혼란을 일으킬 정도로 사실적으로 묘사했기 때문에 훗날의 세계문학에서 사실주의 작가들에게 많은 도움을 주었다고 단정해도 지나친 말이 아닐 것이다.

옮긴이로서 한마디 하고 싶은 말은 《로빈슨 크루소》는 가공의 이야기라는 것이다. 디포는 배에서 개가 섬까지 따라와 16년 뒤 늙어 죽었다고 말하지만 개에 대해 아는 것이 별로 없었던 모양이다. 거북을 한 마리 잡을 때를 빼놓고는 개에 대한 언급이 하나도 없는 것이 석연치 않은 부분이다. 차라리 개 이야기를 뺐다면 좋았을 것이다. 끝에 가서 리스본에서 도버 해협까지 육로로 가는 동안 늑대 3백 마리와 싸우는 이야기도 없는 편이 낫지 않았을까. 그랬다면 이 작품은 더욱 빛이 났을 것이다.

2010년 봄

옮긴이

옮긴이 **이덕형**

서울대학교 사범대학 영어교육과와 동 대학원을 졸업하고, 이화여고, 동성고등학교, 서울사대 부속고등학교 교사를 역임한 후, 서울대학교 강사와 연세대학교 교수를 지냈다. 편저로《한 권으로 읽는 세계 문학 60선》, 옮긴 책으로는《가시나무새》(콜린 맥컬로),《호밀밭의 파수꾼》(J.D. 샐린저), 《페이터의 산문》,《르네상스》(월터 페이터),《센토》,《돌아온 토끼》(존 업다이크), 《멋진 신세계》(올더스 헉슬리),《프랑스 중위의 여자》(존 파울스), 《20세기 아이의 고백》(토머스 로저스),《가든 파티》(캐서린 맨스필드), 《천형》(그레엄 그린),《여기는 모스크바》(유리 다니엘), 《밤비》(펠릭스 잘텐),《이솝 우화》(이솝) 외에 다수가 있다.

로빈슨 크루소

1판 1쇄 발행 2011년 3월 25일
1판 4쇄 발행 2019년 5월 1일

지은이 대니얼 디포 | 옮긴이 이덕형
펴낸곳 (주)문예출판사 | 펴낸이 전준배
출판등록 1966. 12. 2. 제 1-134호
주 소 03992 서울시 마포구 월드컵북로 6길 30
전화 393-5681 | 팩스 393-5685
홈페이지 www.moonye.com | 블로그 blog.naver.com/imoonye
페이스북 www.facebook.com/moonyepublishing | 이메일 info@moonye.com

ISBN 978-89-310-0686-5 03840

■ 문예 세계문학선

★ 서울대, 연세대, 고려대 필독 권장도서 ▲ 미국 대학위원회 추천도서
● 《타임》 선정 현대 100대 영문 소설 ▽ 《뉴스위크》 선정 세계 100대 명저

1 **젊은 베르테르의 슬픔** 괴테 / 송영택 옮김
▲▽ 2 **멋진 신세계** 올더스 헉슬리 / 이덕형 옮김
▲●▽ 3 **호밀밭의 파수꾼** J. D. 샐린저 / 이덕형 옮김
4 **데미안** 헤르만 헤세 / 구기성 옮김
5 **생의 한가운데** 루이제 린저 / 전혜린 옮김
6 **대지** 펄 S. 벅 / 안정효 옮김
●▽ 7 **1984년** 조지 오웰 / 김병익 옮김
▲●▽ 8 **위대한 개츠비** F. 스콧 피츠제럴드 / 송무 옮김
▲●▽ 9 **파리대왕** 윌리엄 골딩 / 이덕형 옮김
10 **삼십세** 잉게보르크 바흐만 / 차경아 옮김
★▲ 11 **오이디푸스왕 · 안티고네** 소포클레스 · 아이스퀼로스 / 천병희 옮김
★▲ 12 **주홍글씨** 너새니얼 호손 / 조승국 옮김
▲●▽ 13 **동물농장** 조지 오웰 / 김병익 옮김
★ 14 **마음** 나쓰메 소세키 / 오유리 옮김
★ 15 **아Q정전 · 광인일기** 루쉰 / 정석원 옮김
16 **개선문** 레마르크 / 송영택 옮김
★ 17 **구토** 장 폴 사르트르 / 방곤 옮김
18 **노인과 바다** 어니스트 헤밍웨이 / 이경식 옮김
19 **좁은 문** 앙드레 지드 / 오현우 옮김
★▲ 20 **변신 · 시골의사** 프란츠 카프카 / 이덕형 옮김
★▲ 21 **이방인** 알베르 카뮈 / 이휘영 옮김
22 **지하생활자의 수기** 도스토옙프스키 / 이동현 옮김
★ 23 **설국** 가와바타 야스나리 / 장경룡 옮김
★▲ 24 **이반 데니소비치의 하루** A. 솔제니친 / 이동현 옮김
25 **더블린 사람들** 제임스 조이스 / 김병철 옮김
★ 26 **여자의 일생** 기 드 모파상 / 신인영 옮김
27 **달과 6펜스** 서머싯 몸 / 안흥규 옮김
28 **지옥** 앙리 바르뷔스 / 오현우 옮김
★▲ 29 **젊은 예술가의 초상** 제임스 조이스 / 여석기 옮김
▲ 30 **검은 고양이** 애드거 앨런 포 / 김기철 옮김
★ 31 **도련님** 나쓰메 소세키 / 오유리 옮김
32 **우리 시대의 아이** 외된 폰 호르바트 / 조경수 옮김
33 **잃어버린 지평선** 제임스 힐턴 / 이경식 옮김
34 **지상의 양식** 앙드레 지드 / 김붕구 옮김
35 **체호프 단편선** 안톤 체호프 / 김학수 옮김
36 **인간실격 · 사양** 다자이 오사무 / 오유리 옮김
37 **위기의 여자** 시몬 드 보부아르 / 손장순 옮김
●▽ 38 **댈러웨이 부인** 버지니아 울프 / 나영균 옮김
39 **인간희극** 윌리엄 사로얀 / 안정효 옮김
40 **오 헨리 단편선** O. 헨리 / 이성호 옮김
★ 41 **말테의 수기** R. M. 릴케 / 박환덕 옮김
42 **파비안** 에리히 케스트너 / 전혜린 옮김
★▲▽ 43 **햄릿** 윌리엄 셰익스피어 / 여석기 옮김
44 **바라바** 페르 라게르크비스트 / 한영환 옮김
45 **토니오 크뢰거** 토마스 만 / 강두식 옮김
46 **첫사랑** 투르게네프 / 김학수 옮김
47 **제3의 사나이** 그레엄 그린 / 안흥규 옮김
★▲▽ 48 **어둠의 속** 조셉 콘래드 / 이덕형 옮김
49 **싯다르타** 헤르만 헤세 / 차경아 옮김
50 **모파상 단편선** 기 드 모파상 / 김동현 · 김사행 옮김
51 **찰스 램 수필선** 찰스 램 / 김기철 옮김
★▲▽ 52 **보바리 부인** 귀스타브 플로베르 / 민희식 옮김
53 **페터 카멘친트** 헤르만 헤세 / 박종서 옮김
★ 54 **몽테뉴 수상록** 몽테뉴 / 손우성 옮김
55 **알퐁스 도데 단편선** 알퐁스 도데 / 김사행 옮김
56 **베이컨 수필집** 프랜시스 베이컨 / 김길중 옮김
★▲ 57 **인형의 집** 헨릭 입센 / 안동민 옮김
★ 58 **심판** 프란츠 카프카 / 김현성 옮김
★▲ 59 **테스** 토마스 하디 / 이종구 옮김
★▽ 60 **리어왕** 셰익스피어 / 이종구 옮김
61 **라쇼몽** 아쿠타가와 류노스케 / 김영식 옮김
▲▽ 62 **프랑켄슈타인** 메리 셸리 / 임종기 옮김
▲●▽ 63 **등대로** 버지니아 울프 / 이숙자 옮김
64 **명상록** 마르쿠스 아우렐리우스 / 이덕형 옮김
65 **가든 파티** 캐서린 맨스필드 / 이덕형 옮김
66 **투명인간** H. G. 웰스 / 임종기 옮김
67 **게르트루트** 헤르만 헤세 / 송영택 옮김
68 **피가로의 결혼** 보마르셰 / 민희식 옮김

(뒷면 계속)

★ 69 **팡세** 블레즈 파스칼 / 하동훈 옮김
70 **한국 단편 소설선 1** 김동인 외
71 **지킬 박사와 하이드** 로버트 L. 스티븐슨 / 김세미 옮김
▲ 72 **밤으로의 긴 여로** 유진 오닐 / 박윤정 옮김
★▲▽ 73 **허클베리 핀의 모험** 마크 트웨인 / 이덕형 옮김
74 **이선 프롬** 이디스 워튼 / 손영미 옮김
75 **크리스마스 캐럴** 찰스 디킨슨 / 김세미 옮김
★▲ 76 **파우스트** 요한 볼프강 폰 괴테 / 정경석 옮김
▲ 77 **야성의 부름** 잭 런던 / 임종기 옮김
★▲ 78 **고도를 기다리며** 사뮈엘 베케트 / 홍복유 옮김
★▲▽ 79 **걸리버 여행기** 조너선 스위프트 / 박용수 옮김
80 **톰 소여의 모험** 마크 트웨인 / 이덕형 옮김
★▲▽ 81 **오만과 편견** 제인 오스틴 / 박용수 옮김
★▽ 82 **오셀로 · 템페스트** 윌리엄 셰익스피어 / 오화섭 옮김
★ 83 **맥베스** 윌리엄 셰익스피어 / 이종구 옮김
▽ 84 **순수의 시대** 이디스 워튼 / 이미선 옮김
★ 85 **차라투스트라는 이렇게 말했다** 니체 / 황문수 옮김
★ 86 **그리스 로마 신화** 에디스 해밀턴 / 장왕록 옮김
87 **모로 박사의 섬** H. G. 웰스 / 한동훈 옮김
88 **유토피아** 토머스 모어 / 김남우 옮김
★▲ 89 **로빈슨 크루소** 대니얼 디포 / 이덕형 옮김
90 **자기만의 방** 버지니아 울프 / 정윤조 옮김
▲ 91 **월든** 헨리 D. 소로 / 이덕형 옮김
92 **나는 고양이로소이다** 나쓰메 소세키 / 김영식 옮김
★ 93 **폭풍의 언덕** 에밀리 브론테 / 이덕형 옮김
★▲ 94 **스완네 쪽으로** 마르셀 프루스트 / 김인환 옮김
★ 95 **이솝 우화** 이솝 / 이덕형 옮김
★ 96 **페스트** 알베르 카뮈 / 이휘영 옮김
▲ 97 **도리언 그레이의 초상** 오스카 와일드 / 임종기 옮김
98 **기러기** 모리 오가이 / 김영식 옮김
★▲ 99 **제인 에어 1** 샬럿 브론테 / 이덕형 옮김
★▲100 **제인 에어 2** 샬럿 브론테 / 이덕형 옮김
101 **방황** 루쉰 / 정석원 옮김
102 **타임머신** H. G. 웰스 / 임종기 옮김
●103 **보이지 않는 인간 1** 랠프 엘리슨 / 송무 옮김
●104 **보이지 않는 인간 2** 랠프 엘리슨 / 송무 옮김
▲105 **훌륭한 군인** 포드 매덕스 포드 / 손영미 옮김
106 **수레바퀴 아래서** 헤르만 헤세 / 송영택 옮김
▲107 **죄와 벌 1** 도스토옙스키 / 김학수 옮김
▲108 **죄와 벌 2** 도스토옙스키 / 김학수 옮김
109 **밤의 노예** 미셸 오스트 / 이재형 옮김
110 **바다여 바다여 1** 아이리스 머독 / 안정효 옮김
111 **바다여 바다여 2** 아이리스 머독 / 안정효 옮김
112 **부활 1** 톨스토이 / 김학수 옮김
113 **부활 2** 톨스토이 / 김학수 옮김
▲●114 **그들의 눈은 신을 보고 있었다** 조라 닐 허스턴 / 이미선 옮김
115 **약속** 프리드리히 뒤렌마트 / 차경아 옮김
116 **제니의 초상** 로버트 네이선 / 이덕희 옮김
117 **트로일러스와 크리세이드** 제프리 초서 / 김영남 옮김
118 **사람은 무엇으로 사는가** 톨스토이 / 이순영 옮김
119 **전락** 알베르 카뮈 / 이휘영 옮김
120 **독일인의 사랑** 막스 뮐러 / 차경아 옮김
121 **릴케 단편선** R. M. 릴케 / 송영택 옮김
122 **이반 일리치의 죽음** 톨스토이 / 이순영 옮김
123 **판사와 형리** F. 뒤렌마트 / 차경아 옮김
124 **보트 위의 세 남자** 제롬 K. 제롬 / 김이선 옮김
125 **자전거를 탄 세 남자** 제롬 K. 제롬 / 김이선 옮
126 **사랑하는 하느님 이야기** R. M. 릴케 / 송영택 옮
127 **그리스인 조르바** 니코스 카잔차키스 / 이재형 옮
128 **여자 없는 남자들** 어니스트 헤밍웨이 / 이종인